La vengeance en embuscade

*

Cachée au bout du monde

B. J. DANIELS

La vengeance en embuscade

Traduction française de
CHRISTINE BOYER

BLACK ROSE

HARLEQUIN

Collection : BLACK ROSE

Ce roman a déjà été publié en 2020

Titre original :
STEEL RESOLVE

HARPERCOLLINS FRANCE
83-85, boulevard Vincent-Auriol, 75646 PARIS CEDEX 13
Service Clients — www.harlequin.fr
ISBN 978-2-2805-1671-6 — ISSN 1950-2753

Édité par HarperCollins France.
Composition et mise en pages Nord Compo.
Imprimé en février 2025 par CPI Black Print (Barcelone)
en utilisant 100% d'électricité renouvelable.
Dépôt légal : mars 2025.

FSC www.fsc.org
MIXTE
Papier issu de sources responsables
FSC® C159065

Pour limiter l'empreinte environnementale de ses livres, HarperCollins France s'engage à n'utiliser que du papier fabriqué à partir de bois provenant de forêts gérées durablement et de manière responsable.

1

À l'instant où Fiona découvrit la lettre au fond du tiroir à chaussettes de Chase, elle comprit qu'elle devait s'attendre à un cataclysme. Saisie de peur, elle sentit le sang se retirer de son visage et son cœur cesser de battre dans sa poitrine. Au bord du malaise, elle s'agrippa au bureau pour ne pas s'effondrer. Elle tenta de se raisonner. Cette missive ne signifiait peut-être rien.

Mais l'enveloppe rose pâle comme l'écriture manifestement féminine n'étaient pas de bon augure. Pire, Chase l'avait cachée. Si cette lettre avait été anodine, il l'aurait laissée en évidence. Il avait veillé à la dissimuler parce qu'elle émanait de l'autre, de cette femme dont il lui avait parlé...

À présent, Fiona regrettait d'avoir fouillé dans ses affaires. Elle était entrée chez lui grâce au double de sa clé qu'elle avait fait faire. Ces derniers temps, elle le sentait s'éloigner. Ce n'était pas la première fois qu'un amoureux prenait ses distances et lui brisait le cœur mais cette fois, elle refusait de se laisser faire. Personne ne lui volerait cet homme qui lui était destiné. Elle était déterminée à se battre pour cet amour.

Voilà pourquoi elle avait voulu comprendre pourquoi Chase ne la rappelait jamais, pourquoi il ne répondait plus à ses textos, pourquoi il l'évitait.

La nuit qu'ils avaient passée ensemble avait été merveilleuse. Elle avait eu l'impression de partager avec lui quelque chose de spécial, d'unique, une véritable alchimie. Leurs corps s'étaient accordés sans effort, naturellement, dans une totale harmonie. Tous deux s'étaient rejoints, trouvés.

Malheureusement, dès le lendemain matin, Chase s'était mis à culpabiliser. Il lui avait dit qu'il ne voulait pas lui donner de faux espoirs, qu'elle ne devait pas se faire des idées. Il lui avait expliqué qu'il en aimait une autre, une cow-girl qui vivait toujours dans son Montana natal et qu'il n'avait jamais oubliée. Il regrettait leur folle nuit, estimant qu'il s'agissait d'une erreur. Mais il avait tort et Fiona était prête à tout pour l'en convaincre.

Chase était vraiment adorable, voilà pourquoi il était exclu de le laisser s'en aller. Contrairement à l'autre femme, Fiona ne commettrait pas cette erreur.

Certes, depuis cette fameuse nuit, il s'efforçait de la repousser. Mais il ne mesurait pas à quel point Fiona était déterminée. Leur histoire n'était pas finie, loin de là. Qu'importe qu'il ne l'ait pas encore compris. Elle saurait lui ouvrir les yeux.

Quelques jours plus tôt, elle avait déjà profité de l'absence de Chase pour s'introduire chez lui. Malheureusement, il était revenu plus tôt que prévu de son travail et il l'avait surprise. Pour justifier sa présence, elle avait dû inventer toute une histoire, lui raconter que le gérant de l'immeuble lui avait ouvert pour lui permettre de récupérer une boucle d'oreille oubliée.

En réalité, elle avait fureté dans ses placards dès la nuit de leur rencontre. Elle avait alors trouvé un double de la clé de son appartement et l'avait emprunté pour en faire fabriquer un autre. Et avoir ainsi la possibilité de revenir, même quand Chase n'était pas là.

Cette nuit-là, aucune lettre n'était dissimulée dans son tiroir à chaussettes...

Chase l'avait donc reçue depuis. Il lui cachait quelque chose. Si cette missive ne signifiait rien pour lui, il l'aurait laissée traîner avec les factures sur le guéridon de l'entrée.

Cette lettre était importante pour lui et voilà pourquoi elle devait la lire. Elle n'avait pas le choix.

La gorge serrée, elle s'empara de l'enveloppe. À la vue de l'écriture, féminine et soignée, son sang ne fit qu'un tour. L'adresse de l'expéditeur lui confirma qu'elle venait du Montana, qu'elle avait bien été envoyée par cette fille dont il lui avait parlé.

Mary Cardwell Savage, la femme qui avait brisé le cœur de Chase et qui l'avait poussé à partir s'installer en Arizona... Patty, la grande amie de Fiona, le lui avait raconté car Chase travaillait pour Rick, son mari. Fiona avait d'ailleurs fait sa connaissance chez eux, lors d'une soirée barbecue.

Comme ses yeux se posaient sur le cachet de la poste, elle eut soudain du mal à respirer. Un instant, sa vision se brouilla. Cette lettre avait été postée, *deux semaines plus tôt*, le lendemain de leur nuit d'amour, songea-t-elle avec colère. Et depuis lors, comme par hasard, Chase n'avait jamais le temps de la voir ni même de lui parler au téléphone.

Que lui avait donc écrit cette femme ? Quel que soit le contenu de cette missive, Fiona devinait qu'il était la cause du problème entre Chase et elle.

D'une main tremblante, elle souleva avec précaution le rabat de l'enveloppe et sortit le feuillet plié en deux. À elle seule, la couleur rose pâle du papier lui donnait la nausée. Elle le renifla, s'attendant presque à y sentir le parfum de l'expéditrice, de sa rivale.

Bien que discrètes, les fragrances florales l'écœurèrent. Elle tendit soudain l'oreille, craignant de voir surgir Chase. L'autre jour, la découvrir chez lui l'avait mis en colère. Il serait encore plus furieux s'il la surprenait en train de lire son courrier.

Fausse alerte, se dit-elle, un petit moment plus tard, avec un soupir de soulagement.

Tout en dépliant la feuille de papier, elle s'efforça de se blinder intérieurement. Elle pressentait que tout son avenir dépendait de la teneur de cette lettre.

Le cœur serré, elle la parcourut des yeux mais très vite, elle se rendit directement à la fin. Quand elle tomba sur la dernière ligne, elle faillit s'écrouler, anéantie :

Je t'aime et t'aimerai toujours.

Mary.

Mary Savage de Big Sky, dans le Montana. La cow-girl dont Chase croyait être toujours amoureux. Après l'avoir plaqué, cette garce espérait-elle donc le récupérer, à présent ? Pour qui se prenait-elle ?

Fiona lut la lettre en entier. Les mots lui brisèrent le cœur avant de la plonger dans une profonde colère.

Mary Savage commençait par expliquer qu'une amie de la mère de Chase lui avait confié un paquet pour lui. S'il habitait toujours à cette adresse, elle se ferait un plaisir de le lui faire suivre.

Mais ensuite, la missive devenait plus personnelle. Déchirée entre une indicible douleur et une fureur sans nom, Fiona devina que cette histoire de colis n'était qu'un prétexte, une ruse de cette femme pour tenter de faire revenir Chase. Visiblement, elle était toujours amoureuse de lui.

Ravagée, Fiona comprit que cette Mary Savage avait vécu une belle histoire avec Chase. Elle multipliait les allusions à leur amour d'autrefois, qui avait été leur premier amour. Elle lui rappelait à quel point ce qu'ils avaient partagé était fort, beau, heureux. Elle lui avouait qu'il lui manquait et qu'elle regrettait la façon dont les choses s'étaient terminées entre eux. Elle lui laissait même son numéro de téléphone ! Au cas où il l'aurait oublié ?

L'a-t-il appelée ? se demanda brusquement Fiona.

Cette éventualité la mit vite dans une rage folle. Ce n'était pas possible ! Elle refusait de le croire.

Cette garce ne m'enlèvera pas Chase !

Fiona n'avait pas l'intention de se laisser faire. Certes, ils se connaissaient depuis peu et leur histoire commençait à peine. Mais ils étaient faits l'un pour l'autre, elle le savait au plus profond de son cœur. Il ne s'agissait pas d'une toquade ni d'une aventure. Mais d'un véritable amour. Chase était sa moitié, l'homme qui lui était destiné de toute éternité. Et elle était bien décidée à se battre pour le garder. Elle mettrait tout en œuvre pour l'aider à oublier cette Mary. Désormais, il était à elle. Il fallait simplement qu'il en prenne conscience.

La fureur dont elle était la proie l'empêchait de réfléchir et elle s'efforça de recouvrer son sang-froid. Pour commencer, elle ne devait surtout pas attaquer Chase de front, exhiber cette lettre en exigeant des explications. Si elle s'y risquait, il lui rappellerait évidemment qu'il n'avait aucun compte à lui rendre, qu'il n'était pas amoureux d'elle et le lui avait toujours dit. Sans parler des tensions entre eux qui iraient alors crescendo. Ces derniers temps, elle le sentait lui échapper. Par crainte de le perdre, elle ne cessait de l'appeler, de passer chez lui.

En vain, malheureusement.

Et maintenant, elle savait pourquoi. Si cette Mary avait été en Arizona, Fiona serait allée la voir et elle...

Calme-toi, s'ordonna-t-elle. *Respire à fond et souviens-toi de ce qui s'est passé la dernière fois.*

Elle avait failli finir en prison.

Cette péquenaude n'était pas une menace. Mary Cardwell Savage ne vivait pas dans la région mais au fin fond du Montana, à des centaines de kilomètres d'ici.

Pourtant, cette distance géographique ne parvenait pas à atténuer sa colère ni son angoisse. Chase ne s'était pas contenté de conserver cette lettre. Il l'avait *cachée*. Il en avait fait son petit *secret*. Et pire encore, depuis qu'il l'avait reçue, il s'efforçait d'éviter Fiona, il l'envoyait poliment paître. Elle se sentait au plus mal.

Ressaisis-toi, s'ordonna-t-elle.

Pour reprendre espoir, elle se remémora leur rencontre et leur première nuit ensemble. En arrivant à cette soirée barbecue, elle avait tout de suite repéré le beau cow-boy, sexy en diable qui sirotait une bière dans son coin, un peu à l'écart des autres. Et lui l'avait manifestement trouvée ravissante, avec son tailleur noir et ses talons aiguilles. Plus tard, dans la chambre, lorsqu'il avait défait son chignon et laissé ses longs cheveux blonds cascader sur ses épaules, il l'avait complimentée sur sa beauté. Quand il avait plongé les yeux dans les siens, il n'avait pas eu besoin de lui dire qu'il l'aimait. Elle l'avait lu dans son regard.

Ce souvenir la fit sourire. Ce qu'il avait découvert sous sa tenue chic ne lui avait pas déplu non plus. Tous deux avaient un peu abusé de l'alcool, ce soir-là. De ce fait, elle avait dû prendre l'initiative au lit mais dans le domaine sensuel, mener la danse ne l'ennuyait pas.

Jamais elle ne le lui avouerait mais Chase l'avait ensorcelée dès le premier regard. Pendant une grande partie de la soirée, elle l'avait observé de loin. Quelque chose chez lui l'attirait irrésistiblement. Une vulnérabilité qu'elle reconnaissait, qui faisait écho à la sienne. Il avait souffert, lui aussi. La vie n'avait pas toujours été tendre avec lui. Ni avec elle.

Fiona avait tout de suite compris que Chase était son alter ego, qu'il était parfait, parfait pour elle. Il était l'homme qu'elle attendait.

Fine mouche, elle ne lui avait évidemment pas déclaré sa flamme dès le premier soir. Mais elle avait la ferme intention de lui faire oublier la garce qui lui avait brisé le cœur. Pour y parvenir, elle avait décidé de se rendre indispensable. Dès le lendemain de leur nuit d'amour, elle l'avait invité à dîner. Comme elle l'avait espéré, il était trop bien élevé pour refuser. Par la suite, elle lui avait proposé un pique-nique dans la montagne, une séance de cinéma, et même un match de football. Mais plus elle multipliait les invitations, les occasions de le revoir, plus il inventait des excuses pour justifier ses refus de sortir avec elle.

Accablée, elle considéra la lettre qu'elle avait encore entre les mains. Elle avait envie de la déchirer en mille morceaux, de crever les yeux de cette Mary, de la réduire en…

Soudain, la porte de l'appartement claqua et Fiona se figea. Catastrophe ! Une fois de plus, Chase rentrait plus tôt que d'habitude.

À la hâte, elle replia la lettre, la glissa dans l'enveloppe et l'enfouit au fond du tiroir, sous les chaussettes. Mais à présent, elle était coincée. Elle n'avait aucun moyen de sortir de l'appartement sans que Chase la voie. Il allait être furieux, elle n'échapperait pas à une scène. Le plus important était qu'il ne se doute pas qu'elle avait trouvé et lu les mots d'amour de son ex. Depuis deux semaines, il ne savait plus quoi inventer pour ne plus voir Fiona. Il n'était pas question qu'elle lui serve sur un plateau une bonne raison de mettre un point final à leur relation.

Sur le point de sortir de la chambre, elle hésita. Et si elle se déshabillait en vitesse pour qu'il la trouve allongée sur son lit, offerte ? Elle n'était pas sûre de réussir à se dénuder si rapidement ni à jouer les femmes lascives alors qu'elle était ravagée de chagrin. Le cœur battant, elle s'efforça de réprimer sa colère, sa peine, sa peur. Chase ne devait à aucun prix deviner les tourments dont elle était la proie – et encore moins, son désespoir. Mais en l'entendant monter l'escalier, elle eut soudain une pensée terrifiante.

Avait-elle remis la lettre dans le bon tiroir ? Tout à coup, elle en doutait. Et l'avait-elle posée dans le sens où elle l'avait découverte ? Avait-elle tout de suite vu l'adresse, l'écriture féminine sur l'enveloppe ? Était-ce la raison pour laquelle elle avait voulu la lire ? Ou se pouvait-il que seule sa couleur rose pâle lui ait mis la puce à l'oreille ?

Elle n'arrivait pas à s'en souvenir.

Cela dit, ce n'était peut-être pas très important. Chase avait sans doute oublié la position exacte dans laquelle il avait laissé la lettre. Et même dans le cas contraire, se rendrait-il compte qu'elle l'avait trouvée ? Comprendrait-il qu'elle l'avait lue ? Pas forcément.

Comme elle jetait un dernier coup d'œil derrière elle, elle s'aperçut qu'elle n'avait pas bien refermé le tiroir de la commode. Elle se dépêcha de le faire, le plus silencieusement possible.

Mais avant qu'elle n'ait eu le temps de se retourner, elle entendit Chase s'exclamer de la porte :

— Fiona ? Que fais-tu ici ?

Très vite, sa surprise se mua en colère.

Sans doute lui avait-elle fait peur. Lui aussi l'avait effrayée. Elle sentait son cœur battre à tout rompre dans sa poitrine, elle tremblait de tous ses membres. D'un regard, il allait comprendre que quelque chose n'allait pas.

Mais rien n'allait ! Comment aurait-elle pu ne pas être bouleversée ? L'homme de sa vie lui avait caché qu'il avait reçu une lettre de son ex. Pire, cette fille qui lui avait brisé le cœur autrefois était toujours amoureuse de lui – et maintenant il le savait. Le fait d'avoir dissimulé ce courrier prouvait qu'il n'avait pas été insensible à cette déclaration, aux mots d'amour de cette Mary Cardwell Savage.

— Que fais-tu ici ? répéta Chase, promenant les yeux autour de lui comme si la réponse était dans la pièce. Et pour commencer, comment es-tu entrée chez moi, cette fois ?

Fiona laissa échapper un petit rire pour dissimuler sa gêne.

— Tu m'as fait peur. J'étais passée chercher mon rouge à lèvres préféré. Je ne le retrouve pas chez moi, j'ai dû l'oublier ici.

— Tu dois arrêter de venir chez moi en mon absence, Fiona. Je te l'ai déjà dit...

L'angoisse qui assombrit son regard lorsqu'il le posa le tiroir dans lequel il avait dissimulé la lettre ne laissait guère de place au doute. Il était toujours amoureux de son premier amour, de cette garce qui lui avait pourtant brisé le cœur autrefois, comprit-elle, dévastée.

Son propre cœur se brisa à son tour, comme un verre jeté contre un mur. Elle eut soudain envie de tuer cette Mary Cardwell Savage, de l'étrangler de ses propres mains.

Chase secoua la tête. Visiblement, il ne la croyait pas.

— Ton rouge à lèvres ? répéta-t-il. Encore une fois, comment es-tu entrée ici ?

— Tu avais oublié de verrouiller ta porte en partant. J'étais venue dans l'espoir de croiser ton gérant pour qu'il me laisse entrer comme l'autre fois mais...

— Cesse de mentir, Fiona. Je lui ai parlé, l'autre jour. Il ne t'a jamais laissée entrer. Donne-la-moi, ajouta-t-il en tendant la main.

Elle battit des paupières, feignant de ne pas comprendre de quoi il parlait. D'un air innocent, elle posa sur lui ses grands yeux verts. Elle ne pouvait pas perdre cet homme. Ce n'était pas une option.

Elle n'avait pas le choix et elle fouilla dans sa poche pour en sortir la clé.

— Laisse-moi t'expliquer...

— Inutile, répondit-il en la lui prenant des mains.

Des larmes de remords brûlèrent ses paupières mais elle

se rendit compte qu'il s'en moquait. Changeant aussitôt de tactique, elle s'approcha de lui, noua les bras autour de son cou pour l'embrasser.

Si elle parvenait à l'attirer vers le lit, peut-être que...

Mais il la saisit par les poignets et l'écarta.

— Arrête, Fiona ! Arrête !

Elle le dévisagea. Son regard furieux, son expression sévère ne présageaient rien de bon. La vie heureuse qu'elle avait imaginée avec lui s'écroulait.

Il gémit et secoua la tête.

— Va-t'en, maintenant.

Elle s'efforça de reprendre la maîtrise de ses émotions.

— Bien sûr, répondit-elle d'un ton léger. Laisse-moi simplement jeter un dernier coup d'œil sous le lit. Mon tube de rouge à lèvres ne doit pas être loin. Je...

— Non, dit-il en lui bloquant le passage. Ton rouge à lèvres n'est pas là et tu le sais aussi bien que moi. Tout comme ta boucle d'oreille n'y était pas non plus, la dernière fois. Cela suffit, maintenant. Je ne veux plus jamais te revoir.

— Ce n'est pas possible, Chase ! Tu ne penses pas ce que tu dis. C'est à cause de la lettre de cette garce qui t'a largué ? ajouta-t-elle d'une voix brisée.

De nouveau, Chase se tourna vers le tiroir de sa commode. Elle vit une lueur de rage briller dans ses yeux.

— De quel droit as-tu fouillé dans mes affaires ?

— Je te l'ai dit, je cherchais mon rouge à lèvres. Je suis désolée d'être tombée sur cette lettre. Mais tu ne me rappelais pas et j'ai pensé que c'était peut-être à cause de ce que cette fille t'avait écrit...

Il poussa un gros soupir et quand il reprit la parole, il s'exprima sur le ton d'un adulte s'adressant à une enfant indisciplinée.

— Fiona, je t'avais dit dès le soir de notre rencontre que je ne cherchais pas à nouer une relation amoureuse. Nous avions trop bu. Si j'avais eu les idées claires, rien ne se serait passé entre nous. Mais j'étais ivre et la femme de mon patron ne voulait pas que je prenne le volant. Voilà pourquoi elle t'avait demandé de me ramener et...

Il gémit.

— Je ne me cherche pas d'excuses pour ce qui est arrivé, ajouta-t-il. Après tout, nous étions tous les deux majeurs et vaccinés. Tu étais consentante et j'ai été honnête avec toi.

Il avait l'air peiné, ses yeux bleus étaient sombres.

— Je suis désolé que tu aies donné à cette nuit un sens qu'elle n'avait pas. Mais maintenant, tu dois partir et ne plus revenir.

Chase n'était pas le premier à la jeter ainsi comme un Kleenex mais cette fois, elle ne parvenait pas à l'accepter.

— Ce n'est pas possible ! Tu dois me donner une autre chance. Je suis désolée. J'ai eu tort de venir chez toi en ton absence. Je ne le ferai plus. Je le promets.

— Tais-toi ! Tu ne m'écoutes pas, Fiona. De toute façon, je pars à la fin de la semaine. Mon travail ici est terminé.

— Tu pars ? répéta-t-elle, abasourdie. Mais pour aller où ? cria-t-elle, les yeux remplis d'effroi. Dans le Montana ? Tu vas la retrouver, c'est ça ? Cette Mary Cardwell Savage.

Elle cracha son nom comme s'il s'agissait d'une insulte.

Il secoua la tête.

— Je t'avais dit le soir où nous nous sommes rencontrés que j'étais toujours amoureux d'une autre.

— Cette fille t'a brisé le cœur ! Et elle recommencera, sois-en certain. Elle n'est rien, personne. Alors que moi, je te rendrai heureux. Parce que je t'aime. Donne-moi la possibilité de te le prouver, Chase. Donne-nous une chance.

— Fiona, je t'en prie, va-t'en avant que l'un de nous ne dise quelque chose qu'il regrettera, asséna Chase sur un ton qu'il n'avait jamais employé auparavant.

Il la rejetait. Pour de bon.

Si seulement elle arrivait à l'embrasser…

Elle tendit la main vers lui pour lui caresser la joue, pensant pouvoir lui rappeler ce qu'ils avaient partagé.

Mais il la repoussa.

— Non.

Il la dévisageait comme si elle l'horrifiait, à présent. Il y avait de l'angoisse dans son regard. Mais aussi de la pitié et du dégoût. Cela aussi, elle l'avait déjà vu dans d'autres yeux.

Elle sentit la haine s'emparer de son cœur.

— Tu me le paieras, siffla-t-elle en proie à une fureur meurtrière.

— Je n'aurais jamais dû coucher avec toi, dit Chase. Tout est ma faute. Je regrette ce moment d'égarement.

Oh ! il ne mesurait pas encore à quel point il regretterait de l'avoir traitée ainsi. Sa vie entière, il s'en mordrait les doigts. Il en verserait des larmes de sang, se jura-t-elle. Et s'il croyait en avoir fini avec elle, il allait être surpris.

Quant à cette Mary du Montana, qu'elle n'imagine pas réussir à lui voler Chase.

Pour le garder, elle était prête à tout, vraiment à tout.

2

— Je suis vraiment désolé de ne pas t'avoir prévenu à propos de Fiona, lui dit son patron.

Pour fêter le dernier jour de travail de Chase, Rick avait insisté pour lui offrir une bière au bar du coin.

Chase l'observa un moment.

— Si je comprends bien, elle ne s'est pas comportée ainsi uniquement avec moi ?

Rick soupira.

— Dès qu'un gars lui prête un peu d'attention, elle se persuade qu'il est l'homme de sa vie et elle ne le lâche plus. Mais ne t'inquiète pas. Bientôt, elle va croiser quelqu'un d'autre et tomber raide amoureuse de lui. Elle fonctionne toujours comme ça. Elle et ma femme se sont connues au lycée. Patty espère que Fiona finira par rencontrer le bon et par se marier.

Chase se remémora l'impression que lui avait donnée Fiona lorsqu'il avait fait sa connaissance. Au premier abord, elle lui avait semblé tout à fait équilibrée, normale. Négociatrice dans l'immobilier, elle était vêtue avec élégance et elle se comportait avec une aisance toute professionnelle. Elle l'avait abordé lors d'une soirée chez Rick. Au départ, Chase ne se sentait pas en forme et n'avait aucune envie de sortir. Mais son patron avait insisté, lui soutenant qu'il avait besoin de s'amuser un peu.

Chase venait de perdre sa mère, Muriel. Elle était malade depuis plusieurs années et voilà, entre autres, pourquoi il avait voulu quitter le Montana pour la rejoindre en Arizona. De plus, étant menuisier, il n'avait aucun mal à trouver du travail, où qu'il soit.

Muriel lui avait fait promettre qu'à sa mort, il rapporterait ses cendres dans le Montana. Chase lui avait tenu la main, jusqu'à la fin. Il avait espéré qu'avant de pousser son dernier soupir, elle lui révélerait ce qu'elle lui cachait depuis sa naissance : le nom de son père. Mais elle n'avait rien dit. Elle avait emporté son secret avec elle, ne laissant à son fils qu'une urne funéraire.

Le jour où Chase était allé chercher cette urne à la morgue après sa journée de travail, Rick l'avait invité à un barbecue chez lui.

« Tu ne fais que travailler avant de rentrer te terrer chez toi pour recommencer le lendemain, Chase. Ce n'est pas une vie ! Viens donc prendre un peu de bon temps chez moi. Je réunis quelques amis pour un barbecue, ce soir. Cela te fera du bien de voir des gens. Et je cuisine la viande comme un chef. »

Chase n'avait aucune envie de sortir mais pour faire plaisir à Rick, il avait promis de passer. Il ne comptait pas rester longtemps. Il boirait quelques bières et se régalerait de côtelettes grillées avant de filer à l'anglaise. Il finissait sa deuxième canette quand il l'avait vue. Fiona lui avait paru particulièrement élégante, raffinée, au milieu des autres invités, artisans ou ouvriers, pour la plupart. Toute la journée, elle avait travaillé à l'agence immobilière et n'avait pas eu le temps de se changer avant de venir.

Ses talons aiguilles allongeaient encore ses jambes fuselées. Son corps tout en courbes était moulé dans un tailleur sombre avec un corsage blanc. Ses bijoux en or, mis en valeur par sa peau bronzée et ses longs cheveux blonds relevés en chignon, lui donnaient indéniablement une certaine classe.

En la regardant, il avait pris conscience qu'entre sa rupture avec Mary et la maladie de sa mère, il ne s'amusait plus beaucoup depuis des mois.

La jolie blonde lui avait décoché un sourire radieux.

— Fiona Barkley, avait-elle dit en lui tendant la main.

— Chase Steele.

Elle avait ri, les yeux pétillants de malice.

— Un cow-boy nommé Chase Steele, c'est incroyable !

— Mon père était figurant dans les westerns, avait-il répondu.

C'était un mensonge. Chase n'avait jamais su qui était son père. Et encore moins le métier qu'il exerçait.

Elle avait levé un sourcil surpris.

— Vraiment ?

Il avait secoué la tête.

— J'ai grandi dans un ranch du Montana. J'ai l'âme d'un cow-boy, avait-il ajouté avec un haussement d'épaules.

Fiona lui avait pris sa canette vide et lui en avait tendu une pleine.

— Buvez ça. J'ai l'impression que vous en avez besoin.

La bière était forte et lui était rapidement montée à la tête.

En temps normal, Fiona n'était pas son genre. Il préférait les brunes plutôt minces. Cela dit, voilà si longtemps qu'il ne pensait qu'à Mary qu'il n'avait plus une idée précise de ses goûts en matière de femmes.

L'ambiance festive, l'urne funéraire rangée sous le siège de son pick-up et surtout, l'alcool dont Fiona ne cessait de l'abreuver avaient fait le reste...

— Pendant combien de temps êtes-vous sortis ensemble, Fiona et toi ? reprit Rick, ramenant Chase au présent.

— Nous ne sommes jamais « sortis » ensemble. Dès le premier soir, je l'avais prévenue que j'étais amoureux d'une autre. Mais j'ai commis l'erreur de coucher une fois avec elle. J'ai eu tort.

— Tu as donc dit à Fiona qu'il y avait déjà une femme dans ta vie... Je comprends tout, poursuivit Rick avec un soupir. Fiona s'estime maintenant en compétition avec une autre. Elle n'est pas près de lâcher l'affaire. Au contraire, elle va se battre, à présent. Et elle déteste perdre. C'est d'ailleurs la raison pour laquelle est une négociatrice en immobilier hors pair.

— Comme je pars pour le Montana, elle va être obligée de renoncer, non ?

Rick n'avait pas l'air convaincu.

— Sait-elle que tu t'en vas ?

— Bien sûr.

— Eh bien, j'espère que tu parviendras à quitter la ville sans trop de problèmes.

— Vous n'êtes pas très rassurant.

— Désolé mais d'après Patty, quand Fiona sent que l'homme sur qui elle avait jeté son dévolu s'échappe, elle devient un peu... folle.

Chase secoua la tête.

— C'est réjouissant !

Il prit sa chope de bière, la vida et se leva.

— Je rentre chez moi faire mes bagages. Plus vite je m'en irai, mieux cela vaudra.

— J'aurais aimé que tu restes, dit Rick. Tu es l'un des meilleurs menuisiers que je connaisse. J'espère que tu ne pars pas à cause de Fiona. Il ne faut pas qu'elle t'inquiète. Tôt ou tard, elle va s'amouracher de quelqu'un d'autre, je la connais par cœur. Mais peut-être t'en vas-tu pour retrouver cette femme dont tu es amoureux ?

Chase se mit à rire.

— Ce n'est malheureusement pas aussi simple. Elle avait rompu et je ne suis pas certain qu'elle acceptera de renouer avec moi.

Chase aimait bien Rick. Mais il regrettait que son patron ne l'ait pas mis en garde à propos de Fiona. Et surtout, il se reprochait de lui avoir dit qu'il retournait chez lui, dans le Montana. Si Rick en parlait à Patty, qui le répéterait à Fiona...

Tu deviens paranoïaque, se dit-il.

En réalité, il n'imaginait pas Fiona le suivre jusque dans le Montana. Elle avait un travail, un appartement, des amis, une vie, en Arizona. Mais il se surprit à répondre :

— Je ne sais pas encore très bien ce que je vais faire. Peut-être rester quelque temps dans le Colorado.

— Eh bien, bonne chance. Et encore désolé pour Fiona.

En quittant le bar, Chase pensait à Mary et à la lettre qu'il avait cachée dans son tiroir à chaussettes. Elle lui avait laissé son numéro de téléphone et il s'était promis de l'appeler pour la prévenir de son retour. Il était également curieux de découvrir le contenu du paquet qu'une amie de sa mère avait déposé pour lui.

Depuis qu'il avait reçu cette missive, il avait failli lui passer un coup de fil des dizaines de fois. Mais ce qu'il avait à lui dire ne pouvait se dire au téléphone. Il devait la voir. Et maintenant, il avait hâte de prendre la route pour la rejoindre.

Mary Cardwell Savage tira sur les rênes de son cheval pour admirer le canyon qui s'étendait sous ses yeux. Au cours des siècles, la rivière Gallatin l'avait creusé entre les falaises escarpées recouvertes de forêts de sapins. Mary huma avec délice l'air frais, mêlé à l'odeur de la terre et des aiguilles de pins. Au-delà des pinèdes, elle apercevait au loin la station de sports d'hiver.

Située à une cinquantaine de kilomètres de Bozeman, dans le Montana, la petite ville de Big Sky était très différente quand Mary était petite et plus encore, du temps de sa mère. Pour Dana Cardwell Savage, la véritable métamorphose avait débuté avec la construction de la station de ski au pied du mont Lone. Petit à petit, Big Sky avait cessé d'être une communauté d'éleveurs pour devenir un lieu de villégiature. Depuis qu'elle avait fusionné avec sa voisine Moonlight Bassin, Big Sky était considérée comme le plus grand domaine skiable d'Amérique du Nord avec ses deux mille hectares de glisse, ses trois cents pistes et sa trentaine de remontées mécaniques. L'arrivée massive des skieurs et des touristes avait poussé de nombreuses entreprises à s'implanter dans les environs et il avait fallu bâtir des lotissements pour loger cet afflux de populations.

L'essor économique de la région avait compliqué le travail du père de Mary, le shérif Hud Savage. Au début de sa carrière, il connaissait le nom de tous habitants de sa ville. Mais depuis que les propriétaires de ranchs et leurs cow-boys étaient devenus minoritaires, il n'y parvenait plus. Voilà pourquoi son métier l'intéressait moins. Il parlait de plus en plus souvent de prendre sa retraite. Par ailleurs, le taux de criminalité ne cessait d'augmenter, le contraignant à embaucher chaque année de nouveaux adjoints.

Le simple fait de penser au dernier adjoint que son père avait recruté fit sourire Mary. Dillon Ramsey était le genre d'homme qu'une femme remarquait d'emblée. Y compris Mary qui avait pourtant offert son cœur à un beau cow-boy quand elle avait quinze ans et qui, depuis lors, n'avait jamais réussi à le récupérer.

Avec ses cheveux bruns et ses yeux noirs comme la nuit, Dillon avait un côté rebelle, un peu voyou, qui lui plaisait beaucoup. Quelques jours plus tôt, il lui avait proposé de sortir avec lui et elle avait promis d'y réfléchir. Si Kara, sa meilleure amie, avait été là, elle lui aurait dit qu'elle perdait la tête. Il n'était pas difficile de deviner que Dillon était très beau, très séduisant, mais que les femmes avaient intérêt à se méfier de lui.

Mary n'avait jamais reculé devant le danger. Et elle se demandait si elle avait vraiment envie d'attendre, sa vie durant, que Chase daigne se souvenir de son existence. Voilà des mois qu'il était parti. Lorsqu'elle avait rompu et l'avait envoyé promener, elle n'avait pas imaginé qu'elle se morfondrait ainsi en espérant son retour. Elle avait vraiment mieux à faire. Experte-comptable, elle venait de se mettre à son compte, de démarrer une carrière, de prendre son indépendance. Alors, pourquoi lui avait-elle écrit cette stupide lettre ? Pourquoi avait-elle été s'épancher comme une idiote en lui déclarant son amour éternel ? Manifestement, il s'en moquait comme de l'an quarante...

S'il avait été touché par ses mots d'amour, il lui aurait déjà passé un coup de fil... Comme la missive ne lui était pas revenue, Mary devait se rendre à l'évidence. Chase l'avait reçue, l'avait lue et n'avait pas voulu y répondre. Parce qu'il ne l'aimait plus. Mary ne l'intéressait plus. Le colis que l'amie de sa mère lui avait laissé non plus.

Il était grand temps de tourner la page, d'oublier ce cow-boy. Et pour y arriver, sortir avec Dillon Ramsey semblait la solution.

Elle devait bien se rendre à l'évidence : elle ne cessait de penser à Chase. Depuis qu'elle l'avait vu pour la toute première fois – ils avaient alors quinze ans –, elle n'avait jamais réussi à s'intéresser à un autre. Au collège puis au lycée, tous deux étaient inséparables. Mais quatre ans plus tôt, Chase avait voulu partir, quitter Big Sky et le Montana. Mary et lui avaient alors vingt-quatre ans. Ils étaient trop jeunes pour se marier, estimait-il alors. Il avait besoin de partir, de se trouver. Et ne pas savoir qui était son père le minait.

Il lui avait brisé le cœur en s'en allant. Et depuis lors, elle ne s'était liée avec aucun autre. Principalement parce qu'elle ne pouvait s'empêcher de comparer à Chase tous les hommes qui lui tournaient autour. Avec Dillon, il en serait sans doute autrement. Elle devinait chez lui un côté sauvage et aventureux, à des années-lumière de la personnalité de Chase. Et à présent, elle avait envie de s'amuser.

Son père, le shérif, n'avait pas été content d'apprendre que Dillon l'avait invitée à sortir avec lui.

— J'aimerais que tu réfléchisses avant de donner une suite à sa proposition, avait-il dit le jour où elle était montée au Cardwell Ranch, où elle avait grandi, et où elle en avait parlé à ses parents.

Mary avait acheté un petit immeuble de deux étages à Meadow Village, non loin du centre-ville. Elle avait aménagé le rez-de-chaussée pour en faire son bureau, transformé le premier étage en deux petits appartements qu'elle louait pour arrondir ses fins de mois, et elle vivait au second.

Mais elle passait toujours beaucoup de temps au ranch familial, l'endroit qu'elle aimait le plus au monde, l'endroit où étaient réunis sa famille, ses chevaux et sa terre, ses trois passions. Lorsqu'elle avait décidé de faire des études, après le lycée, elle n'était pas allée loin. Elle s'était inscrite à la Montana State University, située à Bozeman, à quelques dizaines de kilomètres de Big Sky. S'éloigner de Cardwell Ranch était inconcevable pour elle. En cela, elle était bien la fille de sa mère. Cardwell Ranch était la terre de ses ancêtres, son héritage.

Bien des années auparavant, bien avant la naissance de Mary, Dana Cardwell s'était battue pour ce domaine, lorsque ses frères et sa sœur avaient voulu le vendre après le décès de leur mère. L'idée de céder la propriété familiale lui avait toujours semblé inconcevable. Heureusement, sa grand-mère, Mary Cardwell, avait rédigé un testament dans lequel elle léguait le ranch à Dana, sachant qu'avec elle, il resterait dans la famille pour toujours.

Chase n'avait pas compris pourquoi Mary refusait de vivre loin de cette terre pour laquelle toutes les femmes de sa famille s'étaient farouchement battues.

En revanche, si sa mère adorait la vie quotidienne du ranch, s'occuper des troupeaux et des chevaux, Mary préférait, elle, travailler dans les coulisses. Elle avait pris en charge la comptabilité de l'exploitation pour que sa mère puisse se consacrer à sa passion : chevaucher à travers le domaine.

Quand Mary leur avait annoncé que l'adjoint l'avait invitée à sortir avec lui, Dana Cardwell Savage s'était tournée vers son mari.

— Quel est le problème avec Dillon Ramsey ? avait-elle demandé.

— Il est nouveau dans la région, je ne le connais pas bien mais intuitivement, je sens qu'il a quelque chose de pas net, avait répondu Hud.

Mary avait éclaté de rire. Elle savait très bien ce qui dérangeait son père chez le jeune adjoint : ce côté rebelle, un peu voyou, qui justement l'attirait, elle. Puisque Chase l'avait manifestement oubliée, pourquoi ne pas s'aventurer sur les chemins de traverse avec ce Dillon ?

Elle venait de desseller son cheval et elle se dirigeait vers la maison principale de ses parents lorsque la sonnerie de son smartphone retentit, la faisant sursauter. Son pouls s'accéléra. Elle s'empara de l'appareil et regarda l'écran, le cœur battant. Le numéro lui était inconnu mais il émanait d'un autre État. L'indicatif n'était pas celui du Montana.

Qui cherchait donc à la joindre ? Chase ?

Il lui en aura fallu du temps ! pensa-t-elle. Mais très vite, elle lui trouva des excuses. Peut-être travaillait-il dans une région où il y avait peu de réseau, où la couverture de téléphone portable était mauvaise. Cela avait été longtemps le cas dans le Montana. Pourquoi pas en Arizona ? À moins que sa lettre n'ait mis du temps à lui parvenir. La poste avait peut-être dû la lui faire suivre à plusieurs adresses différentes. Peut-être venait-il de la recevoir et l'appelait-il dès qu'il avait eu fini de la lire.

Comme son téléphone se remettait à sonner, elle réprima la

boule qui emprisonnait sa gorge. Elle n'en revenait pas d'être aussi nerveuse.

Idiote, pensa-t-elle. *Si ça se trouve, ce n'est même pas Chase mais quelqu'un qui cherche à te vendre une cuisine ou une encyclopédie universelle.*

Elle répondit à la troisième sonnerie.

— Allô !

Après un long silence, une voix féminine lança :

— Mary Cardwell Savage ?

La voix était dure et acide comme une pomme d'automne.

— Oui ? dit-elle, déçue.

Elle avait espéré entendre Chase lui expliquer pourquoi il n'avait pu la contacter plus tôt. Elle lui aurait bien sûr pardonné son retard. L'important était qu'il l'appelle pour lui dire qu'il était dans le même état d'esprit qu'elle. Pour lui jurer qu'il l'aimait et l'aimerait sa vie durant.

Ce n'était pas Chase. Mais une télévendeuse.

— Je suis désolée mais quoi que vous vendiez, je ne suis pas intéress...

— J'ai lu la lettre que vous avez envoyée à Chase.

Le souffle coupé, Mary sentit son cœur cesser de battre. Elle avait mal entendu. Forcément.

— Pardon ?

— Laissez mon fiancé tranquille. Ne lui écrivez plus, ne l'appelez plus. Cessez de le harceler, c'est insupportable. Laissez-le tranquille, c'est compris ?

Mary tenta de réprimer le sentiment d'amertume qui l'envahissait.

— Qui est à l'appareil ? lança-t-elle.

— Celle qui va épouser Chase Steele. Et je vous préviens que si vous essayez de reprendre contact avec lui, je...

Sans lui laisser le temps de finir sa phrase, Mary termina l'appel et glissa d'une main tremblante le smartphone dans sa poche. La voix furieuse et menaçante résonnait toujours à ses oreilles. Qui que soit cette inconnue, elle avait lu sa lettre. S'il était fiancé, il n'était pas étonnant que Chase ne lui ait pas répondu. Mais pourquoi ne lui avait-il pas dit qu'il avait rencontré la femme de sa vie ? Lui avait-il montré cette lettre ? À moins qu'il ne l'ait gardée et qu'elle ne l'ait trouvée ? Cela avait-il de l'importance ? En tout cas, sa fiancée l'avait lue. Les mots d'amour d'une autre l'avaient rendue furieuse et, à sa place, Mary le serait tout autant.

Accablée, elle enfouit son visage dans ses mains. Quatre ans, Chase avait voulu partir pour « se trouver ». Apparemment, au cours de son périple, il avait également trouvé une fiancée. Des larmes amères brûlaient ses paupières. Chase était amoureux d'une autre, il allait se marier. Et elle, elle était vraiment la dernière des idiotes. Sans se l'avouer, voilà des mois qu'elle l'attendait, qu'elle espérait qu'il reviendrait, qu'ils se retrouveraient. Et pendant ce temps-là, Chase, lui, avait tourné la page. Il avait rencontré la femme de sa vie. Et il n'avait même pas eu le courage de lui passer un coup de fil pour le lui dire…

Mary essuya ses larmes d'un geste rageur en se remémorant la colère de l'inconnue qui l'avait appelée. Jamais elle n'aurait dû écrire cette déclaration à Chase. Humiliée, mortifiée, elle se maudissait de lui avoir ouvert son cœur. Pourquoi ne s'était-elle pas contentée de lui parler du paquet ? Pourquoi s'était-elle crue obligée de s'épancher ? Il avait dû la trouver pathétique…

Malheureusement, la nuit où elle avait rédigé cette lettre, elle se sentait d'humeur nostalgique. Sa jument étant sur le point de mettre bas, elle avait passé la nuit au ranch dans son ancienne chambre. Lorsqu'elle l'avait regagnée, tard ce soir-là, elle avait vu le paquet qu'elle avait promis de faire suivre à Chase. Elle avait commencé à écrire un petit mot à ce sujet mais très vite, des souvenirs de leurs années d'adolescence au ranch étaient remontés à sa mémoire. Une profonde tristesse s'était emparée d'elle en songeant aux jours heureux avec Chase, à leur amour d'autrefois. Du coup, elle avait voulu lui téléphoner mais elle s'était aperçue que son numéro de portable n'était plus en service. Elle avait alors essayé de le trouver sur les médias sociaux. Sans plus de succès. À croire qu'il avait disparu de la surface de la terre.

Lui était-il arrivé quelque chose ? s'était-elle soudain demandé avec angoisse.

Inquiète, elle avait lancé une recherche en ligne et avait fini par dénicher une adresse postale mais pas de numéro de téléphone. Rétrospectivement, elle comprenait qu'elle n'aurait jamais dû lui écrire – pas dans l'état d'esprit dans lequel elle se trouvait alors. Elle s'en voulait de lui avoir dit qu'il lui manquait terriblement, qu'elle regrettait leur rupture, qu'elle l'aimait encore et l'aimerait toujours... Quelle sombre idiote !

Le plus bête était qu'elle avait ensuite laissé l'enveloppe sur son bureau et elle s'était couchée dans son lit d'autrefois. Le lendemain matin, sa mère avait surgi à l'aube dans sa chambre pour lui annoncer la naissance du poulain. Folle de joie, Mary avait couru à l'écurie... et oublié la lettre. Une heure plus tard, lorsqu'elle avait quitté le ranch familial pour aller travailler, elle ne pensait plus à cette déclaration ridicule. Malheureusement, sa tante Stacy avait vu l'enveloppe, y avait mis un timbre et l'avait postée, croyant bien faire.

Au début, Mary avait paniqué. Elle avait imaginé que Chase l'appellerait dès qu'il recevrait ses mots d'amour. Elle avait réfléchi à ce qu'elle lui dirait pour ne pas se ridiculiser davantage. Au fil des jours, l'espoir d'un coup de fil s'était dissipé. Et maintenant, après plus de deux semaines de silence et surtout, après cet horrible appel téléphonique, il lui fallait se rendre à l'évidence : tout était fini, et elle devait l'accepter.

Son cœur lui faisait mal. Chase avait été son premier amoureux. Était-il possible de faire le deuil de son premier amour ? En tout cas, Chase, lui, était visiblement passé à autre chose. Mary prit une autre profonde inspiration.

Elle aussi y parviendrait, se promit-elle.

L'été était sa saison préférée. La température était parfaite – ni trop froide ni trop chaude. Une brise légère balançait les branches de pin et jouait dans les hautes herbes des pâturages. Dans le corral, un cheval soufflait par les naseaux tandis que dans le ciel bleu, un faucon volait en rond, s'apprêtant à fondre sur une proie.

Mary était si heureuse dans ce canyon, au ranch, qu'elle n'avait jamais imaginé vivre ailleurs. Elle inspira de nouveau. Elle devait retourner à son bureau. Elle avait du travail. En plus de s'occuper de la comptabilité du Cardwell Ranch, elle se chargeait de celle d'autres ranchs du canyon. Les affaires marchaient bien pour elle.

Elle finirait par oublier Chase ou elle mourrait en essayant, se dit-elle.

Elle se redressa, sécha ses larmes et elle se dirigea vers son SUV. Elle appellerait l'adjoint Dillon Ramsey en rentrant. Il était temps de tourner la page. Chaque fois qu'elle était tombée d'un cheval, elle était toujours remontée en selle, n'est-ce pas ?

Oublier Chase ne serait pas facile mais Dillon Ramsey était certainement l'homme qui pouvait l'y aider.

3

Chase avait empaqueté ses affaires et finissait de charger son pick-up quand il vit Fiona arriver en voiture. Il jura intérieurement. Il avait espéré partir à temps pour éviter une scène. Et pourtant, il avait été surpris qu'elle ne soit pas passée plus tôt. Étant amie avec Patty, la femme de Rick, elle avait certainement appris qu'il pliait bagage.

Il se blinda intérieurement tandis qu'il plaçait un dernier carton à l'arrière de son camion. Dans son dos, il entendit Fiona sortir de son véhicule et s'avancer vers lui. Il se demanda s'il aurait droit à des manœuvres de séduction, à une crise de larmes, à une explosion de colère ou une combinaison des trois.

Les mains enfoncées dans les poches de sa veste, elle lui décocha un sourire timide. C'était ce sourire qui l'avait séduit lors de leur première rencontre. Ce soir-là, il venait de perdre sa mère, il était vulnérable et sans doute l'avait-elle senti. Pensait-elle l'enjôler une nouvelle fois de cette façon ?

Il se reprocha de la juger aussi manipulatrice et pourtant, avec du recul, il comprenait comment elle l'avait séduit ce soir-là pour parvenir à ses fins.

— Fiona, je ne veux pas de problèmes.

Elle eut un petit rire.

— Des problèmes ? Pourquoi y aurait-il des problèmes ? J'ai entendu dire que tu partais et je suis venue te dire au revoir, voilà tout.

Chase aurait aimé la croire mais il commençait à la connaître.

— Nous nous étions dit au revoir la dernière fois que nous nous sommes vus.

— Je sais que tu es toujours en colère contre moi.

— Fiona...

Des larmes jaillirent de ses yeux comme si elle avait la capacité de les faire apparaître à volonté.

— Chase, laisse-moi au moins t'embrasser une dernière fois. Je t'en prie.

Sans lui laisser le temps de refuser, elle franchit en deux enjambées la distance qui les séparait. Comme elle s'approchait de lui et s'apprêtait à l'enlacer, elle sortit les mains de ses poches. Il y vit briller une lame.

D'un geste brusque, il s'écarta et lui saisit le bras.

— Qu'est-ce que...

Avec un juron, il resserra son emprise. Fiona était plus forte qu'elle n'en avait l'air. Elle se débattit et se mit à hurler des obscénités tout en cherchant à lui enfoncer son poignard dans le ventre.

Son regard de démente était presque plus effrayant que la lame dans son poing. Il lui tordit le poignet jusqu'à ce qu'elle laisse tomber le couteau avec un cri. Au moment où celui-ci heurta le sol, Chase la lâcha.

Aussitôt, elle bondit pour le récupérer mais Chase fut plus rapide qu'elle. Comme il se penchait pour le ramasser, elle se jeta sur lui et, folle de rage, le frappa avec violence dans l'espoir de le faire s'étaler par terre.

Il la repoussa brutalement et elle trébucha en arrière avant de s'écrouler dans l'herbe. Elle se mit alors à pleurer de façon hystérique.

Sonné, Chase la dévisagea avec incrédulité. Avait-elle vraiment essayé de le poignarder ?

— N'approche pas ! Ne me tue pas ! cria-t-elle en levant les mains devant elle d'un air terrifié.

Elle semblait avoir oublié qu'*elle* avait tenté de l'assassiner. Chase s'était emparé du couteau pour l'en empêcher mais il ne la menaçait pas.

Il ne comprit son comportement qu'en prenant soudain conscience qu'ils n'étaient plus seuls. Alertés par les cris de Fiona, plusieurs habitants de l'immeuble étaient sortis de chez eux. Une femme d'un certain âge chercha son téléphone portable dans son sac comme si elle s'apprêtait à appeler la police.

Chase sentit le danger.

— Tout va bien, dit-il rapidement.

Le regard de la voisine se posa sur le poignard qu'il tenait toujours à la main.

— Il n'y a aucune raison de s'affoler, poursuivit-il avec calme.

Il se dirigea vers les poubelles alignées le long du bâtiment, en ouvrit une et y laissa tomber le couteau.

— Mon poignard ! cria Fiona. Tu n'as pas le droit de jeter ce qui m'appartient.

La voisine au téléphone reporta son attention sur Fiona qui se relevait en tapotant son jean.

Fiona lui lança d'un ton hargneux :

— Vous voulez ma photo, espèce de vieille bique ? Rentrez chez vous avant que je vous arrache ce téléphone des mains et que je vous le fasse...

Comme la malheureuse tournait les talons pour remonter chez elle à la hâte, Chase secoua la tête avec un soupir. Il se dirigea vers son appartement. Il allait en faire le tour une dernière fois avant de le fermer.

Il veilla à ne pas passer devant Fiona.

— Va-t'en avant que la police n'arrive, dit-il.

— La vieille ne les appellera pas. Elle sait que si elle s'y risquait, elle le paierait cher.

Chase espérait, lui aussi, que la voisine ne contacterait pas les autorités. Sinon, il lui faudrait faire une déclaration au commissariat et perdre du temps. Et il aurait de la chance s'il ne se retrouvait pas derrière les barreaux. Fiona n'hésiterait certainement pas à mentir pour qu'il apparaisse comme l'agresseur et elle la victime.

Tout en ouvrant sa porte, il surveillait Fiona du coin de l'œil.

Il ne voulait surtout pas qu'elle parvienne à s'introduire chez lui. Elle n'aurait aucune difficulté à y trouver un autre couteau.

— Tu as tort de vouloir aller la retrouver ! cria-t-elle. Cette fille ne te rendra pas heureux !

Il la regarda. Son mascara avait coulé, elle avait les yeux rouges, l'air désespéré. Elle semblait tellement abattue qu'un instant, il fut ému par sa détresse.

Où était passée la femme sûre d'elle, élégante et pétillante qu'il avait rencontrée au barbecue de Rick ?

— Tu as besoin d'aide, Fiona.

Elle se mit à ricaner.

— C'est toi qui as besoin de te faire soigner, Chase.

Avec un soupir, il entra, referma la porte et la verrouilla avant de poser la chaîne de sécurité. Fiona avait peut-être fait faire plusieurs doubles de sa clé. Qu'en savait-il, après tout ? N'avait-elle pas prétendu un jour que le gérant de l'immeuble lui avait ouvert ? Elle lui avait beaucoup menti. Il ignorait qui était vraiment Fiona Barkley.

Bientôt, elle ne serait plus qu'un mauvais souvenir, se dit-il en faisant une dernière fois le tour des lieux pour s'assurer qu'il n'oubliait rien et que tout était en ordre.

Quand il jeta un œil par la fenêtre, il vit la voiture de Fiona s'éloigner. Soulagé, il prit son sac de voyage, ferma l'appartement et se dirigea vers son pick-up. Il avait hâte de prendre la route, de regagner le Montana. Mais comme il s'approchait de son camion, il s'aperçut que Fiona lui avait laissé un message d'adieu.

Sur son pare-brise, elle avait écrit au rouge à lèvres :

Tu le regretteras.

Il regrettait surtout d'avoir croisé la route de cette folle. Il eut une petite pensée pour le prochain homme qui attirerait l'œil de Fiona. Il espérait que le malheureux saurait mieux que lui se dépêtrer de ses manigances.

Il jeta son sac sur le siège passager, tira un vieux chiffon de l'arrière de son véhicule et essuya le rouge à lèvres. Puis il s'installa au volant et mit le cap vers le Montana, vers Mary, bien déterminé à sortir Fiona de son esprit.

Certains jours, par exemple lorsqu'elle regardait Mary, sa fille de vingt-huit ans, Dana s'étonnait de la vitesse à laquelle les années avaient passé. À peine avait-elle eu le temps de dire ouf que son bébé était devenu une femme.

Étant sa seule fille, Mary occupait une place particulière dans son cœur de mère. Voilà sans doute pourquoi, quand Mary souffrait, Dana souffrait aussi. Depuis que Chase et Mary avaient rompu et qu'il avait quitté le Montana, sa fille avait le cœur brisé et Dana ne savait pas comment l'aider.

Pourtant, elle avait, elle aussi, connu un chagrin d'amour. Autrefois, elle s'était disputée avec Hud, son amoureux, et il avait fini par partir en claquant la porte. Elle en avait été anéantie. Mais il était revenu, ils s'étaient mariés et leur amour avait surmonté toutes les difficultés qu'ils avaient rencontrées depuis lors.

Experte-comptable, Mary s'était mise dernièrement à son compte pour exercer son métier en indépendante. Dana espérait que ses nouvelles activités l'aideraient à se changer les idées. Mary travaillait d'arrache-pied et elle s'était déjà constitué une solide clientèle. Ses affaires étaient tellement florissantes qu'elle avait pu s'acheter un petit immeuble. Pourtant, malgré ses multiples activités et ses succès, Mary n'était pas heureuse, Dana le voyait bien. Il manquait quelque chose à sa vie, à son cœur.

— Eh ! sœurette, as-tu entendu un mot de ce que je viens de te dire ?

Dana, qui regardait par la fenêtre Mary desseller son cheval, reporta son attention sur son frère, assis à la table de la cuisine.

— Désolée. Tu parlais des voleurs de bétail, c'est ça ?

Jordan sourit. À une époque, tous deux avaient été en conflit à propos du ranch. Heureusement, ces vieilles querelles appartenaient au passé. Jordan répétait souvent à Dana qu'il se félicitait tous les jours d'être revenu à Big Sky pour faire la paix avec elle et l'aider à diriger Cardwell Ranch. Elle partageait entièrement son avis.

— Nous avons encore perdu trois bêtes, dit-il.

— Combien ont disparu, en tout ? demanda-t-elle.

— Douze nous ont déjà été volées, répondit son frère.

Dana se tourna vers son mari, assis au bout de la table, qui observait lui aussi Mary par la fenêtre, tout en se régalant de cookies tout juste sortis du four. Hud rentrait tous les jours au ranch pour déjeuner et elle s'efforçait de lui cuisiner ce qu'il aimait.

— Les voleurs attaquent toujours les troupeaux la nuit, dit-il. Ils coupent les barbelés au sécateur, sélectionnent quelques bêtes et les conduisent sur la route où les attend une bétaillère. Ils veillent à cibler chaque fois un ranch ou un champ différent et voilà pourquoi, à moins d'être devin, il est impossible de prédire où ils vont frapper... Nous ne sommes pas les seuls à avoir subi des pertes.

— Nous aurions peut-être intérêt à embaucher des hommes pour monter la garde, la nuit, dit Jordan. Ils feraient des rondes le long des clôtures.

— Je vais déjà demander à un ou deux de mes adjoints de patrouiller sur les routes du coin pendant quelques nuits et voir si cela change quelque chose, dit le shérif en se levant.

Comme il lançait un regard interrogateur à Dana, Jordan se mit debout à son tour. Il comprit que mari et femme avaient besoin de s'entretenir en privé et il sortit dans la cour pour les laisser en tête à tête.

Dès qu'il fut parti, Hud demanda à Dana :

— Qu'y a-t-il ? Je devine que quelque chose te préoccupe et il ne s'agit pas des voleurs de bétail.

Elle lui sourit. Comme il la connaissait bien ! Hud était son mari, son amant et son meilleur ami.

— C'est vrai. Je m'inquiète à propos de Mary. Stacy m'a dit qu'elle avait posté une lettre de Mary pour Chase, il y a quelques semaines. Il ne lui a pas répondu.

Hud poussa un gémissement.

— Et que lui écrivait-elle ? En as-tu une idée ?

— Non mais elle semble se morfondre depuis. Je pense qu'elle est toujours amoureuse de lui. À mon avis, elle ne s'est jamais remise de leur rupture, ajouta-t-elle avec un soupir.

Son mari secoua la tête.

— Pourquoi n'avons-nous pas eu que des garçons ?

— Nos fils tomberont un jour amoureux et connaîtront probablement des chagrins d'amour, eux aussi.

Comme il n'émettait aucun commentaire, Dana ajouta :

— Mary sort avec ton adjoint Dillon Ramsey, ce soir.

Avec un juron, il passa la main dans ses cheveux grisonnants.

— Je n'aurais pas dû lui dire que ce type ne me plaisait qu'à moitié.

Dana se mit à rire.

— Si tu t'inquiètes autant à propos de cet homme, pourquoi ne pas en parler franchement avec elle ?

Il poussa un gros soupir.

— Tu la connais aussi bien que moi. Elle est plus têtue qu'une bourrique. Si je lui dis de ne pas faire quelque chose, elle aura encore plus envie de le faire.

Il n'avait pas tort. Mary avait hérité du caractère de sa mère et de sa grand-mère.

— Dillon l'a seulement invitée à dîner, dit-elle, espérant qu'il n'y avait donc pas lieu de se faire du souci.

Avec un grognement, Hud enfonça son stetson sur sa tête.

— Je dois retourner au travail. Crois-tu qu'elle se remettra un jour de cette histoire avec Chase ? ajouta-t-il, le regard adouci.

Dana aurait aimé le savoir.

— Avec le temps, oui. Sans doute a-t-elle besoin de savoir sur quel pied danser. Le fait que Chase ne réponde pas à sa lettre est une réponse en soi et va peut-être l'encourager à tourner la page et à s'intéresser à quelqu'un d'autre.

— Pourvu que ce quelqu'un d'autre ne soit pas Dillon Ramsey.

— Sérieusement, qu'est-ce qui t'ennuie à son sujet ?

Le shérif fronça les sourcils.

— Je ne peux pas mettre le doigt dessus mais quelque chose ne me plaît pas chez lui. Je l'ai engagé pour rendre service à son oncle qui est shérif dans le Wyoming. Dillon est assez arrogant, très sûr de lui.

Dana éclata de rire.

— J'ai connu un adjoint de ce genre autrefois...

Hud sourit.

— Ce n'est pas faux. Par ailleurs, il est encore jeune, il débute dans le métier.

— Je ne pense pas que ce soit cet aspect qui attire Mary.

Son mari poussa un gémissement.

— Je préférerais la voir avec quelqu'un ayant la tête sur les épaules et les deux pieds sur terre.

— Tu veux dire avec quelqu'un qui ne soit pas représentant des forces de l'ordre. Chase Steele ne l'était pas.

— J'aimais bien Chase, reconnut Hud à contrecœur. Mais ils étaient tous les deux trop jeunes. Avant de se marier, il avait besoin de rouler sa bosse, de profiter un peu de sa jeunesse, de faire les quatre cents coups... De devenir adulte.

— Mary aurait voulu qu'il reste et se batte pour elle. Cela ne te rappelle pas quelqu'un ?

Hud eut un sourire triste.

— Parfois, un garçon doit quitter son lopin de terre pour découvrir le vaste monde et grandir. C'était la raison pour laquelle j'étais parti, dit-il en lui prenant la main. Loin de toi, j'avais compris ce qu'il me manquait pour être heureux, ce que je voulais. Toi.

Elle se blottit contre lui, songeant avec reconnaissance à ces années passées auprès de cet homme merveilleux à élever leur famille dans ce ranch qu'elle adorait.

— Mary est forte.

— Comme sa mère.

— Elle s'en remettra, dit Dana, espérant ne pas se tromper.

Chase était déterminé à rouler le plus loin possible. Rejoindre le Montana lui demanderait une vingtaine d'heures de route et il lui serait difficile d'effectuer le trajet d'une traite. Mais il ressentait presque physiquement le besoin de mettre un maximum de kilomètres entre Fiona et lui. L'estomac noué, il se remémora la brève histoire qu'il avait eue avec elle et fit un petit examen de conscience.

Avait-il dit ou fait quelque chose donnant à penser qu'il

souhaitait nouer une véritable relation amoureuse avec elle ? Non, il avait été clair dès le départ et il lui avait dit d'emblée qu'il n'était pas libre mais amoureux d'une autre. En revanche, il avait eu tort de se laisser séduire sans réfléchir.

Lorsqu'il lui avait expliqué qu'il en aimait une autre, Fiona lui avait assuré qu'elle s'en moquait. Elle avait prétendu avoir seulement envie de sexe pour se détendre après une mauvaise journée. Et comme un imbécile, il l'avait crue. Il était tombé dans le panneau.

Pourtant, même quand elle avait révélé sa vraie nature, son côté manipulateur, il avait deviné chez elle une profonde vulnérabilité. Il avait éprouvé une certaine pitié pour elle. Peut-être à tort.

Il se sentait très mal en songeant à cette triste affaire et les kilomètres qu'il avalait n'y changeaient rien. Il regrettait d'avoir quitté le Montana, quatre ans plus tôt, mais à l'époque ce départ lui paraissait la seule issue. Il avait mis le cap sur le sud, sans avoir d'idée précise sur sa destination. Où qu'il aille, un menuisier trouvait toujours du travail.

Lorsque sa mère lui avait annoncé qu'elle était en train de mourir d'un cancer et qu'elle voulait le voir avant la fin, il avait aussitôt quitté son poste pour se rendre à Quartzsite, en Arizona. Il espérait alors qu'elle lui donnerait enfin le nom de son père.

Chase n'avait jamais su qui était son géniteur. Depuis sa naissance, sa mère refusait de révéler l'identité de cet homme, pour des raisons dont il ignorait tout. Une fois en Arizona, il avait vite compris qu'elle n'avait toujours pas l'intention de le lui dire et qu'elle emporterait ce secret avec elle. En revanche, elle lui avait fait promettre de rapporter ses cendres dans le Montana et de les disperser dans le Gallatin Canyon près de Big Sky.

« C'est là-bas que j'avais rencontré ton père, avait-elle confié d'une voix faible. Il était l'amour de ma vie. »

Si elle ne lui avait pas dit qui il était, au moins savait-il maintenant que ce type avait vécu à Big Sky au moment de la conception de Chase. Ce n'était pas grand-chose mais c'était toujours mieux que rien.

Après avoir traversé Searchlight, dans le Nevada, Chase

roulait au milieu de nulle part lorsqu'il s'aperçut qu'une épaisse fumée s'échappait de son capot. Il s'arrêta quand le moteur se mit à tousser. Tout en se garant sur le bas-côté, il se demanda tout de suite si Fiona avait trafiqué son camion avant son départ.

Une profonde colère s'empara de lui. Mais très vite, elle fut balayée par une autre émotion, infiniment plus forte. En proie à un horrible pressentiment, il eut soudain l'intuition qu'un terrible malheur allait s'abattre sur Mary s'il n'arrivait pas très vite dans le Montana. Cette impression fut si puissante qu'il hésita à abandonner son pick-up au bord de la route et à continuer en stop.

Il tenta de se calmer, de se convaincre que cette angoisse était irrationnelle et ne reposait sur rien. Certes, Fiona avait essayé de le tuer pour l'empêcher de partir et sans doute avait-elle saboté son camion. Mais il était peu probable qu'elle aille jusqu'à traverser le pays pour le poursuivre de ses assiduités et continuer à déverser sa rancœur sur lui. En revanche, le moteur du camion était mort. Chase allait devoir en faire poser un nouveau, ce qui allait lui prendre un moment.

Il eut beau se raisonner, le mauvais pressentiment qui l'avait saisi un peu plus tôt ne se dissipa pas. Après avoir appelé une dépanneuse, il composa le numéro du Jensen Ranch, le ranch le plus proche de celui de la famille de Mary. Si quelqu'un savait comment allait Mary, c'était Beth Anne Jensen.

Elle répondit à la troisième sonnerie.

— Allô !

— Bonjour, Beth Anne. Chase à l'appareil.

Lorsqu'elle se mit à glousser de joie, il comprit qu'elle était la dernière personne qu'il aurait dû contacter, mais le mal était fait. Un peu tard, il se souvint que, quand il travaillait pour les Jensen, Beth Anne lui avait fait des avances, ce qui avait provoqué une crise avec Mary.

— Salut, Chase. Heureuse de t'entendre. Tu es de retour ?

— Non, je téléphonais seulement pour savoir comment allait Mary. J'étais inquiet pour elle. Sais-tu si elle va bien ?

Le ton de Beth Anne changea du tout au tout.

— Autant que je sache, elle se porte comme un charme. Est-ce tout ce que tu voulais savoir ?

Il avait vraiment commis une erreur en l'appelant.

— Comment vas-tu, toi ?

— Merci de t'en soucier. Je vais bien. J'ai ouvert une boutique de fleurs et je sors avec un séduisant cow-boy. Mais si tu t'intéresses toujours à Mary, pourquoi n'es-tu pas revenu à Big Sky ?

Par entêtement, par stupidité ou par fierté mal placée. Ou une combinaison des trois.

— Peu importe. Mais je viens d'avoir un mauvais pressentiment. J'ai cru qu'elle avait des problèmes.

Beth Anne se mit à rire.

— Mon frère l'a vue, il n'y a pas longtemps, avec l'un des jeunes adjoints du shérif. Apparemment, elle sort avec lui.

— Elle va bien, alors. Tant mieux. Merci et prends soin de toi.

Il raccrocha avec brusquerie et s'interdit de continuer à s'angoisser pour Mary. Si elle sortait avec un adjoint, elle ne risquait rien, n'est-ce pas ? De colère, il donna un coup de pied dans l'un de ses pneus puis il s'assit par terre pour attendre la dépanneuse.

Elle mit des heures à arriver et à remorquer son camion jusqu'au garage le plus proche. À ce moment-là, il était fermé et Chase fut contraint de prendre une chambre dans un motel du coin. Il se doucha avant de s'effondrer sur le lit, furieux contre Fiona mais plus furieux encore contre lui-même.

En voyant la fumée s'échapper de son capot, il avait immédiatement deviné que le moteur était grillé mais il n'avait pas tout de suite détecté l'origine du problème. Certes, son pick-up n'était pas neuf mais il était bien entretenu et en bon état. Perplexe, il avait vérifié le niveau d'huile. Et c'est alors qu'il avait senti l'odeur d'eau de Javel qui s'en échappait.

En un éclair, il avait compris ce qui s'était passé. Après avoir fini de nettoyer son appartement, il avait jeté un flacon de Javel et d'autres produits ménagers qu'il ne souhaitait pas rapporter dans le Montana.

Il avait laissé Fiona seule près de son camion. Il avait cru que, pour se venger, elle s'était contentée d'écrire des menaces sur son pare-brise avec du rouge à lèvres. Il l'avait sous-estimée et maintenant, il allait devoir changer son moteur, ce qui demanderait du temps et de l'argent.

Trois jours plus tard, alors qu'il était toujours bloqué dans le Nevada, attendant que son nouveau moteur soit livré, il appela Rick.

— Salut, Chase, ravi d'avoir de tes nouvelles, dit ce dernier. Où es-tu ? J'étais sûr que tu ferais la route jusque dans le Montana d'une seule traite.

— J'aurais bien aimé mais je suis tombé en panne près de Searchlight.

— Vraiment ? Est-ce grave ?

— J'en ai bien peur. Je soupçonne Fiona d'avoir mis de l'eau de Javel dans le réservoir d'huile.

Rick laissa échapper un juron.

— Cela a dû bousiller le moteur.

— Exactement. Il est grillé.

— Je suis vraiment désolé. J'ai l'impression que tout est ma faute. Y a-t-il quelque chose que je puisse faire ? Où es-tu ? Je pourrais peut-être venir te remorquer et rapatrier ton véhicule jusqu'ici. Je connais un excellent mécanicien qui...

— Merci, Rick. C'est très gentil à vous de le proposer mais je fais réparer mon camion ici. C'est plus simple. Je ne vous appelais pas pour vous demander de l'aide.

— C'est drôle que tu téléphones, dit Rick. Parce que depuis plusieurs jours, je sais que je dois te passer un coup de fil, mais je ne cesse de reporter dans l'espoir d'avoir de meilleures nouvelles à t'annoncer.

Chase sentit les battements de son cœur s'accélérer dans sa poitrine.

— Pourquoi ? Que se passe-t-il ?

Son ancien patron laissa échapper un petit rire ennuyé.

— Nous sommes toujours amis, n'est-ce pas ?

— Bien sûr. Je vous ai pardonné pour Fiona, si c'est ce qui vous inquiète.

— Tu risques de changer d'avis après avoir entendu ce que je m'apprête à te dire, répliqua Rick. Je ne voulais pas que tu l'apprennes en lisant les journaux.

Chase sentit son ventre se nouer mais Rick poursuivit :

— Depuis ton départ, Fiona n'était pas retournée travailler à l'agence immobilière qui l'employait, et quand Patty a fait un saut chez elle, elle s'est aperçue qu'elle avait filé sans laisser d'adresse.

Chase jura entre ses dents. Fiona n'aurait quand même pas tenté de mettre fin à ses jours ? Elle lui avait dit qu'il regretterait d'être parti. Il sentit un frisson de peur lui parcourir l'échine. Fiona était tellement irrationnelle que le pire était à craindre...

Rick s'éclaircit la voix.

— Ce matin, un pêcheur a trouvé sa voiture dans le Colorado.

Le ventre noué, Chase ne parvenait plus à respirer.

— Est-elle... ?

— Des plongeurs sondent le cours d'eau depuis des heures dans l'espoir de repêcher son corps mais il a pu dériver très loin. Le fleuve est très haut après le violent orage qui s'est abattu dans la montagne, l'autre nuit.

Chase se passa la main dans les cheveux tout en arpentant sa chambre de motel.

— Quand je suis parti, elle m'a menacé du pire mais jamais je n'aurais imaginé qu'elle attenterait à sa vie.

— Ne tire pas de conclusions hâtives, dit Rick. Pour la police, il s'agit d'un accident. Des caméras de surveillance ont filmé Fiona alors qu'elle sortait d'un bar, ce soir-là, et elle était manifestement en état d'ébriété. Écoute, ce n'est pas ta faute. Je n'aurais sans doute pas dû t'en parler. Cette fille n'était pas très équilibrée. Voilà longtemps que ma femme s'inquiétait à son sujet.

Accablé, Chase cessa de tourner en rond pour regarder le désert par la fenêtre. Des vagues de chaleur montaient du sol, créant des mirages.

— Malgré tout, penser, ne serait-ce qu'un instant, qu'elle a pu avoir envie d'en finir à cause de moi me rend malade, dit-il.

— Elle était caractérielle. De toute façon, c'était un accident, j'en suis certain. Je suis désolé de t'annoncer ce genre de nouvelles mais je me suis dit que tu préférerais le savoir. Une fois ton camion réparé, pars et oublie cette triste histoire. As-tu toujours l'intention de te rendre dans le Colorado ? Si tu changes d'avis et souhaites revenir en Arizona, tu sais que je serai ravi de te revoir. Et que tu retrouveras aussitôt ta place dans mon entreprise.

Chase n'avait plus aucune raison de lui cacher la vérité à présent.

— Merci Rick. Votre proposition me touche. Mais dès que possible, je rentre chez moi, dans le Montana.

— Dans le Montana ? Si je comprends bien, tu n'as jamais oublié ton premier amour, hein ?

— Non, c'est vrai.

Chase se rendit compte que « chez lui », c'étaient « les bras de Mary ». Et le canyon Gallatin.

— J'ai grandi à Big Sky. Et j'y suis tombé amoureux pour la première fois.

— Eh bien, je te souhaite bonne chance. Et le meilleur pour la suite.

— Merci. Et si vous avez du nouveau à propos de Fiona…

— Je le garderai pour moi.

— Non, non, prévenez-moi, au contraire. Je ne la connaissais pas bien mais je me soucie de son sort.

Il se remémora la première fois où il l'avait vue, vêtue de cet élégant tailleur noir et chaussée de talons aiguilles. Ce soir-là, elle lui avait paru forte, capable, enjouée… Et les autres fois où elle venait chez lui en permanence comme si elle était chez elle, comme s'ils étaient en couple… Depuis le départ, elle lui avait joué un rôle, une comédie.

— Je n'ai jamais su qui elle était, en réalité. Je ne suis pas sûr qu'elle l'ait su elle-même.

Ils se dirent au revoir. Après avoir raccroché, Chase rangea son téléphone. Il ne pouvait s'empêcher d'imaginer les derniers moments de Fiona lorsque sa voiture était tombée dans le fleuve en crue. Savait-elle nager ? Il n'en avait aucune idée. Avait-elle réussi à s'extraire de l'habitacle ou y était-elle restée coincée ?

Et ensuite, était-elle trop épuisée pour remonter à la surface ? Ou avait-elle été emportée par le courant ?

Chase se sentait triste mais il savait qu'il n'aurait pas pu l'aider. Fiona cherchait un homme prêt à s'engager avec elle. Comme toute femme, elle méritait de vivre un amour authentique. Mais comme il le lui avait dit dès le départ, il n'était pas pour elle.

Si seulement il avait su, avant de se rendre à ce barbecue, à quel point elle était fragile, il aurait veillé à garder ses distances. De toute façon, il aurait dû se tenir éloigné d'elle. À présent, il se reprochait ce moment de faiblesse.

Cette nuit-là, il avait eu besoin de quelqu'un mais pas d'une inconnue, pas de Fiona. Il avait eu besoin de Mary.

— Je suis vraiment désolé, murmura-t-il. Vraiment désolé.

Il espérait que maintenant, Fiona avait enfin trouvé la paix.

Le regard rivé sur l'horizon, il reporta ses pensées vers Mary. Il était impatient de revoir ses beaux yeux bleus et de lui dire qu'il n'avait jamais cessé de l'aimer.

Songer à elle raviva son inquiétude. Il avait hâte de regagner le Montana.

Dillon accompagna Mary jusqu'à sa porte et patienta jusqu'à ce qu'elle retrouve ses clés au fond de son sac.

— J'ai passé une merveilleuse soirée, dit-il en s'appuyant contre le mur de l'immeuble comme s'il attendait qu'elle l'invite à monter.

Des nuages jouaient à cache-cache avec la lune au-dessus des montagnes. L'odeur des sapins embaumait l'air frais de la nuit.

Sa mère répétait souvent que cette partie du Montana était un petit coin de paradis. Mary partageait tout à fait son avis.

Elle avait laissé une lumière allumée dans son appartement au dernier étage.

— Je me suis bien amusée, moi aussi, dit-elle.

Elle hésita à lui proposer de venir admirer la vue de son balcon. Il faisait particulièrement doux, ce soir. Mais soudain, sans bien savoir pourquoi, elle se sentit fatiguée et remplie d'une infinie tristesse. Mieux valait abréger la soirée.

Dillon planta les yeux dans les siens.

— Je dois y aller, dit-il.

Alors qu'il était manifestement sur le point de tourner les talons, il sembla brusquement changer d'avis et se pencha vers Mary pour l'embrasser. Chastement d'abord, puis avec plus d'ardeur, l'étreignant contre lui. Ce baiser la décontenança. Lors de leur premier rendez-vous, il n'avait même pas essayé de lui prendre la main.

Sa langue fouilla sa bouche un long moment puis il s'écarta avec brusquerie. Il l'observa avec attention sous le clair de lune avant de dire :

— Je dois vraiment y aller. Peut-être pourrions-nous faire quelque chose ce week-end, si tu n'es pas trop occupée ?

Elle hocha bêtement la tête avant d'entrer dans son immeuble. Dillon et elle avaient presque le même âge. Ils étaient tous deux majeurs et vaccinés. De plus, elle avait cru qu'il l'embrasserait dès leur premier rendez-vous. Sa surprise, ce soir, n'avait donc rien à voir avec leur baiser.

Elle verrouilla la porte derrière elle et se dépêcha de monter chez elle. D'une main tremblante, elle ouvrit son appartement, entra et tira le verrou derrière elle. Au bord des larmes, elle s'appuya contre la porte. Elle ne comprenait pas pourquoi elle était la proie d'une telle déception.

Le baiser avait bien commencé. Mais quand Dillon l'avait approfondi, que leurs langues avaient entamé une danse sensuelle, elle n'avait ressenti qu'un grand vide.

Comparerait-elle sa vie durant chaque baiser à ceux de Chase ? Manquerait-il toujours quelque chose aux hommes qu'elle embrasserait par la suite ?

Sans se donner la peine d'allumer la lumière, elle jeta son sac dans un coin et gagna sa chambre, furieuse contre elle-même. Et encore plus furieuse contre Chase. Il l'avait quittée comme si ce qu'ils avaient vécu ensemble ne signifiait rien pour lui. Et voilà d'ailleurs pourquoi il s'était fiancé à une autre et n'avait même pas eu le courage de le lui dire.

Pour la énième fois, elle se reprocha d'avoir écrit cette lettre. Elle enfila son T-shirt préféré et alla se brosser les dents dans la salle de bains. Son reflet dans le miroir la surprit. Elle n'était plus la jeune fille dont Chase était tombé amoureux. Elle était désormais une femme à part entière. Elle sécha ses larmes. Une détermination pleine de colère remplaça peu à peu son chagrin. Elle se remettrait de cette épreuve, elle en sortirait grandie.

La sonnerie inattendue de son smartphone la fit sursauter. Elle se dépêcha de s'emparer de l'appareil et, pendant un instant, elle pensa que Chase l'appelait. Son cœur s'accéléra dans sa poitrine mais très vite, elle recouvra ses esprits. Chase avait tourné la page, il l'avait oubliée et s'était fiancé à une autre. Quand allait-elle enfin l'accepter ?

— Depuis que je t'ai laissée en bas de chez toi, je ne cesse de penser à toi, dit Dillon. Et je me demandais si tu voudrais aller au cinéma demain soir...

— J'adorerais, répondit-elle aussitôt.

Peut-être n'était-elle tout simplement pas prête pour un baiser, ce soir. Peut-être que la prochaine fois tout se passerait mieux...

— Génial, dit Dillon. Je viendrai te chercher vers 17 h 30 si ça te va. Pourquoi n'irions-nous pas grignoter un morceau après le film ?

— Excellente idée.

Dommage que Chase ne puisse la voir maintenant, pensa-t-elle en raccrochant. Dillon était beau, séduisant, peut-être un peu moins costaud que Chase. Mais il le dépassait d'une bonne tête. Et il voulait sortir avec elle.

Elle raccrocha, déterminée à laisser Chase Steele derrière elle. Il était passé à autre chose et désormais, elle aussi. La prochaine fois, elle inviterait Dillon à monter chez elle. Mais alors même qu'elle s'imaginait avec lui sous les draps, elle songea à Chase et à sa fiancée. Elle se trouva pathétique. Alors qu'elle ne pouvait s'empêcher de comparer tous les hommes à Chase, lui était tombé amoureux d'une autre. Elle avait toujours cru que ce qu'ils avaient partagé était vraiment unique, spécial. Tous ses mots, tous ses gestes, tous ses baisers étaient pour elle, rien que pour elle.

Et maintenant, il les offrait à une autre...

Mary ne voulait plus penser à lui. Dillon l'avait fait rire, et si son baiser n'avait pas déclenché la moindre flamme intérieure, elle était prête à lui donner une deuxième chance.

Son père ne faisait pas confiance à son nouvel adjoint. Cela signifiait-il qu'elle devait se méfier de Dillon ? Autrefois, Chase avait eu un côté un brin rebelle, lui aussi, et son père avait été inquiet de voir sa fille tomber amoureuse de lui. Peut-être y avait-il une dangerosité chez Dillon qui le rendait intéressant à ses yeux.

Alors qu'elle s'endormait, ses pensées revinrent à Chase. Le cœur en miettes, elle frappa avec colère son oreiller inondé de larmes.

4

— Comment s'est passée ta soirée ?

Mary leva les yeux de l'écran de son ordinateur et découvrit sa mère sur le seuil de son bureau, deux grands gobelets en carton à la main. Elle les avait achetés au café d'en face.

— Dis-moi que tu m'as pris un Frappuccino au caramel !

Mary raffolait de cette boisson frappée et glacée, qui se déclinait, au choix, agrémentée de chocolat ou de caramel. Cette dernière version avait sa préférence.

Dana éclata de rire.

— Je connais tes goûts, ma chérie ! Il ne manque ni la glace pilée ni la crème Chantilly, ni le coulis de caramel au beurre salé !

Mary sourit à sa mère et plongea un doigt dans la chantilly avant de le porter à sa bouche avec délice.

— Merci, maman. Je vais me régaler. J'espère que tu en as pris un pour toi.

— Sûrement pas, répondit Dana en s'asseyant dans un fauteuil de cuir. Un Frappuccino contient trop de calories. Je n'ai pas besoin de kilos supplémentaires. De toute façon je préfère que mon café ait un vrai goût de café.

Mary, qui s'étonnait souvent de ressembler beaucoup à sa mère, devait reconnaître qu'en la matière, elles étaient bien différentes. En réalité, elles partageaient essentiellement un amour infini pour le Montana et une détermination sans faille à transmettre Cardwell Ranch aux générations futures. Du moins pour ceux et celles qui voudraient y rester. Ses trois frères avaient quitté la région dès leur majorité. Mary s'interrogeait sur ses futurs enfants... Au cas où elle finirait par se marier et par devenir mère, bien sûr. Auraient-ils envie de voyager comme Chase ? Elle ne pourrait évidemment pas les forcer à demeurer près d'elle. Pas plus qu'elle n'avait réussi à retenir Chase.

Elle savoura une gorgée de sa boisson préférée, se reprochant la tournure de ses pensées. N'avait-elle pas décidé de cesser de tout ramener à Chase ?

Sa mère l'observait avec attention.

— J'essaie de deviner si ta soirée avec Dillon s'est bien passée, dit-elle. Quand je suis entrée, j'aurais juré que oui, mais maintenant, tu fronces les sourcils... Ton Frappuccino est-il bon, au moins ?

Mary se força à sourire et reporta son attention sur sa mère.

— Il est parfait, merci. J'en avais vraiment besoin. D'habitude, j'essaie de me rendre au café de Lone Peak Perk à l'ouverture. Mais ce matin, j'avais tellement de travail que je ne voulais pas perdre un instant. Dommage qu'ils ne livrent pas à domicile.

Sa mère la dévisagea d'un regard pénétrant.

— Cherches-tu sciemment à détourner la conversation pour ne pas répondre à ma question ? Ton rendez-vous avec ce Dillon m'intéresse plus que tes rituels en matière de café.

Mary éclata de rire et répondit :

— J'ai passé une bonne soirée, oui. Nous nous sommes bien amusés. Et d'ailleurs, je ressors avec lui, ce soir.

Sa mère leva un sourcil surpris.

— Déjà ? Si je comprends bien, contrairement à ce que craignait ton père, il s'est comporté en parfait gentleman...

— N'hésite pas à le dire à papa, dit-elle, une étincelle de malice dans les yeux.

— Mary !

Toutes deux éclatèrent de rire.

— Alors, il te plaît, ce bel adjoint ? J'ai l'impression que tu l'aimes bien, non ? reprit Dana, faisant mine d'ignorer qu'elle devenait indiscrète.

Mary soupira. En réalité, elle avait espéré qu'elle l'aimerait mieux que cela.

— Tu es impossible, maman. Tu ne me lâcheras pas tant que tu ne m'auras pas tiré les vers du nez, n'est-ce pas ?

— Non. Bien sûr que non.

Sa mère paraissait surtout soulagée que Mary s'efforce de sortir Chase de sa tête. Elle n'aimait pas voir sa fille malheureuse. Il était temps d'arrêter de se morfondre à cause de Chase et elles le savaient toutes les deux.

— Alors, quoi de neuf ? demanda Dillon Ramsey en refermant la porte du chalet.

Il se dirigea vers le réfrigérateur, l'ouvrit pour y prendre une bière comme s'il était chez lui.

Irrité, Grady Birch serra les dents mais ne releva pas.

— La nuit dernière, nous avons embarqué trois autres bœufs de première qualité, répondit-il. Des adjoints patrouillaient près de la rivière, comme tu l'avais indiqué. Nous nous sommes donc attaqués à un ranch situé à l'opposé du cours d'eau. Nous sommes entrés et sortis sans être inquiétés.

Un sourire aux lèvres, Dillon décapsula sa canette et en avala une longue gorgée.

— C'est bien pratique de savoir d'avance où seront postés les adjoints du shérif.

— Malheureusement, j'ai entendu dire que des éleveurs avaient décidé de monter eux-mêmes la garde pour protéger leurs troupeaux.

Dillon jura.

— C'était trop facile, cela ne pouvait pas durer.

Il s'installa dans l'un des fauteuils usés du chalet de Grady. Curieusement, il se sentait plus à l'aise dans cet endroit miteux que dans son bel appartement de Big Sky.

— Nous allons marquer une pause, le temps que les ranchers se calment, dit-il.

— Et à part ça, comment s'est passé ton rendez-vous ?

L'adjoint sourit.

— Encore deux ou trois soirées du même genre et elle viendra me manger dans la main.

Grady avait l'air inquiet.

— Tu joues avec le feu en sortant avec la fille du shérif. C'est de la folie pure. J'espère que le jeu en vaut la chandelle.

Dillon éclata de rire.

— J'aurai sous peu la possibilité de me rendre au Cardwell Ranch, de m'asseoir sur leur terrasse et de boire les bières du shérif... Tu imagines ? Tu parles que ça en vaut la peine !

— Le but du jeu m'échappe, je crois, dit Grady.

— Mon travail d'adjoint du shérif est provisoire. Dans l'immédiat, il me permet d'amasser de l'argent en toute discrétion. Bientôt, j'aurai empoché de quoi vivre au soleil jusqu'à la fin de mes jours, les pieds en éventail, en buvant des cocktails. J'ai des projets pour la suite et, rassure-toi, je n'ai aucune envie de m'encombrer d'une femme et surtout pas de Mary Savage. Mais en attendant... Elle est jolie. J'ai l'impression qu'elle n'a pas beaucoup d'expérience. Je serai heureux de lui apprendre quelques petites choses.

— Malgré tout, draguer la fille du shérif est risqué, répliqua Grady. Sauf si, contrairement à ce que tu dis, tu as envie de t'engager sérieusement avec elle.

— Je m'arrange pour ne pas inquiéter le shérif. Je ne veux pas qu'il se méfie de moi. Je te l'ai dit, il a failli me pincer sur ses terres l'autre soir, après notre virée au Cardwell Ranch. Heureusement, je l'ai convaincu que je me baladais dans les environs pour me détendre pendant ma journée de repos.

— Et tu crois vraiment que sortir avec sa fille le rendra moins méfiant à ton égard ?

— Cela lui donnera quelque chose d'autre à craindre, répondit Dillon avec un sourire.

Il avait obtenu ce poste grâce à son oncle, un ancien shérif, ami de Hud. Et ses fonctions d'adjoint lui permettaient de mener de fructueuses petites affaires sans risquer d'ennuis. Qui soupçonnerait un représentant des forces de l'ordre ?

Son oncle n'ayant aucun scrupule à lui demander des comptes,

Dillon avait préféré quitter le Wyoming pour occuper le poste d'adjoint dans le Gallatin Canyon du Montana.

— Mary Savage est une belle femme, ça ne fait aucun doute, dit Grady en se levant pour aller chercher d'autres bières.

Dillon réprima un fou rire.

— Oublie. Je lui tourne autour depuis un moment et j'ai l'intention d'aboutir. Ne viens pas marcher sur mes plates-bandes. Et de toute façon, vu tes antécédents judiciaires, mieux vaut que le shérif Hud Savage ne s'intéresse pas trop à ton cas. C'est d'ailleurs l'une des raisons pour lesquelles personne ne doit nous voir ensemble. Aux yeux des gens, nous ne sommes pas amis. Nous ne nous connaissons même pas.

Depuis que son adjoint Dillon Ramsey était parti, à la fin de son service, le shérif Hud Savage attendait ce coup de fil. Pourtant, quand son téléphone sonna, il sursauta.

Il prit l'appel, content d'entendre la voix de Hayes Cardwell, le cousin de Dana. Avoir des enquêteurs privés au sein de sa famille était bien pratique.

— Alors ?

— Tu avais raison. Dès qu'il a retiré son uniforme, il est monté dans son camion et a quitté la ville, dit Hayes. Il s'est rendu dans un chalet situé dans les collines à l'extérieur de Gallatin Gateway. Le locataire de l'endroit t'intéressera davantage que son propriétaire. As-tu déjà entendu parler d'un dénommé Grady Birch ?

— Jamais. De qui s'agit-il ?

— Il a un casier judiciaire long comme le bras. Il a été plusieurs fois condamné pour vols et agressions. Vol de bétail, en particulier...

— Et Dillon est allé chez lui ?

— Et il y est toujours. Je surveille l'endroit depuis la route avec des jumelles.

— Vois-tu, à proximité de la maison, une bétaillère ou un autre véhicule avec une grande remorque à chevaux ?

— Une remorque qui pourrait servir à trimbaler du bétail volé ?

— Exactement, dit le shérif.

— En effet, il y en a une vieille, garée à l'arrière. S'ils partent tous les deux, j'irai y jeter un coup d'œil.

— Je doute qu'ils partent ensemble, dit Hud. Merci de ton aide mais maintenant, je vais prendre le relais.

— Aucun problème. À quoi servirait la famille sinon ?

— Envoie-moi ta facture, dit Hud. Ou je dirai à Dana du mal de toi.

Hayes se mit à rire.

— Je ne veux pas d'ennuis avec elle.

— Personne ne le souhaite. De plus, ajouta Hud, si cela ne t'ennuie pas, je préfère que nous gardions cette histoire pour nous deux, pour le moment.

Il raccrocha avant de consulter le casier judiciaire de Grady Birch. Hayes avait raison. Grady était un vaurien qui avait souvent eu maille à partir avec la justice. Alors, pourquoi n'était-il pas surpris que son nouvel adjoint traîne avec ce genre de type ? Dès qu'il avait posé les yeux sur Dillon, il avait deviné qu'il n'était pas franc du collier. Il ne l'avait embauché que pour faire une fleur à son oncle, un excellent shérif qui lui avait rendu service au cours d'une enquête qui avait des ramifications dans le Wyoming.

Hud se frotta le visage. Dillon se rendait coupable de vol de bétail et maintenant, il sortait avec Mary. Il poussa un juron. Qu'allait-il faire, à ce sujet ? Malheureusement, il n'avait aucune preuve. Pas encore. Par conséquent, avertir Mary ne serait qu'une perte de temps. Pire, elle trouverait certainement romantique de sortir avec un hors-la-loi. Pour certaines personnes, le vol de bétail était une vieille tradition du Far West. En outre, sa fille était trop âgée pour qu'il lui interdise de voir Dillon ou qui que ce soit d'autre.

Non, il allait devoir gérer cette affaire avec délicatesse, un mot qui ne faisait pas partie de son vocabulaire. Ce qui ne lui laissait pas beaucoup d'options. Prendre Dillon en flagrant délit serait l'idéal mais ce ne serait pas facile car son adjoint n'était pas stupide. L'arrêter sans avoir réuni au préalable assez de preuves pour le mettre en prison ne serait pas malin non plus.

Il devait attendre son heure. Peut-être aurait-il de la chance. Peut-être Dillon et Grady commettraient-ils une erreur. Il espérait coincer l'adjoint avant que Mary ne s'implique davantage avec lui.

Après trois jours à tourner en rond dans sa chambre de motel, Chase reçut enfin un coup de fil du garagiste. Le nouveau moteur était en place, son camion en état de marche et il pouvait venir le chercher. Chase ne s'était pas entretenu avec Rick depuis quelques jours et il décida de l'appeler avant de prendre la route. Il sortit son téléphone portable et composa son numéro, redoutant d'apprendre une mauvaise nouvelle.

Rick répondit à la deuxième sonnerie.

— Avez-vous du nouveau à propos de Fiona ?

Le silence à l'autre bout de la ligne se prolongea assez longtemps pour que Chase pressente une catastrophe.

— Ils ont abandonné les recherches. Les secours pensent que son corps a été emporté par le courant. Il finira par échouer quelque part quand le niveau d'eau redescendra.

— Je suis désolé. Patty est certainement en colère.

— Elle l'est, dit Rick. Elle avait pris Fiona sous son aile, la sentant vulnérable. Voilà pourquoi elle n'avait pas rompu leurs liens après le lycée. Patty a découvert que Fiona avait vidé son compte en banque, il y a une semaine. Elle a demandé que ses économies lui soient remises en espèces. C'est drôle, non ? Qui sait ce qu'elle voulait faire avec ces billets ? Ils doivent être au fond du fleuve avec elle, maintenant. Patty essaie d'organiser des funérailles pour elle.

— Fiona n'avait donc pas de famille ?

— Je ne te l'avais pas dit ? Toute sa famille a péri dans un incendie quand Fiona avait onze ans. Elle aurait dû mourir avec ses parents et ses trois demi-frères plus âgés mais par miracle, elle était chez une amie, ce soir-là.

— Ce drame pourrait expliquer beaucoup de choses, dit Chase, plus pour lui-même que pour Rick. J'aurais aimé le savoir avant. Peut-être aurais-je mieux géré la situation.

— Crois-moi, elle était gravement perturbée et il aurait fallu des années à un psychiatre pour la soigner. Alors cesse de te culpabiliser. J'aurais dû t'avertir, je suis le seul coupable. Mais c'est fini, maintenant.

Chase s'en voulut de se sentir soulagé. Après avoir promis à Rick de rester en contact, il raccrocha.

5

— Il vous suffit de remplir ce formulaire de candidature et de me le laisser, déclara Christy, la serveuse du café, en le tendant à la jeune brune. Mais je préfère vous prévenir que vous avez peu de chances d'aboutir, mademoiselle…

— Carson, Lucy Carson, répondit son interlocutrice en passant la main dans ses cheveux coupés court, à la garçonne. En êtes-vous sûre ? J'ai tellement envie de travailler ici !

À son petit accent du Sud, Christy devina que la dénommée Lucy Carson n'était pas originaire de la région.

— Comme je vous l'ai dit, je viens d'être embauchée, répondit-elle. Voilà pourquoi, à moins qu'une autre barista ne démissionne, ce qui paraît peu probable, la responsable du salon n'a plus besoin de recruter. Les offres d'emploi sont rares à Big Sky, je ne vous le cache pas. Votre dossier sera en concurrence avec des dizaines d'autres, alors si j'étais vous, je continuerais à chercher.

Elle ne voulait pas paraître insensible ou méprisante mais elle ne comprenait pas pourquoi cette Lucy Carson insistait à ce point pour poser sa candidature pour un poste déjà pourvu. Christy lui avait expliqué que, la place étant déjà prise, elle n'avait donc aucune chance de décrocher la timbale. Si cette femme avait du temps à perdre, tant pis pour elle, mais en son for intérieur, Christy jugeait cette obstination stupide.

Tout en s'activant derrière le comptoir, elle observa la façon dont Lucy Carson remplissait le formulaire. Était-ce de l'entêtement ou de l'arrogance ? La jeune brune se comportait comme si elle était persuadée que la responsable du café allait mettre quelqu'un à la porte pour l'embaucher, *elle*. Aux yeux de Christy, cette assurance frisait l'arrogance.

— Et savez-vous où je peux trouver à me loger dans le coin ? poursuivit Lucy Carson en levant un instant le nez du document.

Christy se mit à rire.

— Par ici, il est encore plus difficile de dénicher une location qu'un job. Voilà des mois que j'attends qu'un appartement se libère dans l'immeuble d'en face. Et la chambre est toute petite.

Lucy jeta un coup d'œil dans la direction indiquée.

— Il y a des appartements à louer en face ?

— Il y en *avait*. J'ai pris le dernier. J'emménage demain.

Cette Lucy commençait à l'agacer. Christy se surprit à souhaiter que des clients entrent pour avoir quelque chose à faire. D'habitude, elle aimait les après-midi tranquilles qui lui permettaient de feuilleter des magazines. Certes, elle était censée nettoyer la salle lorsqu'il n'y avait personne mais…

La brune l'étudia un moment puis sourit et reprit son travail d'écriture.

— Vous devriez aller à Bozeman, poursuivit Christy. Vous aurez plus de chances de trouver du travail dans une ville universitaire qu'à Big Sky.

Non seulement les emplois étaient rares dans le canyon, y compris pendant la saison touristique, mais ils étaient mal payés. En effet, la plupart des jeunes dans la région acceptaient de travailler pour trois fois rien. Ils n'avaient pas besoin de gagner leur vie mais d'un peu d'argent de poche pour faire du kayak en été, du ski et du snowboard en hiver.

Une fois le formulaire rempli, la brune le déposa sur le comptoir. Christy y jeta un coup d'œil.

— Lucy n'est donc pas un diminutif ? demanda-t-elle.

— C'est mon prénom. Ma mère adorait *Lucy in the Sky with Diamonds*, la chanson des Beatles.

Christy parcourut la candidature des yeux, se sentant presque désolée pour la jeune femme. À en croire ce qu'elle avait noté, cette Lucy Carson avait beaucoup d'expérience en tant que serveuse. Malheureusement, elle n'était pas la seule.

— Je vois que vous n'avez pas mis d'adresse.

La brune lui décocha un sourire éclatant.

— Comme je vous l'ai dit, je cherche aussi à me loger mais dès que je commencerai à travailler, je suis sûre qu'un appartement se libérera dans le coin.

L'optimisme naïf de son interlocutrice donna envie de rire à Christy.

— Je ne voudrais pas vous décourager mais la plupart des gens qui travaillent à Big Sky habitent loin et doivent parcourir au moins soixante kilomètres par jour. Par ici, les locations sont chères et les salaires bas. Voilà pourquoi, même si vous avez la chance de trouver un emploi, vous serez obligée de vivre ailleurs.

Lucy sourit.

— Je ne m'inquiète pas. J'ai dû naître sous une bonne étoile parce que les choses s'arrangent toujours pour moi.

— Bon. Je transmettrai votre candidature à Andrea mais comme je vous l'ai signalé, nous n'avons pas de poste vacant pour le moment.

— Pas encore, en tout cas, répliqua Lucy. Mais dites-moi, où sortez-vous pour prendre un peu de bon temps, le samedi soir ?

— Je vous conseille le Charley, si vous aimez la musique country. Sinon, il y a...

— Je parie que vous, vous aimez la musique country, dit Lucy avec un clin d'œil complice. L'autocollant à l'effigie de George Strait sur votre voiture vous a trahie.

Christy fronça les sourcils.

— Sur ma voiture ?

— Le SUV garé devant le café n'est pas à vous ?

Elle regarda à travers les baies vitrées et se mit à rire.

— Je n'ai pas les moyens d'acheter ce genre de véhicule. Je suis l'heureuse propriétaire de la petite berline toute cabossée là-bas et de tout ce qui se trouve dans le coffre. Je ne pourrai emménager dans mon nouvel appartement que demain. Voilà des semaines que j'attends qu'un logement se libère en ville.

Jusqu'à maintenant, je vivais chez ma mère à Bozeman mais c'est loin et je suis soulagée d'avoir enfin trouvé une chambre ici. Avez-vous de la famille dans le coin qui pourrait vous héberger ?

Lucy secoua la tête.

— Je n'ai aucune famille. Bon, j'irai peut-être faire un tour chez Charley ce soir. J'espère avoir la chance d'y croiser un beau cow-boy qui me ramènera chez lui, ajouta-t-elle avec un sourire. Mais peut-être ne fréquentent-ils pas ce genre d'endroit.

— Si, si. Il y aura des cow-boys et des mordus de ski.

— Peut-être vous y verrai-je, alors ? poursuivit Lucy. Ne vous inquiétez pas. Si vous passez la soirée là-bas avec votre propre cow-boy, je ne vous dérangerai pas. Je suis sûre que vous avez rendez-vous avec un beau gosse, ce soir.

Christy se sentit rougir.

— Pas exactement. J'espère seulement qu'il sera là.

Lucy se mit à rire.

— J'en étais sûre ! Merci encore pour votre aide. Et à ce soir, peut-être ! ajouta-t-elle avant de s'en aller.

À travers les grandes baies vitrées du café, Christy la regarda s'éloigner en secouant la tête. Elle posa le formulaire de candidature de Lucy sur le bureau d'Andrea. Elle finissait par trouver cette jeune femme sympathique.

Avec un soupir, elle consulta sa montre. Elle avait hâte de finir sa journée et de se rendre chez Charley. Ces derniers temps, tout lui souriait. Elle avait trouvé du travail, un appartement dans lequel elle emménagerait le lendemain et avec encore un peu plus de chance, elle retrouverait ce soir le beau brun qui lui avait tapé dans l'œil, l'autre fois. Peut-être lui proposerait-il de passer la nuit chez lui. Sinon, elle dormirait dans sa voiture avec ses affaires.

Le lendemain, elle s'installerait de l'autre côté de la rue dans le deux-pièces que lui louerait Mary Savage. Habiter en face de son lieu de travail était vraiment l'idéal. Désormais, elle pourrait se coucher tard sans remords. Puisqu'elle n'aurait qu'à traverser la rue pour prendre son service, elle ne risquerait plus jamais d'arriver en retard.

Lucy Carson regardait, elle aussi, le petit immeuble en face du café de Lone Peak Perk. Elle tenait beaucoup à travailler dans cet établissement et à louer l'appartement situé de l'autre côté de la rue, l'appartement qui appartenait à Mary Cardwell Savage.

Certes, elle n'obtenait pas toujours ce qu'elle voulait, ce qui lui tenait très à cœur, pensa-t-elle amèrement. Mais cette fois, elle y arriverait.

Elle était prête à tout, vraiment à tout, pour aboutir.

Comme elle s'installait dans son véhicule, elle huma avec délice l'odeur de cuir. Elle aimait beaucoup sa nouvelle petite berline. L'ancienne était au fond du Colorado.

Son plan pour se faire passer pour morte avait failli très mal tourner. Lorsque sa voiture avait basculé dans le fleuve, elle n'avait pas eu le temps de sauter avant de quitter la route, comme elle l'avait prévu. Et elle avait eu beaucoup de mal à s'extraire de l'habitacle. Pendant un horrible moment, elle avait vraiment cru qu'elle allait mourir, noyée. Mais elle s'était battue, elle avait envie de vivre. Et pas seulement de vivre. Elle voulait surtout tuer celui qui l'avait poussée à de telles extrémités : Chase Steele. C'est ce désir de meurtre qui lui avait donné la force de sortir du véhicule et de nager jusqu'à la rive. Heureusement, elle avait eu la présence d'esprit de saisir son sac à main et l'argent qu'il contenait. Sans un sou vaillant, elle se serait retrouvée aux prises avec des difficultés sans nom. Mais grâce à ses économies, elle pourrait faire tout ce qu'elle voulait.

En tout cas, si elle avait frôlé la catastrophe au départ, maintenant tout se passait mieux qu'elle ne l'avait espéré. Les autorités pensaient qu'elle s'était noyée, que son corps avait été emporté par le fleuve en crue. Fiona Barkley étant morte, elle était libre de devenir la personne de son choix.

Pour y parvenir, elle avait dû effectuer quelques changements, à commencer par son nom. De toute façon, elle n'avait jamais aimé le prénom Fiona. Elle préférait de loin Lucy Carson. Se créer une nouvelle identité avait été plus facile qu'elle ne l'avait imaginé. Renoncer à ses longs cheveux blonds avait été plus douloureux. Mais cette coupe courte, à la garçonne, très tendance, lui allait bien. Après s'être teinte en brune et avoir posé des lentilles noires, elle avait à peine reconnu son reflet dans le miroir.

Les circonstances l'avaient aidée à modifier son image. En effet, lorsque sa voiture était tombée dans le fleuve, elle avait commis l'erreur de défaire sa ceinture de sécurité trop tôt, tant elle avait hâte de sortir de l'habitacle. Sous la violence du choc, son visage s'était fracassé contre le volant. Elle s'était cassé le nez et les dents de devant.

En fin de compte, ce coup du sort s'était révélé un coup de chance. Comme elle avait eu du mal à manger pendant quelque temps, elle avait perdu du poids. Elle ne tarderait pas à reprendre ses kilos, elle le savait. Elle avait toujours été un peu ronde. Mais sa minceur actuelle contribuait à sa transformation physique.

Et surtout, après sa mésaventure, son nez avait gardé une petite bosse. Cette légère imperfection lui plaisait comme l'aspect de ses nouvelles dents de devant. L'orthodontiste mexicain qui l'avait opérée avait fait un excellent travail. Pour parfaire sa métamorphose, elle avait enfin travaillé pour retrouver son accent du Sud. Elle l'avait perdu au cours de ses études à l'université mais il lui était vite revenu.

Entre son apparence et son accent, Chase ne la reconnaîtrait pas s'il la croisait. Et de toute façon, elle s'arrangerait pour ne pas l'approcher de trop près.

En attendant, elle avait hâte de rencontrer Mary Cardwell Savage...

De la fenêtre de son appartement, Mary regardait la rue de Lone Peak Perk tout en songeant à son rendez-vous de la veille avec Dillon. Elle vit une jeune brune sortir du café et monter dans un SUV gris mais elle n'y prêta aucune attention. Son esprit était ailleurs. Alors que l'inconnue s'éloignait au volant de sa voiture, elle se détourna de la fenêtre, furieuse contre elle-même.

Elle espérait toujours que Chase la recontacterait. En prendre conscience lui donnait envie de se gifler. Voilà quatre ans qu'ils avaient rompu, qu'il était parti. S'il avait voulu lui donner des nouvelles, il aurait eu mille occasions de le faire. Il n'avait même pas daigné répondre à sa lettre. Alors, pourquoi continuait-elle à croire qu'il allait l'appeler ? Sa fiancée lui avait peut-être dit qu'elle lui avait téléphoné et Chase avait estimé qu'il n'avait pas besoin d'en faire plus. Pour se comporter ainsi, il avait bien changé, se dit-elle. Il ne ressemblait plus à l'homme qu'elle avait connu.

C'était d'ailleurs ce qui la tourmentait. Elle connaissait Chase depuis l'âge de quinze ans. Il était venu travailler au Jensen Ranch, voisin du leur. La mère de Mary l'avait pratiquement adopté lorsqu'elle avait découvert la raison pour laquelle il avait été envoyé dans le canyon. Muriel, sa mère, était malade et, affaiblie par un traitement très lourd contre le cancer, elle n'arrivait plus à s'occuper de lui. En tout cas, Chase s'était toujours comporté correctement, y compris à l'adolescence. Il n'avait jamais été du genre lâche. Jamais elle n'aurait imaginé qu'il lui cacherait un jour ses fiançailles, son mariage proche...

Le silence de Chase était bizarre et la plongeait dans une profonde perplexité.

Ce n'était qu'une partie du problème, elle le savait. Elle avait espéré que Dillon Ramsey l'aiderait à oublier Chase. Ils étaient sortis plusieurs fois ensemble et la plupart du temps, elle avait passé de bons moments en sa compagnie. Ils avaient échangé quelques baisers mais rien de plus. Curieusement, il ne lui avait pas proposé d'aller plus loin. Du coup, elle ne parvenait pas à comprendre ce qui inquiétait son père. Dillon se comportait en parfait gentleman. À certains moments, elle en venait à se demander si son père, le shérif, avait menacé Dillon du pire s'il se permettait de manquer de respect à sa fille.

Cette éventualité l'horrifia. Son père ne ferait jamais une chose pareille !

La veille au soir, elle avait demandé à Dillon s'il aimait travailler pour le shérif.

« Oui, oui, avait-il répondu. Ton père est un mec bien. »

Elle avait ri. Personne ne qualifiait son père de « mec ».

Maintenant, elle devait avouer que Dillon la décevait. Ce qui la poussait à s'interroger sur ce qu'elle attendait d'un homme.

Qu'il ait le sens de l'aventure allié à un solide sens de l'humour, en tout cas. Et Dillon semblait dénué des deux.

Avec un gros soupir, elle promena les yeux autour d'elle. Elle avait meublé et décoré son appartement avec des objets qu'elle aimait, du divan turquoise à la table en rondins, en passant par un tapis aux couleurs chaudes. Mais la vue spectaculaire sur le célèbre Lone Peak était ce qu'elle préférait. La montagne était particulièrement belle sous le clair de lune.

Elle aurait adoré s'asseoir sur son balcon avec Chase et l'embrasser – au lieu de Dillon. Elle poussa un gémissement, se remémorant ses réticences de la veille au soir à inviter l'adjoint chez elle. Il avait laissé entendre qu'il avait très envie de découvrir son appartement. Et elle avait senti qu'il avait été blessé et un peu fâché qu'elle ne lui propose pas de monter.

Elle s'avoua que, lorsqu'elle considérait sa vie, seule l'opinion de Chase lui importait. Pas celle de Dillon. Chase serait-il fier de ce qu'elle avait accompli depuis son départ ? Regretterait-il de l'avoir quittée ?

Se traitant d'idiote, elle secoua la tête et se dépêcha de descendre à son bureau. Elle avait du travail et s'égarer dans des imaginations vides n'était qu'une perte de temps.

Le lendemain matin, la nouvelle de la mort de Christy Shores, tuée par un chauffard qui avait pris la fuite après l'avoir renversée, se répandit dans toute la ville et une grande partie du canyon.

Le shérif Hud Savage se rendit chez Charley, le dernier endroit où Christy Shores avait été vue vivante. Comme il entrait, il aperçut Mike French, le jeune barman, présent la veille au soir, et Bill Benson, le propriétaire des lieux. La mine sombre, les deux hommes se tenaient derrière le bar. Âgé d'une vingtaine d'années, Mike ressemblait à la plupart des jeunes gens de Big Sky avec son look d'athlète, son T-shirt, son short et ses sandales.

Hud devinait que Mike était allé à l'université, qu'il avait obtenu un diplôme mais qu'il aimait trop pratiquer le snowboard en hiver et le kayak en été pour sacrifier ses passions à un vrai métier. Et voilà sans doute pourquoi il préférait exercer ce travail de barman.

Le bronzage du jeune homme prouvait qu'il passait plus de temps dehors qu'à servir des bières chez Charley. Il se demanda pourquoi sa fille ne s'était pas amourachée de ce garçon.

Sans doute Mary aimait-elle trop la vie au ranch pour s'intéresser à un mordu de ski. Elle avait donc préféré jeter son dévolu sur son adjoint, Dillon Ramsey...

Mike s'avança pour lui serrer la main.

— Bill m'a dit que vous aviez des questions à nous poser au sujet de Christy ?

Hud hocha la tête et se tourna vers le propriétaire du bar, Bill Benson, avant de reporter son attention sur Mike.

— J'ai cru comprendre qu'elle était restée jusqu'à la fermeture, hier soir ? lança-t-il en tirant un calepin et un crayon de sa poche.

— J'étais sur le point de fermer l'établissement quand elle est sortie des toilettes des femmes. Elle avait l'air d'avoir pleuré. Je ne savais pas qu'elle était là, j'avais d'ailleurs déjà verrouillé la porte d'entrée.

Il jeta un coup d'œil coupable à son patron et ajouta :

— D'habitude, je vérifie que tout le monde est parti avant de fermer, mais hier soir...

— Oui ? Que s'est-il passé hier soir qui t'a poussé à changer tes habitudes ? s'enquit Hud.

Visiblement ennuyé, Mike se balança d'un pied sur l'autre.

— Au cours de la soirée, une bagarre avait éclaté entre deux gars. Christy s'était jetée entre les deux. Je ne sais pas pourquoi. J'ai séparé les combattants mais par la suite, je n'ai pas revu Christy. Je pensais qu'elle était partie.

— Le taux d'alcool dans le sang de Christy était trois fois supérieur à la limite autorisée par la loi, dit Hud avec sévérité.

De nouveau, Mike jeta un coup d'œil à son patron avant de lever les mains dans un geste de reddition.

— J'avais remarqué qu'elle était ivre et je ne la servais plus depuis un moment. Mais cela ne signifie pas qu'elle avait cessé de boire. Le bar était plein à craquer, hier soir. Tout ce que je sais, c'est que j'ai refusé de continuer à la servir.

Hud désigna le parking d'un mouvement de menton.

— Sa voiture est toujours garée à l'extérieur. Tu lui avais confisqué ses clés ?

Le jeune homme grimaça.

— Je les lui ai demandées mais elle m'a juré qu'elle rentrerait chez elle à pied. Là-dessus, elle ne mentait pas, ajouta-t-il avec un haussement d'épaules.

Hud avait récupéré les clés de la voiture de Christy. La malheureuse les avait dans sa poche quand elle avait été renversée et projetée dans le fossé.

— Qui étaient les deux hommes qui se battaient ? reprit-il.

— Grady Birch et Chet Jensen.

Le nom du premier surprit Hud, pas celui du second. Chet semblait considérer la prison comme sa résidence secondaire.

— Et qu'en est-il des amies et petits amis de Christy ? Sais-tu quelque chose à leur sujet ?

Mike secoua la tête.

— Elle ne travaillait pas depuis très longtemps au café de Lone Peak Perk. Je ne suis pas sûr qu'elle se soit déjà fait des amis. Chaque fois qu'elle venait au bar, elle était seule. Quelqu'un m'a dit qu'elle vivait avec sa mère à Bozeman et qu'elle devait donc parcourir de longs trajets pour aller travailler.

— Est-elle toujours partie seule ? demanda-t-il.

Le barman secoua la tête.

— Non. Les autres fois, elle repartait tantôt avec l'un, tantôt avec l'autre des deux types dont je vous ai donné les noms.

Hud remercia Mike et tous trois sortirent de l'établissement. Bill s'en alla au volant de son pick-up tandis que Mike enfourchait son VTT.

La vieille berline de Christy n'était pas verrouillée, remarqua Hud. Il enfila des gants en latex et ouvrit la portière pour jeter un coup d'œil à l'intérieur. Des valises et des vêtements étaient empilés sur la banquette arrière. Quelqu'un avait dit à Hud qu'elle comptait emménager dans l'un des appartements de Mary.

Sur le siège côté passager se trouvait un gros sac débordant de serviettes en papier et de gobelets en carton.

Une odeur fade de tabac froid et d'alcool empestait l'habitacle. Son instinct soufflait à Hud qu'après sa triste soirée et malgré son état d'ébriété, Christy avait eu envie de rentrer chez elle en voiture plutôt qu'à pied.

Sur une impulsion, il s'installa au volant et inséra la clé de contact. Mais quand il la tourna, il n'y eut qu'un petit clic. Il essaya de nouveau. Même clic. Il ressortit pour soulever le capot et inspecter le moteur. Il soupçonnait un problème de batterie.

Il fut surpris de découvrir une batterie neuve. Il ne tarda pas à comprendre que la voiture n'avait pas démarré parce que quelqu'un avait *volontairement* débranché un câble.

La personne qui avait saboté le moteur s'était ainsi arrangée pour que Christy reparte seule et tard de chez Charley, la veille au soir…

Le lendemain matin, lorsque Mary traversa la rue pour se rendre au café de Lone Peak Perk, elle fut surprise de le trouver fermé. Un panneau sur la porte annonçait un décès.

Elle revint sur ses pas, tout en se demandant qui était mort, s'installa au volant de son SUV et se rendit au Cardwell Ranch. Il était à un petit quart d'heure de route de Meadow Village, de l'autre côté de la rivière Gallatin.

Elle laissa derrière elle les complexes immobiliers et les centres commerciaux, les embouteillages, le bruit et elle quitta la voie express 191 pour emprunter le pont qui surplombait le cours d'eau. Elle aimait entendre le rugissement du torrent qui cascadait sur les rochers jusqu'au pied de la montagne. De l'autre côté de la rivière se dressaient des pins majestueux qui protégeaient l'entrée du ranch comme des sentinelles.

Autour d'elle, les montagnes se découpaient dans un ciel sans nuages. L'endroit était vraiment magnifique et Mary s'abreuva de la beauté du paysage. Comme chaque fois qu'elle revenait au domaine familial, elle était en proie à une profonde émotion.

En ces temps de mutation économique, il était difficile de maintenir le ranch à flot. Pour subsister, il avait fallu trouver des revenus d'appoint. Derrière la grange se trouvaient plusieurs petits chalets, des maisons d'hôtes, qui accueillaient des touristes, skieurs et randonneurs.

À la bifurcation de la route, elle s'engagea sur le chemin à gauche, et quelques instants plus tard apparut la grande demeure en brique de son enfance dont le toit brillait sous le soleil matinal.

Plusieurs véhicules étaient garés devant, dont le SUV de patrouille de son père. Quand elle ouvrit la porte de la maison, elle entendit des voix dans la cuisine et sourit.

Sa mère adorait avoir du monde autour d'elle. Il n'avait pas été simple pour elle de voir ses fils grandir et quitter le ranch. Mais beaucoup de membres de sa famille vivaient toujours dans les environs. Mary avait sept oncles et autant de tantes, ainsi qu'une ribambelle de cousins dans la région.

Lorsqu'elle entra à son tour dans la cuisine, elle salua la quinzaine de personnes attablées. Qu'elles soient de sa famille, des amis ou des ouvriers agricoles, elles travaillaient toutes sur l'exploitation et elle les connaissait depuis toujours. Après un moment, son oncle Jordan déclara à la cantonade qu'il était temps de s'occuper des troupeaux. Il se leva et se dirigea vers la porte, ses hommes lui emboîtant le pas comme des canetons derrière leur mère.

Mary embrassa ses parents avant de prendre un mug dans le placard et de le remplir. Il y avait toujours une cafetière pleine au Cardwell Ranch. Dès que Jordan et les cow-boys furent sortis, la grande salle retrouva son calme.

Adossée au mur, Dana demanda :

— Es-tu au courant de ce qui s'est passé la nuit dernière à Meadow Village, Mary ?

— Pas du tout. De quoi s'agit-il ?

Elle vit sa mère jeter un coup d'œil au shérif.

— Une pauvre femme s'est fait renverser par un chauffard. Il l'a tuée et a pris la fuite, ajouta-t-elle, secouant la tête d'un air incrédule.

Elle attrapa un torchon pour sortir du four des petits pains à la cannelle faits maison.

— Tu la connaissais peut-être, poursuivit-elle. Elle était serveuse au café situé en face de chez toi.

— Au café de Lone Peak Perk ? répéta Mary avec surprise en s'asseyant sur une chaise. J'ai voulu y passer ce matin mais il était fermé. Il y avait bien un papier sur la porte annonçant un décès mais je n'imaginais pas une telle tragédie. Comment s'appelait cette malheureuse ?

— Christy Shores, répondit son père depuis la grande table de la cuisine.

— Christy ?

Des larmes montèrent aux yeux de Mary tandis qu'elle se remémorait la petite serveuse.

— Je la connaissais. Elle devait emménager dans l'appartement du premier qui se libère, aujourd'hui. Elle travaillait au café depuis quelques semaines. Je ne peux pas croire qu'elle soit morte. Et le chauffard a pris la fuite ? demanda-t-elle à son père.

Le shérif opina et jeta un coup d'œil à sa montre.

— J'espère que le coroner pourra m'en dire plus, dit-il en se levant. J'ai rendez-vous avec lui dans un quart d'heure.

— As-tu une idée de l'identité du chauffard ?

Il secoua la tête.

— Pas encore. Malheureusement, le drame s'est produit après la fermeture du bar. Apparemment, elle était seule et elle marchait le long du bord de la route, vêtue de noir. Il est possible que le conducteur ne l'ait pas vue.

— Mais il s'est forcément rendu compte qu'il avait renversé quelqu'un, dit Dana.

— Il a pu croire qu'il s'agissait d'un chevreuil et voilà peut-être pourquoi il ne s'est pas arrêté, dit Hud.

— Et il ne se serait pas arrêté pour voir de quoi il retournait ? lança Dana. À mon avis, il était ivre et ne voulait pas risquer de s'expliquer avec le shérif.

— C'est possible, oui.

Hud décrocha son stetson du mur, embrassa sa femme et partit.

D'une main tremblante, Mary porta son mug à ses lèvres. La mort et la violence la bouleversaient toujours. Elle n'avait jamais compris comment son père parvenait à exercer ses fonctions de shérif. Le taux de criminalité était plus bas dans le canyon que dans les grandes villes mais il ne cessait d'augmenter. Et maintenant, un chauffard avait renversé Christy et pris la fuite. Pauvre Christy. Elle était tellement contente de louer l'appartement de Mary, de vivre en face de son lieu de travail.

À peine le SUV de la patrouille de son père parti, un autre véhicule entra dans la cour.

— Je me demande bien qui vient nous rendre visite de si bon matin, s'exclama sa mère en s'approchant de la fenêtre.

Mary l'imita et regarda avec étonnement le pick-up qui s'arrêtait devant la maison. Elle ne le reconnaissait pas.

La portière du conducteur s'ouvrit et elle vit Chase Steele sauter sur le sol.

6

— C'est Chase, dit Mary comme si elle n'en croyait pas ses yeux.

Depuis des semaines, des mois, elle rêvait de le voir frapper à sa porte. Et il était là.

Un peu perdue, elle se tourna vers sa mère.

— As-tu besoin de mon aide ? demanda Dana. Si tu n'es pas prête à lui parler, je vais lui dire que ce n'est pas le bon moment.

Mary secoua la tête et reporta son attention sur Chase. Il semblait plus grand et plus musclé que dans ses souvenirs. Il s'étira comme si la route avait été longue. Tout en promenant les yeux autour de lui, il sourit comme si, lui aussi, chérissait ce ranch plus que tout autre endroit au monde et était heureux de le revoir.

Se remémorait-il le couple qu'ils avaient formé, elle et lui, pendant presque dix ans, jusqu'à son départ ?

— Je ne comprends pas ce qu'il fait ici, dit Mary d'une voix teintée de surprise et d'inquiétude mêlées.

Sa mère lui lança un regard compatissant.

— Il est évidemment venu pour te voir.

— Mais pourquoi ?

— Peut-être à cause de la lettre que tu lui as envoyée...

Mary se demandait pourquoi elle se sentait aussi nerveuse. Elle connaissait Chase depuis des années, ils avaient grandi ensemble. Pourtant, lorsqu'il frappa la porte, son cœur se mit à battre la chamade.

— Il aurait pu téléphoner.

— Peut-être que ce qu'il a à te dire ne peut l'être que de vive voix.

Cette éventualité angoissait Mary plus qu'elle ne voulait l'admettre. Elle n'avait pas parlé à sa mère du coup de fil de la fiancée de Chase. Elle avait été trop gênée. Que sa tante Stacy ait mis Dana au courant de la lettre qu'elle lui avait écrite l'avait déjà ennuyée.

— Veux-tu que je lui ouvre ? s'enquit Dana. Cela dit, mieux vaut que tu y ailles. Comme ça, il pourra te dire pourquoi il est venu.

Après un instant d'hésitation, Mary se décida. Dans un état second, elle se rendit dans le hall d'entrée. *Chase*. Après tous ces mois, toutes ces années. Elle n'avait aucune idée de ce qu'elle allait lui dire. Ni de ce qu'*il* lui dirait.

En tirant la porte, elle jeta un coup d'œil à son pick-up. Au moins il était venu seul. Sa fiancée n'était pas avec lui. Peut-être était-elle devenue sa femme, maintenant.

— Mary.

Au son de sa voix, elle reporta son attention sur le beau cow-boy qui se tenait devant elle. Lorsqu'elle posa les yeux sur lui, son cœur bondit dans sa poitrine. Chase resplendissait de force et de santé. Il était plus beau, plus séduisant que le jour où il était parti. Loin d'elle, il avait mûri et pris de l'assurance. Ses manches retroussées laissaient voir ses bras bronzés et musclés. Ses larges épaules se devinaient sous sa chemise. Il semblait aussi solide que les pins qui montaient la garde autour du ranch.

Un grand sourire aux lèvres, il la dévorait des yeux. Il parut soudain reprendre ses esprits et il retira rapidement son stetson.

— Tu es très en beauté, Mary !

Touchée par le compliment, elle ne put s'empêcher de sourire. Mais quand elle ouvrit la bouche, ce fut pour lancer :

— Que fais-tu ici ?

— Je voulais te voir... te parler, surtout. Je suis désolé, il m'a fallu du temps pour rentrer. Mais mon camion est tombé en panne et... Bref, y a-t-il moyen de nous entretenir en tête à tête ?

Mary restait plantée dans l'embrasure de la porte. Elle pensa à sa mère dans la pièce voisine.

— Pourquoi ne pas aller jusqu'à la crique ?

— Parfait, dit-il en reculant pour la laisser passer.

Ni l'un ni l'autre ne parlèrent avant d'arriver à la rivière. Les rayons du soleil jouaient à la surface de l'eau et la faisaient scintiller. Mary s'arrêta à l'ombre des pins. Comme elle inspirait profondément, humant l'odeur de la terre mêlée à celle de la résine, elle eut envie de se pincer pour voir si elle ne rêvait pas.

Chase. Chase était là.

Elle était stupéfaite de voir à quel point il avait changé. Il était plus grand, plus musclé, plus large d'épaules qu'autrefois. Lorsqu'il posa ses yeux bleus sur elle, elle sentit son cœur s'accélérer et une douce chaleur l'envahir.

D'un simple regard, Chase avait toujours provoqué toutes sortes de désirs en elle. Et pourtant, après tout ce temps, elle ne savait plus très bien si elle connaissait encore l'homme qui se tournait vers elle.

Certes, il était revenu. Mais cela ne voulait pas dire qu'il *lui* était revenu.

Il retira son stetson et se mit à le tordre nerveusement entre ses doigts.

— J'ai reçu ta lettre, dit-il.

— Tu ne m'as ni appelée ni répondu, dit-elle en se demandant quand il allait lui parler de sa fiancée.

Ses yeux se rivèrent aux siens.

— Je suis désolé mais je ne pouvais pas te dire ce que j'avais à te dire par téléphone et encore moins dans une lettre.

Elle sentit son cœur battre la chamade : *Voilà, nous y sommes.*

Il y avait de la douleur dans le regard de Chase.

— Tu m'as tellement manqué, Mary. Je sais que tu n'as pas compris pourquoi je suis parti. Je ne suis pas sûr de l'avoir compris moi-même. Mais je sentais qu'il le fallait. Comme j'ai su que je devais revenir. Je suis désolé de t'avoir blessée.

Il plongea ses yeux dans les siens.

— Je t'aime, Mary. Je n'ai jamais cessé de t'aimer.

Incrédule, elle le dévisagea, bouche bée. Il venait de prononcer les mots qu'elle avait rêvé d'entendre des mois durant… jusqu'au coup de fil de sa fiancée. Dans ses rêves, à la fin de cette déclaration, elle se jetait à son cou.

Mais là, elle en était incapable.

— Et ta fiancée, Chase ?

— Ma *fiancée* ? Que racontes-tu ? Je n'ai pas de fiancée.

— Elle m'a appelée pour me dire qu'elle avait lu ma lettre.

Il la regarda fixement avant de jurer à voix basse.

— Une femme t'a téléphoné et a prétendu être ma fiancée ?

Elle opina, les bras croisés sur sa poitrine dans un geste d'autoprotection. Son cœur battait à tout rompre.

— Pourquoi ? Elle ne l'est pas, en réalité ?

Il secoua la tête.

— Écoute, je n'ai jamais été fiancé, loin de là. Mais j'ai eu le malheur de rencontrer une femme qui... Ce n'est pas ce que tu crois, ajouta-t-il devant son expression.

— Il s'est forcément passé quelque chose entre vous deux, Chase.

Il poussa un gémissement et ferma les paupières. Quand il les rouvrit, il la regarda en face.

— J'ai rencontré cette femme à une soirée barbecue chez mon patron. Je n'avais aucune envie d'y aller mais il a insisté. Au cours de cette soirée, j'ai trop bu et Rick lui a demandé de me reconduire chez moi. Bref, j'ai commis l'erreur de coucher une fois avec elle.

Il soupira.

— Je l'ai tout de suite regretté. Elle a commencé à débarquer chez moi à toute heure du jour et de la nuit, y compris quand je n'étais pas là. Elle me laissait des cadeaux, fouillait dans mes affaires, guettait mon retour, me proposait des sorties... L'enfer. Je ne savais plus quoi inventer pour la tenir à distance. Elle a trouvé ta lettre, que j'avais pourtant cachée, mais jamais je n'aurais imaginé qu'elle irait jusqu'à t'appeler.

Il se passa la main dans les cheveux.

— Je suis vraiment désolé. Cette Fiona était... en plein délire pour ne pas dire folle à lier. Mon patron m'a raconté par la suite qu'elle se faisait des idées à chaque fois qu'un homme avait le malheur de poser les yeux sur elle mais au départ, je l'ignorais. Ce soir-là, je lui avais dit que j'étais amoureux de quelqu'un d'autre.

Son regard se riva à celui de Mary.

— De toi. Mais je ne suis pas venu ici pour parler de Fiona.

Fiona ? Bien sûr, il était sorti avec d'autres femmes lorsqu'il était au loin, Mary n'était pas naïve. Alors, pourquoi l'entendre prononcer le prénom de cette Fiona lui brisait-il le cœur ?

Au bord de la nausée, elle lança :

— Pourquoi es-tu ici ?

— C'est ce que j'essaie de t'expliquer. Je m'en veux d'être parti, de la façon dont les choses se sont terminées entre nous. J'ai eu tort de te quitter. Je t'aime, Mary. Voilà pourquoi je suis revenu. Je t'en prie, dis-moi que tu acceptes de nous donner une deuxième chance.

— Excusez-moi ?

Ils sursautèrent et se retournèrent dans un bel ensemble pour voir un homme surgir derrière eux.

Mary battit des paupières en le reconnaissant.

— Dillon ?

L'expression de Chase se durcit.

— Dillon ? répéta-t-il dans un souffle.

— Que fais-tu ici ? demanda Mary.

Elle se souvint soudain qu'elle devait déjeuner avec lui dans un restaurant de la station de ski. Mais, bouleversée par le retour inattendu de Chase, elle l'avait complètement oublié.

— Je suis en avance, répondit-il, mais je me disais que nous pourrions nous balader avant de déjeuner. Comme ta voiture n'était pas devant chez toi, j'étais sûr de te trouver au ranch.

Il les dévisagea tour à tour.

— Mais j'ai l'impression d'interrompre quelque chose…

— C'est en effet le cas, asséna Chase en se tournant vers Mary. Un de tes amis ?

— Mary et moi sortons ensemble, répondit Dillon avant qu'elle ne puisse le faire. Je suis l'adjoint Dillon Ramsey.

— Un adjoint, vraiment ? dit Chase, pas du tout impressionné.

— Et vous êtes…

— Chase Steele. Je suis…

Il s'interrompit, interrogeant Mary du regard.

— Chase et moi avons grandi ensemble ici, dans le canyon, dit-elle rapidement.

Les deux hommes se jaugeaient et elle vit le moment où ils allaient se jeter l'un sur l'autre pour s'entretuer.

— J'ignorais que Chase était… ici, ajouta-t-elle.

— Vous êtes de passage dans la région ? s'enquit Dillon.

— Pas du tout, répliqua Chase avec un grand sourire. Je suis revenu pour de bon, j'ai l'intention de rester.

Sur ces mots, il planta les yeux dans ceux de Mary.

Sous son regard pénétrant, elle se sentit mal à l'aise. Pourtant, elle n'avait aucune raison de l'être. Ce n'était pas comme s'il l'avait surprise en train de le tromper. Il semblait oublier un peu vite qu'*il* avait eu une aventure avec une dénommée Fiona.

— Mary, dit Dillon. Nous devrions partir sans traîner, avant qu'il ne fasse trop chaud.

— Je ne veux pas vous retarder, dit Chase sans cesser de la dévorer des yeux. Mais je reviendrai. Nous avons encore beaucoup de choses à nous dire, Mary.

— Je crois que vous vous êtes tout dit, rétorqua Dillon, prenant d'autorité le coude de Mary pour l'entraîner.

Aussitôt Chase s'interposa.

— Ne lui tirez pas sur le bras comme ça. Si elle a envie de vous suivre, elle est capable de marcher toute seule.

Dillon fit un pas vers Chase, les poings serrés.

Mary devina qu'ils allaient en venir aux mains et cria :

— Arrêtez !

Toujours bouleversée par le retour de Chase autant que par sa déclaration d'amour, elle se tourna vers lui.

— À plus tard.

Il lui sourit, de ce sourire dont elle était tombée amoureuse autrefois.

— J'y compte bien.

Il recula, effleura son chapeau pour la saluer avant de se tourner vers Dillon.

— Je serai dans le coin.

Il s'éloigna de la crique à grandes enjambées.

— Tu viens ? lança Dillon d'un ton irrité.

Avec un soupir, Mary lui emboîta le pas. Lorsqu'elle parvint en haut de la colline, elle s'aperçut que Chase était retourné au ranch et bavardait à présent avec sa mère sur la terrasse. Elle les entendit rire. Dillon semblait furieux de constater que Chase et Dana étaient si proches.

Les mâchoires serrées, il demanda :

— D'où sort-il, celui-là ? De toute évidence, il est plus qu'un ami, ajouta-t-il en ouvrant la portière.

— Je te l'ai dit, nous avons grandi ensemble.

Comme elle se hissait sur le siège passager, Dillon contourna son camion pour s'installer au volant. Il resta assis sans bouger un moment avant de se tourner vers elle.

— Vous étiez amants.

Ce n'était pas une question.

— Chase a été mon premier amoureux. Au collège puis au lycée, nous étions inséparables, reconnut-elle.

— Il est toujours amoureux de toi.

Il continuait à observer Chase et Dana qui sirotaient un café sur la terrasse.

Mary réprima un gémissement mais ne répondit pas. Chase étant revenu, il était évident que tôt ou tard, il serait tombé sur Dillon. Big Sky n'était pas une grande ville. Mais pourquoi avait-il fallu qu'il débarque au ranch *justement aujourd'hui* ?

Dillon ne parvenait toujours pas à démarrer. Ni à la regarder en face.

— Il se comporte avec toi comme si tu lui appartenais. Comme s'il lui suffisait d'apparaître pour reprendre vos relations là où vous les aviez laissées.

Mary avait un peu la même impression mais elle se surprit à défendre Chase.

— Nous avons vécu une belle histoire, autrefois. Il a été mon premier amour...

Il se tourna vers elle.

— Vas-tu te remettre avec lui ?

Un instant, elle fut trop déstabilisée pour répondre.

— Il y a une heure, je ne savais même pas qu'il était revenu dans le Montana. Le voir au ranch m'a surprise autant que toi. Mais je n'aime pas le ton sur lequel tu me parles. J'ignore ce que je vais faire mais cela ne te regarde pas.

De loin, elle vit Chase serrer sa mère dans ses bras puis se diriger vers son pick-up.

— Vraiment ? demanda Dillon. Si je comprends bien, je jouais les intérimaires en attendant son retour.

Elle serra les mâchoires.

— En tout cas, je n'ai plus envie de déjeuner avec toi, dit-elle en rouvrant sa portière.

Dillon lui saisit le bras. Ses doigts mordirent sa chair tendre.

— Il revient et tu me largues, c'est ça ?

— Lâche-moi, dit-elle doucement mais fermement.

Il obtempéra aussitôt.

— Excuse-moi. J'espère que je n'ai pas... C'est seulement que je pensais que toi et moi... Alors l'entendre te dire qu'il t'aime toujours n'est pas simple pour moi.

— Pour moi non plus, répliqua-t-elle. Je ne sais pas ce que je vais faire. Je suis désolée si tu as le sentiment de...

— D'avoir été un figurant, un bouche-trou, jusqu'au retour de ton véritable amoureux ?

— Je ne t'ai jamais considéré ainsi.

— Non ? Tant mieux, dit-il d'une voix adoucie. Parce que je ne suis pas prêt à renoncer à toi pour te permettre de renouer avec lui... Par ailleurs, j'aimerais avoir enfin la chance d'admirer la vue de ton balcon comme tu me l'avais promis, ajouta-t-il en caressant son bras nu pour la faire frissonner. Puis-je t'appeler plus tard ?

Un peu perdue, elle devina qu'elle n'était pas en état de prendre une décision à propos de Dillon. Pas pour le moment. Elle hocha la tête.

— À plus tard au téléphone, alors, dit-elle.

Puis elle sortit de son camion et claqua la portière.

Toujours ébranlée par les derniers événements, elle le regarda s'éloigner. Des larmes brûlaient ses paupières.

Chase était revenu. Chase l'aimait toujours.

Mais maintenant, tout s'était compliqué. Il y avait cette Fiona dans le paysage, cette femme qui prétendait être sa fiancée. Et sans doute en avait-il connu d'autres, ces dernières années. Et il y avait Dillon. Chase n'avait pas le droit d'exiger qu'ils reprennent leurs relations là où ils les avaient laissées. Il était parti, il ne lui avait pas donné de nouvelles pendant des mois, il l'avait trompée...

Chase et Dillon se détestaient. Mary n'en était pas vraiment étonnée. Pourtant, la réaction de Dillon la surprenait. Avait-il vraiment des sentiments pour elle ? Elle ne s'en était pas rendu compte plus tôt mais sa jalousie tendait à le prouver. Pourtant, ils se connaissaient à peine. S'agissait-il seulement d'un combat de coqs ?

En tout cas, la situation l'inquiétait. Fatalement, les deux hommes seraient amenés à se revoir. La prochaine fois, elle ne serait peut-être pas là pour les empêcher de s'entretuer.

Chase se reprochait sa légèreté. Au lieu de surgir au ranch à l'improviste, il aurait dû s'annoncer, appeler ou écrire. Pourtant, il n'aurait pas été correct de déclarer son amour à Mary sans être en face d'elle. En tout cas, jamais il n'aurait imaginé que Fiona lui jouerait un si sale tour...

Il secoua la tête. À quoi bon incriminer Fiona ? Lui seul était coupable. Il avait commis une erreur en couchant avec cette femme et il le savait. Tout était sa faute.

Mais maintenant, il était revenu et il n'était pas question de laisser un adjoint lui voler celle qu'il aimait, qu'il avait toujours aimée.

Avec un gros soupir, il se dirigea vers le ranch Jensen. Il y donnerait un coup de main jusqu'à ce qu'il trouve du travail chez un menuisier. Il avait été tellement sûr que Mary lui sauterait au cou lorsqu'il arriverait...

Il aurait dû anticiper sa réaction. Il lui avait fait du mal. Avait-il vraiment cru qu'elle l'avait attendu ? Il songea à tout ce qu'il avait prévu de lui dire avant que cet adjoint ne les interrompe.

Mary était encore plus belle que le jour où il était parti. Elle avait pris son indépendance. Il avait toujours été certain qu'elle saurait mener sa barque, se dit-il avec fierté.

Il ne lui restait plus qu'à la convaincre de lui donner une seconde chance.

Hud relut le rapport du coroner. L'un de ses adjoints avait relevé les empreintes dans la voiture de Christy Shores – les analyses étaient en cours – mais la batterie avait été essuyée avec soin.

La mort de la jeune serveuse avait été préméditée. Quelqu'un avait saboté son moteur pour l'obliger à rentrer à pied dans la nuit... et avoir ainsi la possibilité de l'écraser. Il ne s'agissait pas d'un accident mais d'un assassinat. Le tueur avait dû l'attendre à l'extérieur du bar. Comme Christy était restée tard, jusqu'à la fermeture de l'établissement, il n'y avait plus personne pour la reconduire.

Au départ, il avait cru à une mort accidentelle aggravée par un délit de fuite. Des rumeurs couraient déjà dans la vallée, prétendant qu'un touriste au volant d'un camping-car était responsable du drame. Mais Hud en était à présent certain : il avait affaire à un homicide et il était prêt à parier son étoile que l'assassin connaissait sa victime et vivait dans le coin.

Il repoussa sa chaise et se leva. Il était temps de parler aux deux hommes qui s'étaient battus pour Christy au cours de la soirée. Le nom de Grady Birch, l'ami de l'adjoint Dillon Ramsey, l'avait surpris parce qu'il n'était manifestement pas étranger aux vols de bétail dont étaient victimes les ranchers de la région depuis quelque temps.

Il décida de commencer par lui et de monter lui rendre visite sans s'annoncer. Il parlerait ensuite à Chet Jensen. Fils d'un éleveur voisin, Chet était un bon à rien qui avait eu des ennuis avec la justice toute sa vie.

Mais lorsqu'il arriva au chalet, situé dans la montagne, à l'extérieur de Gallatin Gateway, Grady n'était nulle part en vue. Hud jeta un coup d'œil par la fenêtre mais il était difficile de savoir si l'homme était sorti faire un tour ou s'il avait quitté définitivement les lieux.

Après le départ de Chase et de Dillon, Mary rejoignit sa mère sur la terrasse. Dernièrement, Dana avait émis le souhait de s'offrir un rocking-chair. Elle avait expliqué à son mari et à sa fille qu'elle ne rajeunissait pas et que ce genre de fauteuil était parfait pour les personnes âgées. L'expression avait fait rire Mary.

Mais alors qu'elle-même se laissait tomber sur la balancelle qui faisait face au fauteuil, elle regarda sa mère et la vit comme elle ne l'avait pas vue depuis très longtemps. En effet, Dana avait vieilli. Elle avait des rides au coin des yeux, des cheveux blancs et surtout, elle semblait très fatiguée.

Dana se redressa et lui prit la main.

— Tout va bien, chérie ? lui demanda sa mère au moment précis où Mary s'apprêtait à lui poser la même question.

— Je t'ai vue avec Chase, dit Mary.

— Cela m'a fait plaisir de bavarder avec lui. Il t'a laissé son numéro de téléphone.

Elle lui tendit un papier plié en quatre.

Mary jeta un coup d'œil au numéro inscrit sous le nom de Chase. Comme il n'y avait rien d'autre, elle le fourra dans sa poche.

— Que t'a-t-il dit ?

— Nous avons seulement discuté du ranch, des changements dans la région, ce genre de choses...

— Il m'a dit qu'il était revenu parce qu'il m'aimait, qu'il n'avait jamais cessé de m'aimer. Mais...

Elle hésita. Elle ne cachait pas grand-chose à sa mère.

— Je ne t'en avais pas parlé mais il y a quelques jours, j'ai reçu le coup de fil d'une femme qui prétendait être sa fiancée. Elle m'avait interdit d'essayer de reprendre contact avec lui.

Dana écarquilla les yeux.

— Une inconnue t'a donc menacée ?

— Chase dit qu'elle est folle et qu'il a fait l'erreur de coucher une fois avec elle. Elle s'appelle Fiona.

Le simple fait de prononcer ce nom lui fit mal.

— Je vois. Eh bien, maintenant tu connais la vérité.

— Je n'ai pas oublié pourquoi nous avions rompu.

Elle avait surpris Chase en train d'embrasser Beth Anne Jensen. Par la suite, il lui avait juré que c'était la première et unique fois et qu'elle s'était jetée à son cou, le prenant par surprise. Mary avait toujours su que Beth Anne avait le béguin pour Chase.

Mais elle avait compris alors que ses parents avaient raison. Tous deux étaient trop jeunes pour s'engager pour la vie, d'autant qu'ils n'avaient jamais fréquenté d'autres personnes.

« Si tu essaies de l'attraper au lasso et de le retenir de force, tu le regretteras, avait dit son père. Si son amour est sincère, s'il t'est destiné, il reviendra vers toi. »

Elle connaissait l'histoire de ses parents depuis l'enfance. Comme Chase, son père était parti et avait brisé le cœur de sa mère. Pourtant, il était revenu et avait retrouvé sa moitié.

« Mais s'il ne revient pas, papa ? avait-elle demandé.

— Cela signifiera qu'il n'était pas pour toi, chérie, et ce sera le destin... »

— Vas-tu l'appeler ? demanda sa mère, la ramenant au présent.

— Je ne sais pas. J'ai besoin d'un peu de temps sans voir ni Dillon ni Chase, dit-elle. J'aime toujours Chase mais j'ai peur qu'il ait beaucoup changé, qu'il ne soit plus l'homme que j'aimais. Je dois refaire sa connaissance.

— Cela risque de prendre du temps.

— Tant pis. Et en attendant, il faut que je retourne à mon bureau, ajouta-t-elle en se levant. J'ai du travail.

— Je suis contente qu'il soit revenu, dit sa mère. J'ai toujours aimé Chase.

— Moi aussi, dit Mary en souriant tristement.

Mais alors qu'elle se garait devant son immeuble, elle sut qu'elle n'arriverait pas à travailler. Elle avait trop de choses en tête. Aussi repartit-elle dans la montagne. Elle se gara au pied d'un sentier. Marcher au grand air lui ferait du bien.

Quelques heures plus tard, elle se retrouva sur une corniche d'où elle pouvait admirer à la fois le Gallatin Canyon et la Madison Valley. Elle sourit. Elle était fatiguée, en sueur et pleine de courbatures mais elle se sentait enfin bien, heureuse. La montagne avait toujours eu cet effet sur elle.

L'esprit plus libre, elle retourna dans la vallée alors que le soleil se couchait. Les deux hommes tentèrent de la joindre dans la soirée mais elle ne prit aucun appel.

Garée à proximité de l'immeuble de Mary, Fiona observait son reflet dans le rétroviseur de sa voiture. Elle était encore surprise de se voir en Lucy. Fiona n'existait plus... Elle avait toujours eu le don de changer de look et de personnalité pour devenir quelqu'un d'autre, une qualité innée. Elle s'en était rendu compte au collège quand un professeur lui avait proposé de passer une audition pour jouer dans une pièce de théâtre.

Au départ, elle n'avait accepté que dans l'espoir d'obtenir une bonne note dans cette matière et de rattraper ainsi sa moyenne générale, plombée par ses mauvais résultats en sciences. Mais dès qu'elle avait lu son texte, elle s'était sentie habitée par son personnage. Elle n'avait eu aucun mal à se fondre dans ce rôle. Ses talents d'actrice avaient bluffé l'équipe enseignante et par la suite, elle avait été sollicitée pour faire partie de la troupe de théâtre du lycée.

Mais à présent, elle se sentait anxieuse. Mary était rentrée à Madison Valley, elle s'était brièvement arrêtée devant chez elle avant de repartir sans même sortir de sa voiture. Lucy était quasi certaine que Chase était arrivé dans le Montana, maintenant. Mais si elle s'était trompée ? Et s'il n'avait pas eu envie de retrouver son ex ?

Et s'il avait changé d'avis et pris conscience que Fiona était la femme de sa vie ? Et s'il s'était rendu compte qu'il n'aimait plus cette Mary Cardwell Savage ? Et s'il était reparti la chercher en Arizona et avait appris qu'elle s'était noyée, que son corps pourrissait sans doute au fond du Colorado ?

Cette éventualité lui serra le cœur. Jusqu'au moment où elle se souvint qu'elle avait bousillé son moteur avec de l'eau de Javel. Qui savait où il était tombé en panne et combien de temps il lui faudrait pour réparer son camion ? Dans l'hypothèse où ce dernier était réparable...

Non, Chase lui avait clairement signifié qu'il ne l'aimait pas. Voilà pourquoi tôt ou tard, il reviendrait ici, à Big Sky. Elle devait s'armer de patience et ne rien faire de stupide.

Pour parvenir à ses fins, il lui fallait adopter la même approche qu'avec des acheteurs potentiels, à l'époque où elle travaillait comme agent immobilier. La première étape consistait à voir à qui elle avait affaire à découvrir ce que ses clients attendaient. Lucy sourit. Elle devait faire la connaissance de son ennemie, chercher ses failles, ses points faibles. Elle avait déjà une idée sur la façon dont elle devait s'y prendre pour gagner la confiance de Mary.

Il était tout aussi important d'anticiper les problèmes à chaque étape, d'envisager toutes les éventualités, y compris celle de se faire pincer, démasquer.

Certaines précautions relevaient du simple bon sens. Elle avait fait l'acquisition d'un nouveau smartphone avec un nouveau numéro. Elle n'avait dit à personne qu'elle était toujours en vie, pas même à Patty. Sortir tout son argent de la banque en liquide avait été malin. De même, elle n'avait pas oublié d'enfiler des gants avant de débrancher un câble de la batterie de Christy Shores.

Autrefois, ses trois grands demi-frères lui avaient fait vivre un enfer. Mais ils lui avaient beaucoup appris sur les moteurs et aussi sur la manière de se venger sans laisser de traces. Elle avait su s'en souvenir la nuit où elle avait incendié la maison familiale avec son beau-père, sa mère et ses demi-frères à l'intérieur.

Mais parfois, elle avait tendance à en faire trop. Ainsi, peut-être avait-elle eu tort de mettre de l'eau de Javel dans l'huile de moteur de Chase. Au départ, elle avait envisagé de desserrer les écrous de ses pneus mais elle ne voulait pas qu'il meure. Pas encore. Pas comme ça. Pas loin d'elle.

Quand arriverait-il dans le Montana ? Ne devrait-il pas y être, maintenant ? Avait-il renoncé à venir ? Elle commençait à désespérer quand elle le vit apparaître. Au volant de son pick-up, il passa devant le parking où elle était et s'arrêta devant l'immeuble de Mary. Il se gara et sauta de son véhicule. Le cœur de Lucy se mit à battre la chamade tandis qu'il s'avançait à grands pas vers le bureau de Mary et frappait à la porte.

Le ventre noué, elle le regarda reculer pour voir s'il y avait de la lumière au dernier étage.

— Désolée, ton ex n'est pas chez elle, grommela-t-elle.

Le SUV de Mary n'était pas non plus garé à l'endroit où elle le laissait toujours. Mais il était clair que Chase la cherchait. Que ferait-il lorsqu'il la retrouverait ? Lui déclarerait-il son amour éternel ?

Alors que les griffes de la jalousie lui déchiquetaient le cœur, elle fut tentée de mettre fin à cette histoire sur-le-champ.

Elle avait acheté une arme en se rendant à Big Sky. Il lui suffisait de glisser la main sous le siège, de saisir le revolver chargé, de sortir de son véhicule et de s'avancer vers lui. Il ne la reconnaîtrait pas. Pas tout de suite.

— De la part de Fiona ! lui lancerait-elle en lui vidant son chargeur dans le ventre.

Elle sourit en imaginant la scène.

Mais au fond, tout finirait trop vite. Elle n'en tirerait aucun plaisir. Elle voulait le faire souffrir. Et la meilleure façon de l'atteindre était de s'en prendre à sa précieuse Mary. Elle se promit de ne pas dévier de son plan initial. Pas question d'agir sur une impulsion. Cette fois, elle ne réitérerait pas les erreurs commises dans le passé.

Alors qu'elle regardait Chase remonter dans son pick-up et s'en aller, elle tremblait d'anticipation à la seule pensée du sort qu'elle réservait à Chase et à son ex.

7

Le lendemain matin, Mary s'aperçut que le café de Lone Peak Perk était rouvert. Le simple fait de penser à un Frappuccino au caramel lui donna envie d'en boire un.

Dès qu'elle franchit la porte de l'établissement, elle huma les riches arômes de robusta et d'arabica et en éprouva un profond réconfort. En prendre conscience la fit sourire. Sans sa dose quotidienne de caféine, elle serait restée dans un état second toute la journée, surtout après la nuit agitée qu'elle avait eue...

Comme elle se dirigeait vers le comptoir, elle se rendit compte qu'une nouvelle serveuse s'y activait. Avaient-ils déjà remplacé Christy ? La coupe à la garçonne de la jeune brune accentuait la noirceur de ses yeux. Une étiquette sur son tablier vert indiquait son prénom : LUCY.

— Bonjour, quelle boisson vous ferait plaisir ? demanda-t-elle avec un grand sourire.

Elle avait un accent du Sud prononcé, remarqua Mary.

— Un Frappuccino au caramel à emporter, s'il vous plaît.

La jeune femme se mit à rire.

— C'est également mon café préféré.

— J'ai été désolée d'apprendre ce qu'il était arrivé à Christy, dit Mary.

Lucy interrompit un instant son travail pour la regarder.

— Je ne la connaissais pas mais j'avais un peu échangé avec elle lorsque j'étais passée déposer ma candidature. Christy avait été gentille avec moi. Quand Andrea m'a appelée, je n'arrivais pas à y croire. Il m'est difficile d'accepter que son malheur m'ait porté chance. Mon dossier de candidature était sur le dessus de la pile...

— Pour quelle raison avez-vous eu envie de venir vous installer à Big Sky ? s'enquit Mary, se rendant compte qu'elle l'avait mise mal à l'aise.

— J'ai toujours eu l'esprit d'aventure. Un travail m'attendait à Spokane mais en traversant Big Sky, je suis tombée sous le charme de cette ville du Montana. N'est-ce pas le plus bel endroit au monde ? Un vrai paradis terrestre.

Le sourire de Mary s'élargit.

— Je l'ai toujours pensé. D'où êtes-vous ? Vous avez une pointe d'accent du Sud...

Lucy se mit à rire.

— Je suis originaire du Texas. Et j'ai beaucoup de mal à me défaire de mon accent.

— N'essayez pas. Il est charmant.

— Vous trouvez ? demanda la jeune serveuse en déposant un gobelet devant Mary.

— Absolument. J'espère que vous vous plairez ici.

— Merci. J'en suis sûre.

Chase fut soulagé quand Mary le rappela. Il avait eu beaucoup de temps pour réfléchir et il n'avait aucune envie de rester plus longtemps loin d'elle. La veille au soir, il s'était rendu chez elle dans l'espoir de lui parler. Mais elle n'était pas chez elle. Était-elle sortie avec l'adjoint du shérif ? Cette éventualité le rendait fou.

Pourtant, il ne pouvait s'en prendre qu'à lui-même. En quittant le Montana, il lui avait brisé le cœur. Mais à l'époque, et encore maintenant, il savait qu'il devait partir. Il était alors trop jeune pour se marier, pour s'engager.

Mais avec les années, il avait mûri. Il avait appris un métier qu'il aimait, il avait roulé sa bosse et découvert le vaste monde. Il n'était plus l'adolescent dont Mary était tombée amoureuse autrefois. Maintenant, il savait ce qu'il voulait. Lorsqu'il avait reçu sa lettre, il avait compris que tout espoir n'était pas perdu. Avant de lire sa déclaration d'amour, il pensait que Mary avait tourné la page depuis longtemps, qu'elle était tombée amoureuse d'un autre et qu'elle était peut-être même mariée, à présent. Mais comme lui, elle n'avait trouvé personne qui lui plaise assez pour tenter une nouvelle relation amoureuse. Jusqu'à l'arrivée de l'adjoint.

— Je suis désolé d'avoir surgi sans crier gare, l'autre jour, dit-il. Tu avais raison. J'aurais dû t'appeler pour te prévenir de mon retour.

— N'en parlons plus, répondit-elle sur un ton qui lui fit comprendre que le véritable problème était ailleurs.

Il l'avait fait souffrir. Avait-il vraiment cru qu'il lui suffirait d'apparaître pour être pardonné ?

— Il faut que tu saches que je t'avais écrit cette lettre d'abord et avant tout pour te parler du colis à te remettre. Le reste était absurde. Je traversais un petit passage à vide et je me suis bêtement épanchée.

— Je ne t'imagine pas du tout en proie à des passages à vide, dit-il sur le ton de la plaisanterie.

— Chase...

— Tout ce que je te demande est de me donner une seconde chance, de me laisser te prouver que je t'aime, que je te mérite.

Un silence tomba.

— Il y a quelque chose que je ne t'avais encore jamais dit, reprit Chase. Ma mère m'avait appelé avant... que je ne quitte le Montana. Comme tu le sais, elle était malade depuis des années mais en rémission. Cette fois, elle avait perdu le combat, elle le savait, et elle avait envie de me voir avant de passer de l'autre côté. Voilà pourquoi j'ai mis le cap sur l'Arizona. Elle est morte le mois dernier.

— Oh ! Chase, je suis vraiment désolée. Je l'ignorais.

— Avant de mourir, elle m'a demandé de rapporter ses cendres ici, à Big Sky, et de les disperser dans le canyon.

Il entendit presque Mary hésiter.

— T'a-t-elle... ?

— Tu veux savoir si elle m'a révélé qui était mon père avant de mourir ? Non. J'étais avec elle la nuit où elle est partie mais elle a emporté ce secret avec elle.

— Je suis vraiment désolée.

Ignorer le nom de son géniteur avait hanté Chase toute sa vie. Ce mystère lui pesait. Il aurait voulu savoir qui il était, d'où il venait et pourquoi sa mère avait toujours refusé de le lui dire. Son père était-il un monstre ? Il aurait donné beaucoup pour connaître ses origines, l'histoire de sa naissance.

— En revanche, elle m'a laissé sans le vouloir un indice, poursuivit-il. Elle m'a dit l'avoir rencontré ici, à Big Sky. Et voilà pourquoi elle souhaitait que ses cendres soient rapportées et dispersées ici.

— Mais tu ne sais rien d'autre.

— Pour l'instant, non.

— Chase, je t'appelais à propos de ce paquet que je dois te remettre, reprit Mary. Si ta mère a connu ton père à Big Sky, cela explique peut-être pourquoi une femme, qui s'est présentée comme une de ses vieilles amies, t'a laissé ce colis. Passe quand tu veux le prendre à mon bureau...

— Je ne viendrai pas avant demain. Je travaille dans un ranch pour gagner un peu d'argent. J'ai eu des problèmes de moteur sur le chemin du retour et j'ai besoin de me renflouer. Mais j'espérais que nous pourrions sortir tous les deux...

— Laisse-moi un peu de temps. De plus, je suis vraiment occupée.

— Avec cet adjoint ? demanda-t-il avant de pouvoir s'en empêcher.

Il regretta immédiatement sa question.

— Je ne vois pas Dillon non plus pour le moment, répliqua-t-elle. Et je n'ai pas de comptes à te rendre. Tu n'imagines quand même pas que je vais bouleverser ma vie d'un claquement de doigts sous prétexte que tu es revenu...

— Non, tu as raison. Désolé. Je vais arrêter de t'importuner. Sache simplement que je t'attends, que je suis revenu pour de bon et que j'ai envie de renouer avec toi, Mary. Je n'ai jamais cessé de t'aimer et je t'aimerai toujours.

Après leur échange téléphonique, Mary se plongea dans son travail, bien décidée à ne plus penser au beau cow-boy qui lui avait volé son cœur, des années auparavant. Dillon n'arrêtait pas de lui envoyer des textos. Elle lui répondit qu'elle avait un rapport à rédiger et qu'elle le recontacterait bientôt.

Cette nuit-là, allongée dans son lit, elle pensa à Chase, le cœur serré. Autrefois, il l'avait fait souffrir en refusant de l'épouser et, folle de colère, elle avait rompu avec lui pour le laisser partir. Elle avait alors perdu son meilleur ami et son amant. Après tant d'années passées ensemble, Mary avait fini par croire que rien ne les séparerait jamais. Elle s'était trompée et maintenant, elle avait peur. Elle se rendait compte qu'elle ne connaissait pas vraiment cet homme qu'elle avait pourtant follement aimé.

Dans la matinée, elle se rendit de bonne heure à son bureau, soulagée de constater que Chase respectait sa requête et ne se manifestait pas. Quelques heures plus tard, elle reçut la visite inattendue de la nouvelle serveuse du café de Lone Peak Perk.

— Je me suis dit qu'un petit remontant vous ferait peut-être du bien, dit-elle en lui tendant un Frappuccino au caramel.

Mary faillit l'embrasser.

— Vous devez être médium, dit-elle en se levant pour prendre le gobelet. J'avais tant à faire que je n'avais pas le temps de passer au café mais vous n'imaginez pas à quel point j'en avais besoin.

— Je ne veux pas vous déranger, poursuivit Lucy en faisant un pas vers la porte. Mais quand je me suis rendu compte que vous n'étiez pas venue, j'ai eu envie de vous en apporter un...

— Attendez, laissez-moi au moins vous payer.

Lucy secoua la tête.

— Non, non, c'est cadeau. Ma BA de la journée.

Et avec un grand sourire, elle poussa la porte.

— Merci beaucoup ! cria Mary en la regardant traverser la rue en courant.

Hud trouva Chet Jensen au ranch de son père, situé à l'extrémité du canyon, à quelques kilomètres de là. Il était occupé à sortir le fumier des étables. Manifestement, il avait la gueule de bois.

— Votre nuit a été difficile ? lança-t-il.

Surpris, Chet sursauta et blêmit en le reconnaissant.

— Vous m'avez fait peur. Vous n'avez pas le droit de débarquer comme ça chez les gens sans prévenir, dit-il.

— J'ai besoin de vous parler, répondit Hud. De Christy Shores.

Chet appuya sa fourche contre le mur.

— D'accord mais allons discuter dehors. Un peu d'air frais ne me fera pas de mal.

Sur ces mots, il sortit de l'étable et se tourna vers le soleil matinal. Hud le suivit jusqu'à un vieux saule pleureur sous lequel étaient installées quelques chaises de jardin. Chet se laissa tomber sur l'une d'elles.

— Vous avez entendu parler de la bagarre chez Charley, dit-il.

Hud opina. Tout en s'installant en face de lui, il tira son calepin de sa poche.

— Qui l'avait provoquée ?

— Christy, répondit Chet d'un air sombre. Vous ne seriez pas ici si vous ne le saviez pas déjà. Alors, cessons de tourner autour du pot et allons droit au but. Je suis désolé qu'elle se soit fait écraser mais je n'y suis pour rien.

— Qui y est pour quelque chose ?

Le cow-boy haussa les épaules.

— Je n'en ai aucune idée. Beth Anne a entendu dire qu'un chauffard au volant d'un camping-car l'avait renversée avant de prendre la fuite.

Hud secoua la tête.

— Le meurtrier n'est pas un touriste de passage mais quelqu'un du coin, j'en suis certain. Depuis combien de temps sortiez-vous avec elle ?

— Je ne « sortais » pas avec elle. J'ai fait sa connaissance il y a quelques semaines et je l'ai ramenée ici deux ou trois fois, voilà tout. Je l'aimais bien.

— Mais ?

— Mais ensuite, elle est tombée amoureuse de Grady, qui se la jouait grand prince et claquait de l'argent à tout-va pour lui en mettre plein la vue. J'ai essayé de la prévenir mais… vous connaissez les femmes.

— Êtes-vous en train d'insinuer que Grady Birch pourrait être coupable ?

— Je n'en sais rien. En tout cas, après la bagarre, je suis rentré à la maison et je suis allé me coucher.

— Avez-vous vu Grady partir du bar ?

— Oui, un peu avant moi. Mais qui vous dit qu'il n'est pas revenu ?

— Je pourrais en dire autant à propos de vous…

Chet remua la tête.

— Ma sœur Beth Anne était à la maison. Elle vous confirmera ce que j'ai dit. Elle avait passé la nuit à confectionner des cookies pour un événement dans sa boutique. Je n'aurais pas pu entrer ou sortir sans qu'elle me voie.

— Christy avait-elle des ennemis ? poursuivit Hud.

— Elle ne vivait pas à Big Sky depuis assez longtemps pour s'être fait des ennemis.

— Mais depuis assez longtemps pour que deux hommes se battent pour elle, fit-il remarquer.

Chet croisa son regard.

— Grady et moi avions eu l'un et l'autre envie de passer la nuit avec elle, c'est vrai. Mais ni lui ni moi n'étions amoureux, si vous voyez ce que je veux dire. Alors la tuer ou s'entretuer pour elle n'aurait eu aucun sens.

Hud referma son calepin et se leva.

— Si vous pensez à quelqu'un qui aurait pu souhaiter sa mort, appelez-moi.

8

Mary était en train de traverser la rue lorsqu'elle remarqua la camionnette du fleuriste local qui se garait devant chez elle. Voilà trois jours qu'elle n'avait pas vu Chase ni Dillon. Les deux hommes avaient finalement compris le message et la laissaient respirer. Elle ne savait toujours pas très bien où elle en était, ce qu'elle voulait, mais au moins avait-elle avancé dans son travail.

Elle gémit en voyant Beth Anne Jensen sortir du fourgon.

— J'ai quelque chose pour toi, lui lança gaiement cette dernière.

Mary ne se souvenait pas avoir un jour reçu des fleurs. À contrecœur, elle revint sur ses pas. Elle n'avait aucune envie de parler à Beth Anne, ce matin.

Son ancienne camarade de classe lui tendit une rose rouge enveloppée de cellophane.

— Tu es au courant du retour de Chase, je suppose, demanda Beth Anne.

— Il est passé au ranch, il y a quelques jours.

L'expression guillerette de Beth Anne s'envola.

— Il va travailler pour mon père.

Mary n'était pas étonnée que Chase ait proposé ses services à Sherman Jensen. Le Jensen Ranch côtoyait celui des Cardwell et voilà pourquoi Chase lui avait dit qu'il la verrait bientôt. Les Jensen avaient besoin de bras pour descendre leurs troupeaux des alpages où ils avaient passé l'été et les ramener dans les pâturages de la vallée. Tout le monde se préparait aussi à cette transhumance au Cardwell Ranch.

— Chase m'a paru en pleine forme, poursuivit Beth Anne. Visiblement, quitter la région lui a fait du bien.

Mary n'avait aucune envie de discuter de Chase avec elle. Elle n'avait pas oublié qu'elle les avait surpris un jour en train de s'embrasser. Mary se demanda si elle était censée lui donner un pourboire. Le geste pousserait peut-être Beth Anne à partir...

Elle sortit un billet de cinq dollars et le lui tendit.

— Merci, dit-elle.

Mais comme Mary commençait à se détourner, Beth Anne la rappela.

— Attends, ce n'est pas tout, dit-elle en lui présentant une grosse gerbe de marguerites enveloppée, elle aussi, dans une feuille de cellophane. Apparemment, tu as plus d'un admirateur...

Mary était certaine que Beth Anne savait qui lui avait envoyé ces fleurs. Sans doute avait-elle même lu les cartes glissées dans les enveloppes agrafées sur chacun des bouquets.

Mais peut-être pas après tout, se dit-elle, se reprochant sa réaction.

— Passe une bonne journée, cria-t-elle à Beth Anne.

Chargée de ses fleurs, elle retourna à son bureau, curieuse de découvrir qui les lui avait envoyées. Elle ne voulait pas se faire d'illusions. Il n'était pas impossible que des éleveurs pour qui elle travaillait aient voulu la remercier de s'être occupée de leur comptabilité.

Elle déposa les bouquets sur sa table de travail et ouvrit la première enveloppe.

> *Je n'ai pas oublié que les marguerites étaient tes fleurs préférées. Je ne renonce pas à nous. Chase.*

Il me faudra davantage que des marguerites pour me convaincre de revenir vers toi, se dit-elle alors que son cœur s'accélérait dans sa poitrine.

Elle sortit le carton de l'autre enveloppe blanche et lut :

> *Pour que tu saches que je ne cesse de penser à toi,*
> *Dillon.*

Je n'en crois pas un mot.

Comme elle entendait la porte de son immeuble s'ouvrir derrière elle, elle se retourna, s'attendant à voir apparaître l'un ou l'autre des deux hommes.

— Lucy ? s'exclama-t-elle, soulagée.

Qu'ils aient voulu lui offrir des fleurs la touchait mais elle n'était prête à s'entretenir avec aucun d'eux pour le moment.

La jeune serveuse s'immobilisa.

— Je débarque peut-être à un mauvais moment ?

— Pas du tout. Vous arrivez à point nommé.

— En fait, je vous ai vue traverser et rebrousser chemin. Alors j'ai cru bien faire, ajouta-t-elle en lui tendant un gobelet.

— Merci beaucoup. J'en ai bien besoin mais cette fois, j'insiste pour vous payer. Où ai-je mis mon sac ?

— Inutile, je l'ai mis sur votre compte.

Mary cessa de chercher de l'argent pour la regarder.

— Mais je n'ai pas de compte dans votre établissement.

Lucy sourit.

— Eh bien maintenant, vous en avez un. J'ai pensé qu'il serait plus facile pour vous de ne pas avoir à chercher de la monnaie à chaque fois. Mais si vous estimez que j'ai outrepassé…

— Pas du tout, c'est une excellente initiative. Vu le nombre de cafés que je prends chez vous, j'aurais dû en avoir eu l'idée depuis longtemps.

— Et de cette façon, si vous êtes trop occupée pour venir boire votre café sur place, passez-nous un coup de fil et nous vous l'apporterons à domicile.

— Lucy, c'est tellement gentil mais…

— Ce n'est vraiment pas un problème. Cela me donne une bonne excuse pour prendre l'air. De plus, j'ai l'impression que vous avez quelque chose à fêter, ajouta-t-elle en montrant les fleurs.

Mary se mit à rire.

— C'est compliqué !

— Eh bien, je ne vous retiens pas. Je ferais mieux de retourner travailler. Mon service se termine bientôt et je dois reprendre mes recherches de logement. Ce n'est pas simple.

Elle la salua d'un geste de la main avant de se diriger vers la porte.

— Lucy, attendez. J'ai un appartement à louer. Je n'ai pas encore passé d'annonce parce que... Christy devait y emménager, le jour où elle est morte.

— Christy... que j'ai remplacée au café de Lone Peak Perk.

— Cela vous ennuie de prendre le deux-pièces qui lui était destiné ? demanda Mary. Je comprends.

— Écoutez, votre proposition me déstabilise un peu, je l'avoue. Mais laissez-moi un peu de temps pour y réfléchir, d'accord ? Je vous donnerai ma réponse en fin de journée.

Et elle partit sans lui donner la possibilité d'ajouter un mot.

Une fois seule, Mary se reprocha son impulsivité. Elle avait sans doute eu tort de lui offrir cet appartement sans avoir vérifié ses références. Cela dit, Lucy n'était pas non plus une totale inconnue. Elle travaillait en face et surtout, elle était adorable, serviable et attentionnée.

Avec un soupir, elle reporta son attention sur ses fleurs. Que devait-elle faire avec Chase ? Et avec Dillon ?

Elle s'empara de son téléphone pour appeler Kara, sa meilleure amie, qui s'était installée à New York à la fin de ses études. Malgré la distance, elles restaient en contact grâce au téléphone et à Facetime. Leur amitié était si solide qu'elles pouvaient ne pas se parler pendant des semaines et reprendre le fil de leurs échanges là où elles l'avaient laissé.

— Chase est revenu, dit-elle sans préambule quand son amie répondit.

— À Big Sky ?

— Il me jure qu'il m'aime, qu'il n'a jamais cessé de m'aimer et qu'il veut tout faire pour me reconquérir.

Kara inspira profondément.

— Et toi ? Où en es-tu avec lui ?

Elle soupira.

— Je l'aime toujours mais depuis quelque temps, je voyais quelqu'un d'autre. Un adjoint de mon père, dénommé Dillon. Il est très séduisant avec un petit côté rebelle, sauvage...

Son amie éclata de rire.

— Quelle chance tu as ! Deux hommes à tes pieds !

Elle rit à son tour.

— Je n'irais pas jusqu'à dire qu'ils sont à mes pieds. En tout cas, ils se sont rencontrés l'autre jour et j'ai vu le moment où ils allaient se sauter à la gorge. J'aime toujours Chase, peut-être l'aimerai-je jusqu'à la fin de mes jours, mais quand j'ai rompu, il ne s'est pas battu pour me garder. Pour lui, le plus important était de partir. Qui me dit qu'il ne recommencera pas ? Qui me garantit qu'un beau matin, il n'aura pas envie de larguer de nouveau les amarres ?

— Et Dillon ?

— Je ne le connais pas assez pour pouvoir me prononcer. Ils m'ont tous les deux fait livrer des fleurs, aujourd'hui.

— C'est un bon début ! lança Kara en riant.

— Chase m'a envoyé des marguerites parce qu'il s'est souvenu que ce sont mes fleurs préférées.

— Et Dillon ?

— Une rose pour me faire savoir qu'il pensait à moi.

— Pourquoi choisir entre les deux ?

— En tout cas, mon père n'aime me voir ni avec l'un ni avec l'autre.

— Et telle que je te connais, ses réticences ne font qu'attiser ton envie de passer outre.

— Tu me connais bien, Kara, répondit-elle. Comment allez-vous, toi, ton mari et les enfants ?

— J'allais t'appeler pour te l'annoncer... Je suis à nouveau enceinte !

Mary ressentit un élan d'envie et le lui dit. Mais son amie refusa de l'entendre.

— Si l'une de nous doit être envieuse de l'autre, c'est moi. Deux beaux gosses se battent pour te séduire alors que moi, j'ai à la maison deux sales gosses qui se battent pour me rendre folle...

Mary éclata de rire mais en arrière-plan, elle entendit deux petits garçons se chamailler.

— Je te laisse. Encore bravo.

— Je te rappellerai plus tard. Je t'embrasse.

Elle mit ses fleurs dans des vases avant de retourner au travail. Un peu plus tard, elle téléphona à Chase.

— Merci pour les marguerites. Elles sont très belles. Quand tu auras un peu de temps, passe me voir. Comme je te l'ai dit, j'ai un paquet pour toi au bureau. Veux-tu que je t'explique comment me trouver ?

— Je sais très bien où tu es. J'arrive.

Comme Lucy jetait un coup d'œil à travers les grandes baies vitrées du café, elle vit le pick-up de Chase se garer dans la rue. Son cœur se serra, comme broyé entre des doigts puissants. S'apprêtait-il à retrouver Mary pour la première fois depuis des mois ou l'avait-il déjà revue ailleurs depuis son retour dans le Montana ? *Peut-être au ranch*, pensa-t-elle, malade de jalousie.

Chase est mon amoureux, il est à moi.

En tout cas, il l'avait été jusqu'à ce qu'il reçoive cette lettre. Il l'avait larguée à cause de cette Mary, parce qu'il avait eu envie de retrouver son ex. Comme il entrait dans le bureau de cette dernière, Lucy ne savait plus qui elle détestait le plus, de Chase ou de Mary. Elle était animée d'une telle haine qu'elle ne s'aperçut pas tout de suite qu'une cliente était entrée.

Comme la nouvelle venue se positionnait devant elle, lui bloquant la vue sur la rue, Lucy dut faire appel à toute sa volonté pour ne pas frapper cette inconnue avant de la jeter dehors en l'insultant.

— J'aimerais un Caffè Latte glacé, dit la femme.

Heureusement, Lucy parvint à reprendre le contrôle. Elle avait besoin de ce travail pour se rapprocher de Mary et mener ainsi son plan à bien. Si elle voulait se venger de Chase, lui faire payer sa cruauté, elle ne pouvait pas se permettre de perdre son sang-froid.

Elle colla un sourire de façade sur son visage.

— Bien sûr, je vous le prépare tout de suite.

Comme la cliente descendait se laver les mains, Lucy hésita

à profiter de son absence pour cracher dans le breuvage mais elle parvint à s'en empêcher.

Au lieu de quoi, elle s'imagina dans l'appartement d'en face. Bien entendu, elle allait le prendre. Elle avait déjà réussi à gagner la confiance de Mary. Que Chase soit là-bas avec elle n'était pas si grave. Bientôt, Lucy mettrait un terme définitif à leur petite histoire.

En revanche, elle devait veiller à éviter Chase. Certes, sa métamorphose était impressionnante mais vu ce qu'ils avaient partagé, il y avait de grandes chances qu'il la reconnaisse malgré tout. Il sentirait l'alchimie qu'il y avait toujours eu entre eux. Il lui fallait donc s'arranger pour ne pas le croiser jusqu'au moment où elle lui révélerait tout… quand il serait trop tard.

Elle réfléchit à tous les moyens à sa disposition pour leur bousiller la vie avant de les tuer. Comme elle l'avait dit à Christy Shores, elle obtenait toujours ce qu'elle désirait. Il ne s'agissait pas de chance mais de volonté. Quand elle était déterminée, rien ne l'arrêtait. Elle était prête à tout pour atteindre ses objectifs. Et elle y parvenait. N'avait-elle pas trouvé ce travail et n'était-elle pas sur le point de récupérer l'appartement de Christy ?

Elle tenait surtout à faire souffrir Chase et sa précieuse Mary. Elle y arriverait. Il lui suffisait de faire preuve d'un peu de patience.

Chase enleva son stetson en entrant dans le bureau de Mary. Il posa un regard admiratif sur l'endroit, épaté par ce qu'elle en avait fait. Les murs blanchis à la chaux éclairaient une pièce qui aurait pu être sombre, des tapis aux couleurs chaudes mettaient en valeur les planchers bien cirés. Des tableaux de chevaux et des photographies du ranch témoignaient de l'amour de Mary pour le Montana.

— Ton bureau est magnifique, dit-il. Tu en as fait un lieu qui te ressemble.

Mary sourit et le remercia mais visiblement, elle n'était pas encore prête à retomber dans ses bras.

— J'ai entendu dire que tu louais des appartements au premier et que tu t'étais installée au deuxième. Cet investissement me paraît très judicieux.

Cela la fit rire.

— Merci. Je suis contente que tu l'approuves.

Il s'avança vers elle, regrettant ce ton impersonnel. Ils se connaissaient. Intimement. Ils avaient déjà été amis, amants.

— Mary, cesse de me parler comme si j'étais un étranger. Je...

— Merci encore pour les marguerites. Tiens, voilà le paquet qu'une femme a laissé pour toi, ajouta-t-elle en lui désignant un carton sur son bureau.

Au lieu de s'intéresser au colis, il planta les yeux dans les siens.

— D'accord, si c'est ce que tu veux. Je t'attendrai aussi longtemps qu'il le faudra.

Il se rendit compte soudain qu'elle ne le croyait pas. Elle avait perdu confiance en lui et comment le lui reprocher ?

— J'ai appris que tu travaillais pour le père de Beth Anne, dans leur ranch, poursuivit-elle.

C'était donc ça.

— C'est temporaire. Une entreprise de construction de Big Sky m'a proposé un poste de menuisier. C'est ce qui m'intéresse mais comme je ne commencerai que la semaine prochaine, j'ai pris ce que je trouvais en attendant.

Il regarda les marguerites qu'il lui avait fait livrer mais très vite, il remarqua la rose rouge.

— Cadeau de ton adjoint, je parie ?

Mary leva le menton.

— Ne commence pas, Chase.

— Tu as raison, excuse-moi.

Dans l'espoir de parler d'autre chose, elle lui tendit le carton déposé à son intention.

Il le prit mais n'y accorda aucune attention.

— Je saurai me montrer patient, Mary, dit-il à voix basse. Te souviens-tu de l'époque où nous ne cessions de nous tenir par la main ?

Il fit un autre pas vers elle. Il était tout proche à présent.

— Je n'ai pas oublié non plus la façon dont ton souffle devenait court, dont ton cœur s'accélérait quand je te prenais dans mes bras et...

Elle ferma les paupières, émue.

— Chase...

Il se rapprocha encore et cette fois, elle ne recula pas, consciente de succomber à son charme. De sa main libre, il caressa sa joue avant de s'aventurer vers sa gorge, à l'embrasure de son corsage.

Elle frissonna et instinctivement, elle s'abandonna à ses doigts magiques.

— Chase...

Cette fois, elle prononça son nom d'un ton suppliant, pour qu'il ne s'arrête pas.

Il sourit.

— Toi et moi serons bientôt réunis parce que nous sommes destinés l'un à l'autre. Dis-moi que je me trompe.

Incapable de parler, elle se contenta d'opiner de la tête.

Il prit le paquet et sortit, la laissant bouleversée et en proie à un désir violent.

9

Chase ne prêta attention au paquet qu'au moment où il le jeta sur le siège passager de son pick-up. Sa légèreté le surprit et détourna un instant ses pensées de Mary.

Comme il s'installait au volant, il se demanda ce qu'il contenait. Il s'agissait d'une vieille boîte à chaussures fermée avec de la ficelle, l'une et l'autre usées par les années. Pourquoi quelqu'un lui aurait-il laissé ce genre de choses ? D'après Mary, la femme qui l'avait déposée pour lui prétendait avoir été une amie de sa mère.

Très vite, ses pensées revinrent à Mary tandis qu'il roulait vers le Jensen Ranch. Il se remémora la façon dont elle avait tremblé sous ses caresses. L'alchimie entre eux était toujours là, plus forte que jamais. Il mourait d'envie de la prendre dans ses bras, de l'embrasser, de lui faire l'amour.

Une fois au ranch, il emporta le paquet dans le dortoir où il séjournait. Il pensait se moquer de son contenu. Mais en réalité, il était très curieux de le découvrir. Comme il prenait la boîte sur ses genoux, il s'aperçut que quelques mots étaient écrits dessus. Il reconnut l'écriture de sa mère.

Pour Chase. À n'ouvrir qu'après ma mort.

D'une main tremblante, il sortit son couteau de la poche de son jean et coupa la ficelle. S'efforçant de se blinder intérieurement, il souleva le couvercle. Un parfum de moisi lui chatouilla les narines tandis qu'il découvrait des papiers pliés avec soin.

Chase ne savait pas très bien à quoi s'attendre. À trouver de vieilles photos ? Ou son acte de naissance sur lequel aurait figuré le nom de son père ? Ou encore une lettre dans laquelle sa mère lui révélerait ce qu'elle n'avait pas voulu lui dire de son vivant ?

Surpris, il découvrit des pages arrachées d'un cahier d'écolier. La plupart étaient jaunies et racornies. L'écriture de sa mère était plus ample lorsqu'elle était jeune. Rien de comparable à la petite écriture appliquée qu'il lui avait toujours connue.

Il s'empara d'un des feuillets et commença à lire. Un juron s'échappa de ses lèvres quand il se rendit compte de quoi il s'agissait. C'était le journal intime de sa mère.

Pourquoi le lui avait-elle laissé ? Il ne savait même pas qu'elle en tenait un.

Son regard se posa sur la date griffonnée en haut d'une feuille. Il ne lui fallut pas longtemps pour comprendre que sa mère avait écrit ces pages quelques semaines avant sa conception.

Son cœur se mit à battre à tout rompre. Enfin, il allait savoir qui était son père.

Lorsque la porte de son bureau s'ouvrit, Mary leva les yeux, tirée de ses pensées. Voir Chase l'avait ébranlée. Elle le désirait toujours autant. Mais si elle avait du mal à l'admettre, elle avait peur, à présent. Autrefois, elle lui avait offert son cœur et il l'avait brisé. Avait-elle envie de repasser par tant de souffrances ?

Pour ne pas se torturer, elle s'était remise à travailler et voilà pourquoi quand sa visiteuse apparut, elle fut surprise de constater qu'il était très tard.

— Lucy ? Ah oui ! Entrez.

Elle se souvint brutalement que la jeune femme lui avait dit qu'elle reviendrait lui donner sa réponse à propos de l'appartement.

La serveuse s'assit en face de son bureau.

— Parliez-vous sérieusement quand vous m'avez proposé l'un des logements que vous louez au premier étage ? Ce serait vraiment pratique pour moi de vivre en face de mon lieu de travail mais je voulais être sûre que vous ne regrettiez pas de me l'avoir offert. Après tout, nous ne nous connaissons pas, nous venons de nous rencontrer.

Mary hocha la tête. En effet, elle avait changé d'avis. Mais devant l'expression peinte sur le visage de Lucy, elle décida de lui louer malgré tout le petit deux-pièces.

Elle s'empara de la clé de l'appartement.

— Je vais vous le montrer. Il est possible d'y accéder par l'entrée de l'immeuble ou par l'arrière de mon bureau. Les deux appartements que je loue se trouvent au premier étage, je travaille au rez-de-chaussée et je vis au second. Certaines personnes n'apprécient pas de vivre aussi près de leur propriétaire.

Elles grimpèrent à l'étage et Mary la fit entrer.

— Comme vous le constatez, l'appartement est plutôt basique. Salon, cuisine, chambre et salle de bains.

— Il est parfait, dit Lucy en se dirigeant vers la fenêtre pour regarder dehors.

— Il y a une issue de secours et un escalier extérieur à l'arrière avec un petit balcon si vous avez envie de profiter de la vue sur Lone Peak, dit-elle en ouvrant la porte-fenêtre.

— Formidable !

Lucy se rendit sur le balcon. Une main sur la balustrade, elle se pencha vers la cour avant de lever les yeux.

— L'escalier de secours monte vers votre appartement et votre balcon ?

— Exactement mais ne vous inquiétez pas. Je ne l'utiliserai qu'en cas d'incendie pour respecter votre vie privée.

Lucy hocha la tête.

— Et à combien s'élève le loyer ?

Quand Mary lui en donna le montant, elle sourit.

— C'est vraiment raisonnable.

— Je m'arrange pour louer à des personnes qui travaillent ici à Big Sky. La plupart des employés sont obligés de faire la navette depuis la vallée car il y a très peu de logements abordables dans le coin. Et c'est bien pour moi d'avoir quelqu'un dans l'immeuble, la nuit. La rue est commerçante mais peu de personnes y vivent. L'autre appartement est loué à un jeune homme qui voyage beaucoup, alors je le vois rarement.

Un canapé-lit se trouvait dans la chambre. Lucy le déplia.

— C'est bien pratique.

— Et ainsi, vous avez la possibilité d'utiliser cette pièce comme bureau ou comme chambre à coucher, au choix.

Lucy sourit.

— Je me vois très bien vivre ici. Ce petit deux-pièces est parfait pour moi.

— Alors, il est à vous. Vous pouvez vous installer tout de suite si vous le souhaitez.

— J'en suis ravie et surtout soulagée. Je loge actuellement dans un motel de la vallée et les trajets sont épuisants.

— J'aurais besoin du loyer du premier et du dernier mois et d'un dépôt de garantie. Est-ce un problème ?

— Pas du tout. J'ai quelques économies. Je promets d'être la locataire idéale.

Lucy la paya en espèces. Devant sa surprise, elle expliqua qu'elle avait tiré de l'argent liquide pour être plus réactive si une opportunité se présentait, si une chambre se libérait.

— Les locations partent si vite. Je ne voulais pas rater une bonne occasion.

Mary sourit en lui remettant la clé.

— Je suis contente de vous avoir ici.

Après le départ de Lucy, Mary retourna dans son bureau et appela sa mère.

— J'ai une nouvelle locataire. C'est un peu étrange, mais c'est la serveuse qui a pris la place de Christy au café d'en face.

— C'est bizarre, en effet. Que sais-tu d'elle ?

Mary y réfléchit un instant.

— Rien, en fait, mais elle me paraît gentille.

Elle lui raconta que Lucy lui avait apporté un Frappuccino deux fois quand Mary était trop occupée pour venir le boire sur place.

— C'est aimable de sa part.

— J'espère ne pas regretter de lui avoir fait confiance. Devine qui m'a envoyé des fleurs ? ajouta-t-elle pour changer de sujet.

Lucy n'arrivait pas à croire à quel point tout avait été facile. Pour obtenir l'appartement, elle n'avait eu qu'à apporter deux fois à Mary sa boisson préférée. Tandis qu'elle retournait à son motel pour aller chercher ses affaires, elle se sentait fière d'elle.

Mary vivrait juste au-dessus de chez elle. Grâce à l'escalier de secours, il lui serait très simple de monter chez Mary, à toute heure du jour et de la nuit. Et s'il y avait bien des balustrades pour protéger l'escalier et les balcons, elles ne suffiraient peut-être pas à empêcher Mary de basculer dans le vide, surtout si elle avait un peu bu...

Son euphorie se dissipa lorsqu'elle se souvint des deux bouquets de fleurs livrés dans la matinée. Une profonde colère s'empara soudain d'elle, bloquant sa poitrine, l'empêchant presque de respirer. Ils avaient sans doute été envoyés par Chase. Elle aurait adoré lire ce qu'il avait écrit sur les cartes. Maintenant qu'elle vivrait dans l'immeuble, elle y parviendrait, peut-être.

Elle était toujours étonnée de la facilité avec laquelle elle avait pris possession des lieux. Mary était trop gentille, trop confiante. Au départ, elle avait seulement voulu la rencontrer, voir à quoi ressemblait la garce qui lui avait volé Chase. Mais peut-être avait-elle prévu inconsciemment de la tuer depuis le tout début. Peut-être avait-elle eu cette idée en tête depuis le moment où elle avait décidé d'aller au Montana et de la retrouver.

Puisqu'elle ne pouvait pas avoir Chase, personne d'autre ne l'aurait. Elle rêvait de les tuer tous les deux. De tuer Mary devant Chase, de le forcer à voir son ex mourir en sachant qu'il ne pouvait rien faire pour la sauver.

Mais si elle était sincère avec elle-même, elle devait avouer que, en réalité, son désir le plus fort était qu'il retombe amoureux d'elle. Mais elle n'y arriverait pas, elle le savait. Alors, tant pis pour lui. Il allait mourir, lui aussi, mais seulement après avoir pleuré sa précieuse Mary. Elle le tuerait après avoir brisé sa vie comme il avait brisé la sienne.

Vivre au-dessous de Mary lui donnerait la possibilité de se rapprocher de celle-ci – et de Chase – jusqu'à ce qu'elle soit prête à mettre un terme à cette histoire.

L'entreprise était risquée mais un peu de danger n'était pas pour lui déplaire, pensa-t-elle en souriant. Finalement, Chase et elle se croiseraient. Lucy frissonna de plaisir anticipé. Elle était impatiente de voir son visage lorsqu'il comprendrait qu'elle n'était pas morte. Loin de là.

Au contraire, elle ne s'était jamais sentie aussi vivante.

10

Les premières phrases confirmèrent à Chase que les pages de cahier dans la boîte à chaussures provenaient bien du journal intime de sa mère. Il avait du mal à y croire. Des années durant, il avait espéré en vain des réponses. Allait-il enfin les obtenir ?

D'une main tremblante, il s'empara de l'ensemble des feuillets et les parcourut des yeux à toute vitesse, dans le désordre, à la recherche d'un nom. Il n'y en avait pas. En revanche, il trouva des initiales.

Il finit par tout lire depuis le début.

> *Ce matin, je me suis réveillée, le cœur en fête. La journée promet d'être merveilleuse. Je vais revoir J.M. Il m'a donné rendez-vous dans notre cachette. Peut-être a-t-il changé d'avis. Je ne peux que l'espérer.*

À propos de quoi ce J.M. aurait-il changé d'avis ?

Chase se plongea dans la page suivante mais il comprit rapidement qu'elle n'avait pas été écrite à la suite des lignes précédentes. Il devait commencer par classer les feuillets par ordre chronologique. Certains n'étaient datés que par un jour de la semaine. Ainsi, il en trouva un qui commençait par « Noël ».

En tout cas, qui que soit ce J.M., sa mère avait été très amoureuse de lui. Et comme Chase était né en septembre, il était probable qu'il avait été conçu à Noël…

> *Noël ! Je ne pensais pas pouvoir le voir aujourd'hui mais il s'est débrouillé pour faire un saut et il m'a*

surprise avec un cadeau : un magnifique médaillon en forme de cœur. Je suis folle de bonheur !

Chase sentit sa gorge se serrer. Sa mère avait porté ce bijou toute sa vie. Elle ne le retirait jamais. Il l'avait rangé avec d'autres affaires d'elle qu'il avait conservées. Mais elle n'avait mis à l'intérieur qu'une photo de lui, son fils.

Au dos du médaillon étaient gravés les mots :

Mon cœur sera toujours à toi.

Chase s'empara de son téléphone.

Mary répondit à la deuxième sonnerie.

— Chase ?

— Pardonne-moi de te déranger mais je voulais te dire : il s'agit du journal de ma mère.

— Le journal de ta mère ? répéta-t-elle sans comprendre.

— Dans la boîte à chaussures, j'ai découvert des pages du journal intime de ma mère, écrites à l'époque où elle est tombée enceinte de moi. Et je me demandais… Accepterais-tu de m'aider ? Les réponses que je cherche depuis des années se trouvent sans doute quelque part dans ces feuilles mais elles sont toutes mélangées. Certaines sont datées, d'autres pas et…

— Apporte-les. Nous allons les lire chez moi.

Peu de temps après, Mary le fit entrer par la porte principale. Chase avait la boîte à chaussures sous le bras. Ils montèrent au second.

— Veux-tu boire quelque chose ? proposa-t-elle en fermant la porte derrière eux.

Une fois de plus, Chase se fit la réflexion que l'appartement, décoré avec goût de meubles en bois et de couleurs chaleureuses, ressemblait beaucoup à Mary.

— Non, merci.

Maintenant qu'il était ici, il se sentait nerveux.

Elle lui prit son chargement des mains et le posa sur la table de la salle à manger. Par la fenêtre, il voyait Lone Peak se profiler à l'horizon.

— Cet endroit est magnifique, dit-il en s'asseyant. Et tu l'as joliment aménagé.

— Merci.

Mary s'installa en face de lui et tira la boîte vers elle.

— Je peux ?

— Je t'en prie. J'y ai jeté un coup d'œil mais en vérité, je n'avais pas très envie de m'y plonger tout seul.

Elle sortit les pages du journal avec précaution.

— Ta mère s'était arrangée pour qu'elles ne te soient remises qu'après sa mort. Il y a sans doute une explication.

Elle prit une feuille et lut à voix haute :

— *Vendredi, je l'ai aperçu au restaurant de Big Sky, le Buck's T-4. Il ne m'a pas vue mais il savait sans doute que j'étais là. Il ne cessait de regarder autour de lui comme s'il me cherchait.*

Mary retourna la page en s'exclamant :

— Ils se sont rencontrés ici, à Big Sky !

— *Samedi. Je déteste le samedi parce que nous ne pouvons jamais nous voir le week-end. Savoir que lui aussi déteste les samedis et les dimanches pour la même raison que moi m'a un peu réconfortée.*

Elle leva les yeux vers Chase.

— Ils étaient des amants maudits.

— Des amants maudits ? Que veux-tu dire ? En tout cas, il est clair qu'il était marié.

Il se passa la main dans les cheveux.

— Et si mon père avait vécu ici à Big Sky, toutes ces années, sans que je m'en doute ?

Mary devinait à quel point il était douloureux pour Chase de lire ces lignes. Son ambivalence était manifeste. Il voulait découvrir la vérité et en même temps, il en avait peur.

— Es-tu sûr d'avoir envie de savoir qui il était ?

Chase avait quinze ans lorsque sa mère était tombée malade pour la première fois et qu'il était venu dans la région pour travailler chez les Jensen. Plus tard, les parents de Mary l'avaient embauché dans leur ranch, lui offrant ainsi un endroit où vivre pendant que Mary et lui terminaient leurs études.

À l'époque, tous deux avaient pensé que Chase avait été envoyé dans le Montana via un ami policier de Hud. Son père avait toujours été assez flou sur le sujet mais Mary se rendait compte à présent que ses parents avaient certainement connu la mère de Chase quand elle vivait à Big Sky. C'était évidemment elle qui leur avait demandé de veiller sur son fils.

Depuis le début, Mary et Chase avaient été très proches. Et du plus loin qu'elle s'en souvienne, il avait toujours été dévasté de ne pas savoir qui était son père. Comme il était né en Arizona, ils avaient toujours cru que c'était là que sa mère l'avait rencontré. Mais en réalité, Chase avait sans doute été lié au Montana sans le savoir bien avant de venir y vivre à l'adolescence. Il ne s'en était jamais douté. Jusqu'à maintenant.

— Je ne suis sûr de rien, en fait, dit-il. Sauf à propos de ce que je ressens pour toi, ajouta-t-il en la regardant en face.

— Chase…

Il leva les mains.

— Désolé. Quant à mon… père… Oui, j'ai envie de savoir qui il est et pourquoi il a fait ce qu'il a fait.

— Alors nous le trouverons, dit-elle avec confiance avant de s'emparer d'une autre page du journal. Il avait sûrement une bonne raison pour refuser d'épouser ta mère.

— Je te l'ai dit. Il était déjà marié. C'est évident. Rien d'autre ne peut expliquer qu'ils n'aient pas convolé en justes noces. Et voilà pourquoi ma mère refusait de me dire qui il était.

— Peut-être donne-t-elle son nom plus loin, sur l'une des autres feuilles, suggéra Mary. Commençons par les mettre en ordre…

Elle les tria avec soin et les parcourut des yeux. Très vite, elle se rendit compte que la mère de Chase ne mentionnait jamais son amoureux par son nom ou son prénom mais uniquement par ses initiales : J.M.

— J.M. ? dit-elle. S'il vit toujours ici, il ne devrait pas être trop difficile de l'identifier.

Elle alla chercher son ordinateur portable sur le bureau.

— Peut-être devrions-nous commencer par tout lire. Visiblement, Muriel écrivait tous les jours dans son journal. Il y a quarante-deux pages rédigées recto verso, ajouta-t-elle après les avoir comptées.

— Qu'elle avait écrites sur une période d'environ trois mois, poursuivit Chase. Si seulement nous savions quand leur histoire a démarré… Attends, voilà quelque chose qui pourrait nous aider, s'exclama-t-il en brandissant soudain l'un des feuillets.

— De quoi s'agit-il ?

— De ce qu'elle avait noté la veille de Noël.

Il lut à voix haute :

— *C'était tellement romantique. Je n'aurais jamais imaginé tant de douceur, de tendresse, d'amour… Rien que d'y penser, j'en tremble. Il m'a dit que la prochaine fois, ce serait encore mieux. Je ne vois même pas comment cela pourrait l'être.*

Chase leva les yeux.

— Et je suis né, neuf mois plus tard…

— Je suis désolée, dit-elle.

Il haussa les épaules comme s'il s'en moquait mais il était évident qu'il ne s'en moquait pas du tout.

— Je tiens à savoir qui est ce type.

D'une voix vibrante de colère, il lui parla du médaillon en forme de cœur, cadeau de son amant, que sa mère n'avait jamais retiré de sa vie.

— Peut-être était-il sincère, peut-être l'aimait-il, dit-elle.

Il secoua la tête, les mâchoires serrées.

— S'il l'avait aimée, il ne l'aurait pas abandonnée alors qu'elle était enceinte, seule et sans le sou.

— La réponse se trouve peut-être dans ces pages et nous sommes passés à côté, dit Mary. Peut-être devrions-nous les relire…

— À quoi bon ? Tout est clair. Je n'ai pas besoin d'un dessin. Cet homme la faisait marcher, c'est évident. Il se servait d'elle pour assouvir ses désirs égoïstes et l'a plaquée quand il a appris sa grossesse.

Avec brusquerie, il ramassa les feuillets, les jeta dans la boîte à chaussures et remit le couvercle.

Mary regrettait sa réaction. Pour sa part, elle avait envie de connaître l'histoire dans sa globalité. Chase avait l'impression d'avoir compris ce qu'il s'était passé. Pourtant, et même après avoir lu toutes les pages du journal, elle était consciente qu'ils n'avaient eu entre les mains que la version de la mère de Chase. Manifestement, Muriel était follement amoureuse.

— Que vas-tu faire ? demanda-t-elle avec inquiétude.

— Le retrouver. Grâce à ses initiales. Il ne doit pas y avoir tant de J.M. à Big Sky et dans ses environs.

Il alluma l'ordinateur portable et se connecta sur un moteur de recherche pour accéder à l'annuaire local. Il commença par les M.

— Le médaillon qu'il lui avait offert était en or. Il ne s'agissait pas d'un bijou de pacotille. Son amant avait de l'argent. Peut-être était-il commerçant ou chef d'entreprise.

Mary hésita, s'interrogeant sur ce qu'il ferait une fois qu'il aurait identifié son géniteur.

— Je pense que tu devrais me laisser t'accompagner pour rencontrer ces J.M. lorsque nous aurons abouti à quelques noms possibles.

Il se tourna vers elle, une lueur d'espoir dans le regard.

— Tu ferais ça ?

— Bien sûr.

En attendant, elle s'empara de son téléphone pour appeler sa mère. Autrefois, Dana fréquentait Muriel. Chase était venu vivre au ranch quand il avait quinze ans parce que les deux femmes avaient été proches, cela semblait évident.

— Maman ? J'aimerais savoir comment Chase est arrivé chez nous.

Elle écouta la réponse et, au bout d'un moment, elle remercia sa mère et raccrocha.

Elle reporta alors son attention sur Chase.

— Muriel travaillait à Meadow Village, à l'épicerie du coin. Ma mère ignorait qui elle fréquentait à l'époque. Je la crois. Elle nous le dirait, si elle le savait. En revanche, elle se souvient que Muriel louait une petite maison en périphérie de la ville. Elle a pu rencontrer ton père à l'épicerie, en se rendant au travail ou n'importe où à Big Sky.

Chase secoua la tête.

— Sa femme faisait probablement les courses.

— Nous ne sommes pas certains qu'il était marié. Nous le supposons mais nous n'en avons aucune preuve...

Chase n'écoutait plus. Il parcourait des yeux les listes de l'annuaire téléphonique.

Grady Birch s'apprêtait manifestement à sortir de chez lui quand Hud s'engagea dans l'allée qui menait au chalet. Pendant un instant, le shérif craignit qu'il ne tente de s'enfuir en le voyant. Grady ressemblait en effet à un lapin pris dans un faisceau de phares. Sans doute avait-il toujours cette expression lorsqu'il se retrouvait face à un représentant de la loi – et pour cause.

Amusé, il regarda Grady prendre un air décontracté et s'adosser au mur de son chalet avec nonchalance comme s'il n'avait rien à cacher. Mais comme Hud descendait de son SUV de patrouille et se dirigeait vers lui, Grady eut du mal à jouer plus longtemps la comédie.

Il se balança d'un pied sur l'autre avec nervosité.

— Bonjour, shérif, dit-il d'une voix tendue. Quel bon vent vous amène ?

— Puis-je entrer pour en parler ?

De la porte, Grady jeta un coup d'œil à l'intérieur comme s'il était inquiet de ce que Hud risquait de découvrir chez lui.

— Je préfère discuter avec vous dehors. Sauf si vous avez un mandat. Je connais mes droits.

— Pourquoi aurais-je besoin d'un mandat, monsieur Birch ? Je suis venu vous parler de Christy Shores, je ne vous reproche rien.

Manifestement, Grady ne s'attendait pas à cette réponse. Comme un intense soulagement se peignait sur son visage, Hud comprit que monter jusqu'ici était une perte de temps. Grady n'avait pas tué la serveuse. Il craignait d'être arrêté pour vol de bétail, pas pour meurtre.

— Je n'ai que quelques questions à vous poser, poursuivit Hud, espérant que Grady lui donnerait quelques informations qui lui permettraient de continuer. Sortiez-vous avec Christy ?

— Je n'appellerais pas ça « sortir » avec elle.
— Mais vous aviez une liaison avec elle.
Grady secoua la tête.
— Je ne dirais pas ça non plus.
Hud soupira.
— Que diriez-vous ?
— Je la connaissais, voilà tout.
— En tout cas, vous la connaissiez assez pour vous battre pour elle, chez Charley, la nuit où elle a été tuée.
— J'étais en train de nouer quelque chose avec elle quand Chet a tenté de s'immiscer entre nous, de me l'enlever. Normal que je réagisse, non ?
— Que pensait Christy de tout ça ?
Grady fronça les sourcils comme s'il ne comprenait pas la question. De nouveau, il s'adossa contre le mur, mais cette fois, il semblait beaucoup plus à l'aise.
Hud reformula sa question.
— Qu'avait-elle à gagner dans une... relation avec vous ?
— En plus du plaisir que je lui donnais ? demanda Grady en riant. Un endroit où dormir qui lui évitait de retourner chez sa mère, à Bozeman.
— Cette nuit-là, essayait-elle de se rendre chez vous ? De monter vous rejoindre ici, dans ce chalet ?
Grady secoua la tête.
— Elle ne s'y serait pas risquée. Je l'avais prévenue que ma maison n'était pas un hôtel. Toute la soirée, je l'avais vue faire les yeux doux à Chet. Il ne faut pas exagérer ! Elle me prenait pour un pigeon et je n'avais pas l'intention de la laisser faire.
Hud serra les mâchoires. La façon dont les hommes comme Grady traitaient les femmes lui donnait envie de mordre.
— Quand l'avez-vous vue pour la dernière fois ?
— Lorsque Chet lui a dit de dégager et qu'elle a couru s'enfermer dans les toilettes en pleurant.
— C'était avant que le barman ne vous jette de l'établissement ? demanda le shérif.
— Oui. Alors, avez-vous découvert qui l'a écrasée ?

— Pas encore.

— Sans doute l'un de ces touristes qui foncent sur les routes sans faire attention. Un jour, j'étais à Yellowstone et j'ai remarqué une femme qui cheminait le long de la route. Un camping-car est passé si près d'elle que j'ai cru qu'il allait lui arracher la tête avec son rétroviseur extérieur.

— Christy Shores n'a pas été tuée par un camping-car ni par inadvertance. Elle a été assassinée par quelqu'un d'ici.

Grady écarquilla les yeux.

— Sérieux ? Vous ne pensez quand même pas que Chet…

— Chet a un alibi pour le soir du meurtre. Et vous ? Quelqu'un peut-il certifier que vous étiez rentré directement au chalet et que vous n'en étiez pas reparti de la nuit ?

— J'étais seul mais je vous assure que je n'ai pas bougé d'ici.

Hud accordait peu de crédit à la parole de Grady Birch.

— Savez-vous qui aurait pu vouloir lui faire du mal ?

Grady secoua la tête.

— Christy était une fille bien, vous savez. Elle ne méritait pas de finir comme ça.

Dillon se dirigeait vers le chalet de Grady quand il vit le SUV du shérif quitter le chemin de terre qui y menait. Le cœur battant, il le salua de la main et poursuivit sa route comme s'il se dirigeait vers Bozeman. Qu'était venu faire le shérif chez Grady ? Enquêtait-il sur le vol de bétail ?

Il continua à rouler mais dès qu'il fut certain que le shérif ne le suivait pas, il s'arrêta et fit demi-tour pour repartir vers le chalet.

Certes, il était risqué d'y monter. Le shérif pourrait revenir. Et Dillon ne voulait surtout pas que Hud se doute des combines qui l'unissaient à Grady Birch. Mais voilà justement pourquoi il lui fallait apprendre au plus vite ce qui se passait. Si le shérif était sur le point de découvrir le pot aux roses, il devait quitter le Montana en vitesse. Il n'était pas question d'attendre que les ennuis lui tombent dessus.

Il se gara derrière la grange. En passant, il vit Grady regarder par la fenêtre. Avait-il pensé que le shérif avait des raisons de revenir ? La porte arrière s'ouvrit brusquement et Grady apparut. Il avait l'air secoué.

Dillon se prépara au pire. Cela sentait le roussi.

— Que se passe...

Avant qu'il ne puisse terminer sa phrase, Grady se mit à parler tout à trac, avalant la moitié de ses mots tant il était bouleversé. Dillon comprit vite que la visite du shérif n'avait rien à voir avec les vols de bétail. Un profond soulagement l'envahit.

Il passa devant Grady, entra dans le chalet, ouvrit le réfrigérateur et prit la dernière bière. Il la but comme un homme mourant de soif. Il avait eu chaud. Il avait vraiment craint que Hud n'ait tout découvert.

— As-tu entendu ce que je viens de dire ? demanda Grady avec colère. Christy a été *assassinée*. Le shérif me l'a affirmé et tu sembles t'en moquer totalement.

En effet, Dillon n'avait rien à faire de cette fille. Il le dit à Grady qui le prit mal.

— Tu n'es qu'un salaud sans cœur. Et de quel droit as-tu bu la dernière bière ? ajouta-t-il en ouvrant le réfrigérateur. Va donc en acheter pour changer. Je fais tout le boulot et pendant ce temps-là, toi, tu...

Dillon n'était pas d'humeur à écouter ses jérémiades.

— Ferme-la. J'ai assez d'ennuis comme ça.

— Le shérif nourrit-il des soupçons à ton sujet ?

Dillon finit sa bière et jeta la canette dans un coin.

— Non mais la fille du shérif me pose un problème. Les choses ne progressent pas comme je l'avais prévu.

— Ta vie amoureuse ne m'intéresse pas. Je n'ai d'ailleurs jamais compris pourquoi tu jouais avec elle. Tu cherches les ennuis.

— Parce qu'elle pourrait être utile mais tu es trop bête pour le comprendre.

Son complice se hérissa.

— Je ne supporte plus la façon dont tu me parles. Désormais tu voleras le bétail tout seul. Pour ma part, j'en ai assez.

— Où vas-tu ? demanda Dillon, remarquant soudain sur la table un prospectus qu'il n'avait pas vu auparavant.

Il s'en saisit et découvrit, horrifié, que les ranchers du coin proposaient une importante récompense à quiconque leur fournirait des informations concernant les vols de bétail.

— Je vais chez Charley boire un verre et peut-être même lever une fille.

— Tu as déjà mis en péril toute l'opération à cause de la dernière que tu as amenée ici.

Grady se retourna pour le dévisager, les sourcils froncés.

— Qu'est-ce que tu racontes ?

— Où as-tu entendu parler de la récompense offerte par les éleveurs ?

— Ils ont collé des tracts partout dans le coin.

— Alors, tu en as pris un, c'est malin. Le shérif l'a vu ?

— Non, je ne l'ai pas laissé entrer. Je ne suis pas fou.

Mais Dillon devina que Grady était un imbécile et qu'il s'apprêtait peut-être même à le trahir. Il n'était pas question pour lui de prendre un tel risque.

— Peut-être vaut-il mieux faire profil bas quelque temps.

— Je m'apprêtais à descendre en ville lorsque le shérif est arrivé. Il ne me soupçonne pas, d'accord ? J'en ai marre de tourner en rond dans ce chalet. Si tu veux, reste ici pendant que je vais chez Charley.

Il se tourna vers la porte.

Dillon ramassa la hache rangée près du petit bois à côté du vieux poêle. En deux enjambées, il rattrapa Grady et le frappa par-derrière. L'homme s'effondra. Dès qu'il fut certain que son complice était mort, Dillon essuya tout ce qu'il avait touché à chacune de ses visites.

Heureusement, il avait toujours fait attention, pensa-t-il en astiquant la porte du réfrigérateur et la hache.

Son regard se dirigea vers la pile de canettes vides dans le coin.

Il se rendit compte que ses empreintes étaient sur toutes les bières. Trouvant un sac de jute, il commençait à les ramasser lorsqu'il vit une vieille canne à pêche près de la porte. Un sourire aux lèvres, il sut comment il allait se débarrasser du corps de Grady.

11

Dillon coupa le moteur et caressa la joue de Mary, assise à côté de lui sur le siège passager, la faisant sursauter.

— Pardonne-moi, je ne voulais pas te surprendre. Mais tu sembles à des années-lumière.

En réalité, elle n'était qu'à une dizaine de kilomètres, au ranch où travaillait Chase.

Elle ne cessait de penser à lui et voilà pourquoi elle n'avait pas eu envie de sortir avec Dillon, ce soir, d'autant qu'elle avait besoin de temps, de respirer.

« Manifestement, tu as oublié », avait-il dit en débarquant chez elle alors qu'elle ne l'attendait pas. « L'autre jour, tu m'avais dit que tu étais fan du groupe de musique country qui se produit à Bozeman et que tu adorerais assister à leur concert. Je t'avais promis d'essayer de trouver des places, tu te rappelles ? Eh bien, j'ai réussi à m'en procurer, avait-il ajouté en brandissant des billets. Pour ce soir. »

Elle s'était alors souvenue de cette conversation et bien sûr, elle s'était sentie obligée d'y aller. D'ailleurs, elle devinait que si elle restait à la maison, elle ne ferait que s'inquiéter pour Chase.

— Tu as été dans la lune toute la soirée, reprit Dillon.

— Désolée, dit-elle. Mais tu as raison, j'ai beaucoup de choses en tête et voilà d'ailleurs pourquoi je vais vite monter me coucher.

— Que se passe-t-il ? Qu'est-ce qui te préoccupe à ce point ? Ne serait-ce pas un beau cow-boy prénommé Chase, par hasard ? demanda-t-il avec une pointe de colère.

Elle n'était pas d'humeur à supporter sa jalousie.

— Chase est un ami.

— Seulement un ami ?

Son ton sévère lui déplut et elle ne se gêna pas pour le lui dire.

— Je sors avec qui je veux. Je n'ai aucun compte à te rendre.

— Vraiment ?

Comme elle ouvrait sa portière pour sortir de l'habitacle, il la rattrapa par le bras.

— Du calme, dit-il. Je posais la question, c'est tout. Tu es évidemment libre de voir qui tu veux. Mais moi aussi. Et que dirais-tu si j'invitais ton amie serveuse à dîner ?

— Lucy ? demanda-t-elle, surprise qu'il la connaisse.

— Oui, Lucy.

S'il essayait de la rendre jalouse, il s'y prenait mal.

— N'hésite pas, elle en sera sûrement ravie, répondit-elle en sortant du camion avant qu'il ne puisse l'en empêcher.

Dans son dos, elle l'entendit ouvrir sa propre portière pour la suivre mais elle en avait assez. Elle accéléra le pas.

— Bonne nuit, Dillon, dit-elle en se hâtant vers son immeuble.

Malheureusement, il ne comprit pas l'allusion. Alors qu'elle cherchait ses clés dans son sac pour ouvrir la porte de son bureau, il la saisit par le coude et la tira en arrière.

— N'espère pas me mener en bateau, Mary. Je n'ai pas l'intention de me laisser faire.

— Lâche-moi, gronda-t-elle entre ses dents.

Son cœur battait à tout rompre dans sa poitrine. Elle se rendit compte soudain que Dillon pouvait être dangereux – plus dangereux qu'elle ne l'avait cru.

Garé un peu plus haut dans la rue, Chase attendait le retour de Mary. Il avait besoin de lui parler et surtout de s'excuser. Depuis qu'il avait reçu le paquet que sa mère avait laissé pour lui, il perdait un peu son sang-froid. Focalisé sur son désir de retrouver son père, il s'était montré dur avec Mary alors qu'elle lui avait gentiment proposé de l'aider. Il n'avait pas été juste et il tenait à le lui dire.

De plus, il espérait qu'elle lui donnerait son avis. En effet, ses recherches à partir des fameuses initiales J.M. avaient abouti à trois noms...

Mais lorsqu'il vit le camion s'arrêter devant chez elle, il comprit brutalement qu'elle avait passé la soirée avec l'adjoint.

Il jura dans sa barbe. Ce type ne lui plaisait pas. Et pas uniquement parce qu'il sortait avec Mary.

Maintenant, il regrettait de l'avoir attendue en bas de chez elle. Si elle remarquait sa présence, elle penserait qu'il l'espionnait. Il mettait déjà la clé dans le contact pour s'en aller discrètement quand la portière passager du véhicule de Dillon s'ouvrit. Et alors que Mary tentait de sortir, l'adjoint la retint par le bras.

Chase fronça les sourcils.

Que se passait-il ?

Lorsqu'elle se libéra de son emprise et sauta sur le sol, il vit Dillon bondir à son tour de son camion et la poursuivre. À en juger par le langage corporel de Mary, elle n'était pas contente. Elle n'avait pas envie qu'il s'approche d'elle.

Qu'avait donc fait l'adjoint pour la contrarier ?

Quand Dillon la plaqua contre le mur de l'immeuble alors qu'elle semblait chercher ses clés pour entrer chez elle, Chase sentit que ce type devenait une menace.

Et il décida d'intervenir.

— Laissez-la tranquille ! cria-t-il en avançant vers eux.

Au son de sa voix, Mary et Dillon se tournèrent vers lui dans un bel ensemble.

— Mêle-toi de tes affaires, lancèrent-ils d'une seule voix.

— Lâchez-la, dit Chase à l'adjoint.

Mary se dégagea de Dillon et se tourna vers Chase.

— Que fais-tu ici ?

— J'avais besoin de te parler mais je suis heureux d'être arrivé à temps pour m'interposer. Si ce type t'importune, dis-le-moi et je...

— Je gère, ne t'en occupe pas, répliqua-t-elle d'un ton sec.

Elle semblait furieuse contre lui à présent ! Un comble.

Il se tourna vers l'adjoint.

— La soirée est finie. Vous feriez mieux de partir, lança-t-il.

Dillon s'avança vers lui, les poings serrés. Chase était prêt à se battre, sachant que dans un combat loyal, il aurait facilement le dessus. Mais il doutait que l'adjoint soit fair-play.

Passant le premier à l'attaque, l'adjoint lui envoya son poing dans le ventre. Chase esquiva avant de le frapper à la mâchoire. Dillon recula mais se jeta de nouveau sur lui, lui assénant coup sur coup une droite puis une gauche. Chase riposta. Il le cogna avec tant de violence que l'adjoint tomba sur le sol. Mais il se releva et chercha quelque chose dans sa botte.

Mary se mit alors à crier :

— Ça suffit ! Arrêtez ! Et allez-vous-en, tous les deux.

Dillon remit discrètement son couteau à sa place mais Chase avait eu le temps de le voir. Si Mary n'était pas intervenue, la bagarre aurait pu très mal se terminer, comprit-il.

L'adjoint se remit debout avec un juron. Sa lèvre était coupée et saignait.

Un hématome se formait déjà sur la mâchoire de Chase. Sans doute aurait-il un œil au beurre noir, demain matin.

Dillon le fusilla du regard pour lui faire comprendre qu'ils n'en avaient pas fini. La prochaine fois qu'ils se retrouveraient en face l'un de l'autre et si Mary n'était pas là, ils mèneraient le combat jusqu'à son terme. Au moins maintenant, Chase savait-il à quoi s'attendre. L'adjoint avait une lame dans sa botte.

— Partez maintenant, répéta Mary.

— Nous finirons notre discussion plus tard, lui dit Dillon.

Sans répondre, elle regarda l'adjoint regagner son camion.

Chase s'approcha d'elle.

— Cet homme est dangereux, Mary. S'il...

Elle se tourna vers lui.

— Tu m'espionnais, Chase ?

— Non, bien sûr que non. J'avais besoin de te parler. J'attendais ton retour...

Il était sincère mais il se demanda si elle le croyait. Il avait eu tort de l'attendre devant chez elle.

— Je suis sûre que ce que tu voulais me dire peut attendre demain, dit-elle en ouvrant sa porte.

— Je suis désolé, Mary.

Il la regarda entrer dans l'immeuble.

En réalité, il se félicitait d'avoir été là, même s'il l'avait mise en colère. Il détestait imaginer ce qui se serait passé s'il n'était pas intervenu.

Comme il regagnait son pick-up, il comprit qu'il avait commis beaucoup d'erreurs avec Mary et celle-ci venait encore en allonger la liste.

Pourtant, il s'inquiétait. Mary se croyait capable de gérer Dillon. Or, l'adjoint était non seulement violent mais il ne semblait pas du genre à accepter une rebuffade.

Partagée entre colère et peur, Mary ferma la porte de l'immeuble derrière elle et tira le verrou d'une main tremblante. Des larmes brûlaient ses paupières. Elle n'avait pas envie de sortir avec Dillon, ce soir. Alors pourquoi l'avait-elle laissé la convaincre du contraire ?

Et Chase qui s'était garé devant chez elle pour l'espionner. Pour qui se prenait-il ? se demanda-t-elle en secouant la tête. S'il croyait avoir des droits sur elle et qu'il lui suffisait de revenir après tout ce temps pour la récupérer, il...

— Tout va bien ? lança une voix derrière elle, la faisant sursauter. Excusez-moi, je ne voulais pas vous faire peur, ajouta Lucy en s'approchant d'elle dans le couloir de l'immeuble.

Mary était vraiment contente de la voir. Elle avait eu sa dose d'hommes pour la soirée. D'un geste rageur, elle s'essuya les yeux, furieuse d'avoir pleuré à cause de Chase. Il ne le méritait pas. Sans lui, la vie lui avait paru triste et vide depuis quatre ans mais avec lui, tout devenait trop compliqué.

Pourtant, au fond d'elle-même, elle savait qu'elle se racontait des histoires. Chase était de retour, il lui avait déclaré sa flamme. Et elle l'aimait. Alors pourquoi continuait-elle à le repousser ?

— Que s'est-il passé ? s'enquit Lucy alors qu'elles regardaient les deux hommes regagner leurs véhicules respectifs et s'éloigner.

— Rien, répondit-elle avec une profonde inspiration.

Elle était soulagée d'avoir Lucy dans l'immeuble, ce soir.

Lucy se mit à rire.

— Rien ? Ils se sont battus pour vous, ce n'est pas rien ! dit-elle d'un ton admiratif.

Mary sourit malgré elle.

— Il s'agissait d'un combat de coqs, chacun défendait son ego de mâle. Et je n'étais pas en cause.

Lucy jubilait en son for intérieur. Elle avait été témoin de toute la scène. Pauvre Chase. Le plus drôle était qu'elle n'y était pour rien. Mary était seule responsable du malheur du cow-boy.

— Aimeriez-vous venir prendre un verre chez moi ? Parfois, parler fait du bien, dit-elle avec un haussement d'épaules.

Mary n'hésita qu'un instant. Un peu gênée, elle demanda :

— Avez-vous de la bière ?

Lucy se mit à rire.

— De la bière, de la vodka, des glaces... J'ai tout ce qu'il faut pour soulager un cœur brisé.

Elles montèrent au premier. Lucy ouvrit la porte et elles entrèrent dans son appartement.

— Je ne l'ai pas encore décoré, dit-elle en récupérant deux bières dans le réfrigérateur et en en offrant une à Mary. Mais en réalité, il n'en a vraiment pas besoin. Il est parfait tel qu'il est. Vous avez fait un bon travail de rénovation.

D'un geste, elle l'invita à prendre place dans le salon.

— Merci, dit Mary en s'installant sur le canapé. Je suis contente que vous vous plaisiez ici. Vous avoir comme locataire est une bénédiction.

Elle avala une longue gorgée de bière.

Lucy s'assit confortablement. Devinant les tensions de Mary, elle parla d'abord de décoration avant d'aborder un sujet plus sensible.

Elle le fit sur un ton léger de complicité amusée.

— Un jour, deux garçons se sont battus pour moi au lycée. À l'époque, j'étais trop mal !

— Au lycée, ces bagarres sont fréquentes et sans gravité. Mais à l'âge adulte, c'est différent, répondit Mary qui continuait à boire.

Lucy hocha la tête et se leva pour aller chercher d'autres canettes dans la cuisine.

— En tout cas, je parie qu'un de ces hommes vous plaît davantage que l'autre.

Mary parut surprise par sa remarque, puis un peu embarrassée.

Lucy leva la main.

— Non, ne dites rien, laissez-moi deviner… Ce n'est pas l'adjoint.

— Vous avez raison, reconnut sa propriétaire en décapsulant une deuxième bière. Chase a été mon premier amour. Je le connais depuis l'âge de quinze ans. Il était venu travailler dans le Montana. Nous sommes devenus amis avant… avant de tomber amoureux.

— Et que s'est-il passé ensuite ? demanda Lucy avec un sourire chaleureux.

— Je l'ai surpris un jour en train d'embrasser une autre fille. Il m'avait juré à l'époque qu'elle lui avait forcé la main. Mais j'ai compris alors que mes parents avaient peut-être raison. Nous étions trop jeunes pour nous engager. Nous avions alors vingt-quatre ans. J'ai donc laissé Chase partir. Il m'avait expliqué vouloir quitter le Montana pour… se trouver, dit Mary avant d'avaler une nouvelle gorgée de bière.

— Se trouver ? Il était donc perdu ?

Mary secoua la tête avec un petit rire.

— Mon père m'avait conseillé de le laisser s'en aller. D'après lui, Chase avait besoin de mûrir un peu, de voir du pays, de rouler sa bosse. Mais je n'avais pas envie qu'il parte.

Lucy poussa un gémissement.

— Je comprends. Vous aviez peur qu'il s'amourache d'une autre lorsqu'il serait loin, n'est-ce pas ?

— En tout cas, j'aurais aimé qu'il n'ait pas besoin d'aller voir ailleurs si l'herbe était plus verte. Je voulais qu'il me dise qu'il m'aimait, que tout ce qu'il désirait dans la vie, c'était moi. Mais il ne l'a pas fait.

— Et maintenant, est-il trop tard ?

Mary secoua la tête.

— J'espère bien que non. Je l'aime encore.

Lucy resta un moment songeuse.

— Pour quelle raison est-il revenu, d'après vous ?

Mary soupira.

— C'est ma faute. Dans un moment de faiblesse, j'ai fait quelque chose de stupide. Cela arrive sans doute à tout le monde, non ?

— Pas « sans doute » ! C'est sûr et certain ! Surtout lorsqu'il s'agit d'un homme !

— J'ai trouvé son adresse postale car je n'avais ni son nouveau numéro de smartphone ni son adresse e-mail. Bref, un soir, tard, alors que je me sentais totalement déprimée, je lui ai écrit. Je pensais que je n'enverrais jamais cette lettre.

Lucy tombait des nues.

— Et vous ne l'avez pas envoyée ?

— Je l'ai mise dans une enveloppe avec son adresse. Je passais la nuit au ranch de mes parents parce que ma jument devait mettre bas. Par la suite, j'ai complètement oublié cette lettre – jusqu'à ce que je m'aperçoive que ma tante Stacy l'avait vue et postée pour moi.

Trop abasourdie pour parler, Lucy resta bouche bée un moment.

— Mais alors, si votre tante n'avait pas fait ça…

— Rien ne serait probablement arrivé. Cela dit, Chase m'a affirmé qu'il avait l'intention de revenir quand même dans le Montana. Mais je n'en suis pas si sûre…

Elle ne mesure pas à quel point Chase est amoureux d'elle, songea Lucy, dégoûtée.

Elles restèrent un moment silencieuses, chacune perdue dans ses pensées. Puis Mary, qui semblait de plus en plus détendue, lui proposa qu'elles se tutoient.

Elle accepta avec plaisir.

— Pour en revenir à Chase, il est donc de retour et pour de bon ?

— J'imagine.

Lucy sirota sa bière un instant avant de lancer :

— As-tu envie de l'épouser ?

— Je ne sais pas. Je l'aime toujours. Mais...

— Mais il y a cet adorable adjoint, dit Lucy en riant. Et sa présence rend Chase fou de jalousie.

— Tu as raison. Chaque fois qu'ils se croisent, j'ai peur qu'ils ne s'entretuent. Chase sent que l'adjoint n'est pas quelqu'un de confiance.

— De toute évidence, il ne veut pas te voir avec lui.

— Je n'ai pas l'intention de ressortir avec Dillon et cela n'a rien à voir avec Chase. Je n'ai pas fréquenté beaucoup d'hommes après le départ de Chase. J'avais le cœur brisé. Je me sentais enfin prête à tourner la page quand j'ai écrit cette stupide lettre. Pour un acte manqué, il était de taille.

Elle vida sa canette et Lucy se leva pour aller en chercher une autre.

— Et tes amours à toi ? demanda Mary.

— Mes amours ? répéta Lucy en se recroquevillant sur le canapé. Elles ne sont guère brillantes. J'ai aimé un homme à la folie, je pensais que nous étions faits l'un pour l'autre. Mais à la fin, je me suis rendu compte qu'il ne cherchait qu'à prendre un peu de bon temps, dit-elle en secouant la tête. Les hommes ne sont pas toujours très clairs. Ils te désirent un jour, surtout s'il y a un rival dans le paysage, mais dès que tu cèdes à leurs avances, ils te laissent tomber pour s'intéresser à une autre. Dans ces conditions, comment leur faire confiance ? N'as-tu pas peur que ton Chase ne reparte voir ailleurs, si Dillon n'est plus sur la photo ?

Mary secoua la tête.

— Je préfère être fixée maintenant que plus tard. Tout est question de confiance. Et de ce qui en découle. Chase a brisé ma confiance lorsqu'il est parti, quand il n'a pas répondu à ma lettre, ni même pris la peine d'appeler. Il voyait une autre femme en Arizona.

Lucy dressa l'oreille.

— T'a-t-il parlé d'elle ?

— Il y a été obligé parce qu'elle m'avait téléphoné. Apparemment, elle avait lu ma lettre. Elle m'avait appelée ensuite pour me dire de le laisser tranquille parce qu'ils étaient fiancés.

— Étaient-ils vraiment fiancés ?

— Non, il m'a dit qu'elle était folle et prenait ses désirs pour des réalités.

— Il a dû l'aimer un peu quand même pour qu'elle réagisse de cette façon.

Mary haussa les épaules.

— Je sais qu'il se sent coupable. Il ne voulait certainement pas qu'elle souffre. Il a admis avoir couché avec elle une fois. Mais maintenant, le simple fait de l'entendre prononcer son prénom me donne envie de hurler. *Fiona.*

— Il t'a même dit son prénom ? s'exclama-t-elle en riant. Ah, les hommes ! Parfois, ils ne sont pas très intelligents. Maintenant, tu te demanderas toujours ce qui s'est vraiment passé entre eux...

12

Depuis l'université, Mary n'avait pas souvenir d'avoir un jour bu plus de trois bières d'affilée. Mais la veille au soir, en grimpant les marches de l'escalier pour regagner son appartement au deuxième, un grand sourire éclairait son visage. Elle avait apprécié ce moment avec Lucy. La plupart de ses amies avaient quitté la région pour se marier ou pour aller travailler ailleurs et elle n'avait plus beaucoup d'occasions de partager des soirées entre filles. Elle le regrettait.

Ses anciennes camarades de lycée étaient parties à la fin de leurs études et ne revenaient plus à Big Sky que pour quelques jours à Noël ou en été. Désormais, elles avaient une carrière à mener, des enfants à élever. Si elles s'étaient promis de rester en contact, elles s'appelaient de moins en moins. La vie suivait son cours, les gens changeaient.

De plus, certaines de ses amies se seraient crues déshonorées de rester durant toute leur existence là où elles étaient nées et avaient grandi. Comme Chase, elles avaient eu envie d'aller voir si l'herbe n'était pas plus verte ailleurs. Elles avaient mis le cap sur des grandes villes qui leur offraient plus d'opportunités. Elles voulaient davantage que ce qu'elles avaient ici. Tout comme Chase.

Elles aspiraient à quelque chose que Mary n'avait jamais désiré. Tout ce dont elle avait besoin, tout ce qu'elle aimait, était ici, se disait-elle alors qu'elle roulait vers le ranch. Au cours de ses études, elle avait dû effectuer un stage de plusieurs mois dans un autre État. Cet éloignement forcé lui avait permis de se rendre compte que rien n'était plus beau que le Montana.

Mais pourquoi n'avait-elle pas été capable de comprendre le besoin de Chase de partir ? Pourquoi l'avait-elle pris pour elle ? D'ailleurs, à l'époque, il lui avait proposé de l'accompagner, de vivre cette aventure avec lui, se rappela-t-elle. Mais elle n'avait pas eu envie de quitter l'endroit qu'elle aimait le plus au monde pour le suivre. Et elle n'avait pas eu conscience alors que sans Chase, son paradis terrestre se transformerait en enfer.

Elle trouva Dana seule dans la cuisine.

Celle-ci fronça les sourcils dès qu'elle l'aperçut.

— Ça n'a pas l'air d'aller, ma chérie. Que se passe-t-il ?

Mary avait toujours été proche de sa mère. Et si ses frères avaient quitté le Montana pour partir à la découverte du vaste monde, Mary était restée à Big Sky. Sans doute parce qu'elle partageait avec sa mère et sa grand-mère l'amour de cette terre, de ce ranch, de cette vie.

— Rien de particulier, vraiment, répondit-elle en se servant une tasse de café avant de s'asseoir à la grande table de la cuisine. N'ai-je pas le droit de venir voir ma mère quand tout va bien ? Pour le plaisir de l'embrasser ?

D'un regard, Dana lui fit comprendre qu'elle ne la croyait pas et Mary poussa un gros soupir.

— Rien ne va. La boîte à chaussures qu'une inconnue m'avait remise pour Chase était remplie de pages du journal intime de sa mère, des pages écrites à l'époque où elle était tombée enceinte de lui.

— Est-ce qu'elle parle du père de Chase ? Le nom de son amoureux figure-t-il dans ces papiers ?

Mary secoua la tête.

— Elle n'indique jamais son nom. Elle le désigne uniquement par ses initiales, J.M. Cela te dit quelque chose ?

— Non, je suis désolée. Je n'étais pas très proche de Muriel. Nous nous croisions chez l'épicier et elle venait parfois au ranch pour monter à cheval. Par la suite, elle a quitté la ville sans que je sache pourquoi. Mais quinze ans plus tard, elle m'a téléphoné pour me remercier de ma gentillesse lorsqu'elle vivait à Big Sky et me demander de l'aider pour Chase.

Mary hocha la tête.

— Eh bien, maintenant, nous savons pourquoi elle est partie. Apparemment, son amant n'était pas libre.

— Cela expliquerait beaucoup de choses, dit Dana. Comment Chase prend-il ces révélations ?

Mary secoua la tête.

— Pas très bien. Il est déterminé à trouver qui est son père. Mais avec des initiales pour seul indice...

— ... Ce ne sera pas facile.

— J'ai surtout peur de ce qu'il fera lorsqu'il l'aura identifié, dit Mary. Il est très remonté contre cet homme.

— C'est compréhensible. Si ce type était au courant de la grossesse de Muriel et qu'il n'a pas levé le doigt à l'époque pour l'aider, je comprends que Chase soit choqué par une telle attitude. Mais rien ne prouve que les choses se soient déroulées ainsi.

— Tout le problème est là. Nous n'en savons rien. Soit Muriel n'a pas mis les dernières pages de son journal dans la boîte, soit elle n'a jamais écrit pourquoi elle s'est retrouvée seule avec un bébé dans les bras. Dans la dernière page que nous ayons, elle devait le rejoindre dans leur cachette et elle s'apprêtait à lui annoncer qu'elle était enceinte. Et à la lire, elle était persuadée que leur amour surmonterait tous les obstacles.

Dana hocha la tête.

— Et voilà pourquoi Chase est persuadé qu'il l'a plaquée quand elle lui a dit qu'elle attendait un enfant...

— Pour lui, c'est l'évidence même, vu que sa mère a toujours refusé de lui dire quoi que ce soit à propos de son père.

Dana se leva pour remplir sa tasse. Lorsqu'elle revint s'asseoir à table, elle demanda :

— Comment s'est déroulée ta soirée avec Dillon ?

Mary détourna le regard.

— Je ne le reverrai plus.

— Pourquoi ? Que s'est-il passé ?

Dana avait l'air inquiète et Mary comprit qu'elle avait intérêt à minimiser l'affaire. Sinon, sa mère en parlerait à son père et Dieu seul savait comment il réagirait. Il n'aimait déjà pas beaucoup Dillon...

— Rien ! Mais ce n'est pas Chase, voilà.

De nouveau, Dana la dévisagea avec sévérité. Manifestement, elle ne la croyait pas. Mieux valait lui en dire un peu plus avant qu'elle n'aille imaginer le pire.

— Dillon me reproche de revoir Chase.

— Et c'est tout ?

— Et Chase n'aime pas que je voie Dillon. La différence, c'est que lui est assez malin pour ne pas m'en empêcher.

Mary essaya de rire comme si cette histoire n'avait aucune importance tout en se levant pour laver sa tasse dans l'évier.

— Kara trouve très romantique que deux hommes se battent pour moi. Elle m'envie presque mais en réalité, la situation me met mal à l'aise.

— Je comprends, répondit sa mère. En tout cas, si Dillon te donne du fil à retordre...

— N'en dis rien à papa, surtout. Tu sais comment il est. De toute façon, je ne reverrai pas son adjoint. Papa sera content.

— Seulement si c'est ton choix.

— C'est mon choix. Bon, je te laisse. Le travail m'appelle...

Dana se leva pour l'embrasser.

— Ton père et moi ne voulons que ton bonheur. Et pour le moment, aucun de ces deux hommes ne semble te rendre heureuse.

— Lire le journal intime de sa mère a déstabilisé Chase mais à sa place, tout le monde serait bouleversé. Tout ce mystère autour de son père le rend fou...

Elle jeta un coup d'œil à l'horloge.

— Je dois vraiment y aller. Et rappelle-toi, pas un mot à papa.

Sa mère hocha la tête. Elle tiendrait sa langue, même si elle avait peu de secrets pour son mari, Mary le savait.

Les événements de la veille au soir avaient rempli Lucy d'une joie sans mélange. Non seulement Mary la prenait pour une amie et elles se tutoyaient, maintenant mais sa propriétaire avait été furieuse contre Chase. Et, cerise sur le gâteau, il s'était mis tout seul dans ce pétrin. *Fiona* n'y était pour rien.

Elle en riait encore ce matin lorsqu'elle vit entrer l'adjoint dans le café.

Dillon Ramsey. D'instinct, elle devina qu'ils avaient beaucoup en commun, tous les deux. Ils étaient de la même race, elle le comprit au premier regard.

Sa lèvre coupée et l'ecchymose sur sa mâchoire témoignaient de la violence de sa bagarre avec Chase. Elle se demanda quelle nuit il avait passée après ce pugilat.

Était-il vraiment amoureux de Mary ? Pas tant que ça, comprit-elle en remarquant qu'il la déshabillait du regard.

— Bonjour. Qu'aimeriez-vous boire ?

Il lui décocha un sourire sexy pour lui faire comprendre qu'il n'avait pas envie que d'une boisson. Que voulait-il d'autre ?

— Servez-moi la spécialité de votre choix. Surprenez-moi.

Elle se sentait capable de l'étonner au-delà de ses espérances. Mais plutôt que de le dire, elle préféra jouer le jeu.

— Je vous le prépare tout de suite, dit-elle.

Tandis qu'elle actionnait le percolateur, il s'approcha des baies vitrées pour observer l'immeuble de Mary.

Lucy confectionna un breuvage assez fort pour décaper les murs, ajouta un peu de douceur pour le rendre buvable, et lança à Dillon :

— Voilà exactement ce dont vous avez besoin, ce matin.

Avec un gros rire, il se retourna vers elle. Il la reluquait ouvertement, à présent.

— Pourquoi ne pas sortir avec moi, un de ces quatre ? Ce soir par exemple ?

Il était plutôt direct ! Lucy ne s'attendait pas à une telle proposition. Mais loin de la choquer, l'idée l'intrigua.

— Ne sortez-vous pas déjà avec ma propriétaire ?

— Et alors ? Qui m'interdit de sortir avec vous aussi ?

Elle leva un sourcil. De toute évidence, il voulait se servir d'elle pour rendre Mary jalouse. Ses petites manœuvres risquaient de gâcher ses plans. Lucy n'avait pas l'intention de le laisser faire. Elle se souvint soudain que Mary avait des projets pour la soirée et qu'elle ne serait pas là.

— Je finis tard, ce soir. Mais ce n'est que partie remise. Tenez, je vous laisse mon numéro, ajouta-t-elle en lui tendant un papier. Passez-moi un coup de fil, un de ces jours.

Un sourire satisfait aux lèvres, il paya son café.

— Très bien.

— J'attends votre appel avec impatience, dit-elle.

Dillon croyait pouvoir se servir d'elle. Cette éventualité lui donna envie de rire. Il était très loin d'imaginer à qui il avait affaire.

Mary écarquilla les yeux quand Chase entra dans son bureau.

Il leva les mains en signe de reddition.

— Je ne veux surtout pas t'empêcher de travailler mais je me disais que nous pourrions déjeuner ensemble, si tu n'as rien de prévu. J'ai vraiment besoin de te parler. Pas à propos de nous, rassure-toi. Tu m'as demandé de te laisser respirer et je le respecte. Mais j'aimerais que tu m'aides dans mes recherches...

Elle jeta un coup d'œil à sa montre, surprise de voir qu'il était déjà midi. Tous les restaurants du coin seraient bondés, à cette heure-ci. Elle le lui dit.

Il sourit, de ce sourire qui l'avait toujours fait fondre.

— J'y ai pensé et j'ai préparé un pique-nique. Te sachant très occupée, je me suis dit que déjeuner au bord de la rivière ne nous prendrait pas beaucoup de temps. Je te ramènerai dans une heure, montre en main. Si tu n'es pas libre, tant pis. Je m'en vais.

Voilà des années qu'elle n'avait pas pique-niqué. Et surtout, elle apprécia que Chase ne fasse pas pression sur elle. Autrefois, ils adoraient ces repas champêtres, se régaler de salades et de viande froide, les pieds dans l'eau.

— Il fait beau et profiter du soleil te fera du bien, j'en suis sûr, ajouta-t-il.

Elle lui sourit.

— C'est tentant.

— Je ne suis pas venu uniquement pour déjeuner, dit-il comme s'il lui avouait une faute. J'ai effectué des recherches sur les initiales J.M. et j'ai trouvé trois noms. Et j'espérais que tu...

— Allons-y.

Après avoir roulé un petit quart d'heure, ils parvinrent à la rivière Gallatin et ils se dirigèrent vers l'endroit où ils se rendaient souvent lorsqu'ils étaient adolescents. Le ciel était bleu, le soleil brillait et une petite brise soufflait dans les pins.

Quand Chase sortit le panier de son camion, Mary le reconnut.

— Ce pique-nique était-il une idée de ma mère ?

Il se mit à rire.

— Pas du tout. Il m'arrive d'avoir de bonnes idées tout seul.

Lorsque son regard bleu se riva au sien, un délicieux frisson la parcourut. Elle se souvint de certaines de ses idées d'autrefois.

Il sourit. Elle adorait ce sourire.

— Mais elle m'a donné un coup de main. Ta mère et moi nous sommes toujours très bien entendus. Je l'aime beaucoup.

Elle l'observa un moment. Pensait-il que se rapprocher de sa mère allait la pousser à lui refaire confiance ?

— Comment se passe ton travail au Jensen Ranch ?

— Je suis chargé de réparer leurs clôtures. Il y a du boulot, crois-moi. Alors, si tu t'inquiétais à propos de Beth Anne, tu peux dormir tranquille. Je ne l'ai même pas croisée depuis mon arrivée. Comme je te l'ai dit, cet emploi est temporaire. Un poste de menuisier m'attend au sein de Reclaimed Timber Construction, dès la semaine prochaine. Et j'ai repéré une petite maison à louer dans laquelle je m'installerai dans quelques jours. Je donnais simplement un coup de main au ranch Jensen. J'ai quelques économies et j'ai l'intention de construire bientôt ma propre maison dans le canyon.

Il vit sa surprise.

— Mary, je te l'ai dit, je suis revenu pour de bon. Je t'aime. Je vais me battre comme un fou pour te reconquérir. Peu importe le temps qu'il me faudra. Même si je dois rouer de coups l'adjoint de ton père, j'y arriverai.

Elle remarqua l'ecchymose sur sa joue et se souvint de leur bagarre.

— Ne dis pas de bêtises.

— Quelque chose me déplaît chez ce type, Mary.

— Je l'avais compris mais je n'ai pas envie de parler de lui. Surtout pas avec toi.

— Pas de problème, répondit-il en ouvrant le panier. Une limonade fraîche te ferait-elle plaisir ? Je l'ai préparée moi-même.

— Avec l'aide de ma mère, lui rappela-t-elle en riant.

Il sourit.

— Au fait, tu es ravissante, aujourd'hui.

Lorsqu'elle prit le verre qu'il lui tendait, ses doigts effleurèrent les siens et un frisson la parcourut aussitôt. Elle avala une gorgée de limonade.

— Délicieuse. Merci.

— Attends ! Ce n'est pas tout.

Il sortit du poulet, de la salade de pommes de terre, des tomates et des œufs durs.

— Quel festin ! Si je mange tout ça, je n'arriverai pas à travailler, cet après-midi, dit-elle en riant.

— Serait-ce si terrible ?

Avec un sourire, elle s'allongea sur la couverture. Les pins sombres se découpaient sur le ciel bleu azur. Les bruissements d'eau de la rivière la berçaient. La journée était vraiment belle.

— Je n'étais pas revenue ici depuis...

— Depuis mon départ. Je suis désolé.

— Tu ne regrettes pas d'être parti, dit-elle, se reprochant d'en parler.

— Je regrette de ne pas être parti avec toi.

Elle poussa un soupir et se redressa lorsqu'il lui tendit une assiette.

— Nous ne serons jamais d'accord sur ce point.

— Peut-être pas. Mais nous sommes d'accord sur tout le reste, Mary. Nous aspirons aux mêmes choses.

— Vraiment ? demanda-t-elle en croisant son regard.

Ses sentiments d'autrefois remontaient à la surface. Elle aimait toujours ce cow-boy.

— Vraiment. Goûte le poulet. Je l'ai fait cuire moi-même.

Elle prit une bouchée.

— Délicieux ! s'exclama-t-elle avec sincérité.

— Et maintenant, la salade de pommes de terre.

— Tu as donc appris à cuisiner, ces dernières années ?

Le visage de Chase s'éclaira d'un large sourire.

— Il le fallait bien. Et ce n'était pas si difficile.

Ils déjeunèrent avec appétit. La caresse des rayons du soleil, les jeux de lumière sur l'eau, le chant des oiseaux et les acrobaties d'un écureuil dans les branches d'un sapin leur donnaient l'impression d'être en vacances. Cette parenthèse enchantée était tellement idyllique que Mary se reprocha de rompre le charme en évoquant le sujet qui, elle le savait, le préoccupait.

Chase voulait son avis à propos des noms qu'il avait repérés, des hommes qui pourraient être son père.

— Tu disais que tes recherches opérées à partir des initiales avaient abouti à trois noms ? demanda-t-elle.

— J'ai consulté via Internet les annuaires téléphoniques et comme ce J.M. vivait à Big Sky ou dans les alentours, le champ des possibles était assez réduit en définitive.

Sauf si ce J.M. était mort. Ou avait quitté la région. Mais elle garda ses doutes pour elle.

— Que penses-tu faire ? demanda-t-elle. Aller frapper à la porte des trois hommes dont les initiales sont J.M. ?

— As-tu une meilleure idée ? répliqua-t-il en riant.

Elle l'observa avec attention.

— Es-tu sûr d'avoir envie d'aller au bout de cette entreprise ?

Chase détourna le regard un instant.

— J'aimerais pouvoir laisser tomber. Mais j'ai vraiment besoin de savoir qui est mon père.

— Que feras-tu quand tu l'auras identifié ?

— Je ne sais pas.

— Je n'en crois rien.

Chase planta les yeux dans les siens.

— Il s'est servi de ma mère pour son plaisir et quand elle est tombée enceinte, il l'a larguée.

— Ce n'est pas ce qu'elle a écrit dans son journal.

— Non, c'est vrai. Elle ne dit rien de la réaction de son amant. Mais je suis bien placé pour connaître la fin de l'histoire. Elle m'a élevé seule, alors qu'elle était sans le sou. Elle a dû travailler dur toutes ces années pour réussir à joindre les deux bouts et cette vie de chien l'a tuée. Je veux regarder ce type en face et...

Sa voix se brisa.

Mary se rapprocha de lui. Lorsqu'il la prit dans ses bras, elle l'étreignit et colla sa tête contre son torse. Les larmes aux yeux, elle écouta les battements réguliers de son cœur. Elle connaissait l'importance de la famille. Elle avait eu la chance de grandir entourée de parents unis et aimants. Elle mesurait le trou béant dans l'existence de Chase, un trou qu'elle avait envie de combler.

— Alors retrouvons-le.

Comme ils commençaient à remballer les restes du pique-nique, Chase la reprit dans ses bras.

— Tu sais, je n'ai jamais été très doué avec les mots. Les grandes déclarations, je ne sais pas faire. Mais je t'aime, Mary, n'en doute pas.

Elle vit la sincérité briller dans ses yeux bleus. Elle n'avait pas besoin de davantage.

— Moi aussi, je t'aime, Chase.

— Cela me suffit. Pour l'instant, dit-il en la relâchant.

La promesse de ses mots la fit frissonner de désir.

Dès qu'ils eurent fini de tout ranger dans le panier, il lui sourit.

— Prête ?

Presque, pensa-t-elle.

Atterrée, Lucy avait vu Chase s'arrêter devant le bureau de Mary et tous deux partir ensemble. Elle avait cru que Mary était furieuse contre lui. Mais manifestement, elle ne l'était pas tant que cela.

Où étaient-ils allés ? Sans doute pas très loin parce qu'il l'avait ramenée tôt. Mais à leur retour, quelque chose avait changé entre eux. Elle le sentait à la façon dont ils se souriaient, dont ils se comportaient l'un avec l'autre. Ils semblaient plus proches… *Amoureux.*

En prendre conscience fut si douloureux qu'elle eut soudain du mal à respirer. Mais ce chagrin se mua rapidement en colère. Elle serra les poings si fort que ses jointures en blêmirent.

À travers la vitrine du café, elle surprit Mary caressant la joue de Chase. Ce dernier lui prit aussitôt la main pour mêler leurs doigts. Tous deux se dévisageaient en souriant comme si… comme s'ils partageaient un secret. Mais le pire était à venir.

Quand Chase l'enlaça et l'embrassa, Lucy frappa le zinc avec violence. Les gobelets qui y étaient posés tremblèrent et Amy, qui comptait la recette de la journée avant de partir, la regarda avec étonnement.

Lucy s'efforça de recouvrer son sang-froid.

— Désolée. J'essaie de tuer une mouche qui m'embête depuis un moment.

Manifestement peu convaincue, Amy se replongea dans ses comptes et Lucy reporta son attention sur le couple de l'autre côté de la rue. Chase avait maintenant les mains sur ses épaules. Il la dévorait des yeux.

Lucy se remémora son odeur, sa chaleur.

Chase était à elle. Pas à Mary.

Il se pencha pour l'embrasser de nouveau avant de s'éloigner. Ces deux baisers avaient été brefs mais désormais, Lucy ne pouvait plus se leurrer. Il ne faisait aucun doute que Mary n'était plus en colère contre lui.

Ils étaient retombés amoureux.

Lucy regarda Chase grimper dans son camion et s'éloigner. Livide, elle s'interdit de foncer dehors pour leur crever les yeux. Elle devait attendre son heure. Il n'était pas question de se précipiter au risque de tout gâcher.

Mais tôt ou tard, il le lui paierait.

Une cliente entra. Lucy la servit mais tout en s'activant, elle se remémorait la scène, cette étreinte, ce baiser. Elle avait envie de vomir.

Elle fit bonne figure tandis que la salle du café se remplissait de touristes. Bientôt, Mary viendrait chercher sa dose de caféine de l'après-midi. Lucy toucha le petit paquet de poudre blanche qu'elle avait glissé dans la poche de son tablier. Tout était prêt.

Mary essaya de se concentrer sur son travail. Elle devait absolument finir ce rapport. Mais son esprit revenait sans cesse à Chase, à leur pique-nique, à leurs baisers.

Elle toucha sa lèvre inférieure du bout des doigts et ne put s'empêcher de sourire. Certaines choses n'avaient pas changé. Comme se retrouver dans les bras de Chase, sentir ses lèvres sur les siennes… Leurs courts baisers étaient un prélude à…

— Ne t'emballe pas, s'ordonna-t-elle à voix haute. Tu ne fais que l'aider à chercher son père.

Pourtant, elle savait qu'ils avaient franchi une étape. L'une des barrières qu'elle avait érigées entre eux était tombée.

Elle secoua la tête et se replongea dans son travail, dans son rapport, jusqu'au moment où elle entendit la porte s'ouvrir. Comme elle levait les yeux, elle vit apparaître Lucy, un gobelet à la main.

— J'espère ne pas te déranger, Mary. Il se fait tard et je me suis dit que tu avais peut-être besoin d'un petit remontant.

— Quelle heure est-il ?

— 17 h 30. Je suis désolée. Il est peut-être trop tard pour un café, poursuivit-elle en reculant.

— Non, c'est parfait. Grâce à toi, j'espère arriver à rester éveillée. J'ai pris un déjeuner copieux et c'est un miracle que je ne me sois pas encore endormie.

Un sourire complice sur les lèvres, Lucy lui tendit son breuvage préféré.

— J'ai vu que ton cow-boy était venu te chercher. As-tu passé un bon moment avec lui ?

Un grand sourire aux lèvres, Mary hocha la tête. Elle resplendissait de bonheur.

— Excellent.

Comme elle attrapait son sac à main, Lucy l'arrêta d'un geste.

— Je l'ai mis sur ton compte.

— Merci. Maintenant, je devrais trouver l'énergie de rédiger ce rapport. Merci encore. Tu es mon ange gardien. Que ferais-je sans toi, Lucy ?

13

Mary avait l'impression qu'elle allait mourir… Les spasmes se succédaient, lui tordant douloureusement le ventre. Elle se laissa glisser contre le mur carrelé en frissonnant tandis que des larmes brûlaient ses yeux. Ses cheveux lui collaient sur le front et elle tremblait de tous ses membres, prise de sueurs froides.

Dès les premiers haut-le-cœur, elle s'était précipitée dans les toilettes situées dans le couloir, à l'arrière de son bureau. Sans doute souffrait-elle d'une intoxication alimentaire. Chase avait pourtant glissé des sacs de glace dans le panier pour préserver la qualité du pique-nique.

Une fois son estomac vide, elle pensa que le pire était passé. Heureusement, elle avait presque terminé son rapport d'expertise. Elle n'était pas en état de se plonger dans une comptabilité quelconque et encore moins de rédiger des conclusions pertinentes. Elle était épuisée. Peut-être devrait-elle monter chez elle pour s'allonger un moment.

Mais avant qu'elle ne puisse quitter les lavabos, les vomissements reprirent de plus belle. À bout de force, elle s'affala sur le carrelage froid et attendit les prochains spasmes en s'aspergeant le visage. Elle ne se souvenait pas avoir été un jour aussi malade. Elle se sentait si faible qu'elle n'avait même pas la force de se traîner jusque chez elle.

Elle ferma les yeux, se demandant si elle parviendrait au moins à retourner dans son bureau où elle avait laissé son smartphone. Si seulement elle pouvait appeler sa mère…

— Mary ? Mary, es-tu là ?

Soulagée et craignant que Lucy ne parte avant qu'elle n'ait eu la possibilité de lui faire signe, Mary rampa jusqu'à la porte des toilettes et leva le bras pour ouvrir.

— Lucy !

Ses mots étaient à peine audibles.

— Lucy ! répéta-t-elle plus fort.

Un instant, elle pensa que Lucy ne l'avait pas entendue et elle faillit exploser en sanglots.

Désespérée, elle retombait sur le carrelage quand elle reconnut des bruits de pas.

Un instant plus tard, Lucy apparut au-dessus d'elle. Elle avait l'air bouleversée.

— Mary ?

— Je suis malade.

— Je vois ça. Tu veux que j'appelle une ambulance ?

— Non, si tu avais seulement la gentillesse de m'aider à monter chez moi... pour que je puisse m'allonger. Je souffre sans doute d'une intoxication alimentaire.

— Qu'as-tu donc pris pour le déjeuner ? demanda Lucy en se levant pour la soulever. Tu es aussi faible qu'un chaton.

Au bord du malaise, Mary s'appuya un instant contre le mur. Elle craignait de s'effondrer.

— Chase nous avait préparé un pique-nique. Son poulet et sa salade de pommes de terre étaient très bons. Mais manifestement, quelque chose n'est pas passé.

— Mets ton bras autour de moi. Crois-tu pouvoir marcher ?

Elles sortirent par l'arrière du bureau et se dirigèrent à petits pas vers l'escalier.

— Dis-moi surtout si tu as besoin d'une pause, dit Lucy en posant le pied sur la première marche.

Maintenant que son estomac était vide, les spasmes semblaient se calmer, du moins pour le moment. Avoir Lucy près d'elle la rassurait. Elle était certaine que tout irait mieux dès qu'elle serait chez elle, dans son lit.

— Ça va aller, merci.

Mais lorsqu'elles arrivèrent à sa porte, elle transpirait à grosses gouttes.

— J'ai oublié de te demander : est-ce que tes clés sont en bas ?

Mary laissa échapper un gémissement de frustration.

— Je les ai laissées sur mon bureau.

— Peux-tu rester debout pendant que je redescends en vitesse les chercher ?

— Inutile. Il y a un double de ma clé caché sous le tapis de la dernière marche, dit-elle.

— Pas bête.

Mary regarda Lucy la récupérer.

— Je ne peux pas te dire à quel point je suis heureuse que tu sois là.

— J'ai remarqué que les lumières étaient restées allumées dans ton bureau mais que toi, tu n'y étais pas. Cela m'a paru bizarre et j'ai préféré vérifier que tout allait bien...

Elle ouvrit la porte de l'appartement et l'aida à entrer.

— Je vais dans ma chambre, balbutia Mary. J'ai besoin de m'allonger.

— Laisse-moi te soutenir.

Lucy l'amena jusqu'au lit.

— Es-tu capable de te déshabiller toute seule ?

— Si tu veux bien me donner un coup de main pour retirer mes bottes, je pense pouvoir gérer le reste.

Lucy s'agenouilla et tira sur ses bottes de cavalière.

— Déboutonne ton jean et laisse-moi te l'enlever. Tu seras plus à l'aise.

Mary tâtonna avec les boutons, consciente que Lucy avait raison. Elle se sentait à la fois impuissante et infiniment reconnaissante envers Lucy.

— Merci beaucoup.

— De rien. Je suis contente de pouvoir t'aider. Les amies sont faites pour ça, non ? Aimerais-tu un verre de soda au gingembre ? Ma mère m'en donnait toujours quand j'avais mal au ventre.

Mary secoua la tête.

— Je ne veux plus rien avaler. J'ai seulement besoin de me reposer.

— D'accord, je te laisse dormir dans ce cas. Je ne vois pas ton téléphone.

— Il est en bas sur mon bureau.

— Je descends le chercher pour que tu puisses m'appeler si tu as besoin de quelque chose. Je serai en dessous, n'hésite pas.

Mary acquiesça. Elle se sentait épuisée et n'aspirait qu'à dormir. Elle ferma les yeux.

— Ne t'inquiète pas. Après t'avoir apporté ton smartphone, je refermerai la porte de ton appartement, remettrai la clé dans sa cachette. Ne te soucie de rien, je m'occupe de tout. Contente-toi de te reposer. Tu sembles vraiment au trente-sixième dessous.

Mary sourit parce qu'elle se sentait exactement dans cet état-là.

Comme Lucy commençait à s'éloigner, Mary lui attrapa la main.

— Merci encore. Tu es mon ange gardien.

Incapable de lutter plus longtemps, Mary ferma les paupières et tomba dans un profond sommeil.

À la fin de son service, Lucy avait pris son temps pour rentrer. Sans se presser, elle avait traversé la rue en sifflotant. Elle n'avait aucune raison de se dépêcher. Elle savait exactement à quoi s'attendre en pénétrant dans le bureau de Mary.

Maintenant, Mary dormait profondément et elle resta un moment à la regarder, à observer son visage dont la pâleur ne parvenait pas à altérer la beauté. Elle n'avait pas à se demander pourquoi Mary plaisait tant à Chase. Elle était belle comme le jour. Elle était tout ce que Lucy n'était pas.

L'envie de prendre l'un des oreillers, de le plaquer sur la bouche de Mary et de l'y coller jusqu'à ce qu'elle meure étouffée, la torturait.

Cette femme avait tout. La beauté, un commerce, un immeuble dans une ville où elle était aimée et respectée, sans parler de Chase. Comme Mary, Lucy avait tout eu à une époque. Elle exerçait une profession bien rémunérée, elle était considérée comme un agent immobilier de valeur, elle était entourée d'amis. En revanche, elle avait souffert de ne pas être aimée. Il lui avait toujours manqué un homme amoureux dans sa vie.

Jusqu'au jour où Chase était arrivé.

Elle secoua la tête et regarda autour d'elle, s'efforçant de retenir ses larmes. La chambre, peinte dans des tons pastel avec de petits motifs floraux, ressemblait à Mary.

Lucy se demanda ce que Chase pensait de cette pièce, s'il l'avait déjà vue. Sans doute ne la trouvait-il pas très virile, songea-t-elle en la refermant sans bruit.

Elle commença à farfouiller dans l'appartement.

Indéniablement, Mary avait un goût certain en matière de décoration. Le salon lui parut chaleureux et accueillant avec ses meubles en bois et ses tissus aux couleurs vives et gaies. Mary avait su rendre l'endroit confortable et agréable à vivre sans se ruiner.

Lucy prit brutalement conscience qu'elle avait envie d'être Mary Savage. De vivre sa vie. De jouir de tout ce qu'elle avait, à commencer par Chase.

Elle se traita d'idiote et quitta l'appartement, laissant la porte ouverte. En reposant la clé de secours dans sa cachette, elle sourit, consciente que cette clé pourrait se révéler très utile dans un avenir proche.

Cette pensée lui remonta le moral et, un sourire aux lèvres, elle descendit l'escalier pour rejoindre le bureau de Mary. Il ressemblait à n'importe quel autre espace professionnel, à l'exception de la magnifique table de travail en chêne. Les murs blanchis à la chaux éclairaient l'endroit et lui donnaient un aspect rustique. Le plancher d'une belle couleur chaude et riche s'accordait parfaitement au mobilier.

Un bureau comme celui-ci lui plairait, pensa-t-elle en récupérant le smartphone de Mary et en le glissant dans sa poche.

Le sac traînait sur une chaise. Il était lourd. Elle entendit le tintement des clés à l'intérieur. Tout en hissant la bandoulière sur son épaule, elle se dirigea vers la porte d'entrée et la verrouilla.

De l'autre côté de la rue, elle vit que le café était bondé et les autres serveuses débordées. Elle se demanda si quelqu'un l'avait vue entrer et ressortir par l'arrière. Sans doute pas. Mais elle comprit alors qu'elle ne devait pas tuer Mary ici. Elle serait aussitôt suspectée du crime. Forcément.

Une fois dans l'escalier, hors de vue des regards indiscrets des passants, elle s'assit sur une marche et fouilla le sac à main de Mary. Elle trouva un portefeuille contenant des photos de sa famille sans doute. Des frères, des cousins ? Ses parents ? Des amis ? En fin de compte, elle savait très peu de chose sur sa rivale.

Elle découvrit aussi quatre-vingt-deux dollars en espèces, quelques cartes de crédit, des bons de réduction… Jamais elle n'aurait cru qu'elle gardait des bons de réduction. Il y avait aussi quelques bonbons à la menthe, une brosse à cheveux, un livre de poche et un tube de mascara… Rien d'intéressant.

Elle s'empara du smartphone.

Malheureusement, il était protégé par un mot de passe. Avec un juron, elle essaya diverses combinaisons de mots, de lettres et de chiffres. Aucune ne fonctionna.

Une idée la traversa soudain et elle essaya « Chase ». Comme cela ne fonctionnait pas, elle tenta « Chase Steele ». Sans plus de succès.

Elle se souvint alors que beaucoup de gens notaient leurs codes secrets dans leurs affaires et elle retourna dans le bureau. Elle alluma une petite lampe et se mit rapidement à chercher. Bientôt, elle trouva une liste de mots de passe dans un tiroir. Certains avaient été rayés et remplacés.

Le dernier de la liste était « Homeranch # 1 ». Lucy le tapota sur le téléphone et faillit crier de joie quand l'appareil se déverrouilla.

Rapidement, elle parcourut les contacts, les mails et enfin les textos. Elle trouva le numéro de téléphone portable de Chase et l'appela sur un coup de tête, uniquement pour entendre sa voix.

Le numéro n'était plus en service.

Elle fronça les sourcils. Chase avait sûrement un téléphone portable, même si elle n'en avait jamais eu le numéro. Il l'avait donné à Mary, Lucy en était certaine.

Elle passa en revue les appels téléphoniques récents, et elle le vit. Elle effleura l'écran tout en mémorisant le numéro. Lorsqu'elle se rendit compte qu'elle avait enclenché l'appel, elle retint son souffle. Il allait croire que Mary appelait. Il rappellerait.

Lucy raccrocha mais pas assez vite.

— Bonjour, Mary. Justement, je pensais à toi.

Elle se déconnecta d'une pression de doigt, regrettant de l'avoir appelé. Il semblait si heureux que Mary lui téléphone qu'elle en eut mal au cœur.

Comme elle le craignait, il rappela aussitôt. Elle rejeta son appel. Il rappela encore. Et s'il décidait de venir voir Mary ? songea-t-elle avec angoisse. C'était le genre d'erreur qui risquait de lui coûter cher.

Elle finit par répondre, s'efforçant d'imiter au mieux la voix de Mary, fatiguée et occupée.

— J'ai du travail. Je ne voulais pas appeler, j'ai fait une mauvaise manœuvre.

— Eh bien, j'en suis content puisque cela m'a permis de t'entendre. Ne travaille pas trop tard.

— D'accord. On se téléphone demain.

Elle raccrocha, à peu près sûre de s'en être tirée. Il n'avait pas remarqué la différence de voix. Il avait appelé le numéro de Mary. Et elle avait adopté un ton d'une femme épuisée et débordée. Comme il n'essaya plus de la joindre, elle sut qu'elle avait réussi.

Elle remonta au deuxième, ramassant au passage le sac à main de Mary sur une marche, là où elle l'avait laissé. Parvenue devant l'appartement, elle s'arrêta pour reprendre son souffle. Elle mit le smartphone en mode silencieux, ouvrit la porte avec précaution, même si elle était certaine que Mary dormirait pendant des heures.

Un calme étrange régnait dans l'appartement. Elle se dirigea à pas de loup vers la chambre à coucher. La porte était toujours fermée. Elle l'ouvrit doucement. La pièce était plongée dans la pénombre, les rideaux fermés. Mary était exactement là où elle l'avait laissée. Elle respirait doucement.

Lucy plaça le téléphone éteint à côté de son lit. Puis elle partit et referma la chambre derrière elle. Elle laissa le sac de Mary sur la table et s'en alla, verrouillant la porte derrière elle.

Dure journée, pensa Lucy.

Elle descendit les marches jusque chez elle. L'appartement contrastait de façon frappante avec celui de Mary. Il semblait vide, froid.

— C'est parce que tu es fatiguée, murmura-t-elle en fermant la porte derrière elle. En tout cas, c'est temporaire.

Mais peut-être devrait-elle au moins acheter une plante pour y mettre une touche de couleur et de vie.

Son petit deux-pièces était meublé avec des draps et des coussins assortis au canapé. Soudain, Lucy détesta ces coussins. Elle les jeta dans le placard presque vide.

Après avoir consulté Mary, elle profiterait d'un jour de congé pour se rendre à Bozeman faire quelques courses.

Mais le plus important était ailleurs.

Maintenant qu'elle avait le nouveau numéro de portable de Chase, il était temps de lui présenter la facture.

Et de la lui faire payer.

14

Le lendemain matin, Lucy frappa à la porte de Mary. Vu le triste état dans lequel elle l'avait laissée, la veille au soir, elle pensait la trouver encore au lit.

Elle fut donc un peu surprise quand Mary lui ouvrit avec entrain. Elle s'était déjà douchée et habillée pour la journée.

— Oh ! bien, tu as l'air d'aller mieux, dit-elle.

— Beaucoup mieux. Merci encore pour hier.

— Contente d'avoir pu t'être utile.

Elle commençait à se détourner quand Mary lança :

— Dis-moi, Lucy : sais-tu monter à cheval ?

Décontenancée par la question, Lucy se retourna. En s'installant dans l'immeuble, elle avait espéré se rapprocher de Mary, se lier d'amitié avec elle, gagner sa confiance pour pouvoir ensuite en finir avec toute cette histoire. Mais elle avait cru qu'il lui faudrait plus de temps pour aboutir.

— Je montais régulièrement quand j'étais plus jeune.

— Aimerais-tu venir au ranch, un de ces quatre, peut-être pendant tes jours de repos, pour galoper un peu ?

— J'en serais ravie.

Au moment où Lucy l'affirma, elle prit conscience du danger. Chase risquait d'apparaître au cours de cette balade équestre. Jusqu'ici, elle s'était débrouillée pour ne pas se retrouver en face de lui. Même si elle avait profondément changé son apparence, il pouvait la reconnaître. Ils avaient été amants. Elle était quasi certaine qu'il sentirait qui elle était s'ils se retrouvaient dans la même pièce.

— Formidable, répondit Mary. Il te suffira de me dire quel jour tu es libre. Et merci encore pour hier. Je ne sais pas ce que j'aurais fait sans toi.

Lucy hocha la tête, toujours décontenancée par la tournure des événements.

— Je suis tellement heureuse d'être ici.

Elle fit un pas vers la porte, se sentant étrangement mal à l'aise.

— Je retourne au café, grommela-t-elle.

Tout se passait mieux qu'elle n'aurait osé l'imaginer. En songeant au chemin parcouru depuis qu'elle avait mis en scène son accident de voiture et sa noyade en Arizona, elle s'étonnait d'avoir réussi à aller si loin. Maintenant, Mary Savage, la femme qui lui avait volé Chase, la considérait comme une amie. Alors pourquoi n'était-elle pas euphorique ? Son plan fonctionnait à merveille, bien au-delà de ses espérances. Il n'y avait aucune raison d'éprouver ce sentiment de... culpabilité.

Tandis qu'elle traversait la rue, elle faillit éclater de rire. La culpabilité n'avait jamais été sa tasse de thé. Elle s'amusait bien. Peut-être trop. Elle avait cru qu'il lui faudrait davantage de temps pour aboutir.

Alors qu'elle se remettait au travail, elle se rendit compte qu'elle avait intérêt à avancer la date de sa vengeance. Elle commençait à éprouver de l'affection pour Mary. Des sentiments dangereux. Elle ne pouvait pas se permettre de s'attacher à elle. Elle risquait de ne jamais réussir à la tuer.

Comme elle prenait conscience qu'elle était sur le point de parvenir à ses fins, elle se demanda ce qu'elle ferait ensuite. Où irait-elle ? Elle s'était tellement focalisée sur la façon dont elle anéantirait Chase et son ex qu'elle n'avait pas pensé à la suite, à ce que serait sa vie quand tout serait fini.

Tourmentée par la question, elle se détourna du percolateur et se figea de stupeur. Chase se dirigeait à pas lents vers elle. La panique la saisit. Il ne la regardait pas, heureusement, il s'intéressait au tableau accroché derrière elle et sur lequel était écrite la spécialité du jour. Devait-elle en profiter pour courir se cacher dans la réserve avant qu'il ne pose les yeux sur elle ? Laisser l'autre serveuse le servir ?

Mais Amy était occupée avec des clients. Lucy comprit qu'elle n'aurait pas la possibilité de rester dans l'arrière-boutique jusqu'au départ de Chase. Glacée de peur, elle sentit un long frisson lui parcourir l'échine. Dire qu'elle était si près du but ! Si Chase la reconnaissait, tout serait remis en cause. Non seulement elle ne parviendrait pas à les tuer, Mary et lui, mais elle risquait de gros ennuis.

Chase devinerait ce qu'elle avait en tête, ce qu'elle manigançait. Il la dénoncerait, parlerait à Mary. Tous ses efforts n'auraient servi à rien.

Le père de Mary était shérif. Il ne tarderait pas à entendre parler de ce qui s'était passé au Texas, des soupçons de meurtres qui la poursuivaient de ville en ville. Il n'aurait aucune difficulté à retrouver sa trace jusqu'à Big Sky. Il finirait par découvrir que Fiona se cachait derrière Lucy et tout serait fini. Au bord du malaise, elle réprima une envie de crier.

— Bonjour, dit-il avant de la regarder.

— Bonjour.

Elle retint son souffle en croisant ses yeux bleus et lui adressa un sourire embarrassé.

Il lui sourit en retour mais quand il posa son regard sur elle, elle se rendit compte qu'il ne la reconnaissait pas.

C'est moi, avait-elle envie de lui lancer. *L'amour de ta vie. Ne me dis pas que tu ne me vois pas, que tu ne me sens pas devant toi.*

— J'espère que vous allez pouvoir m'aider, dit-il. J'aimerais offrir à ma petite amie sa boisson préférée mais j'ai oublié ses goûts en la matière. Elle habite juste en face de ce café. Je suis sûr qu'elle vient régulièrement vous en commander. Elle s'appelle Mary Savage.

Sa petite amie ?

— Désolée, je suis nouvelle dans l'établissement et je ne connais pas encore les clients.

— D'accord, tant pis. Alors je vais prendre un café au caramel et un expresso, s'il vous plaît.

Elle le dévisagea un moment avec incrédulité. Elle avait été tellement sûre qu'il la reconnaîtrait. Mais non, il ne semblait même pas troublé de la voir. Il ne réagissait pas, il n'y avait aucune lueur dans ses yeux. *Rien.*

Une rage folle la saisit. Ils avaient fait l'amour. Ils s'étaient aimés à la folie.

Comment peux-tu ne pas me reconnaître ?

— Vous avez des expressos, n'est-ce pas ? demanda-t-il comme elle ne bougeait pas.

Avec un petit rire, elle lui tourna le dos pour actionner le percolateur. En proie à un volcan d'émotions, elle eut du mal à se maîtriser, à ne pas se jeter sur lui pour lui griffer le visage et lui crever les yeux.

Une meilleure idée la traversa soudain. Elle allait arracher le cœur de Mary, ce cœur que Chase essayait si fort de reconquérir. Pour qu'il souffre.

Elle prépara le café au caramel et lui servit un expresso. Il lui tendit un billet de dix dollars en lui disant de garder la monnaie.

Avec un grand sourire, elle le remercia, tout en l'imaginant devant la tombe de Mary Savage.

— Belle journée à vous.

— Merci, à vous aussi, dit-il en partant.

Meurtrie et furieuse qu'il ne l'ait pas reconnue, elle le regarda traverser la rue. Elle se promit de le tuer très bientôt.

Alors qu'il se dirigeait vers le bureau de Mary, de l'autre côté de la rue, Chase se remémora soudain la serveuse qui travaillait au café de Lone Peak Perk. Pourquoi cette fille le troublait-elle ? Il fronça les sourcils jusqu'à ce qu'il en comprenne la raison. Sa voix. Même avec le léger accent du Sud, la voix de cette fille, comme celle de Fiona, lui donnait la chair de poule.

Il frissonna, se demandant s'il serait un jour capable d'oublier le cauchemar qu'avait été cette Fiona. La veille, il avait appelé Rick et la femme de ce dernier, Patty, avait répondu.

— Je suis désolée de ce qui s'est passé entre Fiona et vous, avait-elle dit. Je me sens tellement mal pour elle. Ce n'est pas une excuse, je le sais, mais elle a connu une enfance très difficile. Sa mère s'est remariée avec un homme qui l'a agressée sexuellement. Quand Fiona lui en a parlé, celle-ci ne l'a pas crue. La pauvre en a eu le cœur brisé.

— Avait-elle quelqu'un, de la famille, pour s'occuper d'elle ?

— Ni frère ni sœur ni personne pour la soutenir. En plus, son beau-père avait trois fils.

Anticipant la suite, Chase avait poussé un juron.

— Qui la maltraitaient, eux aussi, j'imagine.

— Fiona a pu mentir à propos de toutes ces histoires. Quand sa mère, son beau-père et les trois fils de ce dernier sont morts dans l'incendie de leur maison, je me suis posé la question. Fiona aurait pu être derrière cette tragédie.

— À moins qu'elle n'ait menti à propos des abus sexuels et se soit sentie coupable quand ils sont tous morts, avait dit Chase.

Patty avait ri.

— Vous essayez de voir le meilleur des gens, même après ce qu'elle vous a fait subir. Vous êtes vraiment quelqu'un de bien, Chase. Prenez soin de vous.

Chase n'avait pas l'impression d'être quelqu'un de bien. Il avait commis tant d'erreurs. Vis-à-vis de Fiona déjà. Et de Mary. Il était trop tard pour rectifier le tir avec Fiona mais il avait encore la possibilité d'arranger la situation avec Mary.

Patty lui avait passé Rick qui lui avait confirmé que le corps de Fiona n'avait toujours pas été retrouvé.

— Des pêcheurs finiront par tomber sur son cadavre plus loin dans la vallée. Ce sera horrible. Un corps qui a séjourné dans l'eau depuis si longtemps...

Chase n'avait pas voulu y penser.

Et maintenant, il s'efforça d'oublier Fiona tandis qu'il approchait du bureau de Mary. Il aurait aimé la surprendre avec une boisson qu'elle appréciait. Il regrettait que la serveuse n'ait pas su quelle spécialité elle préférait.

Mary avait promis de l'aider dans ses recherches. Elle comprenait le besoin qu'il avait de retrouver son père. Pourquoi ne parvenait-il pas à laisser tomber cette histoire ? Sa mère avait pardonné à cet homme et peut-être devait-il l'imiter...

Pour autant qu'il le sache, J.M. ne vivait peut-être plus dans la région. D'ailleurs, sa mère n'avait peut-être pas utilisé ses vraies initiales. À moins que...

Il repoussa ces pensées stériles. Il allait passer la journée avec la femme qu'il aimait. Alors, le reste avait-il vraiment tant d'importance ?

Alors que Chase arrivait devant la porte de son bureau, Mary le vit se retourner vers le café de Lone Peak Perk et froncer les sourcils.

— Quelque chose ne va pas ? demanda-t-elle en lui ouvrant.

Il sursauta comme s'il était très loin, en pensée.

— Il y a une serveuse là-bas. Une dénommée Lucy, tu vois de qui je parle ?

— Oui. Je la connais, dit-elle en prenant le gobelet qu'il lui tendait.

— Elle me rappelle une personne que j'ai connue autrefois – et que j'aimerais mieux oublier, dit-il.

— Lucy travaille là-bas depuis une semaine ou deux. Pourquoi ?

Il sembla hésiter.

— Tu te souviens de cette femme à moitié folle dont je t'ai parlé, cette Fiona que j'ai rencontrée en Arizona. Lucy ne lui ressemble pas du tout physiquement et pourtant, elle me la rappelle.

Mary secoua la tête. Elle n'avait aucune envie d'entendre quoi que ce soit concernant cette Fiona.

— Que racontes-tu, Chase ? Je connais Lucy. C'est une fille très gentille, serviable. Je l'aime beaucoup et d'ailleurs, je lui loue l'un de mes appartements du premier. Je suis sûre qu'elle n'a rien à voir avec ta... Fiona.

— Elle n'était pas *ma* Fiona. Tu ne m'as jamais posé la question et je n'ai pas eu la possibilité de te le dire mais ne crois pas que j'ai multiplié les aventures lorsque j'étais loin de toi. J'ai commis un faux pas avec cette Fiona, mais à part elle, je te suis resté fidèle, même si nous avions rompu. Je ne pensais qu'à toi et personne d'autre ne m'intéressait. Et rien ne serait arrivé avec cette fille si je n'avais pas bu, ce soir-là, et si je n'étais pas allé chercher les cendres de ma mère quelques heures plus tôt...

Mary s'assit.

— Arrête, je ne souhaite pas entendre les détails.

— Les détails, non. Mais connaître le contexte te permettra peut-être de comprendre que la situation était exceptionnelle, tout comme ce qui s'est passé avec elle. Au cours de cette soirée, elle m'a fait boire. Par la suite, il lui a été facile de me manipuler pour que je finisse dans son lit. Je ne veux pas me chercher d'excuses. J'ai eu tort. J'ai commis une erreur et je l'ai tout de suite regretté. Fiona s'est vite révélée... obsédée. Elle s'imaginait vivre un amour fou qui n'existait que dans sa tête. Elle a fait faire à mon insu un double de ma clé, elle venait chez moi en mon absence. Je lui ai dit que j'étais amoureux d'une autre, qu'elle ne devait pas espérer une vraie relation. Mais cela l'a rendue encore plus déterminée à me mettre le grappin dessus.

Il secoua la tête.

— Elle voulait à tout prix me prouver qu'elle et moi étions faits l'un pour l'autre, qu'elle était la femme de ma vie, qu'elle me rendrait heureux. Je ne savais plus comment la repousser. Plus je m'éloignais d'elle, plus elle me courait après. Je n'avais qu'une hâte : la fuir, quitter l'Arizona, mettre des centaines de kilomètres entre nous. Pour qu'elle comprenne que je ne l'aimais pas, pour qu'elle renonce à sa folie. Malheureusement, quand elle a vu que je lui échappais, son prétendu amour s'est mué en haine. La dernière fois que je l'ai vue...

Il hésita, comme s'il n'avait jamais voulu lui raconter ces détails sordides. Mais il finit par lâcher :

— Elle a essayé de me tuer.

Mary en eut le souffle coupé.

— Tu n'es pas sérieux.

— Alors que j'étais sur le départ, elle a débarqué. Elle a prétendu vouloir m'embrasser pour me dire au revoir mais quand elle s'est approchée, elle a sorti un couteau de sa poche. Elle l'a brandi et j'ai eu du mal à la désarmer. Et je serais arrivé dans le Montana plus tôt si elle n'avait pas saboté le moteur de mon pick-up. J'ai dû en faire poser un nouveau.

Il secoua la tête.

— D'après mon patron, Fiona aurait été victime d'un accident de la route et se serait noyée dans le Colorado. Mais son corps n'a jamais été retrouvé.

Abasourdie, Mary ne pouvait en croire ses oreilles.

— Physiquement, Lucy ne ressemble pas à Fiona, poursuivit Chase. Pourtant...

Comme il croisait le regard de Mary, il prit sans doute conscience du fait qu'elle n'avait aucune envie d'écouter la suite. L'entendre parler de cette Fiona était pour elle une torture.

— Je suis désolé de te parler d'elle, dit-il. Mais sans doute vaut-il mieux que tu sois au courant.

Quel était l'intérêt pour Mary de savoir dans quelles circonstances il avait couché avec une autre qui, cerise sur le gâteau, venait de mourir ? Elle n'en tirait qu'une seule certitude : Chase n'avait jamais oublié cette Fiona. Pire, il avait l'impression de la voir partout, maintenant. Le cœur serré, elle reposa son gobelet, se sentant nauséeuse.

— Je ne veux plus que tu me parles d'elle.

Il hocha la tête.

— Je suis désolé. Tu as raison. Oublie ce que je t'ai dit. Je promets de ne plus rien dire à son sujet.

Manifestement, il regrettait d'avoir abordé cette affaire. Alors pourquoi l'avait-il fait ? Pourquoi la blesser ?

Elle le vit jeter un bref regard vers le café.

Il ne mentionnerait peut-être plus le nom de Fiona, mais il pensait toujours à elle, comprit-elle, accablée.

15

Avec l'aide de la mère de Mary, Chase avait limité leurs recherches à trois hommes qui vivaient dans le coin : Jack Martin, Jason Morrison et Jonathan Mason. Dana l'avait aidé à écarter ceux qu'elle savait trop jeunes, trop vieux ou qui n'habitaient pas encore la région, à l'époque.

Muriel avait dix-huit ans quand elle avait donné naissance à Chase. Si son amant était un peu plus âgé et avait alors vingt-cinq ou trente ans, comme le pensait Chase, son père aurait maintenant une cinquantaine d'années.

Jack Martin dirigeait diverses entreprises à Big Sky, y compris une boutique d'art où sa femme exposait et vendait ses poteries. Lorsque Mary et Chase y entrèrent, une cloche accrochée à la porte tinta pour signaler leur arrivée. Une petite blonde passa devant eux, chargée d'une grande boîte. Elle la manipulait avec tant de précaution qu'ils comprirent que son contenu devait être très fragile.

Jack donnait un coup de main à son épouse pendant l'été, la période la plus chargée de l'année, Mary le savait. Il était en train d'installer une immense jarre sur une table d'exposition. Dans une salle voisine, une belle brune montrait à des clientes des pièces de vaisselle en terre cuite. D'autres visiteurs déambulaient dans les rayons.

Comme Mary s'approchait de lui, Jack se tourna vers elle et lui sourit.

— Bonjour. Comment puis-je vous aider ?

Ils s'étaient déjà rencontrés au cours des réunions de la chambre de commerce de Big Sky auxquelles tous deux participaient régulièrement. Mais il lui fallut un instant pour la reconnaître.

— Mary Savage ! Pardonnez-moi, je ne vous avais pas remise tout de suite.

— Voici mon ami Chase Steele.

Tout en lui présentant Chase, elle l'observa à la dérobée. Le père de Chase aurait pu suivre son fils de loin, pendant toutes ces années. Qu'en savaient-ils, après tout ? Mais elle ne remarqua aucune réaction sur le visage de Jack.

— Serait-il possible de vous parler quelques instants en privé ?

Il fronça les sourcils mais hocha la tête.

— Bien sûr, suivez-moi à l'arrière.

Avant de s'éloigner, il jeta un coup d'œil autour de lui pour s'assurer qu'aucun client n'avait besoin de lui.

— Nous ne prendrons pas beaucoup de votre temps, promis, dit Mary.

À côté d'elle, elle sentit Chase se tendre. Si Jack Martin était son père, il ne se gênerait pas pour lui prendre tout le temps nécessaire à une petite explication.

Mary se félicitait de l'avoir accompagné. Elle savait à quel point ces recherches étaient importantes pour lui et elle sentait sa nervosité.

Il faisait plus frais dans l'arrière-boutique.

Dès qu'ils furent loin des oreilles indiscrètes des clients, Chase lança d'un ton accusateur :

— Avez-vous connu une femme du nom de Muriel Steele ?

Surpris, Jack battit des paupières.

— Qui ?

— Muriel Steele, répéta Mary avec plus de gentillesse. Si c'est le cas, vous l'auriez rencontrée il y a près de trente ans.

Jack sembla pris de court.

— Attendez, vous me demandez de me souvenir d'une Muriel que j'aurais peut-être croisée, il y a des lustres ? Et qui était-elle, pour commencer ?

— Une femme avec qui vous avez eu une aventure, dit Chase d'un ton menaçant.

Mary regretta qu'il ne l'ait pas laissée parler. Chase s'exprimait avec une agressivité compréhensible mais contre-productive.

— Cela m'étonnerait, rétorqua Jack. J'étais déjà marié à Clara, il y a trente ans. Nous avons célébré notre quarantième anniversaire de mariage, le mois dernier. J'ignore qui est cette Muriel et de quoi il s'agit mais je n'ai jamais trompé ma femme.

Mary le crut mais Chase, lui, ne semblait pas convaincu.

— Seriez-vous prêt à vous soumettre à un test ADN pour le prouver ? demanda-t-il.

— À un test ADN ? Pourquoi ferais-je... Je vois.

Son regard s'adoucit.

— Je suis désolé, jeune homme, mais je ne suis pas votre père.

— Alors, vous acceptez de passer le test ? insista Chase.

Jack le regarda avec tristesse.

— Si cela peut vous aider, oui, je le ferai.

Mary vit Chase se détendre brusquement. Il avait l'air vidé comme si les tensions accumulées l'avaient épuisé.

— Merci, Jack, dit Mary en entendant de nouveaux clients entrer dans la boutique. Nous ne voulons pas vous retenir plus longtemps.

Les mâchoires serrées, Chase s'installa au volant et démarra le moteur de son pick-up.

— Ce n'est pas lui, dit-il.

Il avait du mal à gérer le flot d'émotions dont il était la proie. Qu'avait-il espéré ? Qu'il retrouverait facilement son père et qu'à ce moment-là, ses tourments seraient finis ? Il aurait voulu détester cet homme. Pire, il aurait aimé le frapper. Mais quand Jack Martin s'en était rendu compte, il avait eu pitié de lui, Chase l'avait vu dans ses yeux.

— Non, Jack n'est pas ton père, dit-elle. Es-tu prêt à rendre visite aux autres ?

Avec un gros soupir, il retira son stetson et passa la main dans ses cheveux.

— Je ne suis pas sûr d'y arriver. Je pensais pouvoir le faire, mais...

— D'accord, je comprends. Il n'y a pas d'urgence.

Il secoua la tête. Un instant, ils restèrent assis là, chacun perdu dans ses pensées.

Puis Chase lui sourit.

— Et si nous allions à Mountain Village pour déjeuner tôt et oublier un moment toute cette histoire ? Je promets de te reconduire au travail ensuite. J'ai eu tort de t'entraîner là-dedans.

Lorsqu'elle posa la main sur son bras, il sentit la chaleur de ses doigts à travers sa chemise. Il comprit qu'elle seule comptait. Elle était dans son cœur et il la voulait dans son lit, dans sa vie. Il avait l'impression d'avoir multiplié les erreurs avec elle... et de continuer.

Elle secoua la tête.

— Je préfère rester à jeun, quelques heures encore. J'ai vraiment été malade comme un chien, hier soir.

Il la regarda avec inquiétude.

— Ah bon ? Pourquoi ?

— Je ne sais pas. Une petite gastro, dit-elle rapidement.

— Rien de grave, j'espère. J'ai été très prudent en préparant notre pique-nique. Tout était frais et conservé dans de la glace.

— Et surtout, toi, tu n'as pas été malade. Ton pique-nique n'est donc pas en cause. J'ai dû attraper un virus intestinal. Je vais boire beaucoup d'eau toute la journée et demain, il n'y paraîtra plus. Et pour notre déjeuner, ne t'inquiète pas, ce n'est que partie remise. Peut-être une autre fois ?

Le cœur rempli d'amour, il la dévisagea un moment.

— Tu n'étais pas seulement une merveilleuse amante, Mary. Tu étais aussi ma meilleure amie.

Elle lui prit la main en riant.

— Vraiment ?

— Pas étonnant que je n'aie jamais cessé de t'aimer.

Leurs regards se croisèrent. L'alchimie, qui les avait unis autrefois, était toujours là et une douce chaleur les envahit.

Il la prit par la nuque et l'attira à lui pour l'embrasser. Le cœur battant, il sentit un désir impérieux, brûlant, le soulever.

Mary s'abandonna et lui rendit ses baisers, animée de la même fougue. Elle avait l'impression de rentrer à la maison. Chase avait toujours su embrasser.

Après un délicieux moment, il se détacha d'elle et planta les yeux dans les siens comme à l'époque où ils étaient amants.

Elle lui sourit. Elle aimait le voir ainsi, détendu, satisfait de son sort, heureux. Un homme qui savait qui il était et ce qu'il voulait.

Le cow-boy qui l'avait quittée, il y a quatre ans, était nerveux, impatient. Tout comme il l'avait été, un moment plus tôt, quand il s'était expliqué avec Jack.

Chase avait besoin de retrouver son père. Elle l'y aiderait. Mais après, que se passerait-il ? ne pouvait-elle s'empêcher de se demander.

— Tu as du travail et je te retarde, dit-il. Nous irons déjeuner un autre jour, quand tu te sentiras mieux. Je m'en veux d'avoir à ce point entamé ta matinée.

Elle secoua la tête.

— Pas de problème mais en effet, j'ai un rapport à terminer…

— Merci de m'avoir consacré du temps pour m'aider. J'apprécie.

Son sourire la remplit de joie autant que ses mots.

— De rien.

— Tu sais, Mary, de nombreux autres déjeuners nous attendent. J'espère que tu sais à quel point je suis sérieux à propos de nous, de notre avenir. Je t'attendrai aussi longtemps qu'il le faudra parce que je t'aime, Mary Savage.

Elle perçut sa sincérité et des larmes montèrent à ses yeux.

— Nous irons interroger les deux autres hommes, demain matin.

— Es-tu sûre d'en avoir envie ? demanda Chase. Je ne veux pas t'empêcher de travailler.

— J'en suis sûre, ne t'inquiète pas.

Elle tendit la main pour ouvrir sa portière. Si elle restait avec lui un instant de plus, elle craignait de lui dire ou de faire quelque chose qu'elle regretterait par la suite. Elle se sentait sur le point de retomber dans ses bras et de reprendre leur histoire là où ils s'étaient arrêtés, d'oublier son rapport et tout ce qui n'était pas Chase.

Mais il était trop tôt et elle préféra sortir du pick-up pour ne pas céder à la tentation. Avant de s'abandonner, elle devait avoir la certitude que Chase ne lui ferait plus jamais mal. Son cœur ne supporterait pas une autre rupture.

Alors qu'il s'apprêtait à s'en aller, Chase se tourna soudain vers le café. Lucy y travaillait-elle encore ? Il se gara et décida d'aller prendre un café. Il ignorait si Lucy avait quelque chose à voir avec Fiona mais il voulait en avoir le cœur net. Il s'ordonna de la jouer cool, de ne rien laisser deviner de ce qu'il avait en tête. Il devait la revoir, savoir. Mais le simple fait d'imaginer qu'il puisse avoir raison le glaçait...

Lorsqu'il entra, Lucy leva le nez et il vit passer dans ses yeux un éclair de surprise. Ses prunelles noires n'avaient rien de commun avec celles, vertes, de Fiona. Pourtant, il était troublé.

Quand il se dirigea vers le comptoir, elle avait l'air nerveuse.

— Est-il possible de prendre un expresso dans une vraie tasse ? demanda-t-il.

— Bien sûr. Je vous le prépare tout de suite.

Comme elle s'activait sur le percolateur, le doute le traversa. Cette Lucy ne ressemblait en rien à Fiona. Elle était mince, pas ronde, elle était brune, pas blonde, elle avait les yeux noirs, pas verts, elle avait les cheveux courts, pas longs... Et pourtant, indéniablement, elle lui rappelait Fiona. Pourquoi ? Mary avait raison. Il était obsédé par cette folle.

Lucy remplit tranquillement une tasse en porcelaine blanche.

— Désirez-vous autre chose ? demanda-t-elle.

Elle lui décocha une œillade. Elle flirtait ouvertement.

Il sourit.

— Peut-être, plus tard.

Il prit la tasse pour s'asseoir à une table près de la porte. Il lui tournait le dos. Mal à l'aise, il but son café aussi vite que possible.

Comme plusieurs clients entraient dans le café, il glissa soigneusement la tasse vide sous sa veste et sortit. Il craignait que Lucy ne s'en aperçoive et ne le rattrape mais par chance, personne ne remarqua son manège. Quand il arriva à son pick-up, il posa soigneusement la tasse sur la console centrale et se dirigea vers le bureau du shérif.

Il allait demander à Hud de relever et d'analyser les empreintes. Ainsi, il saurait si cette Lucy était ou non Fiona.

Lucy ne parvenait pas à croire que Chase soit revenu au café. Tout en confectionnant avec soin l'une des spécialités du jour pour un client toujours généreux en matière de pourboires, elle souriait. Après l'avoir servi, elle reporta son attention vers la table d'angle où Chase s'était assis pour boire son expresso. À sa grande surprise, elle s'aperçut qu'il était déjà parti.

Pourquoi avait-il sifflé son expresso si rapidement ? se demanda-t-elle en fronçant les sourcils.

Les poils de sa nuque se hérissèrent et il lui fallut un petit moment pour en comprendre la raison. Il n'y avait plus rien sur la table où Chase s'était assis. La tasse de porcelaine qu'il avait réclamée pour son expresso avait disparu...

Elle jeta un bref coup d'œil autour d'elle. Peut-être l'avait-il rapportée et posée sur le zinc. Ou peut-être...

Il ne pouvait pas avoir jeté sa tasse à la poubelle avec les gobelets en carton et de là où elle était, elle voyait qu'il ne l'avait pas laissée non plus sur un plateau avec d'autres emballages vides.

Il n'y avait donc qu'une explication.

Il l'avait emportée.

Pourquoi avait-il...

L'évidence la frappa comme la foudre. Il l'avait reconnue. Des émotions en tout genre la submergèrent. Bien sûr, il ne s'était pas laissé abuser par son changement d'apparence. Il avait deviné que Fiona, la femme de sa vie, se cachait sous ce tablier de serveuse. Elle ne s'était pas trompée. L'alchimie entre eux était toujours là. Mais son euphorie s'envola vite pour laisser place à une indicible angoisse. Paralysée par la peur, elle regarda un client bouger les lèvres en face d'elle mais rien de ce qu'il disait ne parvenait à son cerveau.

Chase s'apprêtait à aller trouver le shérif, le père de Mary, pour lui demander d'analyser les empreintes sur la tasse. Et une fois qu'il aurait les résultats...

Heureusement, l'adjoint Dillon Ramsey empêcherait la catastrophe.

— Mademoiselle ! Un Mocha blanc, s'il vous plaît !

— Tout de suite, excusez-moi.

Sa surprise initiale passée, Hud fit entrer Chase dans son bureau. Il le vit poser avec précaution une tasse de café en porcelaine blanche sur sa table de travail.

Devant sa perplexité, Chase expliqua :

— J'aimerais que vous fassiez analyser les empreintes digitales qui sont sur cette tasse.

Le shérif leva un sourcil.

— Pourquoi ?

— Je préfère ne pas en parler, à ce stade. J'espère réellement me tromper.

Hud se pencha vers lui.

— Je ne peux pas faire travailler le laboratoire criminel sans une bonne raison.

— Si mon intuition se révèle exacte, la personne dont vous allez identifier les empreintes représente un grand danger pour Mary. Cette raison vous paraît-elle suffisante ?

Hud le regarda en se frottant la mâchoire.

— Si les empreintes de cette personne ne sont pas répertoriées dans les fichiers, il ne servira à rien de...

— Elles sont dans les fichiers.

Intrigué, Hud soupira et dit :

— D'accord. Je t'informerai des résultats mais les analyses peuvent demander plusieurs jours.

Un adjoint passait devant la porte ouverte du bureau. Hud l'appela tout en glissant la tasse dans une grande enveloppe.

— Dillon, auriez-vous l'amabilité de déposer ce paquet au labo pour leur demander une recherche d'empreintes ?

— Toujours d'accord pour nous retrouver ce soir ? demanda Lucy lorsque Dillon lui téléphona.

S'il annulait leur soirée, ce serait une catastrophe.

— Bien sûr.

— Alors, j'aurais une petite faveur à vous demander. Vous seul avez la capacité de m'aider. Et bien entendu, je ferai en sorte que vous ne le regrettiez pas.

— Vraiment ?

Il avait l'air intrigué. Il ne lui proposait de sortir avec lui que pour se venger de Mary, elle le savait. Il se servait d'elle. Mais elle se garda de le dire. Elle aussi avait besoin de lui.

— Vraiment. Mais pour me rendre ce service, il faut avoir accès au bureau du shérif.

— C'est le cas, j'y travaille. Alors, je vous écoute.

— Il y a quelques jours, Chase Steele lui a apporté une tasse et demandé des analyses d'empreintes pour les comparer à celle des fichiers de la police.

Dillon eut un petit rire.

— En effet, je l'ai moi-même déposée au labo. C'est drôle que vous en parliez parce qu'ils m'ont appelé, ce matin, pour me prévenir que leurs conclusions étaient prêtes. Je viens de les récupérer.

La gorge serrée, Lucy ferma les paupières. Ses empreintes étaient dans les fichiers de la police. Chase devait s'en douter.

— Avant que vous ne les remettiez au shérif, y aurait-il moyen que vous… les égariez ?

— Vous excitez ma curiosité. Pourquoi vous souciez-vous des empreintes d'une certaine Fiona Barkley ?

Entendre ce nom dans la bouche de l'adjoint la glaça.

— Si vous réussissez à faire disparaître ce rapport, je serai heureuse de vous l'expliquer quand je vous verrai. Comme je l'ai dit, vous ne regretterez pas de m'avoir tirée de ce mauvais pas.

— Parlons-nous d'argent ? demanda-t-il doucement. Ou d'autre chose ?

— Des deux, répondit-elle, le cœur battant. Je sais me montrer assez... créative.

Il rit.

— À quelle heure dois-je venir vous chercher ?

— J'ai une meilleure idée. Pourquoi ne pas nous retrouver quelque part dans la montagne, ce soir, une fois mon service terminé ? Je connais un endroit où nous serons tranquilles.

Elle lui indiqua comment se rendre dans un coin discret qu'elle avait repéré, quelques jours plus tôt. Elle avait passé son temps libre à chercher le lieu idéal pour ce qu'elle avait en tête.

Dillon voulait se servir d'elle pour rendre Mary jalouse et se donner une chance de la faire revenir vers lui. Et à présent, il espérait sans doute la faire chanter aussi. Lucy connaissait bien ce genre de types. Lui, en revanche, ignorait à qui il avait affaire.

— Je finis tard, dit-elle. Minuit dans la montagne, cela vous irait ?

— Minuit, c'est parfait. J'ai hâte.

— Moi aussi.

L'adjoint ne se doutait pas qu'il faisait à présent partie du scénario qu'elle avait mis au point et dans lequel il allait tenir un rôle de premier plan.

16

Un peu plus tard dans la soirée, alors qu'elle se préparait pour son rendez-vous avec Dillon, Lucy se sentait tout excitée. Voilà trop longtemps qu'elle rongeait son frein en faisant semblant d'être quelqu'un qu'elle n'était pas.

Ce soir, elle aurait enfin la possibilité d'être de nouveau elle-même, de laisser Fiona réapparaître. Cette pensée lui redonna le moral et l'aida à patienter. Elle avait hâte que Dillon la rencontre, découvre son vrai visage.

En réalité, elle finissait son service à 22 heures mais elle avait besoin de temps pour tout organiser. Elle savait tout sur la médecine légale. Même si elle doutait que la police locale ait la capacité de prouver sa culpabilité, elle ne voulait prendre aucun risque. Amy, qui travaillait au café, l'avait vue parler à Dillon mais sa collègue n'avait aucune idée de la teneur de leurs échanges. Elle n'avait pas entendu l'adjoint lui proposer de sortir avec lui. Pour Amy, Dillon était un client lambda venu boire l'une des spécialités de l'établissement.

Et dans le cas où Amy aurait surpris des bribes de leur conversation, elle en aurait déduit qu'il demandait conseil à Lucy, rien de plus. De toute façon, aucune loi n'interdisait à Dillon de flirter avec une serveuse, pensa Lucy avec un sourire. Ce bref échange serait la seule connexion qu'elle aurait eue avec Dillon Ramsey.

Du moins, en apparence.

Elle se rendit au point de rendez-vous en voiture mais elle veilla à emprunter des chemins détournés, à s'arrêter à bonne distance et à dissimuler son véhicule derrière des arbres. Il n'avait pas plu depuis des semaines mais un orage était annoncé pour le lendemain, à l'aube. La pluie effacerait toutes les traces de pneus comme celles de ses pas. Elle portait une vieille paire de chaussures qui finirait dans la rivière. Et elle avait sous le bras une couverture qu'elle avait trouvée dans une benne au cours de la journée.

À vol d'oiseau, la distance qui lui restait à parcourir à pied n'était pas longue mais il lui fallut cheminer dans les bois, sur un sentier jonché de rochers. La lune et les étoiles ne l'éclairaient guère. La pinède était si dense qu'il y faisait noir comme dans un four. Voilà pourquoi elle fut presque surprise de tomber soudain sur le camion de Dillon. Elle ne l'avait pas vu de loin.

Comme elle s'en approchait, elle entendit des notes d'une musique country s'échapper de l'habitacle. Dillon avait poussé à fond la chaîne stéréo de son camion et tambourinait son volant en rythme. Il jetait de fréquents coups d'œil à sa montre. À en juger par son expression, il commençait à s'impatienter et à se demander si elle lui avait posé un lapin.

Quand elle tapa sur sa vitre, il sursauta. Sa surprise laissa vite place au soulagement. Il lui fit signe de faire le tour pour grimper côté passager.

Mais elle secoua la tête et lui cria de sortir la rejoindre.

Lorsqu'il descendit sa vitre, une bouffée de lotion de rasage bon marché chatouilla les narines de Lucy.

— Il fait plus chaud à l'intérieur, dit-il.

— Vous n'aurez pas froid, ne vous inquiétez pas, assura-t-elle.

Dillon hésita un instant mais finit par remonter la vitre, couper le moteur et bondir de l'habitacle.

Avant de venir, Lucy avait longuement réfléchi à la meilleure façon de mener l'affaire. Dillon avait une bonne raison de lui demander de sortir avec lui. Elle en avait une encore meilleure pour avoir accepté.

Les rivalités qui opposaient Dillon et Chase étaient de notoriété publique. Tout le monde savait que les deux hommes ne pouvaient pas se supporter. Dans ce contexte, qui serait le premier suspect du shérif s'il arrivait malheur à l'adjoint ?

Elle étendit la couverture qu'elle avait apportée sur le lit d'aiguilles de pins et s'y assit. Aussitôt, Dillon se précipita sur elle pour la prendre dans ses bras. Son comportement ne présageait rien de bon.

Les hommes pressés font les pires amants, songea-t-elle.

— Pas si vite, chéri, dit-elle en lui filant entre les mains. Pourquoi ne pas te déshabiller pendant que je me prépare pour toi ? Tourne-toi. Je veux être une surprise.

Il réagit avec l'enthousiasme d'un taureau mené à l'abattoir.

— Dépêche-toi alors car il fait froid, ce soir, grogna-t-il.

Il commença à enlever ses vêtements.

Elle avait apporté son couteau mais quand elle s'aperçut qu'il en avait un, elle changea ses plans pour s'adapter à la nouvelle donne.

Dès qu'il eut retiré ses bottes et son pantalon, elle s'avança par-derrière et, d'un geste vif, saisit l'arme. Sans lui laisser le temps de comprendre ce qui lui arrivait, elle le saisit par les cheveux et lui trancha la gorge d'une oreille à l'autre. Elle fut si rapide qu'il n'eut pas la possibilité de se défendre. Avec un horrible gargouillement, il tomba sur le côté.

Elle l'observa quelques instants. Maintenant, il ne lui restait plus qu'à espérer qu'il avait tenu parole et détruit le rapport sur les empreintes digitales. Son seul petit regret était de ne pas avoir vu la surprise sur son visage au moment fatal.

Elle essuya le couteau pour effacer ses empreintes et s'éloigna, veillant à remuer les aiguilles de pins derrière elle à l'aide d'un bâton pour effacer ses traces de pas. Parvenue à la rivière qu'elle devait traverser pour rejoindre sa voiture, elle s'y lava avec soin pour retirer le sang de Dillon. Elle avait fait attention à mettre une chemise à manches courtes et ses vêtements n'étaient donc pas tachés.

L'eau glacée lui paralysa les mains et les pieds quand elle retira ses tennis pour les laisser couler vers le fond. Elle frissonnait de froid en s'installant au volant mais elle était satisfaite. Personne ne trouverait le moindre indice prouvant qu'elle se trouvait sur les lieux du meurtre.

Au moment où Mary aperçut le visage de son père, elle sut que quelque chose de terrible était survenu. Était-il arrivé malheur à sa mère ? À l'un de ses frères ? À un autre membre de la famille ? À Chase ?

Livide, elle se leva tandis qu'il entrait dans son bureau, son stetson à la main.

— Que se passe-t-il, dit-elle, le souffle court.

Son père avait ce regard sombre qu'il avait chaque fois qu'il avait de mauvaises nouvelles à annoncer.

— Il s'agit de Dillon Ramsey.

Décontenancée, elle fronça les sourcils.

— Dillon ? répéta-t-elle, pensant avoir mal entendu.

— Tu n'étais pas avec lui, hier soir, n'est-ce pas ?

— Non. Pourquoi ?

— Son cadavre a été retrouvé, ce matin.

Aussitôt, elle imagina qu'il avait été victime d'un accident de la route. La deux-voies du canyon Gallatin était l'une des plus dangereuses de l'État avec tous ses virages en épingle à cheveux.

— Il a été assassiné. Il gisait près de son camion dans la montagne, au-dessus de Goose Creek.

Elle le dévisagea sans comprendre.

— Comment ça ?

Hud hésita un instant mais il savait que, tôt ou tard, les détails sortiraient dans la presse et il préférait qu'elle les apprenne de sa bouche.

— Il était à moitié nu, étendu sur une couverture. Et il avait la gorge tranchée.

Bouleversée, Mary se mit à trembler.

— Pourquoi quelqu'un aurait-il voulu le tuer ?

— C'est ce que je dois découvrir. Je cherche un de ses amis, Grady Birch. Tu le connais ?

Mary secoua la tête.

— Je n'ai rencontré aucun de ses amis.

Son père se gratta la nuque, visiblement ennuyé.

— J'ai appris que Dillon et Chase avaient eu un différend et qu'ils en étaient venus aux mains.

— Tu ne penses quand même pas que Chase… Tu as tort de le soupçonner. Chase n'appréciait pas Dillon, il ne lui faisait pas confiance. Mais toi non plus.

— J'avais une bonne raison de me méfier de lui. Dillon était impliqué dans les vols de bétail avec la complicité de Grady Birch.

Mary dut se rasseoir. Cette histoire la rendait malade.

— J'avais rompu avec Dillon, papa. Je n'avais pas l'intention de le revoir. Pour m'ennuyer, il m'avait dit qu'il demanderait à l'une de mes locataires de sortir avec lui. Mais Chase n'a rien à voir avec tout ça.

Le shérif se dirigea vers la porte.

— Je voulais juste que tu en entendes parler par moi plutôt que par la rumeur publique.

Elle hocha la tête et le regarda partir. Dillon était mort. *Assassiné*, songea-t-elle en frissonnant.

Plus tard dans la matinée, le cadavre de Grady Birch fut découvert par un pêcheur dans les rochers près de Beckman's Flat. Visiblement, son corps avait séjourné plusieurs jours dans l'eau.

Les mâchoires serrées, Hud regarda le coroner mettre le deuxième cadavre dans un sac mortuaire. Dillon était mort. Grady était mort depuis plus longtemps encore. Que se passait-il à Big Sky ?

Il aurait mis sa main au feu que les deux hommes étaient les seuls impliqués dans les vols de bétail dont étaient victimes les ranchs de la région. Mais peut-être avait-il tort. Peut-être y avait-il un troisième larron dans la bande qui n'avait pas voulu partager le gâteau. Il avait envoyé une équipe de la police scientifique au chalet pour relever les empreintes. Mais quelque chose ne collait pas. En général, les tueurs avaient tendance à être fidèles à leur mode opératoire, ils n'étaient pas du genre à improviser. Noyer quelqu'un et l'égorger n'avaient rien à voir. La noyade avait été mise en scène pour ressembler à un accident mais l'autopsie avait formellement conclu à un meurtre.

— Je passerai vous voir plus tard, dit-il au coroner avant de regagner son SUV de patrouille.

Il avait besoin d'interroger quelqu'un.

Il trouva Chase au ranch Jensen, en train de réparer des clôtures. La plupart d'entre elles étaient très abîmées et Sherman avait sans doute été ravi de l'embaucher. Chase était un bon menuisier, contrairement au fils de Sherman.

Chase leva les yeux quand Hud arriva à sa hauteur. Il posa l'outil qu'il utilisait pour étirer le fil barbelé et retira ses gants. Puis il se pencha vers la vitre ouverte.

— Bonjour, shérif. Avez-vous les résultats des analyses d'empreintes de la tasse ? demanda-t-il.

Hud secoua la tête. D'autres enquêtes plus brûlantes l'occupaient mais à la première occasion, il demanderait ses conclusions au laboratoire criminel. Du coin de l'œil, il étudia l'homme dont sa fille était amoureuse depuis des années. Ici, en pleine nature, Chase était dans son élément. Il avait l'air fort et capable. Hud le considérait comme un fils depuis longtemps. À vingt-huit ans, Chase n'était plus l'adolescent bouillonnant d'autrefois. Hud se rendit compte qu'il était devenu un homme.

Chase lui sourit.

— Si vous êtes venu me demander quelles sont mes intentions envers votre fille...

Hud lui rendit son sourire.

— Même si ce n'est pas la raison de ma venue, j'aimerais bien les connaître, oui.

Chase repoussa son stetson en arrière.

— Je vais l'épouser. Avec votre permission, bien sûr.

Hud s'efforça de ne pas éclater de rire.

— Bien sûr. Cela fait plaisir à entendre. Mais je suis ici à propos d'autre chose. Quand as-tu vu Dillon Ramsey pour la dernière fois ?

Chase grimaça.

— Il a cru que j'étais passé à votre bureau, l'autre jour, à cause de lui, c'est ça ? Pour me plaindre de sa violence ? Il vous a donné sa version des faits ?

— En fait, non. Mais j'ai entendu parler de votre bagarre. À ce que j'ai compris, si Mary ne vous avait pas séparés, vous vous seriez entretués.

— Seul Dillon avait un poignard caché dans sa botte, répliqua Chase. Je me battais avec mes poings. Contrairement à lui, je n'étais pas armé.

Hud hocha la tête. Chase avait donc vu le couteau de l'adjoint, le couteau avec lequel Dillon avait été tué.

— Le problème entre vous n'a donc pas été réglé.

Chase ne chercha pas à le nier.

— Je ne sens pas ce type. J'ai vu comment il se comportait avec Mary, c'est insupportable. Que vous a-t-il dit ?

— Pas grand-chose. Quelqu'un lui a tranché la gorge, cette nuit.

Sidéré, Chase en resta bouche bée.

— Où as-tu passé la nuit ? reprit le shérif.

— Ici, au ranch.

— Et quelqu'un peut le confirmer ?

— Vous ne croyez quand même pas que je...

— Quelqu'un peut-il confirmer où tu étais cette nuit ? répéta Hud.

Chase secoua la tête.

— Non, je ne pense pas. Mais n'avez-vous pas la possibilité de retracer mes allées et venues via mon smartphone ou quelque chose ? Et surtout, vous me connaissez, shérif. Si j'avais revu Dillon après notre petite explication, je lui aurais sans doute cassé la figure. Mais me servir d'un couteau ? L'égorger ?

Il secoua la tête.

— Dillon l'aurait fait. Pas moi.

Hud avait tendance à le croire. Mais s'il connaissait Dillon, il n'avait pas revu Chase depuis des années. Les gens pouvaient changer.

— Tu n'as pas l'intention de quitter la ville, j'espère ?

— En fait, si, répondit Chase en gémissant. Un poste de

menuisier m'attend sur un chantier à Paradise Valley. Je suis censé commencer demain. Si je vous donne le nom de mon employeur, me permettrez-vous d'y aller ? Laisser une opportunité pareille m'échapper m'ennuierait beaucoup.

Hud l'étudia un moment.

— Appelle-moi et donne-moi le nom de ton employeur. Je compte sur toi pour ne pas prendre le large, pas vrai ?

Chase sourit.

— Il n'est pas question pour moi de m'éloigner d'ici. Comme je vous l'ai dit, je vais épouser votre fille et m'installer pour de bon dans le coin.

Hud ne put s'empêcher de sourire.

— Et Mary le sait ?

Chase se mit à rire.

— Elle connaît mes intentions mais elle n'a pas encore dit oui.

Après le départ du shérif, Chase composa le numéro de Mary.

— Mary ? Tu vas bien ? Je viens d'apprendre le meurtre de l'adjoint. Je suis vraiment désolé.

— Dillon et moi avions rompu mais je n'arrive toujours pas à y croire. Qui a bien pu le tuer ?

— En tout cas, ton père me considère comme un suspect.

— Quoi ? Ce n'est pas sérieux.

— Il a entendu parler de la bagarre entre Dillon et moi devant ton immeuble, dit Chase. Peut-être par toi.

— Non, je ne lui en ai pas soufflé mot. Il ne pense pas vraiment que tu as pu tuer qui que ce soit, j'en suis sûre.

Chase resta un moment silencieux.

— D'après Beth Anne et les potins, Dillon se trouvait avec une femme dans les bois. De qui s'agit-il, à ton avis ?

Elle pensa à Lucy mais repoussa rapidement cette hypothèse. Certes, Dillon avait dit qu'il allait lui proposer de sortir avec lui mais sans doute ne parlait-il pas sérieusement.

— Dans ce contexte, reprit Chase, je comprendrais que tu

n'aies pas envie de venir avec moi pour voir le prochain J.M. de ma liste.

— Non, non, cela ne change rien. Je t'accompagne comme prévu. De toute façon, je risque d'avoir du mal à travailler. Je suis encore sous le choc. Et je sais à quel point trouver ton père est important pour toi. Tu passes me chercher ?

— Je prends une douche vite fait et j'arrive.

— Tu as interrogé Chase à propos du meurtre de Dillon ? lança Mary à son père dès qu'il prit l'appel. Ne me dis pas que tu le soupçonnes de meurtre ?

Il fit un bruit impatient.

— Je suis shérif et je mène l'enquête. Je m'intéresse évidemment aux gens qui étaient en conflit avec Dillon Ramsey.

— Chase n'est pas un tueur, dit-elle avec indignation.

— C'est un homme, et la femme dont il est amoureux sortait avec un autre qui est maintenant mort. En outre, il a eu une altercation avec la victime, moins de quarante-huit heures avant son assassinat. Excuse-moi de lui poser des questions.

— Qui t'a mis au courant de cette bagarre ?

— Un appel anonyme.

De nouveau, elle pensa à Lucy. Non, Lucy ne ferait pas ça. Quelqu'un d'autre avait sans doute été témoin de la scène, ce soir-là.

— Ce n'est pas lui, dit-elle d'un ton catégorique.

— En fait, je ne crois pas non plus qu'il soit coupable, répondit son père. Je viens de recevoir le rapport du coroner. Le tueur était droitier. J'ai remarqué que Chase était gaucher.

Mary poussa un soupir de soulagement. Elle savait Chase innocent mais elle avait eu peur qu'il devienne un suspect à cause de cette rixe.

Comme elle levait les yeux, elle vit Lucy qui traversait la rue pour se rendre à son travail. La jeune serveuse se retourna et lui fit un signe de la main avant de revenir sur ses pas. Elle entrebâilla la porte du bureau et y glissa la tête.

— Ça va, Mary ? Je viens d'apprendre la mort tragique de l'adjoint avec qui tu sortais… et avec qui ton cow-boy s'était battu, l'autre soir.

— Je sais, c'est terrible, non ?

— Penses-tu que Chase…

Mary secoua la tête.

— Mon père l'a déjà interrogé. Ce n'est pas lui qui l'a tué.

Lucy leva un sourcil surpris.

— Pourtant, il était vraiment en colère contre lui.

— C'est certain, mais la police scientifique a prouvé qu'il ne pouvait pas être coupable. D'ailleurs, Chase est incapable de tuer quelqu'un.

Lucy ne semblait pas convaincue.

— Tout le monde est capable du pire. Il suffit que les bonnes conditions soient réunies.

— Tu veux dire les mauvaises, répliqua Mary.

La conversation la mettait mal à l'aise. Elle n'avait plus envie de savoir comment Dillon était mort ou qui avait pu l'assassiner.

— Oui, dit Lucy en riant.

— Tu es sortie avec Dillon ? demanda Mary.

— Sortir avec Dillon ? répéta Lucy en éclatant de rire. Tu plaisantes ! Cet adjoint n'était vraiment pas mon genre. Pourquoi cette question ?

— Il m'avait dit qu'il te le proposerait. Je me disais que peut-être…

— Il essayait seulement de te rendre jalouse. Tu n'imagines quand même pas que je suis celle avec qui il a couché dans les bois ?

— Nous ignorons ce qui s'est passé.

— Tout le monde en ville raconte que l'adjoint avait donné rendez-vous à une femme. Voilà pourquoi je t'ai interrogée sur Chase. Si ton cow-boy t'avait trouvée sur cette couverture avec l'adjoint…

— C'est ridicule. En tout cas, ce n'était pas moi.

— Mais peut-être que dans le noir… Chase s'est trompé et a cru te reconnaître.

— Chase est incapable de faire du mal à qui que ce soit, je le connais.

— En tout cas, je suis étonnée que tu aies cru que j'avais pu coucher avec Dillon dans les bois.

Mais apparemment, elle trouvait normal de considérer Chase comme le meurtrier.

— Viens-tu prendre ton Frappuccino habituel au café ? poursuivit Lucy. Je te le prépare pour qu'il soit prêt à ton arrivée.

— Non, en fait. J'ai une course à faire, ce matin.

Lucy fronça les sourcils mais sourit.

— Eh bien, passe une bonne journée. Peut-être à plus tard.

Par la fenêtre, Mary la vit hésiter, comme si elle voulait rajouter quelque chose avant d'y renoncer. Elle traversa la rue et parut accélérer le pas en voyant la voiture de Chase arriver.

Mary se dépêcha de verrouiller la porte de son bureau puis courut le rejoindre.

Comme elle grimpait dans son pick-up, il lui sourit.

— Ça va ? J'ai vu Lucy te parler alors que je remontais la rue.

— Rien d'important.

— Alors, allons-y et finissons-en. Je ne mesurais pas à quel point ces recherches seraient épuisantes, dit Chase.

— Qui est le suivant ?

— Jason Morrison.

Morrison était avocat. Son bureau se trouvait dans le quartier de Mary. Ils avaient pris rendez-vous et ils arrivèrent un peu avant l'heure.

Grand et mince, Jason était bâti comme un athlète. Il passait beaucoup de temps sur les pistes ou en VTT, et à cinquante-cinq ans, il semblait en pleine forme. Il était plutôt bel homme avec ses cheveux poivre et sel et ses yeux bleus. Lorsque sa secrétaire lui rappela que son rendez-vous de 11 heures attendait, il lui demanda de le faire patienter.

Il se leva pour les accueillir et les faire entrer dans son bureau.

Mary le regarda serrer la main de Chase un peu trop longtemps, les yeux rivés sur son visage.

Jason avait-il remarqué chez Chase quelque chose qu'il reconnaissait ? En était-il troublé ?

— Asseyez-vous, dit l'avocat, en s'installant derrière sa table de travail. Que puis-je faire pour vous ?

— Nous nous renseignons sur une femme nommée Muriel Steele, dit Mary. Peut-être l'avez-vous connue, il y a vingt-cinq ou trente ans.

Jason se cala dans son fauteuil et les observa tour à tour.

— Muriel... Cela fait si longtemps... Oui, je la connaissais. Pourquoi cette question ? ajouta-t-il en fronçant les sourcils.

— Je suis son fils, répondit Chase.

L'avocat se tourna vers lui.

— Quelque chose en vous me semblait familier lorsque nous nous sommes serré la main. Peut-être les yeux. Votre mère avait les plus beaux yeux du monde.

Alors que Chase commençait à se lever, les poings serrés, Mary posa une main sur sa cuisse pour le calmer.

— Chase cherche son père.

— Son père ?

— Quand ma mère a quitté Big Sky, elle était enceinte de moi. Mais je suppose que vous le saviez déjà, asséna Chase.

Jason fronça les sourcils.

— Je n'en avais pas la moindre idée. Attendez. Vous pensez que c'est moi qui... J'ai connu votre mère, oui, mais j'étais déjà marié à ce moment-là. Linda était enceinte de notre fille Becky.

— Ma mère a laissé un journal intime, poursuivit Chase.

— Elle n'a pas pu dire qu'il s'agissait de moi ! Je suis désolé, mais je ne suis pas votre père.

— Elle n'a pas écrit le nom de son amant, dit Chase. Juste ses initiales. J.M. La coïncidence est énorme : vous la connaissiez et vos nom et prénom correspondent à ces initiales. Avouez que c'est bizarre.

Une expression de tristesse se peignit sur le visage de l'avocat.

— Peut-être, mais ce n'est pas moi.

— Alors, accepteriez-vous de vous soumettre à un test ADN ? demanda Mary.

— Je suis avocat. Je suis donc bien placé pour vous dire qu'un test ADN ne suffit pas à prouver quoi que ce soit aux yeux de la loi.

— Vous refusez ? demanda Chase en se levant.

Jason poussa un gros soupir.

— Non, j'accepte de pratiquer un test de paternité si cela peut vous aider, d'accord ? Mais je connais déjà le résultat. Je suppose que vous avez d'autres J.M. à voir ?

— En fait, le dernier est l'un de vos amis, dit Mary. Jonathan Mason.

Jason parut hésiter à ajouter quelque chose puis il se ravisa.

— Je suis de tout cœur avec vous. Mais votre mère avait peut-être de bonnes raisons de ne pas vous révéler qui était votre père.

— Autres que le désir de le protéger ? lança Chase.

Jason soupira de nouveau.

— J'aimerais pouvoir vous aider, vraiment. Mais après tout ce temps…

— Vous croyez que je devrais laisser tomber ? rugit Chase d'un ton menaçant.

Jason leva les mains en signe de reddition.

— Je devine votre frustration.

— Ce n'est pas de la frustration mais de la colère. L'homme qui a séduit ma mère lui a brisé le cœur et l'a laissée se débrouiller seule pour m'élever. Elle n'avait que dix-sept ans lorsqu'elle est tombée enceinte, elle n'avait pas fait d'études et sa vie durant, elle a dû accepter des emplois subalternes. Alors, oui, je suis furieux contre ce type.

— Pourquoi le chercher ? À quoi cela servira-t-il ? demanda l'avocat.

— Je veux le regarder dans les yeux et lui dire ce que je pense de lui, dit Chase.

Mary se leva et l'avocat fit de même.

— Nous reviendrons pour ce test ADN, dit-elle.

Jason hocha la tête, l'air malheureux. Il tourna les yeux vers Chase et son expression se radoucit.

— J'aimais beaucoup votre mère mais je n'étais pas son amant.

— Nous verrons bien, dit Chase en partant.

— C'est lui, dit Chase en quittant le bureau de l'avocat.

Son cœur battait la chamade. Il repensait aux propos de Jason.

— C'est lui, j'en suis sûr, répéta-t-il.

— Je ne sais pas.

— Il a admis qu'il la connaissait. Et tu as vu la façon dont il me regardait ? Il m'a reconnu au moment où il m'a serré la main.

— Mais il ne l'a pas dit, fit remarquer Mary.

— Il est avocat. Il est trop intelligent pour dire quoi que ce soit de compromettant.

— Il a précisé qu'il l'aimait beaucoup. Rien ne l'y forçait. Chase, je pense qu'il dit la vérité.

Il s'arrêta pour pousser un profond soupir. Il enleva son stetson, se passa la main dans les cheveux et tenta de se calmer.

— Je ne sais pas pourquoi je m'impose cette épreuve. J'ai vingt-huit ans. Il a raison. Qu'ai-je à gagner avec ces recherches ?

— Un père.

Il laissa échapper un éclat de rire.

— Je n'ai pas besoin d'un père.

— Nous avons tous besoin d'une famille.

Il secoua la tête.

— Quand je l'aurai identifié, je n'ai pas l'intention de lui sauter au cou mais de lui casser la figure.

Des bruits de pas derrière eux les poussèrent à se retourner. Jason se hâtait vers sa voiture.

— Où va-t-il si vite ? dit Mary en le regardant s'installer au volant, démarrer et s'éloigner sur les chapeaux de roues. Et son rendez-vous de 11 heures ? Apparemment, il a plus urgent à faire. Nous devrions le suivre.

Chase hocha la tête.

— Tu as raison. C'est étrange qu'il parte tout de suite après nous avoir parlé, alors que des clients l'attendent. Allons-y.

Ils grimpèrent dans son camion et suivirent Jason de loin.

— Où se rend-il, à ton avis ?

— Bonne question. Peut-être chez lui pour parler à sa femme.

Mary secoua la tête.

— Il n'habite pas par là.

— Et s'il allait avertir Jonathan Mason ?

— C'est possible. Jonathan vit dans la montagne.

Derrière l'avocat, Chase se dirigea vers Lone Peak.

— Peut-être va-t-il déjeuner, suggéra-t-il.

— Peut-être.

Après quelques kilomètres, l'avocat s'engagea sur le parking de l'Alpine Bar. Il se gara et entra dans l'établissement.

Chase s'arrêta un peu plus loin.

— Il a rendez-vous avec quelqu'un, dit-il.

Elle acquiesça.

— Laissons-lui un instant avant de le suivre à l'intérieur.

Chase se gara sur le parking à côté de la voiture de l'avocat. Il n'y avait que trois véhicules devant le bar. Pendant la saison de ski, l'endroit aurait été plein à craquer.

— Reconnais-tu l'une de ces voitures ?

Elle secoua la tête.

— Non aucune.

— Au fait, je ne sais pas si je t'ai remerciée de faire tout ça pour moi ? J'apprécie vraiment, Mary.

Elle lui sourit.

— Tu m'as déjà remerciée. Je suis heureuse de pouvoir t'aider. Mais Chase...

— Je sais. Je dois essayer de ne pas me mettre en colère.

— Je ne veux pas être obligée d'aller te voir en prison, dit-elle sans se départir de son sourire.

— Mais tu le ferais, tu viendrais m'apporter des oranges, n'est-ce pas ?

Il tendit la main et caressa sa joue, le regard soudé au sien.

— Je ne t'ai jamais autant aimée, Mary Cardwell Savage. Épouse-moi quand tout sera fini.

Elle rit sans répondre.

— Je ne plaisante pas. Que faut-il pour que tu comprennes que tu es folle de moi ? Je veux que tu deviennes Mme Chase Steele. Nous aurons le grand mariage dont rêve ta mère. Mais je pensais...

— Plus tard. Allons-y, dit-elle.

Il la rattrapa et, lui saisissant le bras, la tira pour l'obliger à lui faire face.

— J'étais sérieux en te demandant de m'épouser.

Dès qu'il poussa la porte, ils furent accueillis par une musique country émanant du juke-box. Chase reconnut une chanson qui lui plaisait et regretta de ne pas être venu avec Mary pour danser – et non pour retrouver son géniteur.

Il repéra Jason en train de parler au barman. Bientôt, un homme entra par la porte arrière. Il fit signe à l'avocat de le suivre et tous deux s'installèrent à l'une des tables au fond de la salle.

— Connais-tu ce type ? demanda Chase à Mary.

— C'est Jim Harris, dit Mary. Attends. Je pense à un truc. Et si les initiales J.M. étaient le diminutif de Jim ? Jim Harris est propriétaire de ce bar. Lui et sa femme vivent dans une maison derrière l'établissement.

Chase regarda l'homme que Jason avait rejoint. Blond, les yeux bleus, la cinquantaine. Troublé, il eut l'impression de se voir lui-même avec trente ans de plus. Jim Harris avait la même forme de nez, de front, la même bouche que lui. Et la même façon de se caresser la mâchoire en écoutant son interlocuteur. Ces similitudes étaient presque effrayantes.

Chase prit conscience qu'il restait planté à l'observer fixement quand Jim Harris leva les yeux vers lui. Leurs regards se croisèrent.

Et Jim Harris se pétrifia.

17

Sonné, Chase eut soudain l'impression d'avoir pris un grand coup sur la tête. Il ne parvenait plus à respirer. Il se retrouva à l'extérieur du bar sans comprendre comment il en était sorti. Le souffle court, il s'adossa au mur avant de se plier en deux. Mary était à ses côtés.

La porte du bar s'ouvrit derrière lui. Chase inspira un grand coup, se redressa et se retourna. Il mesurait une bonne tête de plus que Jim Harris mais pour le reste, il lui ressemblait de façon frappante.

Tous deux se dévisagèrent un long moment avec intensité.

— Je ne savais pas, balbutia Jim d'une voix brisée. Muriel ne m'avait rien dit.

— Vous ignoriez que vous aviez un fils ? demanda Chase, surpris d'être capable de parler.

— Je n'ai même jamais su qu'elle attendait un enfant.

Jim se laissa tomber sur les marches du bar et prit sa tête entre les mains.

— Quand Jason m'a téléphoné pour m'avertir, je... je refusais de le croire. Mais maintenant que je vous vois, dit-il en relevant le nez. Je n'en reviens pas...

— Comment se fait-il que vous n'ayez pas été au courant ? demanda Mary.

Bouleversé, Chase avait presque oublié sa présence.

— Muriel ne m'a jamais parlé de sa grossesse, répondit Jim.

— Et à l'époque, vous ne vous êtes pas demandé pourquoi

elle est partie, pourquoi elle a brusquement quitté la région ? répliqua Chase, la voix cassée.

Il retrouvait sa force. Et sa colère.

— Je savais pourquoi Muriel était partie, répondit Jim en le regardant en face. Lorsque j'ai fait la connaissance de votre mère, j'étais séparé de ma femme. Muriel et moi sommes tombés fous amoureux l'un de l'autre et j'ai entamé une procédure de divorce pour pouvoir l'épouser. Mais à ce moment-là…

Il détourna la tête.

— Ma femme a été victime d'un grave accident de voiture. Elle a failli mourir.

— Et vous avez décidé de ne pas la quitter, dit Chase, hochant la tête comme s'il ressentait la douleur de sa mère.

Jeune et naïve, Muriel avait fait l'erreur de tomber amoureuse d'un homme marié, incapable de tenir ses belles promesses. Elle avait cru à cet amour et quand elle avait compris qu'elle n'avait rien à attendre de lui, il était trop tard. Elle était enceinte. Voilà pourquoi elle ne lui avait pas parlé de sa grossesse. Pourquoi lui dire qu'elle portait leur enfant alors qu'il avait choisi de rester avec son épouse ?

Derrière Jim, la porte du bar s'ouvrit une nouvelle fois et Chase vit apparaître une femme en fauteuil roulant. Ses cheveux grisonnants encadraient son visage. Pendant un long moment, elle l'observa fixement sans un mot avant de manœuvrer pour repartir en arrière, laissant la porte se refermer derrière elle.

Chase reporta son attention sur son père, dont les yeux étaient rivés sur lui.

Ce dernier poussa un gros soupir.

— Elle est en fauteuil roulant depuis le drame. À l'époque, je m'en suis beaucoup voulu parce qu'elle avait eu cet accident après une dispute à propos du bar. Ce maudit bar, répéta-t-il d'un air dégoûté. Nous avions tous les deux envie de divorcer, ce n'était pas le problème. Mais nous nous déchirions à propos de l'établissement. Je voulais le garder. Elle souhaitait le vendre et empocher la moitié de l'argent. Si j'avais cédé, si j'avais accepté, rien de tout ça ne serait arrivé…

Accablé, il secoua la tête.

— J'aimais votre mère, je rêvais de refaire ma vie avec elle. Muriel était l'amour de ma vie. Si j'avais su qu'elle était enceinte...

— Mais après avoir appris l'accident de votre femme, elle a préféré ne pas vous en parler, dit Chase plus pour lui-même que pour son père.

Jim opina tristement.

— Si j'avais su où elle était partie...

Il ne termina pas sa phrase parce qu'il ignorait de toute évidence ce qu'il aurait fait.

Chase prit conscience que, lorsqu'il était adolescent, il avait vécu tout près de son père, à une dizaine de kilomètres à peine à vol d'oiseau. Quand il avait quinze ans, il était venu vivre et travailler au Cardwell Ranch. Son père n'était pas loin mais leurs chemins n'avaient aucune raison de se croiser et le destin n'avait pas voulu qu'ils se rencontrent de façon fortuite. Le bar de son père était situé dans la montagne, dans la station de sports d'hiver, alors que Chase habitait la vallée.

En le regardant, il comprit que, comme sa mère, son père avait payé cher leurs quelques mois de bonheur amoureux. Jim Harris resta un moment tête basse, visiblement perdu dans ses pensées. Il avait tout d'un homme brisé.

— Je suis désolé que vous n'ayez pas eu un meilleur père que moi.

Sur ces mots, il se leva et rentra à l'intérieur.

Chase sentit Mary lui toucher l'épaule.

— Je vais conduire, dit-elle en lui prenant ses clés des mains.

Quelques heures plus tard, Mary et Chase dormaient, enlacés dans les bras l'un de l'autre. De retour chez Mary, ils avaient parlé jusqu'au petit jour. Épuisés, ils avaient fini par s'écrouler sur son lit.

Chase avait retrouvé son père. Ce dernier n'avait pas le profil auquel il s'attendait. Chase avait toujours cru qu'il casserait la figure de celui qui avait abandonné sa mère autrefois, alors qu'elle était enceinte. Mais il n'avait eu aucune envie de frapper Jim Harris. Cet homme lui ressemblait. Lui aussi avait commis des erreurs dans le domaine amoureux mais il n'en était pas pour autant un salaud.

Mary lui avait raconté ce qu'elle savait de Jim et de sa femme, Cheryl. Ils s'étaient mariés très jeunes parce qu'elle était enceinte. Mais elle avait perdu le bébé et par la suite, elle n'avait jamais pu en avoir un autre. Leur mariage avait vite battu de l'aile. Leur vie conjugale n'avait jamais été heureuse.

— Jim a dit qu'ils étaient séparés quand il a rencontré ta mère mais jusqu'au divorce, ils devaient sans doute rester discrets, se cacher. Muriel vivait à Meadow Village et lui dans la montagne, derrière le bar.

Mary avait appelé sa mère pour lui demander ce qu'elle savait à propos de Jim et Cheryl. Dana s'était souvenue que Cheryl était restée plusieurs mois chez sa sœur à Gateway, près de Bozeman, après son accident.

— Et personne n'était au courant de la relation secrète qu'entretenait Jim avec ma mère, dit Chase.

— Apparemment, non. Sans doute se doutaient-ils qu'une histoire d'adultère aurait compliqué le divorce, d'autant plus que le bar était déjà une source de conflits.

Comme il se faisait tard, elle lui avait suggéré d'aller se coucher.

— Mary, je...

— Pas pour faire l'amour, Chase. Nous avons trop sommeil. Mais mieux vaut que tu dormes quelques heures avant de prendre le volant. Après tout ce que tu as traversé aujourd'hui, tu dois être épuisé. Il serait dangereux de conduire sans t'être un peu reposé. En outre, le soleil va se lever et tu devras partir tôt demain pour rencontrer ton nouvel employeur.

Alors qu'ils s'allongeaient dans le lit, Chase avait dit :

— Je ne veux pas être comme mon père, un lâche, un homme qui n'a pas écouté son cœur.

— Tu n'es pas comme lui.

— Je l'ai été. J'avais peur. J'aurais dû rester dans le Montana et me battre pour te garder. Au lieu de quoi, je suis parti, j'ai fui. J'ai été si malheureux loin de toi, Mary. Tu me manquais terriblement, le Montana aussi. Je pensais ne pas être assez bien pour une femme comme toi. Je ne suis toujours pas sûr de l'être.

Couchée dans son lit, Lucy écoutait les bruits émanant de l'étage du dessus. Elle n'avait pas fermé l'œil depuis que Mary était rentrée chez elle avec Chase. Elle les avait entendus monter, se déplacer, parler sans réussir à capter la teneur de leurs échanges. En revanche, elle avait parfaitement compris qu'ils se trouvaient à présent dans la chambre à coucher de Mary. Au-dessus de la sienne.

L'immeuble était bien insonorisé et elle ne pouvait entendre ce qu'ils faisaient. Mais ils étaient dans la chambre. Tous les deux. Il n'était pas difficile de deviner ce qu'ils fabriquaient et en prendre conscience la rendait folle de rage.

Incapable de dormir, elle se leva et se rendit dans le salon pour se servir un verre de whisky avant de s'allonger sur le canapé. Elle avait cru que Mary ne retomberait jamais dans les bras de Chase. Manifestement, elle s'était trompée et elle ne comprenait pas.

Comment Mary pouvait-elle faire confiance à un homme comme lui ?

En proie à une colère froide, Lucy but encore une bonne rasade d'alcool dans l'espoir de se calmer. Assommée, elle finit par s'assoupir sur le sofa.

Au petit matin, des mouvements au-dessus de sa tête la tirèrent du sommeil. Elle tendit l'oreille et identifia bientôt les bottes de Chase sur les marches de l'escalier, les petits pas de Mary derrière lui. Elle les écouta descendre. Elle eut bien du mal à réprimer le désir qui la tenaillait de se jeter sur eux pour leur crever les yeux. Mary était une imbécile.

Lucy entrouvrit la porte et les entendit parler d'un poste de menuisier que Chase avait accepté et qui l'obligeait à quitter la ville. Il partait ? Elle s'avança sur le palier, veillant à rester dans l'ombre. Ils s'étaient arrêtés au rez-de-chaussée.

— Cela m'ennuie de te laisser, dit-il. Mais je reviendrai tous les week-ends. Ce chantier m'obligera à rester au loin pendant quatre ou six semaines mais mon patron m'a assuré que par la suite, nous travaillerions à Big Sky ou dans ses environs. Je pourrai alors te retrouver tous les soirs. Si tu as envie de me voir...

Lucy n'entendit pas la réponse de Mary mais elle devina qu'elle le serrait dans ses bras et l'embrassait avec passion.

Elle sentit son sang bouillir.

— Tu feras attention à toi. Promis ? dit Chase.

— Je t'en prie, ne recommence pas.

Il semblait tendu et Lucy descendit sans bruit quelques marches pour mieux écouter.

— Je suis désolé mais quelque chose à propos de cette Lucy m'ennuie vraiment, dit-il. Ça ne te semble pas étrange que trois personnes soient mortes depuis son arrivée ?

— Tu ne crois pas sérieusement qu'elle a quelque chose à voir avec tout ça !

— Lucy a obtenu ce travail au café grâce à la mort de Christy Shores, la serveuse. Ensuite, elle a trouvé à se loger dans l'appartement que Christy devait te louer avant d'être assassinée... Ce sont de drôles de coïncidences, non ?

— Big Sky est une petite ville. Il n'est pas étrange que je vive en face du café et que j'y loue un appartement.

— Et tu m'as bien dit que Dillon voulait proposer à Lucy de sortir avec lui ?

— Oui, mais ce n'était pas une raison suffisante pour le tuer. Elle m'a dit qu'il ne lui avait rien demandé et que s'il l'avait fait, elle aurait refusé.

— Ces concours de circonstances me semblent trop énormes pour être dus au hasard. Ça fait peur.

— Ce qui me fait peur à moi, est qu'elle te rappelle une ex-petite amie.

— Fiona n'a jamais été ma petite amie. Mais Lucy me rappelle Fiona, c'est vrai. Et Fiona était prête à tout pour parvenir à ses fins.

— Arrête, Chase. Je ne veux plus t'entendre parler d'elle.

— D'accord mais promets-moi d'être prudente, c'est tout. Ne lui fais pas confiance. Promis ?

— Je te le promets. Je n'ai pas envie de me disputer avec toi juste avant que tu t'en ailles.

Lucy les entendit de nouveau s'embrasser.

— Je serai de retour vendredi soir. J'adorerais t'emmener dîner quelque part.

— Formidable.

Lucy se pressa contre le mur alors que la porte s'ouvrait et que la lumière du petit jour s'engouffrait dans l'escalier. Un long moment, elle resta pétrifiée, s'efforçant de recouvrer son souffle. Chase la soupçonnait d'être Fiona. Heureusement, jusqu'ici, il n'avait pas réussi à en convaincre Mary. Et surtout, le shérif ne recevrait pas les conclusions du laboratoire à propos des empreintes sur la tasse. Il ne saurait donc jamais qu'elle était Fiona Barkley. L'adjoint avait bien rempli sa mission. Elle se reprochait presque de l'avoir tué.

Mais bientôt, Mary commencerait à son tour à nourrir des soupçons. C'était évident.

Après l'avoir entendue entrer dans son bureau, Lucy retourna lentement chez elle. Elle avait envie de crier, de tout casser dans l'appartement pour évacuer sa fureur. Elle avait essayé d'être patiente mais plus elle côtoyait Mary, plus elle détestait la voir avec Chase.

Elle serra les poings. Mary lui avait dit qu'elle n'avait plus confiance en Chase. *Menteuse.* Cela dit, Chase était le seul coupable. Depuis son retour, il n'avait cessé de poursuivre Mary de ses assiduités. Et il avait réussi à se glisser dans son lit.

Il allait payer pour ses infidélités.

Lucy était venue à Big Sky avec l'intention de les tuer tous les deux. Certes, si Chase brisait le cœur de toutes les femmes qui croisaient sa route, Mary n'y était pour rien. Mais elle l'avait déçue en retombant amoureuse de Chase.

Cela n'a plus d'importance, pensa-t-elle.

Elle se rendit dans la cuisine, ouvrit un tiroir et en sortit le couteau qu'elle avait prévu d'utiliser pour tuer l'adjoint.

Il était temps de mettre un terme à cette histoire et de passer à autre chose. Et il n'y avait qu'un moyen d'en finir une bonne fois pour toutes.

— C'est mon jour de repos, annonça Lucy, quelques jours plus tard.

Elle sortait de son appartement au moment précis où Mary venait de quitter le sien et descendait l'escalier.

Confuse, Mary prit conscience que Lucy n'avait pas revêtu son uniforme de serveuse mais une tenue de cavalière. Depuis leur conversation à propos de Dillon et de Chase, elle s'efforçait d'éviter sa locataire et se le reprochait.

— Oh ! je suis désolée, dit Lucy d'un air gêné. Tu as oublié. Ce n'est pas grave.

Elle se retourna vers son appartement.

Mary essayait en vain de se souvenir si elles avaient fixé une date pour cette balade à cheval. Elle ne le pensait pas.

— Tu avais proposé de profiter de mon jour de repos pour cette sortie à cheval. Et je t'avais dit que je ne travaillais pas aujourd'hui. Ne t'inquiète pas, cela n'a aucune importance. Nous irons une autre fois, voilà tout.

— Non, non, répondit rapidement Mary. J'avais oublié, c'est vrai, mais je n'ai besoin que d'un instant pour me changer.

Elle songea au travail qui l'attendait mais décida qu'elle s'en occuperait cet après-midi ou même ce soir, s'il le fallait. Elle ne voulait pas décevoir Lucy.

Plus Chase lui répétait que Lucy lui rappelait cette horrible femme qu'il avait connue en Arizona, plus Mary avait envie de prendre sa défense.

Et pourtant, elle s'était éloignée de Lucy, s'interrogeant sur des petites choses. Par exemple, elles étaient devenues très vite proches alors qu'en général, Mary tenait à ce que ses locataires restent des locataires et non des amis. En réalité, malgré elle, l'obsession de Chase la poussait à prendre ses distances avec Lucy. Mary supportait mal que Lucy lui rappelle toujours Fiona.

Elle n'avait aucune envie de monter à cheval avec la jeune

serveuse. Mais elle lui avait proposé cette balade et elle détestait manquer à sa parole. Par la suite, elle l'éviterait, voilà tout.

Lucy battit des mains.

— Pendant ce temps, je vais courir nous chercher des cafés, dit-elle en souriant. Je suis vraiment contente. Cela fait si longtemps que je n'ai pas monté.

Mary se dépêcha de retourner chez elle pour enfiler un jean. Chase lui manquait. Il l'appelait tous les soirs et ils parlaient pendant des heures. Il n'évoquait jamais son père et elle non plus n'y faisait aucune allusion, mais Chase avait changé depuis qu'il avait découvert que Jim Harris était son père. Il semblait plus confiant, plus sûr de lui, plus décidé. Il lui répétait qu'il n'avait pas envie d'être comme son géniteur mais elle ignorait ce qu'il voulait dire exactement. Jim Harris était un homme malheureux qui avait pris de mauvaises décisions et qui avait fini par se retrouver entre le marteau et l'enclume. Elle se demandait si Chase lui pardonnerait un jour ses erreurs. Ou s'il l'avait déjà fait.

Lorsqu'elle redescendit, elle trouva Lucy assise à son bureau. Par la porte entrouverte, elle la vit feuilleter les papiers posés sur sa table de travail puis prendre le petit mot que Chase lui avait envoyé avec les marguerites pour le lire. Ce faisant, elle attrapa une des fleurs pour l'écraser entre ses doigts avant de la jeter par terre.

Sidérée, Mary avait du mal à en croire ses yeux. De quel droit, cette femme se permettait-elle de lire cette carte et de détruire l'une des marguerites ? Au-delà du sans-gêne, il était manifeste que Lucy éprouvait du ressentiment envers Chase. Était-elle jalouse ? Ne voulait-elle pas que Mary ait d'autres relations dans sa vie ?

Elle s'éclaircit la gorge et aussitôt, Lucy bondit sur ses pieds.

— Désolée, je me reposais un instant. Je suis debout toute la journée, ajouta-t-elle avec un sourire. Me laisser porter par un cheval va me faire du bien.

Hud avait trois meurtres, perpétrés à quelques semaines d'intervalle, sur les bras et aucun indice pour les résoudre.

Comme il se levait pour aller se préparer un café, il se souvint de la tasse que Chase avait apportée en lui demandant d'y relever les empreintes digitales.

Avec un juron, il se rappela qu'il l'avait confiée à Dillon et que ce dernier était mort sans avoir eu la possibilité de lui remettre les conclusions du laboratoire.

De retour dans son bureau, il appela ce dernier.

— La semaine dernière, l'un de mes adjoints vous a déposé une tasse pour un relevé d'empreintes. Je n'ai pas encore vu les résultats.

— En effet, j'ai l'ordre de mission sous les yeux, répondit le technicien qu'il eut en ligne. J'avais effectué moi-même ces analyses mais mon rapport n'est plus au dossier. Il a dû vous être transmis, non ?

— En tout cas, je ne l'ai pas reçu. À qui l'avez-vous donné ?

— À Dillon Ramsey, l'adjoint qui me l'a apporté. Il a demandé que je lui remette les résultats en mains propres. Ce que j'ai fait.

Hud jura.

— Par hasard, vous souvenez-vous si ces empreintes étaient...

— Les empreintes étaient fichées, oui, répondit le technicien. Accordez-moi un instant que je retrouve... Voilà. Ces empreintes sont celles d'une certaine Fiona Barkley.

Hud nota le nom et après avoir remercié son correspondant et raccroché, il chercha une correspondance dans les fichiers judiciaires via Internet. La police avait relevé les empreintes de cette Fiona Barkley chaque fois qu'elle l'avait interrogée. La première fois après l'incendie de son domicile alors qu'elle avait onze ans. Toute sa famille avait péri dans les flammes.

Le shérif secoua la tête en prenant conscience que la dénommée Fiona Barkley avait été arrêtée une dizaine de fois à la suite d'« accidents » dont avaient été victimes des hommes avec qui elle était sortie.

Où Chase avait-il trouvé cette tasse ?

Dans l'espoir d'obtenir des éclaircissements, il l'appela mais il tomba sur sa boîte vocale. Il ne laissa pas de message. Mary lui avait dit que Chase reviendrait à Big Sky vendredi soir. Hud lui poserait la question à ce moment-là.

Alors que Chase rentrait chez lui en fin d'après-midi, il remarqua que Rick avait cherché à le joindre à plusieurs reprises, lui demandant chaque fois de le rappeler. Fatigué par une longue journée de travail, il hésita à le faire. Il n'était pas sûr de rester éveillé assez longtemps pour pouvoir parler à Mary *et* à Rick. Et il préférait de loin s'entretenir avec Mary avant de s'endormir. Mais dans son dernier message, Rick insistait pour que Chase lui passe un coup de fil. Cela semblait important.

Le corps de Fiona avait sans doute été retrouvé, pensa Chase, et Rick voulait le lui annoncer. Mais pourquoi ne l'avait-il pas dit dans son message ?

Le téléphone sonna trois fois avant que Rick ne réponde.

— Chase, je suis tellement content que tu aies rappelé. Attends, je m'isole. Il y a du monde autour de moi.

Quelques instants plus tard, Rick revint en ligne.

— J'ai une mauvaise nouvelle, Chase.

— Son cadavre a été repêché ?

— Non. Au contraire. Un dentiste installé à la frontière mexicaine a reconnu la photo de Fiona illustrant un article publié peu après sa disparition. Il a contacté les autorités. Écoute, Chase : non seulement Fiona est toujours en vie mais elle a modifié son apparence grâce à cet orthodontiste. Au départ, il ne s'en est pas inquiété parce qu'elle avait manifestement été victime d'un accident de voiture qui lui avait brisé les dents de devant. Mais il l'a reconnue de façon formelle...

À ces mots, son cœur cessa brusquement de battre. Lucy, la femme qui vivait dans l'immeuble de Mary. Lucy, la serveuse avec qui Mary s'était liée d'amitié... était Fiona.

L'esprit en déroute, le souffle court, il s'efforça de recouvrer son sang-froid, de réfléchir. Ne l'avait-il pas deviné depuis le départ ? Au plus profond de lui-même, il avait toujours su que cette Lucy lui rappelait Fiona. L'une et l'autre incarnaient le mal. Pourquoi n'avait-il pas écouté davantage ce que son instinct lui soufflait ?

— Je dois te laisser, Rick. À plus tard.

Il raccrocha et composa rapidement le numéro de portable de Mary. Malheureusement, il tomba sur sa boîte vocale.

— Mary, dès que tu entendras ce message, rappelle-moi tout de suite. C'est urgent. Ne t'approche pas de Lucy. Je t'expliquerai quand je te verrai. Je suis en route pour Big Sky.

Il raccrocha et appela le ranch. La mère de Mary répondit.

— Dana, c'est Chase. Avez-vous vu Mary ?

— Non, pourquoi ? Que se passe-t-il ?

— J'arrive au plus vite. Dans l'intervalle, si vous apercevez Mary, retenez-la, à tout prix. Ne la laissez pas s'approcher de Lucy, la serveuse du café de Lone Peak Perk, d'accord ? Prévenez Hud. Cette Lucy n'est pas ce qu'elle prétend être. Elle est venue dans le Montana pour s'attaquer à moi mais j'ai peur qu'elle s'en prenne à Mary pour m'atteindre.

Il raccrocha et se précipita vers son camion. Il lui faudrait une bonne heure pour rejoindre le ranch.

Mais arriverait-il à temps ?

Ou était-il déjà trop tard ?

18

— Tu n'as pas touché à ton Frappuccino, Mary, remarqua Lucy.

Toutes deux roulaient vers le ranch. Lucy lui avait demandé d'emprunter les petites routes pour admirer la vue.

Lorsque Mary avait avalé une gorgée du breuvage, en quittant Big Sky, elle l'avait trouvé amer. Cela dit, cette amertume n'avait peut-être rien à voir avec le café. Elle n'avait pas apprécié de surprendre Lucy dans son bureau, en train de fouiller dans ses affaires. Ce sans-gêne lui était resté en travers de la gorge.

Pour ne pas être blessante, elle s'obligea à boire une autre gorgée. Elle se rendit compte alors qu'il n'avait pas seulement un goût amer mais surtout, une texture farineuse dont elle ne se souvenait que trop bien. Tout en y pensant, elle tenta de se persuader qu'elle se faisait des idées. Parce que de deux choses l'une : soit elle était victime de son imagination, soit Lucy avait mis quelque chose dans le Frappuccino qui l'avait rendue terriblement malade, la dernière fois. Et qui risquait d'avoir le même effet, à présent.

— J'ai l'estomac un peu barbouillé, dit-elle en reposant le gobelet.

Détournant la tête, Lucy regarda ailleurs, visiblement vexée.

— Peut-être devrions-nous remettre cette balade à cheval. Je ne te sens vraiment pas emballée à cette idée.

— Non, je te l'avais proposée et c'est ton premier jour de repos, il faut en profiter, répondit Mary, regrettant une nouvelle fois d'avoir oublié la date.

Elle se reprochait surtout de laisser les soupçons de Chase concernant Lucy la contaminer. Cela dit, surprendre Lucy en train de fureter dans ses affaires l'avait ébranlée...

Comme Lucy regardait le paysage par la vitre, Mary fit semblant de boire une autre gorgée. Elle se promit de prendre ses distances avec Lucy par la suite et de se rendre moins souvent au café. Se lier d'amitié avec une locataire n'était peut-être pas une bonne idée.

La petite portion du breuvage qu'elle avala avait ce goût crayeux qui lui donnait des nausées et elle reposa rapidement le gobelet. Elle jeta un coup d'œil à Lucy. Elle avait mis le cap sur le ranch pour lui faire plaisir mais maintenant elle avait hâte d'en finir avec cette balade.

Un peu plus loin, elle s'arrêta devant une barrière qui bloquait le passage et demanda :

— Ça ne te dérange pas d'aller ouvrir ?

Sans un mot, Lucy sortit du véhicule. Mary en profita pour entrouvrir discrètement sa portière et renverser la moitié de son café par terre. Lucy poussa la barrière et s'écarta pour laisser passer la voiture avant de la refermer.

Remarquerait-elle le liquide répandu sur le sol ? Mary espérait que non. Elle espérait surtout se tromper en ce qui concernait le goût crayeux et ses causes possibles. Comment croire que Lucy, qui s'était toujours montrée gentille et serviable, cherchait à l'empoisonner ?

Mary la vit jeter un coup d'œil au gobelet à moitié vide. Pensait-elle que Mary l'avait bu ?

Détournant la tête, Lucy demanda :

— L'endroit où sont parqués les chevaux est-il encore loin ?

— Non, non, ils nous attendent de l'autre côté de la colline.

Avant de partir, Mary avait appelé le ranch pour demander à un ouvrier agricole de seller sa jument et un gentil cheval pour Lucy. Comme prévu, il avait attaché leurs montures derrière la grange. En les voyant, Mary poussa un soupir de soulagement. Lucy s'était peut-être levée du pied gauche, ce matin. Ou peut-être avait-elle drogué son café et était-elle furieuse de constater qu'elle ne l'avait pas bu...

— Tout va bien ? demanda Lucy. Tu sembles en colère contre moi.

Mary lui jeta un coup d'œil.

— Je suis désolée. Je culpabilise d'avoir oublié notre sortie à cheval, aujourd'hui. C'est tout.

— Il ne s'agit donc pas seulement de tes maux d'estomac ?

— Je me sens un peu patraque mais dès que je serai sur ma jument, ça ira mieux. Chevaucher me guérit de presque tout.

Lucy ne répondit pas et Mary se gara près des barrières. Elles sortirent de la voiture. Une fois en selle, elles partirent sur une piste qui menait au sommet de la montagne. Mary prévoyait déjà d'emprunter un raccourci pour abréger la balade.

— Je ne suis pas en grande forme, moi non plus, dit Lucy derrière elle. Je n'ai pas bien dormi et je m'inquiétais pour toi.

Mary se retourna pour la dévisager avec étonnement.

— Tu t'inquiétais pour moi ?

— Je ne devrais probablement pas te le dire mais quelque chose à propos de Chase m'ennuie.

Mary faillit éclater de rire. Peut-être devait-elle lui apprendre que « quelque chose à propos de Lucy ennuyait Chase ». Au lieu de quoi, elle répondit :

— Il n'y a pas lieu de s'inquiéter.

— Tu es retombée très vite dans ses bras. Je vous ai entendus, hier soir. Il a passé la nuit chez toi.

Une vague de colère souleva Mary. Chase avait raison sur un point : Lucy était intrusive et prenait trop de place dans sa vie.

— Lucy, mes relations avec Chase ne te regardent pas.

— Je suis désolée, je pensais que nous étions amies. Et tu m'as beaucoup parlé de lui et de l'adjoint, l'autre jour.

Une erreur, Mary en prenait conscience.

— Alors tu sais que je n'ai jamais cessé d'aimer Chase.

— Mais lui ne t'aime plus.

Comme le sentier s'élargissait, Lucy chevauchait maintenant à côté d'elle.

— Lucy...

— C'est toi qui m'as parlé de cette Fiona avec qui il a eu une liaison, dit-elle en interrompant Mary.

— Il n'a couché qu'une fois avec elle.

Lucy haussa les épaules.

— C'est ce qu'il prétend. Mais cette femme t'a appelée et elle a affirmé qu'ils étaient fiancés. S'ils ne s'étaient vus qu'une fois, cela n'aurait aucun sens, si ?

Mary lui avait-elle parlé de ce coup de fil ? Elle en doutait mais sous l'emprise de l'alcool, peut-être l'avait-elle fait.

Lucy devina sa colère.

— Ne te fâche pas. Je te le dis parce que je suis ton amie et que tu as besoin que quelqu'un t'ouvre les yeux : tu te leurres à propos de ce cow-boy.

Mary s'interdit à temps de lui asséner qu'elle ne la considérait pas comme une amie.

— Ne t'inquiète pas pour moi. Je sais ce que je fais.

— Il t'a fait souffrir. Je n'aimerais pas qu'il recommence.

— Cessons d'en parler, dit Mary en mettant sa jument au galop.

Plus vite elles termineraient cette randonnée, mieux cela vaudrait. Chase avait raison.

Sans qu'elle s'en aperçoive, Lucy s'était immiscée dans sa vie. Elles se connaissaient depuis très peu de temps mais déjà, elle s'estimait en droit de la conseiller.

Mary devinait que Lucy était jalouse de sa relation avec Chase. L'avait-il senti ? Se méfiait-il de Lucy pour cette raison ? Pourquoi lui rappelait-elle Fiona ?

Elles trottèrent un moment en silence et, le sentier redevenant plus étroit, Lucy fut forcée de se mettre derrière elle. Lorsqu'elles atteignirent enfin le sommet de la montagne, Mary se sentait mieux. Et de nouveau, elle se reprocha son injustice. Lucy avait toujours été là chaque fois qu'elle avait eu besoin d'elle. Pourquoi l'imaginer en démon ? En revanche, Mary avait eu tort de se soûler avec elle, de lui confier ses tourments amoureux. Désormais, il serait gênant de l'avoir comme locataire, de la croiser dans l'escalier en sachant qu'elle entendait tout ce qui se passait dans l'appartement du dessus.

Elle devait lui expliquer que sa vie amoureuse ne la regardait pas. Dès leur retour, elle lui parlerait.

Hud écouta sa femme qui semblait affolée au bout du fil. Il songea à la tasse que Chase lui avait apportée pour qu'il en analyse les empreintes digitales.

— Lucy ? Es-tu sûre qu'il a dit ce nom ?

— Elle travaille comme serveuse dans le café en face de l'immeuble de Mary et elle est également sa locataire.

Hud ne comprenait pas. Les empreintes étaient celles d'une certaine Fiona. Pas de cette Lucy.

— Chase semblait terrifié. Il est en route pour venir ici. Avant de t'appeler, j'ai essayé de joindre Mary. Son téléphone est coupé, je suis tombée sur sa boîte vocale. J'ai peur, Hud.

— D'accord, ne t'inquiète pas. Je vais tout de suite me mettre à la recherche de cette Lucy et comprendre ce qui se passe. Si tu vois Mary, appelle-moi et retiens-la jusqu'à ce que j'aie tiré cette histoire au clair.

En proie à une sourde angoisse, il raccrocha et se dirigea à la hâte vers son SUV de patrouille. En une quinzaine d'années, Big Sky s'était développée et après avoir été longtemps considérée comme un village, la bourgade était devenue à présent une vraie ville. Malgré tout, il ne lui fallut que quelques instants pour se rendre au café. En entrant, il chercha une serveuse répondant au nom de Lucy. Il y avait une Amy et une Faith mais pas de Lucy.

Il s'approcha de la dénommée Amy qui s'activait sur le percolateur.

— Excusez-moi, dit-il. Lucy travaille-t-elle bien ici ?

— Oui mais c'est son jour de congé, cria-t-elle par-dessus son épaule.

— Avez-vous une idée de l'endroit où elle se trouve ?

Elle secoua la tête dans un geste d'ignorance.

D'après Dana, cette Lucy avait loué un des appartements de

Mary, se souvint Hud. Il traversa la rue, entra dans l'immeuble et monta au premier.

En atteignant l'étage, il frappa à la première porte. Pas de réponse. Il essaya l'autre. Pas de réponse non plus.

Il hésitait à les forcer quand l'une d'elles s'ouvrit et un jeune homme apparut.

— Oui ?

— Je cherche Lucy, dit-il.

— Lucy ? La jeune femme qui loue l'appartement d'à côté ? Je ne l'ai pas vue mais j'ai entendu Mary lui proposer une balade à cheval, ce matin.

— Savez-vous où elles allaient ?

— Dans la propriété familiale de Mary, je crois.

— Merci beaucoup.

Tout en dégringolant l'escalier pour foncer vers son SUV, Hud appela le ranch.

— Dana, dit-il quand elle répondit, un locataire de l'immeuble m'apprend que Lucy et Mary sont allées faire du cheval au ranch. Es-tu sûre qu'elles ne sont pas là ?

— Je ne vois pas sa voiture garée près de la grange... À moins que...

Il entendit Dana sortir de la maison et traverser la cour en courant.

— Elle s'est garée à l'arrière. Elles ont dû arriver par la colline, dit-elle, essoufflée. Oh ! Hud, elles sont toutes les deux seules dans la montagne.

Il perçut le rugissement d'un camion en arrière-plan.

— Qui arrive ? demanda-t-il.

— Chase.

Le shérif poussa un juron.

— Dis-lui de m'attendre. Je me dépêche. Ne le laisse pas foncer, tête baissée, et compliquer la situation au risque de provoquer un drame.

Mais comme il prononçait ces mots, il sut que rien n'arrêterait Chase. Il raccrocha et courut vers son SUV.

Hud s'installa au volant, démarra et se dirigea vers le ranch sur les chapeaux de roues. Il ne lui avait pas fallu longtemps pour comprendre qu'il y avait un lien entre la tasse, la serveuse dénommée Lucy et une certaine Fiona Barkley – une femme apparemment perturbée avec de nombreux antécédents judiciaires. Avant d'être assassiné, son adjoint avait pris connaissance du rapport et avait gardé les conclusions pour lui. Pourquoi ? Il devinait une connexion entre Dillon et cette serveuse.

Plus l'évidence s'imposait à son esprit, plus il était saisi d'une indicible terreur. Sa fille se promenait à cheval avec une tueuse.

Les dents serrées, Lucy regarda Mary arrêter sa monture en haut de la montagne et se laisser glisser à terre. Elle sentait que Mary était en colère contre elle. En colère contre une amie qui essayait seulement de l'aider ! Non seulement Mary était injuste mais elle était idiote de croire qu'elle connaissait Chase mieux qu'elle.

Lucy avait presque envie d'en rire. Mary ne se doutait pas de ses liens avec Chase. Peut-être était-il temps d'éclairer sa lanterne, de lui révéler la triste vérité.

Après leur nuit d'amour, Chase l'avait jetée sans ménagement. Alors qu'elle avait tant d'amour à lui donner, alors qu'elle n'avait qu'une ambition : le rendre heureux. Avec l'ingratitude bien connue des hommes, il l'avait dévisagée de cet air irrité à chaque fois qu'elle était venue lui rendre visite. Il avait tout fait pour qu'elle s'en aille et, finalement, il était parti pour mettre un point final à leurs relations. Après avoir obtenu ce qu'il voulait, il n'avait plus besoin d'elle et il avait plié bagage.

Au lieu de comprendre que Fiona était la femme de sa vie, il était retourné auprès de Mary. Sa douce et précieuse Mary.

Cette dernière lui tournait actuellement le dos et ne soupçonnait pas le regard haineux que Lucy portait sur elle. S'efforçant de se maîtriser, elle mit à son tour pied à terre.

Elle avait tout fait pour sauver Mary. Mais puisqu'elle ne l'avait pas écoutée et avait cru en savoir plus qu'elle sur les hommes, elle n'avait à s'en prendre qu'à elle-même.

Maintenant, elle allait mourir. Lucy s'arrangerait pour que sa mort paraisse accidentelle. Un peu plus tôt, elle avait envisagé de tirer discrètement son couteau de sa poche et de frapper la jument.

Mais elle avait vite compris que l'idée n'était pas bonne. Mary avait grandi au milieu des chevaux. Elle saurait certainement rester en selle si sa monture se cabrait ou s'élançait au galop, affolée.

Il n'était pas question d'échouer. Elle allait s'y prendre autrement. Après tout, l'important était que Mary ne quitte pas cette montagne en vie, pensa-t-elle en s'approchant de sa rivale.

La vue était sublime comme Mary l'avait annoncé. Elles se tenaient sur une corniche au-dessus d'un précipice. Autour d'elles, des montagnes se découpaient majestueusement dans le ciel.

Au-dessous d'elles se trouvait le canyon. Tout en bas, la rivière verdoyante serpentait entre les pins. Lucy avait très envie de pousser Mary et de la regarder basculer dans le vide et s'écraser au fond du ravin.

Mais mieux valait y renoncer : il y avait une chance qu'elle survive.

Elle enfonça les mains dans ses poches et lança :

— J'ai couché avec Chase en Arizona.

19

Comme Chase arrivait dans la cour au volant de son pick-up, Dana s'élança vers lui.

— Mary a demandé à l'un des ouvriers agricoles de harnacher deux montures et de les laisser derrière la grange. D'après lui, elles se dirigeaient vers les montagnes, dit-elle alors qu'il bondissait sur le sol.

Dana avait préparé un cheval qu'elle tenait par les rênes.

— Hud préférerait que tu l'attendes. Si cette femme est aussi dangereuse que tu le dis...

— C'est moi qu'elle veut. Pas Mary. Si j'attends le shérif, nous arriverons trop tard.

Comme il se hissait en selle, Dana le retint un instant.

— Je ne peux pas t'empêcher d'y aller mais sois prudent et... prends ça, ajouta-t-elle en lui tendant un pistolet. Il est chargé. Fais attention et ramène-moi Mary, dit-elle d'une voix brisée.

Il partit au galop vers le sentier qui menait dans la montagne. Il savait où Mary allait conduire Lucy. Elle voudrait lui montrer son endroit préféré – et le plus dangereux : la corniche.

Alors qu'il filait vers la pinède, il se remémora les doutes qu'il nourrissait depuis le début à propos de Lucy. Fiona devait être fière d'avoir réussi à le duper, à les duper tous, et surtout d'avoir gagné si facilement la confiance de Mary. C'était une manipulatrice de talent et elle avait su se débrouiller pour entrer dans la vie de Mary, pour lui faire croire qu'elle était son amie, et la piéger.

Fiona n'avait jamais renoncé à Chase et elle était prête à tout pour lui faire regretter de l'avoir quittée.

Elle lui faisait horreur.

Il emprunta le raccourci et se coucha sur la selle pour éviter les branches basses. Le cœur serré, il pria pour arriver à temps. Pour que Fiona épargne Mary qui ne lui avait rien fait.

Mais au fond de lui, il ne nourrissait pas beaucoup d'espoir. Il connaissait Fiona. Elle était allée jusque dans Montana pour se venger. Elle s'était métamorphosée pour devenir une autre, elle avait pris le temps d'apprivoiser Mary, de jouer avec elle. Avait-elle compris que Chase l'avait démasquée ? Qu'il avait volé la tasse au café pour la confondre ? Cette éventualité l'effrayait plus que tout. Si elle pensait que les autorités savaient, elle n'avait plus rien à perdre et le pire était alors à craindre...

Surprise, Mary se tourna vers Lucy, certaine d'avoir mal entendu.

— Que dis-tu ?

— J'ai couché avec Chase avant que tu ne lui écrives.

Le cœur de Mary se mit à battre à grands coups dans sa poitrine.

— Que racontes-tu ?

— Je suis Fiona.

Mary recula d'un pas lorsque Lucy tira un pistolet de sa poche et le pointa vers elle en riant.

— Surprise ! Tu ne t'y attendais pas, avoue ! J'ai lu ta lettre pathétique et avant même de te connaître, je t'ai détestée pour m'avoir volé Chase, l'homme de ma vie. Chase a rompu avec moi à cause de toi. Alors, pour me venger, j'ai d'abord fait semblant de disparaître dans un accident. Et je suis devenue Lucy. Tu aimais bien Lucy, n'est-ce pas ? Nous aurions pu être amies, de très grandes amies. Mais Chase est revenu vers toi... Je le savais.

Mary était perdue. Elle voyait et entendait Lucy et pourtant, elle prenait conscience qu'il s'agissait en réalité de cette Fiona dont lui avait parlé Chase, de la folle qui avait tenté de le tuer en Arizona.

Lucy poursuivait en secouant la tête :

— Tu imagines connaître Chase mais tu te trompes. Lui et moi étions très amoureux et heureux ensemble. Tu te dis que je délire, n'est-ce pas ? Que je me fais des idées. Et pourtant, c'est vrai. Il y avait quelque chose entre nous, quelque chose d'incroyable, une véritable alchimie. Mais ensuite, tu lui as écrit cette lettre. Tu as tout gâché.

Lucy prit une expression dégoûtée.

— Tu as brisé ma vie. Et celle de Chase.

Mary avait du mal à en croire ses oreilles. Chase avait essayé de la prévenir mais elle avait refusé de l'écouter. Elle pensait connaître Lucy, elle la considérait comme une amie.

Jusqu'à ce qu'elle prenne une gorgée de Frappuccino ce matin et qu'elle retrouve ce goût farineux, horriblement familier.

— Tu m'as droguée.

Lucy haussa les épaules.

— Tu as eu tort de renverser ce café par terre. C'était vraiment grossier de ta part. J'avais eu la gentillesse de te le préparer et voilà comment tu m'en remercies.

— Tu tentais de me rendre malade, comme l'autre jour ?

— Je voulais juste être sympa, répliqua Lucy. Tout aurait été tellement plus facile si tu avais été dans un état second. Maintenant, te tuer va devenir compliqué.

Elle brandit son arme.

— Si tu avais rompu définitivement avec Chase, je t'aurais épargnée, sois-en certaine.

Mary ne savait pas quoi dire ou faire. Elle n'avait jamais eu affaire à une personne aussi déséquilibrée.

— Tu as envie de le faire souffrir. C'est ça ?

Lucy sourit.

— Pour commencer.

— Au fond, tu rêves qu'il retombe amoureux de toi, non ?

En disant cela, elle comprit soudain qu'elle venait de formuler le vœu le plus cher de Lucy.

— Mais si tu me fais du mal, il te détestera.

— De toute façon, tu sais très bien qu'il ne reviendra pas vers moi… à cause de toi.

Lucy semblait soudain au bord des larmes.

— Je l'aurais rendu heureux. Avant ta lettre, il était attiré par moi. Je lui faisais du bien. Tôt ou tard, il serait tombé fou amoureux de moi.

Mary en doutait mais elle garda cette opinion pour elle.

— Si tu me tues, tu perdras toute chance de bonheur avec lui.

Lucy ricana.

— Les femmes comme moi sont inaptes au bonheur. Ma mère me le répétait souvent. Elle avait laissé mon beau-père et mes frères abuser de moi.

Le cœur de Mary se serra en songeant à ce qu'avait dû endurer cette malheureuse pour en arriver là.

— Je suis vraiment désolée. C'est horrible. Tu méritais tellement mieux.

— Ne t'inquiète pas. Je les ai tous envoyés rôtir en enfer et cela m'a fait du bien.

— Lucy...

— Appelle-moi Fiona. Je sais à quel point tu détestes ce prénom mais c'est le mien. Fiona. Fiona. Fiona.

Elle laissa échapper un rire aigu qui couvrit le chant des oiseaux mais pas le martèlement de sabots sur le sentier.

Chase tira sur les rênes de son cheval. Comme il l'avait craint, les deux femmes se tenaient sur la corniche au bord du précipice. Fiona pointait une arme sur Mary. Mais quand elle l'entendit arriver, elle saisit Mary et appuya le canon de son pistolet contre sa tempe.

— Super que tu aies pu nous rejoindre, Chase, dit-elle en le regardant mettre pied à terre. Je me demandais combien de temps il te faudrait pour comprendre qui j'étais.

— Je l'ai senti dès la première fois où je t'ai vue, dit-il en se dirigeant vers elles, les yeux rivés sur Fiona.

Regarder Mary était trop douloureux. Tout était sa faute. Il avait fait entrer Fiona, le mal incarné, dans leurs vies. Quoi qu'il arrive, il était responsable de tout.

— Quelque part, j'ai toujours su que c'était toi, dit-il.

Fiona sourit.

— L'alchimie entre nous était toujours là. Tu m'as fait mal en faisant mine de ne pas me reconnaître, Chase. Après tout ce que nous étions l'un pour l'autre...

— Exactement, dit-il. Et voilà pourquoi tu dois laisser Mary partir. Cette histoire est entre toi et moi, Fiona. Mary n'a rien à y faire.

— Je t'en prie, ne me prends pas pour une idiote. Comme si j'ignorais que tu étais venu pour elle, pour la sauver !

— Peut-être suis-je venu pour te sauver, toi ?

Fiona éclata de rire, un rire dur et amer.

— Me sauver de quoi ?

— De toi-même. Les hommes que tu as connus dans le passé ont-ils essayé de t'aider, Fiona ?

La question sembla la prendre au dépourvu et il poursuivit :

— L'un d'entre eux s'est-il un jour soucié de ce qui t'arrivait ?

— Ne me fais pas croire que tu t'en préoccupes, rétorqua-t-elle.

— Je n'ai jamais voulu te faire de mal. Quand j'ai entendu dire que ta voiture avait basculé dans le fleuve et que tu avais sans doute péri, noyée, j'ai été dévasté. Je n'avais pas envie que les choses se terminent ainsi pour toi.

Il la vit faiblir un peu et fit un pas vers elle.

— Mais tu ne m'aimes pas, balbutia-t-elle.

Elle avait raison et il devinait qu'il valait mieux ne pas mentir.

— Mon cœur appartenait à une autre quand je t'ai rencontrée. Je te l'ai dit.

— Mais tu m'as séduite à cette soirée et tu m'as ramenée chez toi.

Il secoua la tête alors qu'il se rapprochait.

— Rick t'a demandé de me raccompagner à la maison parce que j'avais trop bu.

Elle s'était raconté sa version de l'histoire tant de fois qu'elle ne se souvenait plus de la vérité.

— Mais nous avons fait l'amour.

— Vraiment ? Je n'en ai gardé aucun souvenir. Je me rappelle que tu m'as enlevé mes bottes et mon jean juste avant que je ne perde conscience.

Fiona laissa échapper un rire nerveux.

— Nous nous sommes réveillés dans le même lit.

— C'est vrai, reconnut-il alors qu'il s'approchait encore un peu plus. Mais c'est tout ce qui s'est passé entre nous. Nous avons dormi ensemble.

Les larmes aux yeux, elle secoua la tête.

— Je t'aimais. Je pensais que toi et moi...

— Je t'ai dit que j'étais amoureux d'une autre.

— Si tu nous avais laissé une chance..., dit Fiona d'un ton suppliant.

— Laisse Mary partir. Elle n'a rien à voir avec nous.

Brutalement, Fiona s'aperçut que Chase était tout près d'elles deux. Elle recula, entraînant Mary avec elle. La terre s'écroulait à moitié sous leurs pieds.

Chase comprit qu'elle avait l'intention de se jeter dans le vide avec Mary. Il n'y avait pas un instant à perdre. Il bondit pour la désarmer et tirer Mary en arrière, priant pour que Fiona n'ait pas le temps d'appuyer sur la détente.

D'une main, il saisit le bras de Mary et de l'autre, il détourna le canon du pistolet. La déflagration déchira l'air au moment où il arrachait Mary des griffes de Fiona. Une douleur brûlante lui traversa l'épaule mais il réussit à repousser Mary loin du bord tandis que, déséquilibrée, Fiona basculait dans le vide. Dans un dernier geste de désespoir, elle s'accrocha à Chase qui tomba à sa suite. Par réflexe, il saisit le bord de la corniche. Mais il était blessé et très vite, il sentit ses forces l'abandonner.

Une main l'attrapa alors par la manche. Levant les yeux, il vit Mary, déterminée à ne pas le lâcher. Avec son aide, il parvint à remonter sur la corniche.

Précipitée dans le ravin, Fiona dévala la paroi comme une poupée de chiffon, son corps rebondissant contre les rochers. Elle heurta avec violence un tronc d'arbre mais poursuivit sa chute jusqu'au fond du précipice.

Quand Chase regarda, elle ne bougeait plus.

Derrière eux, il entendit des chevaux. Attirant Mary vers lui, il enfouit son visage dans son cou, ignorant la douleur à son épaule.

— Il a reçu une balle, cria Mary avant que tout ne devienne noir.

20

Lorsque Chase battit des paupières, Mary était assise près de son lit d'hôpital. Comme le drame qu'ils avaient vécu dans la montagne lui revenait en mémoire, il demanda :

— Es-tu...

— Je vais bien, répondit-elle aussitôt. Mais toi, ajouta-t-elle en prenant sa main, comment te sens-tu ?

Il jeta un coup d'œil au bandage qui ornait son épaule.

— Apparemment, je devrais survivre. Combien de temps suis-je resté inconscient ?

— Pas longtemps. Tu as été opéré en urgence. Heureusement, la balle n'avait touché aucun organe vital.

Il plongea son regard dans le sien.

— J'ai eu tellement peur pour toi. Je suis vraiment désolé.

Elle secoua la tête.

— J'aurais dû t'écouter.

Chase se mit à rire.

— J'adore quand tu dis ça !

— Tu avais essayé de me prévenir.

— Tout est ma faute.

— Tu n'es pas responsable de ce qu'elle a fait. Je crois qu'elle voulait se jeter avec moi dans le précipice, nous tuer toutes les deux, ajouta-t-elle au bord des larmes. Tu m'as sauvé la vie.

— Et tu as sauvé la mienne, dit-il en lui prenant la main. Dès que je serai sorti de ce lit...

— Du calme, cow-boy, intervint le chirurgien en entrant

dans la chambre. Avant de sortir de ce lit, vous avez besoin de récupérer et donc de vous reposer plusieurs jours.

— Je dois me rétablir au plus vite, docteur. Je vais épouser cette femme.

Mary se mit à rire.

— Il délire, dit-elle sur le ton de la plaisanterie, les joues rouges.

— Pas du tout ! protesta-t-il. Je n'ai jamais été plus sérieux.

Comme le médecin la priait de les laisser, Chase se redressa pour lui crier avant qu'elle ne quitte la pièce :

— Je t'aime ! Je t'ai toujours aimée, Mary Cardwell Savage.

Il souriait en se rallongeant, même si le mouvement lui avait été douloureux.

— Il faut me remettre sur pied au plus vite, Doc. Je dois lui acheter une bague.

Assis à son bureau, Hud lisait la lettre que Fiona/Lucy avait laissée dans son appartement. Que cette femme ait vécu dans le même immeuble que sa fille le plongeait encore dans une sourde terreur.

Quand vous trouverez ce message, je serai soit morte, soit loin, très loin. Il est plus vraisemblable que je serai morte parce que je suis fatiguée de cette existence, fatiguée de vivre. De plus, je n'ai nulle part où aller. J'étais venue ici dans un seul but : me venger. Chase Steele m'a brisé le cœur en me quittant et je voulais le lui faire payer.

Parfois, je me rends compte qu'il n'est pas seul en cause. Cette rupture à elle seule ne justifiait pas tant de meurtres. Tout avait commencé bien avant Chase. Toute l'histoire de ma vie explique ces crimes. Beaucoup de gens m'ont fait souffrir et m'ont condamnée au désespoir.

J'aurais voulu être comme les autres, heureuse, aimée.

Au lieu de quoi, je suis en colère. Je suis la proie d'une telle rage qu'elle me pousse à tuer. J'ai ainsi assassiné ma mère, mon beau-père et mes demi-frères dans un incendie. Bien fait pour eux. Ils ne m'avaient ni aimée ni protégée. Ils m'avaient fait beaucoup de mal.

Depuis lors, j'ai tué des sales types comme l'adjoint Dillon Ramsey mais aussi des innocents, des personnes qui ne m'avaient rien fait et qui ne méritaient pas de mourir, comme Christy Shores.

Aujourd'hui, je vais prendre la vie d'une femme adorable pour faire souffrir un homme que j'aurais aimé à la folie s'il m'avait aimée. Lui aussi mourra. Aujourd'hui ou bientôt.

Je ne sais pas ce que je ferai ensuite, je n'en ai aucune idée. Je sais seulement que je suis fatiguée de cette vie. Je ne peux pas continuer ainsi.

Mais demain est un autre jour.

Hud rangea soigneusement la lettre dans une enveloppe qu'il scella. Fiona était morte. Elle n'avait pas survécu aux multiples blessures provoquées par sa chute dans le ravin. Comme elle n'avait pas de famille, son corps serait incinéré. Chase avait suggéré que ses cendres soient envoyées en Arizona, à son amie Patty, la seule personne à avoir éprouvé des sentiments positifs pour elle.

Deux des meurtres sur lesquels Hud devait enquêter avaient été expliqués grâce à cette lettre. Le troisième, celui de Grady Birch, l'était également. Un témoin, qui vivait dans un chalet non loin de l'endroit où le corps de Grady avait été retrouvé, s'était présenté spontanément au bureau du shérif. Il avait vu un homme traîner un cadavre jusqu'à la rivière. Il s'agissait de l'adjoint Dillon Ramsey. Le témoin l'avait identifié d'après la photo de Dillon parue dans le journal à la suite du meurtre.

Au niveau judiciaire, tout serait bientôt réglé, pensa Hud. Mais les crimes avaient laissé des traces. Il espérait que sa fille parviendrait à surmonter ses traumatismes. Chase l'aiderait dans ce processus.

Son téléphone sonna, le ramenant au présent. C'était Dana.

— Comment va Mary ? demanda-t-elle.

— Elle vient de partir chercher Chase à l'hôpital. Vu son

sourire quand elle a quitté le ranch, je pense qu'elle va bien. Que dirais-tu d'un mariage au ranch dans un avenir proche ?

— J'en serais ravi, assura-t-il en riant.

Chase avait hâte de voir Mary. Et de sortir de l'hôpital. Il avait appelé une bijouterie locale et demandé au gérant de lui apporter un plateau de bagues de fiançailles pour lui permettre d'en choisir une. L'écrin était dans sa poche. À présent, il attendait Mary...

Quelques jours plus tôt, Jim Harris était passé lui rendre visite. Chase avait été heureux de le voir. Comme lui, son père avait commis des erreurs. Ils n'étaient que des hommes. Avant de le connaître, Chase avait cru le haïr mais en réalité, il n'éprouvait rien de tel envers Jim. Mais il comprenait pourquoi sa mère avait préféré garder le secret de sa naissance.

Il ignorait si son père et lui tisseraient des liens mais il ne ressentait plus le vide qui l'avait fait souffrir des années durant. Tout le monde disait que Jim était un homme bon qui n'avait pas eu beaucoup de chance dans sa vie. Chase ne pouvait pas lui en vouloir.

Lorsque la porte de sa chambre d'hôpital s'ouvrit, il entendit le grincement d'un fauteuil roulant et il bondit presque du lit tant il était heureux. Il avait tellement hâte de revoir Mary. Ils avaient été séparés trop longtemps. Il ne voulait plus passer une minute de plus loin d'elle. Ce qui les unissait était trop beau, trop fort, pour être traité à la légère. Il ne prendrait plus jamais leur amour pour acquis.

À sa grande surprise, il ne vit pas entrer l'infirmière mais...

— Mary ?

Elle avait l'air différente, aujourd'hui. Il essayait de comprendre en quoi quand elle sourit et repoussa le fauteuil roulant sur le côté pour s'approcher de lui.

Mary ne parvenait pas à expliquer ce qu'elle ressentait. Mais elle se sentait enhardie par tout ce qui s'était passé ces derniers jours. Quand Chase était revenu dans le Montana, la première fois, elle pensait ne plus pouvoir lui faire confiance. Mais au fond de son cœur, elle savait qu'il était quelqu'un de fiable, d'aimant. Pourtant, elle l'avait repoussé, laissant sa fierté la séparer de l'homme qu'elle aimait.

Et c'était à Lucy qu'elle avait accordé sa confiance. Les signaux d'alerte s'étaient multipliés mais elle les avait ignorés parce qu'elle avait voulu faire de Lucy une amie. Ses vieilles copines d'autrefois lui manquaient tant. Elle s'était sans doute sentie un peu seule, vulnérable, et elle avait laissé une psychopathe entrer dans sa vie.

Mais maintenant, elle en avait assez d'être une victime, de courir après des chimères. Maintenant, elle savait ce qu'elle voulait : Chase.

Elle prit son visage entre les mains et l'attira à elle pour un baiser brûlant. Lorsqu'il poussa un petit gémissement, elle se souvint qu'il était blessé.

Elle recula.

— Pardonne-moi, je t'ai fait mal, dit-elle.

— Pas du tout, assura-t-il en l'attirant avec son bras valide pour l'embrasser à son tour.

Comme il commençait à dire quelque chose, elle le fit taire d'un doigt sur ses lèvres.

— Je dois d'abord savoir, Chase Steele. Es-tu d'accord pour être à moi ? Pour m'épouser ? Ou pas ?

Il laissa échapper un éclat de rire.

— J'ai toujours été à toi, Mary Savage. Je rêve de t'épouser depuis très, très longtemps.

Elle soupira et dit :

— Bonne réponse.

Il la serra dans ses bras et captura sa bouche. Pendant un long et délicieux moment, ils s'embrassèrent avec passion.

— Je t'aime à la folie, Chase.

— Je t'aime, Mary chérie.

MICHELE HAUF

Cachée au bout du monde

Traduction française de
HÉLÈNE COLOMBEAU

BLACK ROSE

HARLEQUIN

Titre original :
STORM WARNING

Ce roman a déjà été publié en 2020.

1

Jason Cash pressa à fond l'accélérateur de sa motoneige, qu'il conduisait avec l'aisance d'un pilote de course professionnel. L'engin de deux cent cinquante kilos s'envola pendant six secondes de pur bonheur, soulevant un nuage de gouttelettes qui brillaient au soleil comme autant de cristaux ; puis il retomba au sol et glissa en douceur sur la piste. Un irrépressible sourire aux lèvres, Jason fonça vers les limites extérieures de Frost Falls, la petite ville du Minnesota où il exerçait la fonction de chef de la police.

Un air de country résonnait dans son casque. Grâce au micro intégré, sa secrétaire avait pu l'appeler quelques minutes plus tôt, interrompant sa virée matinale en forêt. Jason ne s'en plaignait pas. Il échangeait volontiers une séance de sensations fortes hivernales contre une enquête digne de ce nom.

Déplaçant le poids de son corps d'un côté et de l'autre pour négocier les bosses qui parsemaient le terrain, il arriva bientôt en vue d'une route sur laquelle étaient garés la voiture de patrouille de la ville et un SUV de couleur claire appartenant au comté. Au bord de la chaussée, la neige avait formé un épais talus d'un blanc immaculé : Jason accéléra et le traversa en poussant un cri euphorique. Parvenu à une dizaine de mètres des autres véhicules, il freina en faisant déraper l'arrière de son engin, projetant une spectaculaire gerbe de neige autour de lui.

Jason coupa le moteur et retira son casque. La femme et le jeune homme qui l'attendaient un peu plus loin le regardaient, bouche bée. Il leur lança un clin d'œil. Jamais il ne ratait une occasion de taquiner la poudreuse.

Après avoir posé son casque orné de flammes vert fluo sur la selle de la motoneige, il tira sur son masque en polaire pour dégager le bas de son visage. Le thermomètre affichait - 12 °C. Les gouttes de sueur qui perlaient à son front commençaient déjà à geler, mais cela ne le dérangeait pas. Jason aimait l'air vif.

Il ne faisait pas aussi froid que la semaine précédente, où l'on avait frôlé les - 20 °C. En revanche, la remontée des températures annonçait un blizzard dans les quarante-huit heures. Jason attendrait au chaud que la tempête passe, puis il irait imprimer ses propres traces dans la poudre vierge qui recouvrirait le paysage.

Frappant ses mains gantées l'une contre l'autre, il s'avança vers son équipe de choc d'enquêteurs criminels. Aujourd'hui, en tout cas, ils méritaient ce titre. Frost Falls n'était pas coutumière des affaires de meurtre et, même si Jason s'en réjouissait, il ne pouvait s'empêcher de ressentir une pointe d'excitation à l'idée d'accomplir une mission un peu plus stimulante que celle d'arrêter Ole Svendson, qui avait la fâcheuse habitude de se balader tout nu dans la rue dès qu'il avait un peu trop bu.

Jason rechignait à collaborer avec le Bureau des appréhensions criminelles, l'organisme d'État chargé d'aider les polices locales dans leurs enquêtes. Mais Marjorie l'avait déjà contacté. Quelqu'un du BAC arriverait bientôt. C'était la procédure standard lorsqu'un homicide survenait à l'intérieur des frontières de la ville.

— Bonjour, chef, lança Alex Larson.

Fraîchement diplômé de l'académie de police des Twin Cities, Alex avait mis le cap vers le nord pour trouver du travail, dans l'espoir d'intégrer un jour une unité de recherche et de sauvetage. Il avait vingt-quatre ans, un sens aigu de la sécurité et une vive curiosité pour la gent féminine. Malheureusement, les jeunes filles n'étaient pas nombreuses à rester à Frost Falls après le lycée, et elles avaient bien raison : la ville se mourait. Quatre ans plus tôt, la mine de fer qui avait fait vivre la région depuis des décennies avait fermé, poussant tous les travailleurs immigrés – et aussi beaucoup de locaux – à aller chercher fortune ailleurs.

Alex était le seul agent dont Jason avait besoin pour assurer la tranquillité de Frost Falls et de ses six cent vingt-sept âmes.

À côté du jeune policier se tenait une femme d'une quarantaine d'années, emmitouflée dans une longue doudoune noire en duvet d'oie et un ensemble bonnet-moufles-écharpe rouge vif. C'était Elaine Hester, pathologiste à l'institut médico-légal du comté de Saint Louis. Elaine parcourait si souvent cette vaste zone d'un millier de kilomètres carrés qu'il lui arrivait de dire, pour plaisanter, qu'elle allait vendre sa maison à Duluth et s'acheter un camping-car.

— Alors, qu'est-ce qu'on a ? lui demanda Jason, même si sa secrétaire, Marjorie, lui avait déjà exposé la situation.

Elaine montra le fossé enneigé d'où émergeaient encore les tiges desséchées de quelques touffes de roseaux. Nul doute que le blizzard s'occuperait de tout nettoyer.

— C'est par là, dit-elle.

Ils s'approchèrent du bord de la route, où gisait une femme aux longs cheveux bruns, étendue sur le ventre et vêtue seulement d'un jean et d'un pull – pas de manteau, ni de gants ni de bonnet. Dans un premier temps, la neige avait dû fondre au contact de son corps encore chaud, si bien qu'elle s'était enfoncée dans le fossé. Puis tout avait de nouveau gelé autour d'elle, l'enfermant dans une croûte de glace.

— Individu de sexe féminin, âgée de vingt-cinq ou trente ans, annonça Elaine de son ton détaché. Je dirais que la mort remonte à hier soir, mais j'ai préféré vous attendre avant de déplacer le corps pour le regarder de plus près. Le BAC est-il prévenu ?

— Un de leurs agents est en route. On peut commencer sans lui, il nous aidera plus tard si nécessaire. Cette femme a donc été tuée hier soir ?

— Je pense que son corps a été jeté ici à minuit, grosso modo.

Jason échangea un regard avec Alex. En privé, ils s'amusaient beaucoup de l'usage intensif que faisait Elaine de l'expression « grosso modo ».

— Pourquoi dites-vous « jeté » ? demanda-t-il.

Tout en posant la question, il leva les yeux et remarqua les traces que le corps de la jeune femme avait laissées en glissant sur la pente du fossé.

— D'accord, j'ai compris.

Par terre, on pouvait distinguer plusieurs empreintes de pas, qui appartenaient de toute évidence à Elaine et à Alex puisqu'elles restaient concentrées d'un seul côté du cadavre. Ils avaient pris soin de ne pas contaminer la scène. Jason appréciait leur professionnalisme.

Pendant qu'Elaine photographiait sous tous les angles le corps et son environnement immédiat, il décrivit un large cercle autour de la victime et grimpa le talus pour rejoindre la route. Celle-ci s'enfonçait dans la Boundary Waters Canoe Area Wilderness, une zone sauvage de près de cinq cent mille hectares nichée au cœur de la Forêt nationale supérieure, tout contre la frontière canadienne. Les seuls usagers de cette voie étaient les membres de deux familles habitant à une quinzaine de kilomètres de Frost Falls.

Le mélange de neige, de glace et de gravier qui recouvrait la chaussée ne portait aucune marque pouvant indiquer qu'un véhicule avait redémarré en trombe après s'être débarrassé de son chargement. En revanche, Jason repéra des traces de bottes sur le bas-côté.

En les examinant de plus près, il jugea à leur étroitesse que c'étaient celles d'une femme.

— Marjorie a bien dit que le corps avait été découvert par une femme ? demanda-t-il à son jeune lieutenant.

— Oui, chef. L'appel a été passé par Susan Olson, qui travaille à... hum, à l'arrière de L'Orignal.

Si Alex n'avait pas porté de masque, Jason était certain qu'il l'aurait vu rougir. Tous les samedis soir, Susan présentait un spectacle de strip-tease dans l'arrière-salle du restaurant L'Orignal, affublée d'un de ses vieux déguisements d'Halloween qui avaient fait sa renommée au lycée.

— Mlle Olson se rendait chez sa tante quand elle a vu quelque chose briller dans le fossé, précisa Alex.

Jason le rejoignit près de la victime en prenant garde de ne pas déranger Elaine, qui continuait de figer la scène.

— Qu'est-ce qu'on a comme indices matériels ? s'enquit-il.

— Rien, à part le corps et les vêtements, répondit le jeune homme. Pas de téléphone, de lunettes ou d'objets personnels qui auraient pu tomber d'une poche. J'envelopperai la tête et les mains dès qu'Elaine m'aura donné le feu vert. Vous avez trouvé des traces, là-haut ?

— Oui, mais je suis sûr qu'elles appartiennent à Susan Olson. Vous voudrez bien les prendre en photo, Elaine ? Il faudra qu'on vérifie si Susan porte des bottes de la marque Sorel - en taille 40, si je ne me trompe pas.

— Pas de souci, Cash. Ce qui est bien, avec la neige, c'est qu'elle préserve parfaitement les empreintes de chaussures... À part ça, j'espère que le BAC va nous envoyer Ryan Bay.

Jason lui jeta un regard dans lequel se lisait toute l'antipathie qu'il éprouvait pour cet homme, sans qu'il puisse d'ailleurs se l'expliquer. Il ne l'avait rencontré que deux fois, mais quelque chose chez lui ne lui revenait pas.

Remarquant sa grimace, Elaine haussa les épaules.

— Il est beau mec, se défendit-elle. Et en plus, facile à vivre. Avec lui, je sais que je peux faire mon boulot sans qu'il cherche à prendre les commandes.

— Beau mec ?

En deux mots, Elaine avait mis le doigt sur ce qui ne plaisait pas à Jason chez Ryan Bay. Beau mec... Qu'est-ce que ça voulait dire, au juste ? Dans cette petite ville, la beauté ne servait à rien. Du moins, pas pour les célibataires, puisqu'il n'y avait aucune femme disponible en vue.

— Ne vous inquiétez pas, Cash, vous restez le chef de police le plus sexy du comté de Saint Louis, lui assura Elaine en ajustant l'objectif de son appareil photo. Mais si vous ne me laissez pas vous présenter ma nièce...

Ah, la fameuse nièce, songea Jason. Elaine lui en parlait chaque fois qu'ils avaient l'occasion de travailler ensemble. Mais les rendez-vous arrangés lui donnaient la chair de poule. Son frère Joe en avait accepté un, une fois, et la jeune femme l'avait poursuivi pendant des semaines après cela. Brr...

— Vous ne m'avez pas dit qu'elle était un peu petite ? demanda-t-il avec un sourire taquin.

— Les filles petites ont aussi besoin d'amour, Jason, répliqua Elaine en riant – elle-même mesurait moins d'un mètre soixante. Mais ne vous en faites pas, je sais que ce n'est pas votre genre.

Jason s'accroupit devant le corps en se demandant comment la pathologiste pouvait bien connaître son genre de femme. À croire que les ragots circulaient non pas seulement à l'échelle de la ville, mais à celle de tout le comté...

De sa main gantée, il souleva les cheveux bruns qui cachaient le visage de la victime. Sa peau était pâle et bleuie. Ses lèvres pourpres. Sur ses paupières fermées, du givre s'accrochait à ses cils. Elle était jeune, jolie ; Jason ne l'avait jamais vue à Frost Falls. Pourtant, il avait une excellente mémoire des visages. Une touriste, peut-être ? Elle pouvait très bien avoir été assassinée ailleurs. Le meurtrier l'avait peut-être amenée jusqu'ici depuis une autre ville.

Un éclair de gyrophares au loin leur fit lever la tête à tous les trois.

— C'est l'agent du BAC, commenta Elaine. On fera le point avec lui sur les indices avant d'emballer le corps.

— Vous comptez l'emmener à Duluth ? s'enquit Jason.

— Oui. Avez-vous prévu de me suivre pour assister à l'autopsie ?

— Vous voulez la pratiquer dès ce matin ?

Duluth se trouvait à une bonne heure de route à l'est de Frost Falls.

Elaine secoua la tête.

— Ça me paraît difficile. Mais j'ai bien l'intention de m'y mettre après le déjeuner. Si vous pouvez me retrouver sur place à 1 heure, grosso modo, ce serait parfait.

— J'y serai, répondit Jason en réprimant un sourire.

Le SUV blanc arborant le logo du Bureau des appréhensions

criminelles s'arrêta derrière la voiture de patrouille d'Alex. Jason plissa les yeux, sans réussir à distinguer le conducteur, qui avait l'air de parler au téléphone. Un beau mec... Pourquoi ce commentaire l'agaçait-il autant ?

En vérité, il s'en fichait. Il avait d'autres chats à fouetter en ce moment. Et il n'était pas du genre jaloux, ni envieux.

Il jeta un coup d'œil sur le cadavre de la belle inconnue. Elle était si jeune... Quel gâchis.

— Avez-vous retrouvé des papiers d'identité sur elle ? demanda-t-il à Elaine.

— Non, mais elle est sûrement canadienne.

Comme Jason la regardait sans comprendre, Elaine écarta les cheveux de la jeune femme avec sa lampe-stylo, révélant une petite feuille d'érable rouge tatouée sous son oreille.

— D'accord.

Jason fronça les sourcils.

— Ce sont des marques d'étranglement que l'on voit sur son cou ?

— Oui, répondit Elaine, tout en prenant quelques photos en gros plan des traces rougeâtres. Pauvre gamine...

Elle replaça les cheveux dans la position où ils se trouvaient au moment de la découverte du corps.

— On dirait bien que vous avez une affaire de meurtre sur les bras, conclut-elle.

Jason s'en était douté. La météo avait beau faire des victimes en hiver, tout semblait indiquer que cette jeune femme n'était pas morte de causes naturelles.

— Dès qu'on aura briefé le BAC, j'irai poser quelques questions à Susan Olson, déclara-t-il.

Il mettrait un point d'honneur à retrouver l'auteur de cet acte odieux et à le punir. C'était sa première grosse enquête depuis son humiliante rétrogradation de la CIA, et elle tombait plutôt bien – ou plutôt mal, selon la façon dont on voyait les choses. Car Jason venait juste d'être informé que le poste de police allait subir des restrictions budgétaires. Selon toute vraisemblance, il fermerait en mars et tous les appels seraient renvoyés vers d'autres postes du comté. La mairie de Frost Falls ne pouvait plus se permettre de payer un baby-sitter pour la ville, précisait la note.

Cette remarque l'avait piqué au vif. Jason n'était pas un baby-sitter. Certes, il avait accepté ce job par désespoir – personne ne se réjouissait d'être viré de la CIA –, mais il avait fini par se l'approprier. Et il ne s'ennuyait pas, entre les histoires de violences conjugales, de braconnage et d'exhibition sur la voie publique.

Il était temps de prouver aux décideurs qu'il servait à quelque chose. Alors peut-être lui accorderait-on une seconde chance et retrouverait-il un peu d'amour-propre.

2

9 heures du matin, un dimanche ordinaire : la plupart des habitants de Frost Falls étaient à l'église dans la ville voisine, ou se gavaient de gaufres et de bacon à L'Orignal. Susan Olson, elle, dormait encore.

Lorsque Jason sonna à sa porte, elle vint lui ouvrir en bâillant à s'en décrocher la mâchoire. Ses longs cheveux roux étaient tout emmêlés et son maquillage noir avait coulé autour de ses yeux. Elle portait un T-shirt des Black Veil Brides, un groupe de hard-rock américain, sur un pantalon de jogging rose vif. Susan devait avoir à peu près le même âge que Jason, mais elle avait vécu à Frost Falls toute sa vie alors qu'il était originaire de Crooked Creek, à une centaine de kilomètres à l'ouest.

— Vous avez vu l'heure, chef ? marmonna-t-elle en guise de bonjour.

— En l'occurrence, oui, répliqua Jason.

Il tourna la tête pour se protéger du vent glacial qui cinglait l'avant de la maison.

— J'ai entendu dire que vous aviez trouvé quelque chose d'intéressant, ce matin ?

— Je me doutais bien que vous passeriez, répondit Susan, mais je pensais que vous attendriez une heure décente. Entrez.

Jason pénétra dans le minuscule pavillon dont la construction semblait dater des années 1940. Dans la pièce principale, le sol était recouvert d'une moquette verte à poils longs ; les murs, eux, étaient peints en rose, et… non, Jason ne rêvait pas :

des paillettes avaient été intégrées à la peinture. Il prit soin de rester sur le tapis de l'entrée, ses semelles étant lestées de neige.

— J'ai juste quelques questions à vous poser, et ensuite vous pourrez retourner vous coucher, promit-il. Je sais que vous travaillez tard, les samedis soir, et je suis vraiment désolé de vous déranger, mais une femme a été assassinée.

— Assassinée ? répéta Susan en ouvrant de grands yeux. Je pensais qu'elle était morte de froid, ou quelque chose comme ça. Oh ! mon Dieu... Je me souviens d'elle. Je n'ai pas touché à son corps, mais j'ai aperçu son visage, ce matin. Je vais toujours voir ma tante le dimanche avant de rentrer dormir.

— Vous...

Jason se pencha en avant, n'étant pas certain d'avoir bien entendu. Il extirpa de la poche intérieure de son manteau le petit carnet qui ne le quittait jamais.

— Vous dites que vous vous souvenez d'elle ? reprit-il, le stylo à la main. De la femme qui a été retrouvée morte dans le fossé ?

— D'elle et de ses trois copines. La clique de Lisa Powell. Elles fêtaient sûrement un anniversaire... Toutes aussi éméchées les unes que les autres ! Mais je ne crois pas que la femme en question était du coin. Je ne l'avais jamais vue à Frost Falls – et vous savez comme tout le monde se connaît, ici.

Jason approuva d'un signe de tête, tout en notant l'information.

— Elle m'a donné un pourboire de dix dollars, ajouta Susan en souriant. Je peux vous dire que ça n'arrive pas souvent. Les gens d'ici sont tellement radins !

— Elle était donc avec Lisa Powell et... Qui étaient les deux autres ?

— Hannah Lindsay et une femme plus âgée. Peut-être la mère de l'une d'elles. Hannah et Lisa sont plus vieilles que moi, fit remarquer Susan en rejetant ses cheveux en arrière. Elles doivent bien avoir trente-cinq ans.

Jason donnait environ trente ans à la strip-teaseuse, ce qui ne faisait guère de différence...

— Revenons-en à la soirée d'hier, si vous le voulez bien. Combien de temps ces femmes sont-elles restées à L'Orignal ?

Est-ce qu'elles sont parties ensemble ? Qui d'autre assistait à votre spectacle ?

Susan étouffa un bâillement.

— Ça fait beaucoup de questions, chef.

— Je sais. Vous avez du café ?

— Oui, mais j'aimerais vraiment aller me recoucher... D'habitude, je dors jusqu'à 16 heures, le dimanche. Est-on obligés de faire ça maintenant ?

— J'en ai bien peur. Plus on attend, plus vous risquez d'oublier des détails. Et j'ai un rendez-vous à Duluth dans quelques heures que je ne peux pas rater.

Susan poussa un soupir.

— D'accord. Mon copain m'a offert une super machine à café à Noël, je vais vous en préparer une tasse. Vous voulez bien quitter vos chaussures avant de marcher sur ma moquette ?

— Bien sûr.

Jason se débarrassa de ses bottes et suivit Susan dans la cuisine, où absolument toutes les surfaces, de la vaisselle aux luminaires, étaient décorées de petits cochons à lunettes de soleil.

Yvette LaSalle déambulait dans les rayons étroits de la petite épicerie de Main Street, à Frost Falls. Les cristaux de glace accrochés aux cheveux qui dépassaient de son bonnet en laine commençaient à fondre et à couler le long de son cou. Si elle ne resserrait pas correctement son écharpe en sortant, ces gouttes gèleraient à nouveau, directement sur sa peau... *Seigneur.*

Pourquoi choisir de l'envoyer dans le Minnesota, plutôt que n'importe où ailleurs dans le monde ? s'interrogea-t-elle pour la énième fois. Et en plein mois de janvier, en plus. Les températures n'avaient pas dépassé les -10 °C depuis son arrivée. Certes, on connaissait le froid et la neige en France, mais pas de façon aussi extrême. Un être humain normalement constitué ne pouvait tout simplement pas survivre dans de telles conditions.

Et pourtant, il le faudrait bien. S'il s'agissait d'un test, elle voulait le réussir haut la main, comme tous les défis qui se présentaient à elle.

Ce petit magasin, qui portait le doux nom de L'Oasis d'Olson, vendait des aliments de base, des produits de toilette, des appâts et du matériel de pêche (parce qu'il y avait des gens assez fous ici pour pêcher par ce temps, en creusant des trous dans la surface gelée du lac), ainsi que de la bière bon marché en quantité. On y trouvait également deux machines à laver et un sèche-linge qui marchait quand il le voulait. Enfin, la boutique servait de point relais. Les livreurs d'USPS n'osaient apparemment pas s'aventurer au-delà de la rue principale.

Frost Falls était le dernier vestige de civilisation avant l'immense Forêt nationale supérieure qui bordait l'État au nord, riche d'une faune et d'une flore abondantes et d'une multitude de lacs. Cette toute petite bourgade rappelait à Yvette le village de ses grands-parents, dans le sud de la France... avec la neige en plus. Beaucoup, beaucoup de neige en plus.

— Survivre, marmonna-t-elle d'un ton déterminé.

Jamais elle n'aurait imaginé que des vacances pourraient exiger plus de résistance physique et mentale que son travail à Lyon.

Sauf qu'il ne s'agissait pas vraiment de vacances.

Un drôle de produit nommé « lutefisk » attira son attention derrière la vitre du congélateur. Elle faillit céder à la tentation d'en acheter, mais elle se ravisa. Si elle se souvenait bien de ce que la gérante du magasin lui avait expliqué une semaine plus tôt, le lutefisk était un plat nordique à base de poisson séché que l'on faisait tremper dans de la soude pour le réhydrater. Les gens du coin le dévoraient nappé de beurre fondu.

Très peu pour elle.

Comme les légumes et les fruits frais n'étaient pas disponibles à cette saison, Yvette se nourrissait de repas surgelés et de salades en sachet.

Son chef à Interpol, Jacques Patron, allait la contacter d'un moment à l'autre. *Il est temps de rentrer à la maison, Amélie*, lui dirait-il. *La voie est libre.* Chaque jour, elle attendait ce coup de fil avec impatience. Mais peut-être avait-il déjà tenté de la joindre ? Juste avant d'entrer dans l'épicerie, elle avait reçu un appel étrange d'un numéro masqué. « Yvette ? » avait demandé une voix masculine. Elle avait aussitôt répondu « Oui », et la communication s'était interrompue.

En général, les personnes qui se trompaient de numéro ne connaissaient pas votre prénom, et encore moins lorsqu'il s'agissait d'un nom d'emprunt. Jacques était-il à l'origine de cet appel ? Yvette n'avait pas reconnu sa voix, mais, après tout, l'homme n'avait prononcé qu'un seul mot... Son chef se serait-il adressé à elle en utilisant son vrai prénom, ou bien celui qu'elle était censée porter ici ?

Cet incident n'était pas à prendre à la légère. Malheureusement, elle ne pouvait pas contacter Interpol pour leur demander d'identifier l'origine de l'appel : sa présence à Frost Falls devait rester secrète, seul Jacques était dans la confidence. Elle tenterait de le joindre une fois rentrée au chalet.

Après avoir ajouté un paquet de petits pois surgelés dans son panier en plastique, Yvette se dirigea vers le rayon du pain et examina la sélection proposée. Pas de baguette croustillante en vue. Elle se rabattit sur du pain de mie, en se disant qu'elle parviendrait peut-être à en masquer le goût industriel avec la confiture de rhubarbe offerte en cadeau de bienvenue par les propriétaires du gîte.

En entendant carillonner la porte d'entrée, Yvette jeta un coup d'œil par-dessus les rayons. Deux ados en tenue de sport, le casque sous le bras, plaisantaient à propos d'un lapin qu'ils avaient poursuivi à bord de leurs motoneiges en se rendant en ville.

En ville ? songea Yvette. Non, décidément, ce n'était pas le mot qui convenait pour ce village perdu, où l'épicerie faisait aussi bureau de poste, magasin d'articles de pêche et lavomatique, et où le seul autre commerce était un café-restaurant-boîte de strip-tease. Tous les samedis soir après 22 heures, L'Orignal proposait en effet des « danses sensuelles » dans son arrière-salle... Cela dit, l'établissement servait de bons plats faits maison. Yvette sentit son ventre gargouiller.

Elle détourna les yeux des deux jeunes pour regarder dehors

à travers la vitre couverte de givre. Ce SUV noir était-il déjà garé devant L'Orignal quand elle était arrivée ? Il lui semblait trop propre, trop luxueux à côté des tas de ferraille que les gens conduisaient ici. Et il n'était pas maculé de la même couche grisâtre due au sel qu'ils épandaient partout sur leurs routes. De l'intérieur du magasin, Yvette ne voyait pas les plaques d'immatriculation et ne pouvait donc dire si le véhicule venait d'un autre État.

Un mauvais pressentiment la tenaillait sans qu'elle en connaisse l'origine. Cela lui rappelait l'époque où elle travaillait comme agent de terrain et où elle devait rester sur ses gardes en permanence, à l'affût du moindre indice visuel ou auditif.

Dès qu'elle aurait terminé ses courses, elle irait voir ce SUV de plus près.

Les deux adolescents payèrent leurs boissons énergisantes et quittèrent le magasin dans de grands éclats de rire. S'avançant vers la caisse, Yvette posa son panier sur le tapis.

— Bonjour ! la salua la gérante en français.

Canadienne expatriée, Colette parlait couramment la langue de Molière. Les deux femmes avaient tout de suite sympathisé.

— Ça fera vingt dollars.

Yvette acquiesça, tout en sachant pertinemment que la note devait plutôt approcher des trente dollars. Elle n'était pas habituée à cette générosité. Cela lui fit l'effet d'une brise tiède sur sa nuque gelée.

Elle tendit un billet à Colette, qui l'aida ensuite à caser les provisions dans son sac à dos. Yvette venait au magasin deux fois par semaine en scooter des neiges ; malgré le froid, ces petites virées lui plaisaient, surtout lorsque le soleil brillait comme aujourd'hui… Personne ne pouvait rester indifférent à l'air pur et aux paysages grandioses. Elle emportait toujours son appareil photo et s'arrêtait en chemin pour prendre quelques clichés. C'était une bonne couverture pour un agent secret, d'autant plus qu'elle pratiquait réellement ce hobby depuis des années.

— Dis donc, t'es chic avec ces leggings en laine ! s'exclama Colette en jetant un coup d'œil sur les jambes de sa cliente. Par contre, tu devrais porter un pantalon de ski quand tu fais de la motoneige.

— Ne t'inquiète pas, j'ai mis plusieurs épaisseurs, répondit Yvette.

Sous ses leggings bleus décorés de flocons de neige, elle portait un caleçon long - sous-vêtement dont elle ignorait l'existence avant de débarquer dans la toundra. Elle avait aux pieds de grosses bottes fourrées et était emmitouflée dans un épais manteau en duvet.

Alors qu'elle enfilait son sac à dos, Colette fit le tour de la caisse pour lui remonter sa fermeture Éclair et lui réajuster son écharpe. Yvette avait pris soin d'assortir celle-ci à ses leggings.

— Tu n'as pas de casque ? s'enquit Colette en regardant d'un air réprobateur son bonnet à pompon rouge. Ah, ces touristes... Tu sais qu'on peut perdre ses oreilles à cause du gel ? Il fait un froid polaire, dehors. Et avec ce vent, je ne te raconte même pas !

Elle frissonna.

— Veux-tu que je te commande un casque ? On a un fournisseur à Duluth qui est spécialisé dans l'équipement grand froid. Ça ne prendra qu'un jour ou deux. Il en existe même avec le chauffage et le Bluetooth intégrés.

— Pourquoi pas, répondit Yvette. Celui du chalet est trop grand pour moi. Merci, Colette.

— As-tu prévu d'aller manger un morceau à L'Orignal ? Je vois le scooter du chef garé devant. Il vaut le coup d'œil - et je ne parle pas du véhicule.

— Quel chef ? demanda Yvette en se tournant brusquement vers la rue. Tu veux dire le chef de la police ? Que s'est-il passé ?

— Oh ! sûrement rien de grave. Tu as déjà eu l'occasion de rencontrer Jason Cash ?

— Non, pourquoi ?

Colette lui lança un clin d'œil.

— Ma petite, c'est le meilleur parti de ce côté-ci de la frontière canadienne ! Il est jeune, il est beau, il est fier comme un paon. Mais aucune blonde du coin ne semble trouver grâce à ses yeux.

— C'est vrai que j'ai faim, murmura Yvette en posant un regard rêveur sur le restaurant.

Faim de bien des choses auxquelles elle n'avait pas eu droit depuis près de deux mois... De soleil, d'un croissant au beurre. De conversation. De sexe, aussi.

— Super ! se réjouit Colette. Tu lui diras bonjour de ma part.

Elle ouvrit la porte de son magasin et poussa presque Yvette dehors.

En sentant le vent glacial lui gifler le visage, cette dernière s'en voulut d'avoir accepté de partir se cacher à l'autre bout du monde en attendant que le danger qui la menaçait disparaisse. C'est son chef qui avait choisi l'endroit et lui avait fourni une nouvelle identité. S'il ne lui avait pas expliqué précisément pourquoi elle courait un risque, Yvette savait que cela avait un rapport avec sa mémoire photographique. En vérité, les documents qui lui passaient entre les mains dans le cadre de son travail lui étaient généralement incompréhensibles – de simples listes d'informations sorties de leur contexte. Mais son cerveau les enregistrait tous.

La neige tassée crissa sous ses bottes tandis qu'elle traversait les deux larges voies de Main Street. Quelques pick-up équipés de chaînes étaient garés devant L'Orignal, à côté de la plus puissante et la plus tape-à-l'œil des motoneiges qu'Yvette ait jamais vues. En la longeant, elle oublia le mystérieux SUV qu'elle avait repéré un peu plus tôt, et admira le corps noir et fuselé du bolide décoré de flammes vert fluo.

Ainsi donc, son propriétaire était beau ? Et célibataire ?

Yvette ne cherchait pas spécialement l'amour, mais quel mal y avait-il à vérifier par elle-même ce que l'on disait de ce Jason Cash ?

Officiellement, elle allait juste manger un morceau.

3

Jason observa la jeune femme installée au comptoir du petit restaurant. Deux tabourets les séparaient. Après avoir posé son sac à dos par terre, elle avait retiré son bonnet, libérant un flot de longs cheveux bruns. Sous son manteau, ouvert à moitié, elle arborait un pull en laine bleu et blanc décoré d'un renne et de flocons de neige, qui ressemblait à s'y méprendre à ceux que Marjorie tricotait. Jason en possédait un tout aussi moche sur lequel figuraient un orignal et ses empreintes de pas (ou peut-être étaient-ce ses crottes). Mais il le portait fièrement, pour la bonne et simple raison qu'il avait été fabriqué spécialement pour lui.

La jolie cliente n'était pas une résidente de Frost Falls. Jason en venait à s'interroger : comment se faisait-il qu'il croise autant d'étrangers le même jour ? D'abord, une inconnue avait été retrouvée morte ce matin – il avait assisté à son autopsie en milieu de journée. Puis, à son retour dans Main Street, il avait aperçu un SUV rutilant qui ne pouvait pas appartenir à quelqu'un du coin. Il avait vérifié sa plaque : le véhicule était enregistré sous le nom d'un habitant de Duluth qui travaillait au restaurant Perkins et n'avait visiblement jamais commis d'infraction. Sans doute était-il venu rendre visite à des amis.

Et maintenant, voilà qu'il se retrouvait assis à côté de Miss America...

Celle-ci commanda un thé à la menthe et un sandwich avec un supplément de bacon. La serveuse lui confia qu'elle était heureuse de pouvoir enfin utiliser le thé qu'elle gardait sous le comptoir depuis des années.

Jason ne put s'empêcher de rire en voyant la jeune femme grimacer.

— Il n'y a pas beaucoup de buveurs de thé, par ici, expliqua-t-il. Je ne vous ai jamais vue à L'Orignal… Vous êtes de passage à Frost Falls ?

— Plus ou moins, répondit-elle avec un accent prononcé.

Cette femme avait quelque chose d'exotique – un teint d'olive, des traits fins, des yeux bleus qui pétillaient sous ses sourcils délicatement arqués. Elle n'avait rien de commun avec les Scandinaves qui peuplaient une grande partie de la toundra gelée du Minnesota. Elle était bien plus mignonne, et ce, sans porter la moindre trace de maquillage. Ses lèvres naturellement roses lui rappelaient…

Jason secoua la tête pour chasser ce mauvais souvenir. Étrange qu'il n'ait pas entendu parler de cette belle étrangère. Pourtant, les rumeurs circulaient vite, au village. Il se tourna sur son tabouret pour lui faire face.

— Je suis Jason Cash, chef de la police locale.

Pour quelques mois encore, du moins, ajouta-t-il en pensée. S'il perdait son travail, que resterait-il de ses années au service de son pays et de Frost Falls ?

Pas grand-chose, malheureusement.

— Enchantée, chef. Moi, c'est Yvette LaSalle. Je ne fais pas que passer dans cette charmante bourgade : j'y suis depuis quelques semaines pour… des vacances. J'étais à l'épicerie quand j'ai eu envie de grignoter quelque chose à L'Orignal.

« *LaSalle* », songea Jason. Ce n'était donc pas Miss America. Sûrement une Canadienne francophone, alors. Pourtant, elle n'avait pas tout à fait l'accent canadien… Intéressant.

À bien y réfléchir, sa secrétaire lui avait peut-être parlé d'une nouvelle venue qu'elle avait aperçue à L'Orignal. Pourquoi n'avait-elle rien dit de sa beauté fatale ? Marjorie l'avait habitué à plus de précision…

— Je suis heureux que nos chemins se soient croisés aujourd'hui, dit-il tandis que la serveuse apportait sa commande à Yvette. Vous permettez que je me rapproche ? Cela nous évitera de crier d'un bout à l'autre du comptoir.

— Je vous en prie.

Elle préleva de son sandwich un morceau de bacon croustillant et le mâchonna avec délectation.

— Hum… Ce que la viande a pu me manquer !

— Parce que vous avez eu l'idée saugrenue d'arrêter d'en manger ?

— Je suis végétarienne, expliqua Yvette en grignotant une autre lanière de bacon. Enfin, je l'étais.

Elle croqua à pleines dents dans son sandwich.

— Oh ! la la !, que c'est bon !

Miss France, décida Jason. À l'époque où il travaillait pour la CIA, il avait été envoyé à Paris pour une mission de deux jours. Il connaissait quelques mots de français, même si les langues étrangères n'étaient vraiment pas son fort.

— J'imagine que vous ne commandez pas souvent du thé, ici, observa-t-il.

— Je ne sais pas ce qui m'a pris. En tout cas, c'est la dernière fois que je commets cette erreur.

— Vous devriez vous en tenir à la *root beer*, la racinette. On n'est jamais déçu par cette boisson.

— Je suis désolée, mais rien que le nom me rebute ! répliqua-t-elle en riant, avant de regarder par la fenêtre du restaurant. J'aime bien votre motoneige. C'est celle qui est garée devant, n'est-ce pas ? On dirait une machine de course.

— C'en est une, répondit Jason en couvant sa moto du regard. Je pourrais être pilote de course – j'adore foncer sur les pistes – mais je n'ai pas le temps. Ce boulot m'occupe vingt-quatre heures sur vingt-quatre, sept jours sur sept.

— J'imagine qu'il y a beaucoup de crimes, dans une petite ville comme celle-ci.

Jason surprit son sourire moqueur, qu'elle avait pourtant tenté de réprimer. Ses cheveux bruns cachaient une partie de son visage. Elle était tellement sexy… Et, évidemment, Jason ne restait pas indifférent à son charme.

La dernière fois qu'il avait éprouvé ce genre d'émotion pour une femme remontait à deux ans, en Italie.

Et cela s'était très mal terminé.

— Il faut bien que quelqu'un surveille les braconniers, se défendit-il. On en a toute une bande ici qui pense que tuer des loups ne nuit pas à l'écosystème. De vrais imbéciles.

— Les loups ne me font pas peur, déclara Yvette. Je les trouve magnifiques.

— C'est vrai qu'ils le sont. Mais je n'irais pas jusqu'à les caresser comme le fait mon frère. D'une manière générale, il vaut mieux être prudent avec les animaux sauvages.

Yvette acquiesça.

— À ce propos, j'ai réussi à prendre un orignal en photo, la semaine dernière, confia-t-elle.

— C'est vrai ?

— Oui, j'aime bien me balader en raquettes dans la forêt, derrière le chalet que je loue. J'emporte toujours mon appareil avec moi.

— Vous devriez faire attention. Ces animaux-là ont l'air assez empotés, comme ça, mais ils courent vite.

— Ne m'en parlez pas ! J'étais en train de photographier les arbres tout scintillants de givre quand il a surgi de nulle part en galopant dans la neige. C'était sublime. Mais maintenant, je me méfie des grosses bêtes quand je m'aventure dehors.

— Vous devriez rester sur les pistes. C'est plus sûr.

— Vous n'aimez pas vivre dangereusement, vous ?

Jason faillit répondre non, mais il sentit au ton de sa voix qu'elle ne parlait plus seulement des balades en forêt… Ses cils épais étaient-ils aussi doux qu'ils en avaient l'air ? Et elle, aimait-elle vivre dangereusement ? Cette femme lui plaisait de plus en plus…

— Ça dépend, répondit-il finalement. Un peu de folie de temps en temps, ça ne fait pas de mal.

— On ne peut pas dire que ça court les rues, dans cette ville.

Jason était certain de percevoir une pointe de frustration dans son soupir. Yvette LaSalle séjournait à Frost Falls depuis plusieurs semaines, d'après ses dires. Pourquoi ne la rencontrait-il que maintenant ? Il priait pour qu'Alex ne l'ait pas croisée avant lui.

— Hum, j'en conclus que vous aimez faire des folies ?

— J'adore, répliqua-t-elle, sans se départir de son sourire.

La serveuse choisit ce moment pour apporter sa note à Jason, rompant brusquement la tension sensuelle qui s'était installée entre Yvette et lui. Jason payait toujours ses repas de sa poche. Hors de question de se faire entretenir aux frais de la ville, et ce, encore moins avec l'épée de Damoclès suspendue à présent au-dessus de sa tête. À cet égard, même s'il appréciait peu de devoir mener l'enquête avec le BAC, il était rassuré de pouvoir compter sur les ressources du Bureau. Dès qu'il aurait reçu le rapport d'autopsie, il rejoindrait Ryan Bay au poste de police - le « beau mec » était arrivé à Frost Falls - pour faire le point sur la situation.

Alors qu'elle n'avait mangé que la moitié de son sandwich, Yvette ramassa son sac à dos et le chargea sur ses épaules. Elle n'allait quand même pas déjà repartir ? songea Jason. Il ne pouvait pas la laisser filer comme ça : il avait encore tellement de questions à lui poser ! Où elle logeait, par exemple. Est-ce qu'elle avait quelqu'un dans sa vie ? Et ses cheveux, est-ce qu'ils étaient toujours aussi brillants ?

Jason fronça les sourcils tandis qu'une image de son début de matinée lui revenait soudain à l'esprit. La jeune femme décédée avait elle aussi de longs cheveux bruns et un joli visage...

À cet instant, son téléphone bipa, annonçant l'arrivée d'un message. Elaine avait identifié la victime : il s'agissait d'une certaine Yvette Pearson.

— Yvette..., murmura-t-il.

Drôle de coïncidence.

— Oui ?

En relevant la tête, Jason croisa un regard bleu interrogateur. Il lui était déjà arrivé de se laisser séduire par une paire d'yeux bleus et un accent étranger. Sa vie n'avait plus été la même après cela.

— Je vous ai entendu prononcer mon nom, fit remarquer Yvette.

— Comment ? Ah, oui… Mais je ne parlais pas de vous. C'est un texto que j'ai reçu.

Il y répondit rapidement :

Merci pour l'info. Transmettez-moi le rapport d'autopsie.

— Excusez-moi, dit-il à l'Yvette bien vivante qu'il avait devant lui. Je suis en pleine enquête.

— Yvette est un prénom français assez répandu, observa-t-elle.

— Oui, et il y a beaucoup de Canadiens francophones dans la région.

Jason remarqua qu'elle regardait le SUV noir garé dans la rue.

— C'est un ami à vous ? s'enquit-il en montrant le véhicule d'un signe de tête.

— Le propriétaire de ce SUV ? Non. D'habitude, je suis plutôt quelqu'un de sociable, mais je n'ai aucun ami ici. À part Colette, la gérante de l'épicerie. Je n'ai croisé personne d'autre qui parle couramment le français.

— Ah, vous êtes donc française ? Je me demandais d'où venait votre accent.

— Je suis originaire de Lyon.

Jason hocha la tête.

— Alors, qu'est-ce qu'on peut faire d'intéressant dans cette ville le vendredi soir, à part ses courses à la supérette ? s'enquit Yvette.

— Eh bien… On peut savourer un dessert ici. Ils en font de délicieux – notamment la tarte aux pommes. Vous en voulez une part avant de partir ?

— Je suis sûre qu'elle est excellente, mais je n'ai vraiment plus faim.

Elle repoussa son assiette, indiquant qu'elle avait terminé.

— Je garde l'idée pour plus tard, cependant, ajouta-t-elle avec un clin d'œil. Qu'est-ce que vous avez d'autre à me proposer ?

— Voyons voir… Il y a toujours les soirées télé-couette, bien sûr.

— Chacun sa couette, ou une pour deux ?

— Eh bien, je…

Jason se sentit rougir. Il ne s'attendait pas à ce qu'elle entre aussi facilement dans son jeu. À croire que ses techniques de drague étaient bien rouillées...

— Encore un peu de café, chef ? lui proposa la serveuse, le tirant d'embarras.

— Non merci, il faut que je file. Marjorie m'attend au poste pour signer le rapport d'aut... Pour signer des papiers, se reprit-il.

Il ne voulait surtout pas vendre la mèche au sujet du cadavre qui avait été retrouvé à Frost Falls, même s'il se doutait que la nouvelle se répandrait vite après le prochain spectacle de Susan Olson.

Il posa un billet de vingt dollars sur le comptoir.

— Cela devrait couvrir nos deux repas.

— Merci, chef, dit Yvette en refermant son manteau. J'ai bien noté, pour mes vendredis soir : tarte aux pommes et soirée couette.

— Ce qui est pratique, c'est que ça peut se faire aussi bien seul qu'à deux, repartit Jason. Plus sérieusement, si vous avez besoin de moi, je suis juste là, dans ce bâtiment en briques rouges. Le poste de police grouillait de monde, avant, mais aujourd'hui il n'y a plus que ma secrétaire, mon lieutenant et moi.

— L'équipe de choc qui surveille les braconniers, commenta Yvette.

— Vous avez tout compris.

Comme ils sortaient du restaurant ensemble, elle se dirigea vers une motoneige stationnée devant L'Oasis d'Olson. C'était un vieux modèle, semblable à celui que Jason avait chevauché pendant des heures du temps où il était adolescent.

— Vous allez loin, comme ça ? lui demanda-t-il.

— Je loue un chalet à quelques kilomètres à l'est de Frost Falls. Il y a beaucoup d'arbres autour, c'est très isolé.

— Tout est isolé, dans le coin. Dès qu'on sort de la ville, c'est le no man's land. Mais c'est justement ce qui me plaît ici. Ça, et la poudre.

— La poudre ?

— La neige. Quand je ne travaille pas, je passe mon temps sur ma Cat à fendre la poudreuse. Euh, la « Cat », c'est comme ça que les gens du pays appellent leur motoneige. Du moins ceux qui aiment les bolides de marque Arctic Cat.

— Ah, vous êtes donc amateur de sensations fortes ?

— Et comment ! Le chalet où vous séjournez, c'est celui de l'allée des Bouleaux ?

— Oui, exactement.

Jason acquiesça. Les propriétaires louaient leur logement l'hiver pendant qu'ils étaient en vacances dans leur maison d'Athènes. Un chouette pays, la Grèce. Des eaux d'un bleu exquis, une culture locale fascinante, de l'ouzo en abondance... Jason avait failli prendre une balle dans le ventre là-bas, quelques années plus tôt. Le bon vieux temps.

— Merci encore ! lança Yvette en s'éloignant.

Il avait une furieuse envie de lui donner son numéro de téléphone, mais quelque chose lui disait que c'était encore un peu tôt. Ils avaient à peine discuté dix minutes. Il se contenta donc de lui faire un signe de la main, puis la regarda partir sur sa motoneige.

S'il tenait vraiment à la revoir, il savait où la trouver.

En jetant un coup d'œil vers le SUV, Jason s'aperçut que des volutes de fumée s'élevaient de son pot d'échappement. Bizarre... Il traversa Main Street pour s'approcher du véhicule mais, avant qu'il ait eu le temps de le rejoindre, celui-ci quitta son emplacement puis s'arrêta au stop au bout de la rue. Yvette venait d'emprunter une piste bordée de grands bouleaux.

Jason fronça les sourcils. C'était comme si le conducteur avait passé tout ce temps à surveiller quelqu'un. La jeune femme, en l'occurrence.

Il vérifia le message d'Elaine. Yvette Pearson.

Certes, c'était un prénom français assez courant. Mais quelle probabilité y avait-il d'en rencontrer deux dans un même village perdu au fin fond de l'Amérique du Nord ? Toutes les deux de passage, et l'une d'elles assassinée ?

Incapable de tenir en place une minute de plus, Jason mit son casque et enfourcha sa motoneige. Le temps d'allumer le moteur et de s'élancer dans Main Street, le SUV avait déjà tourné sur la route bordée d'arbres, en direction de l'est. Comme Yvette.

Jason le rattrapa, alluma son gyrophare et fit signe au conducteur de s'arrêter. Ce dernier obtempéra, baissa sa vitre. Âgé d'une trentaine d'années, il portait un bonnet gris et des lunettes de soleil. Comme l'air glacial s'engouffrait dans la cabine de son véhicule, il remonta le col de son pull noir.

— Jason Cash, chef de la police de Frost Falls, annonça Jason en s'approchant.

Il était armé d'un Glock 9 mm mais ne ressentait pas le besoin pour l'instant de le dégainer. Jamais il ne brandissait son pistolet quand il arrêtait quelqu'un sur la route. Cela ne servait qu'à terroriser les innocents et à énerver encore davantage les criminels.

— Bonjour, monsieur l'agent, lança l'homme avec un fort accent du sud des États-Unis. Il y a un problème ?

— Non. Mais je ne vous ai jamais vu à Frost Falls, et j'aime bien me présenter aux nouveaux venus.

Jason retira un de ses gants et tendit la main au conducteur, qui se pencha par la fenêtre de son SUV pour la lui serrer. Ses gestes étaient calmes, sa main chaude. Mais Jason ne voyait pas ses yeux derrière ses lunettes de soleil, et cela le contrariait.

— Comment vous appelez-vous ? lui demanda-t-il.

— Smith, répondit l'autre sans hésiter – ce qui correspondait au nom sous lequel le véhicule était enregistré. Je fais du tourisme dans les Bordery Waters. Une petite balade en voiture. C'est une belle journée, avec tout ce soleil, n'est-ce pas ?

— En effet.

L'accent du Texas, décida Jason. Tout de suite après le lycée, il avait passé trois ans dans la marine auprès d'un trio de Texans qui chantaient les louanges de la sauce piquante chaque fois qu'ils s'ennuyaient.

— Pouvez-vous me montrer une pièce d'identité et les papiers du véhicule, monsieur Smith ?

L'homme se pencha pour ouvrir la boîte à gants. Sentant les poils de sa nuque se hérisser, Jason posa une main sur son arme. Après avoir fouillé un moment dans le compartiment, Smith se retourna vers lui et lui tendit les documents. Jason expira l'air qu'il avait inconsciemment retenu.

Le permis avait été délivré dans le Minnesota et non au Texas. Rien de suspect à cela : les gens avaient le droit de déménager. Le nom et l'adresse, à Duluth, correspondaient à ceux de l'immatriculation du véhicule. Homme de trente-sept ans, cheveux bruns, yeux marron, donneur d'organes. Les cheveux étaient plus longs sur la photo, mais Smith semblait les avoir coupés récemment.

— Vous venez d'emménager dans le Minnesota ? lui demanda Jason.

— Pourquoi cette question ?

— Vous n'avez pas vraiment l'accent du coin.

Smith eut un petit rire.

— Je suis né et j'ai grandi à Dallas. Mais j'adore les hivers, ici.

— Je ne peux qu'approuver. Vous devez aimer les sports de plein air ?

— Oh ! j'aime surtout profiter des paysages.

— C'est vrai qu'il y a de quoi faire. Vous avez pris une journée de congé ?

— Exactement.

— Vous venez donc de Duluth, observa Jason en lui rendant ses papiers. Où travaillez-vous ?

— Chez Perkins, au bord de la Highway 35.

Jason avait déjà mangé dans ce restaurant. Le type ne semblait pas lui raconter d'histoires.

— Merci, monsieur Smith. Vous devriez faire demi-tour, la piste se resserre un peu plus loin. Ce n'est pas une route touristique. En fait, c'est une impasse.

— Je ne savais pas, chef.

— C'est bien pour ça que je suis là. Pour m'assurer que tout le monde reste sur le droit chemin.

Smith fronça les sourcils. Jason n'avait pas confiance. Il s'était trompé de nom pour désigner les Boundary Waters. *Bordery Waters*, avait-il dit – une erreur étrange pour quelqu'un qui était censé bien connaître la région.

— Le restaurant L'Orignal sert un bon pain de viande

accompagné de pommes de terre au beurre, l'informa-t-il. Vous devriez vous y arrêter avant de quitter la ville.

— Merci du tuyau, je n'y manquerai pas. Je peux partir, maintenant ?

— Bien sûr. Vous n'avez qu'à faire demi-tour ici, tant que la route est assez large. Méfiez-vous des fossés, la neige n'est pas tassée. Et les services de dépannage ne sont pas très fiables dans le coin.

— OK.

L'homme remonta sa vitre tandis que Jason regagnait sa motoneige. Pendant un moment, le SUV resta immobile, moteur tournant.

Assis sur son scooter, Jason fit un signe amical au conducteur. Il ne partirait pas d'ici avant de l'avoir vu faire demi-tour.

Quand Smith se décida enfin à manœuvrer pour reprendre la route dans l'autre sens, Jason le salua de nouveau.

— Ce type n'est pas net, marmonna-t-il tout haut.

Il savait reconnaître des faux papiers, et le permis de conduire lui avait paru authentique. Pourtant, son intuition lui soufflait que quelque chose clochait. Bien sûr, Frost Falls voyait passer de nombreux touristes à cette saison. La cascade qui avait donné son nom à la ville gelait pendant les mois d'hiver, attirant toutes sortes d'amoureux de la nature. Et d'imbéciles.

Mais l'homme n'avait absolument pas évoqué les chutes. Et, quand bien même, celles-ci se situaient de l'autre côté du village.

C'était la troisième personne étrangère à laquelle Jason avait affaire aujourd'hui. L'une d'elles avait été retrouvée morte dans un fossé. Il ne prendrait pas le risque que cela se reproduise.

Il fonça vers la ville, bien décidé à surveiller ce Smith.

4

Jason entra en coup de vent dans les locaux du poste de police, sans ouvrir son manteau ni essuyer ses bottes. Habituée à ce qu'il sème de la neige et de la glace partout sur son passage, Marjorie avait fait installer un tapis en caoutchouc un an plus tôt. Comme elle continuait de se plaindre de la saleté, Jason lui avait alloué un budget pour un nettoyage mensuel des sols, et l'affaire avait été réglée.

Bientôt, elle le serait définitivement... Jason ne savait pas comment annoncer à sa secrétaire que le poste allait sans doute fermer en mars. S'il n'en parlait pas, peut-être la menace disparaîtrait-elle d'elle-même ?

— Vous avez un message, lui annonça Marjorie alors qu'il passait devant elle.

— Du BAC ?

— Non, Bay est déjà dans votre bureau. Mais...

Jason ne lui laissa pas le temps de terminer sa phrase. Il rejoignit l'agent et referma la porte derrière lui.

— Bonjour, Bay.

Son collègue du Bureau des appréhensions criminelles était assis sur la chaise réservée aux visiteurs, placée juste sous les bois d'un cerf à seize cors. Il regardait l'écran de l'ordinateur portable qu'il avait ouvert sur ses genoux.

— Bonjour..., marmonna-t-il. Je vous demande juste une petite minute.

— Une minute, pas plus, répondit Jason. On a un meurtre sur les bras et il faut que je file interroger des témoins.

Il traversa la pièce et releva les stores pour jeter un coup d'œil dans Main Street. Il avait vu le SUV de Smith se diriger vers la Highway 35. Le type avait compris le message.

Ou alors… Jason porta son attention sur la station-service au bout de la rue.

— Ils louent toujours des motoneiges, à la station ? cria-t-il à Marjorie.

— Oui, je crois bien ! Vous voulez des krumkakes, chef ?

C'était le genre de proposition que Jason pouvait difficilement refuser. Il ressortit aussitôt dans le hall d'accueil, où Marjorie lui désigna une assiette en porcelaine posée sur un coin de son bureau. Elle contenait une petite dizaine de crêpes légères et croustillantes enroulées en forme de cônes.

— C'est vous qui les avez faites ? s'enquit Jason.

— Oui, je me sers de la crêpière spéciale de ma grand-mère. Il ne s'en fabrique plus, aujourd'hui, vous savez.

Jason croqua dans un des cônes, plaçant une main sous son menton pour récupérer les inévitables miettes. En deux bouchées, le gâteau fut englouti. Il en avala un deuxième, puis sortit son carnet et arracha les quelques pages de notes qu'il avait prises en interrogeant Susan Olson.

— Pouvez-vous recopier ceci à l'ordinateur ? demanda-t-il à sa secrétaire.

— Bien sûr. J'ai déjà ouvert un dossier pour la femme retrouvée dans le fossé. Elaine Hester a envoyé le rapport d'autopsie : j'en ai laissé un exemplaire sur votre bureau et en ai remis un autre à Bay.

— Parfait. Elaine m'a envoyé le nom de la victime par SMS.

Après avoir remercié Marjorie, Jason retourna dans son bureau.

— J'ai des infos sur Yvette Pearson, annonça Ryan Bay.

— Je sais déjà qu'elle vivait dans la banlieue de Minneapolis, l'arrêta Jason.

Susan avait reconnu le logo d'un lycée de la région brodé sur la veste d'une des femmes présentes à son spectacle ce soir-là.

— Oui, elle venait de Blaine, confirma Ryan Bay. J'ai contacté la police là-bas pour que la famille soit prévenue au plus vite.

— J'ai prévu d'interroger les amies de la victime, mais il faut d'abord que je passe voir quelqu'un.

— Cette jolie jeune femme avec qui vous avez parlé à L'Orignal ? s'enquit Marjorie, qui venait d'entrer avec l'assiette de gâteaux à la main.

Interprétant le silence de Jason comme un « oui », elle repartit en lui promettant de s'occuper tout de suite de ses notes. Il referma la porte derrière elle et se tourna vers Bay en soupirant.

— Pardon pour l'interruption. Quel est votre point de vue sur l'affaire ?

— C'est un homicide classique avec marques de strangulation, résuma l'agent. Les ecchymoses sur les avant-bras et l'ADN retrouvé sous les ongles montrent que la victime s'est débattue.

— Oui, j'étais là pour l'autopsie. Ce qui m'a frappé, c'est que le corps ne présentait pas beaucoup de marques de coups, justement. D'habitude, on en constate davantage, parce que le meurtrier lutte pour accomplir un geste qui ne lui est pas familier ou qui n'était pas voulu au départ. Là, aucun signe de colère de la part du tueur. Comme s'il avait gardé son sang-froid tout du long.

Bay acquiesça.

— Vous avez parlé avec la femme qui a découvert le corps ?

— Oui, et elle m'a donné les noms des dernières personnes avec lesquelles la victime a été vue. Ce sont elles que j'ai l'intention d'aller voir.

— Je croyais que vous deviez d'abord rendre visite à une jolie jeune femme ? observa Bay avec un sourire narquois.

— C'est...

Jason ferma les yeux et secoua la tête. Il fallait vraiment que Marjorie arrête de se mêler de sa vie privée. L'ennui, c'était qu'elle semblait savoir avant lui quand les choses allaient devenir privées...

— Peu importe, finit-il par dire. Est-ce que vous voulez participer à l'audition des amies de la victime ?

Bay réfléchit un instant, passant une main dans ses cheveux

parfaitement coiffés. Pour Dieu sait quelle raison, il portait un costume, et ses ongles brillaient comme s'il venait de faire une manucure. Était-ce cela que les femmes trouvaient attirant chez lui ? *Beurk*, songea Jason.

— Je vais vous laisser y aller seul, répondit l'agent du BAC. Elles seront sans doute plus à l'aise avec quelqu'un qu'elles connaissent. Mon boulot, c'est de donner des conseils aux policiers et de suivre l'évolution des enquêtes, mais au bout du compte c'est vous qui êtes maître à bord, Cash. Je n'ai pas l'intention de marcher sur vos plates-bandes. En plus, je meurs de faim ; je n'ai encore rien mangé aujourd'hui.

— Dans ce cas, arrêtez-vous à L'Orignal, répondit Jason en ramassant les documents que Marjorie avait laissés sur son bureau. Vous logez en ville ?

— Non, vous n'avez pas de motel ici. À Snow Lake, par contre, il y a un Best Western correct où le café est gratuit.

— D'accord. En tout cas, vous pouvez vous installer dans mon bureau pour travailler. Si j'apprends quelque chose, je vous tiendrai au courant.

Jason prit congé de son collègue du BAC, rassuré d'être tombé sur quelqu'un de conciliant. Ainsi, il pourrait mener l'enquête à sa guise. Il avait besoin de prouver à ses chefs qu'il était capable d'accomplir un vrai travail de policier et que le poste de Frost Falls, aussi modeste soit-il, était malgré tout indispensable.

Il décida de prendre son pick-up plutôt que sa motoneige. Un peu de chaleur ne lui ferait pas de mal. Poussant le chauffage à fond, il roula doucement le long de Main Street, les pneus crissant dans la neige comme sur du polystyrène. Il adorait ce bruit. C'était sans doute difficile à comprendre pour quelqu'un qui ne vivait pas six mois de l'année sous la neige, mais quand il entendait ce son il se sentait chez lui.

De la rue, Jason avait vue sur le petit parking de la station-service, dont l'enseigne rouge et blanche délabrée ne portait aucun nom. D'après les anciens du village, on l'avait toujours appelée « la station-service », tout simplement. Alors qu'il en faisait le tour, il ne fut qu'à moitié surpris de découvrir le SUV noir de James Smith garé à l'arrière du bâtiment en parpaings.

— Qu'est-ce que c'est que cette histoire ? marmonna-t-il.

Il s'arrêta sur le parking, descendit du pick-up et se dirigea à grands pas vers la station. Son souffle formait de la buée devant lui.

— Bonjour, Cash, le salua le propriétaire depuis son gros fauteuil perché sur une estrade, derrière le comptoir.

De cette hauteur, il pouvait facilement surveiller les allées et venues des automobilistes.

— Dites-moi, Rusty, est-ce que vous avez loué une motoneige, cet après-midi ?

— Oui, il y a à peine dix minutes. À un type du coin.

— Du coin ?

— Il a dit qu'il venait de Duluth.

La cité portuaire, construite au bord du lac Supérieur, se trouvait à une heure de route de Frost Falls et faisait encore partie du comté de Saint Louis. Rusty n'avait donc pas complètement tort.

— Je lui ai indiqué la direction de la cascade, et je lui ai bien dit de rester sur les pistes, ajouta-t-il. Mais je crois qu'il est parti vers l'est, cet imbécile.

— Comment s'appelait-il ?

Le gérant de la station-service ouvrit un grand cahier écorné qui traînait sur son comptoir.

— Smith, répondit-il. Il avait un accent. Pas comme les Canadiens, plutôt comme les gens du Sud.

— Merci, Rusty. Je vous laisse travailler.

Jason sauta dans son pick-up. Avant même d'avoir refermé la portière, il repartait déjà en direction du chalet des Bouleaux. À mesure que les kilomètres défilaient, la forêt s'épaississait et se resserrait autour de la petite route. Yvette LaSalle n'aurait pas pu choisir un endroit plus isolé pour ses vacances.

Alors qu'il roulait aussi vite que possible sur le chemin de gravier, Jason repéra des traces de motoneige sur le bas-côté. Plus exactement, les traces de deux motoneiges distinctes, fraîchement imprimées dans la neige durcie. L'une d'elles devait être celle d'Yvette. Quant à l'autre...

— Smith, lâcha-t-il tout haut.

L'espace d'un instant, il se demanda s'il ne s'inquiétait pas pour rien. Mais il écarta très vite cette pensée. La jeune femme lui avait confié qu'elle ne connaissait personne ici, et il l'avait surprise en train d'observer avec inquiétude le SUV garé dans la rue.

Tout cela lui paraissait plus que louche. Et il avait constaté au fil des ans que son instinct lui jouait rarement des tours.

Si Yvette avait accepté de prendre le large un moment, c'était entre autres parce qu'elle s'interrogeait depuis quelque temps sur ses choix de carrière. Elle ne s'était jamais fait d'illusions sur le métier d'espion au sein d'une agence de sécurité internationale : contrairement à ce que l'on voyait dans les films, ce n'était pas toujours glamour ni très palpitant. À dire vrai, un agent passait plus de temps à s'ennuyer en mission de surveillance qu'à connaître le frisson du contact avec un criminel.

Tout cela, Yvette le savait avant de commencer. En revanche, elle ne s'attendait pas à devoir résoudre un dilemme moral au moment de tirer sur sa première cible vivante. Elle n'était pas de celles qui pleurent facilement, et pourtant les larmes lui étaient montées aux yeux quand elle s'était retrouvée sur le terrain, le pistolet pointé en direction de l'homme qu'elle était censée abattre. Elle avait été incapable d'appuyer sur la détente. La vie humaine avait une valeur à ses yeux, même si l'humain en question était coupable des pires crimes. Et c'est dans le feu de l'action qu'elle l'avait compris – une révélation qui avait changé de manière irréversible le cours de son existence.

À sa demande, elle avait été transférée au service informatique d'Interpol, où elle était loin de s'épanouir depuis. Son travail se résumait à voir défiler un flot ininterrompu de données sur l'écran de son ordinateur.

Ces quelques semaines d'exil dans un chalet retiré de tout étaient une excellente occasion de réfléchir à son avenir. Avait-elle vraiment envie de poursuivre dans cette voie ? Pour tenter de répondre à cette question, Yvette avait commencé à rédiger une liste de pour et de contre. Et elle avait bien du mal à trouver des « pour ».

Une fois encore, elle se creusa la tête, tapotant son stylo contre sa tempe. Elle tenait à répertorier les bonnes et les mauvaises raisons de partir ; cela l'aidait à y voir plus clair, et la réalité était plus difficile à nier une fois écrite noir sur blanc. Le fait est qu'Yvette avait suivi l'exemple de ses parents en devenant espionne, et elle s'était toujours crue taillée pour ce métier.

À sa grande surprise, son travail de bureau s'était finalement révélé plus dangereux qu'une mission de terrain. Yvette avait vu quelque chose sur son écran qu'elle n'aurait pas dû voir. Un document qui n'avait pourtant aucun sens pour elle, et qui était même sans doute codé...

Voilà une heure qu'elle restait ainsi devant sa feuille, à écouter le vent souffler contre les murs en bois du chalet. La météo annonçait un blizzard.

— Le bonheur, grommela-t-elle en s'étirant sur sa chaise.

Abandonnant sa liste, elle se leva et se dirigea distraitement vers la cuisine. On ne pouvait pas réfléchir correctement sans une bonne dose de chocolat. Elle sortit un mug du placard, remplit la théière d'eau et la mit à bouillir sur la gazinière. En attendant, elle vida un paquet de mélange pour chocolat chaud dans la tasse.

Yvette avait bien besoin de se réchauffer. Ses orteils étaient gelés, alors qu'elle avait enfilé deux paires de chaussettes l'une sur l'autre. Et elle ne sentait presque plus ses doigts. En revenant de l'épicerie, elle avait voulu monter le thermostat de la chaudière, mais il ne voulait pas aller au-delà de 19 °C.

Avec les rafales de vent qui faisaient trembler les vitres, elle avait l'impression que toute la maison allait s'envoler. Elle poussa un soupir en regardant la cheminée. Il y avait une bonne réserve de bois empilée derrière le chalet. Les propriétaires lui avaient conseillé d'en rentrer suffisamment avant qu'il ne tombe trop de neige, mais elle ne l'avait pas fait. Dès qu'elle aurait fini sa boisson chaude, elle enfilerait son manteau et sortirait débiter quelques bûches gelées. Par une soirée pareille, il était indispensable de faire un bon feu.

Quand la théière siffla, elle versa l'eau fumante dans le mug. Oh ! comme elle regrettait le chocolat épais servi au salon de thé Angelina ! Malheureusement, l'établissement n'existait qu'à Paris, mais Yvette s'y rendait régulièrement et ne manquait jamais de commander ses douceurs préférées. Elle avala une gorgée de la boisson reconstituée, bien trop sucrée à son goût. Pendant quelques instants, elle savoura malgré tout la sensation de chaleur qui se répandait dans son ventre. Ce n'était pas la même qu'elle avait ressentie au restaurant, en discutant avec le chef de la police... Colette avait dit vrai : cet homme était sacrément séduisant.

Soudain, elle sursauta en entendant frapper à la porte. Non pas que ce soit inhabituel : le facteur passait tous les jours lui remettre son courrier en mains propres – des publicités et des prospectus pour des maisons de retraite, principalement. Elle appréciait de bavarder deux minutes avec lui. Il était souriant et lui demandait toujours si elle était bien installée, si elle n'avait besoin de rien. Un jour, il lui avait même proposé une part de gâteau aux fruits confits qu'avait fait sa femme.

À cet instant, néanmoins, elle hésita à aller ouvrir. Elle n'arrivait pas à oublier la question que lui avait posée le chef de la police à propos du mystérieux SUV. La présence de ce véhicule à Frost Falls était suspecte, et Yvette était mal placée pour ignorer ce genre de signes.

S'emparant d'un stylo en acier qui traînait sur le plan de travail, elle le serra dans sa main et s'avança sans bruit vers la porte. Pendant quelques secondes, elle resta là, à observer le panneau de bois qui la séparait du visiteur. Il n'y avait pas de judas.

— Qui est-ce ? cria-t-elle.

— C'est pour une livraison. Vous vous appelez bien... Yvette ?

— Oui, mais...

Elle fronça les sourcils. Elle n'attendait aucun paquet, et Colette, de l'épicerie, n'avait même pas dû avoir le temps de commander le casque dont elle lui avait parlé quelques heures auparavant.

— Ça vient de L'Orignal, précisa l'inconnu. Vous n'avez rien acheté là-bas ?

— Non, répondit-elle. C'est quelque chose à manger ? Cela vient de qui ?

Un silence.

— Le message dit que c'est de la part d'un nouvel ami.

Un nouvel ami ? songea Yvette. Le chef de la police lui avait-il envoyé un cadeau ? Mais bien sûr ! La tarte aux pommes du restaurant... C'était tellement gentil !

Yvette ouvrit la porte.

L'homme qui se tenait sur le seuil était grand et entièrement vêtu de noir, jusqu'à la cagoule qui lui couvrait le visage. Sans un mot, il se jeta sur elle et la saisit à la gorge.

5

En arrivant devant le chalet niché au milieu d'un bosquet de bouleaux, Jason vit à travers les baies vitrées un homme pousser violemment Yvette LaSalle contre le mur. Le cri de douleur de la jeune femme décupla sa colère ; il se rua à l'intérieur par la porte restée ouverte.

L'agresseur maintenait Yvette dos à lui en lui enserrant la taille. Mais, à la grande surprise de Jason, elle parvint à lui faire lâcher prise en lui plantant son coude dans l'estomac. Puis elle fit volte-face et lui asséna un coup à la tête avec un objet qu'elle tenait dans son poing. L'homme – qui n'était autre que Smith – poussa un juron en portant une main à son crâne sanglant.

Jason traversa la pièce, sautant par-dessus une chaise renversée. D'un simple crochet du droit, il mit Smith hors de combat. Le Texan s'écroula par terre.

Lorsqu'il se retourna, Jason se retrouva face à Yvette qui serrait un stylo tactique dans sa main. Campée sur ses jambes, elle paraissait prête à en découdre.

— C'est bon, la rassura-t-il. Il est K-O.

Elle acquiesça, tout en restant sur la défensive. Jason était impressionné. Elle tenait sans doute grâce à l'adrénaline… N'importe qui serait terrorisé à sa place.

— Yvette, vous avez été… incroyable, lâcha-t-il. Vous n'avez rien d'une damoiselle en détresse.

— En effet, répondit-elle, avant de réprimer une grimace. Mais ce type était fort. Plus fort que…

Jason vit ses lèvres frémir. Tout son corps s'était mis à trembler. Par réflexe, il la prit dans ses bras.

— Ça va aller, murmura-t-il en posant le menton sur le haut de sa tête.

Ses cheveux avaient la douceur de la soie et l'odeur fleurie de l'été. Jason sentit son cœur tambouriner dans sa poitrine. Était-ce d'avoir couru, ou de tenir cette jeune femme contre lui ? Bon sang… Elle avait fait preuve d'un courage épatant.

— Vous vous en êtes bien sortie, Yvette. Le type est dans les pommes, mais il va falloir que je lui passe les menottes. Je peux vous laisser deux minutes ?

Elle acquiesça contre son torse, sans toutefois s'écarter de lui. Il recula d'un pas et pencha la tête pour la regarder dans les yeux. Comme elle lui offrait un sourire fragile, il la relâcha doucement, certain qu'une femme comme elle ne risquait pas de s'évanouir.

Après avoir extirpé les menottes de son manteau, il se pencha au-dessus du suspect pour lui attacher les mains dans le dos.

— Vous le connaissez ? demanda-t-il à Yvette par-dessus son épaule.

— Non. Et vous ?

— C'est le conducteur du SUV noir.

— Je vous ai déjà dit que je ne l'avais jamais vu, quand on était au restaurant.

— Je sais, mais il m'a tout de suite paru bizarre. Il n'avait pas l'air du gars qui vient juste profiter du paysage. En fait, il vous suivait.

— Ah bon ? Pourquoi ne l'avez-vous pas arrêté avant qu'il arrive ici, alors ?

— Je pensais l'avoir fait.

Jason redressa la chaise renversée. Tout autour, le sol était jonché de papiers trempés de neige fondue. Ils avaient dû tomber pendant le corps-à-corps entre Yvette et son agresseur, qui les avait piétinés avec ses chaussures mouillées.

— Je ne m'attendais pas à ce qu'il loue une motoneige pour vous suivre jusqu'ici. Que vous veut cet homme ?

— Je vous l'ai déjà dit : je n'en sais rien.

— Comment est-il entré dans le chalet ?

— Je...

Yvette porta une main à sa gorge. Ses doigts tremblaient.

— Je lui ai ouvert la porte.

Jason se retint à grand-peine de la gronder.

— Vous ne vous méfiez jamais des étrangers ? demanda-t-il calmement.

— Il m'a dit qu'il avait une livraison de L'Orignal pour moi. Mais peu importe... Pourquoi lui avez-vous parlé ? Qu'est-ce qui vous a mis la puce à l'oreille ?

— Il avait l'air louche. On est en pleine enquête, et...

— Une enquête ? Sur quoi ? Un type qui s'en prend à des jeunes femmes ?

Elle n'était pas loin de la vérité, mais Jason ne livrait jamais de détails sur les affaires en cours. L'homme qui gisait inconscient sur le sol était-il le meurtrier d'Yvette Pearson ? Cette dernière avait été étranglée. Or, Smith avait tenté d'étrangler Yvette LaSalle. Jason ne croyait pas aux coïncidences.

Cependant, quel genre d'assassin se laissait dominer par une jeune femme munie d'un simple stylo tactique ? Et combien de demoiselles innocentes emportaient en vacances ce genre d'arme très peu connue ?

— C'est pratique, n'est-ce pas ? dit-il en montrant le stylo noir en acier qu'elle tenait toujours dans sa main.

Elle le serra contre sa poitrine et redressa le menton.

— Je l'emmène partout où je vais. J'ai été entraînée pour...

— Entraînée ? la coupa-t-il. Vous avez pris des cours d'autodéfense ?

Elle releva brusquement les yeux, comme s'il avait percé un secret.

— Vous l'avez dit vous-même, je ne suis pas une damoiselle en détresse.

— Ça, je l'avais compris. Mais ne vous a-t-on pas appris pendant ces cours qu'il ne fallait jamais ouvrir la porte à un étranger ?

Elle haussa les épaules et détourna les yeux.

— Vous allez le laisser là ? s'enquit-elle en désignant l'agresseur étendu par terre.

— Je vais faire venir mon adjoint.

Jason avait encore quelques questions à poser à Yvette, et il ne pouvait pas surveiller le suspect en même temps.

— Vous êtes sûre que ça va aller ?

— Je vais très bien, répondit-elle un peu trop vite, avant de se passer une main sur le front en soupirant. Si vous voulez bien m'excuser, j'ai besoin de m'isoler un moment.

— Allez-y. Je ne partirai pas d'ici tant que vous aurez ce type dans les pattes.

Jason appela directement Alex. Même s'ils alternaient leurs gardes, tous deux étaient censés répondre présents à n'importe quelle heure du jour et de la nuit. Et il préférait demander de l'aide à son lieutenant plutôt qu'à l'indolent Ryan Bay.

Yvette s'adossa à la porte de la salle de bains et se laissa glisser jusqu'au sol, la tête dans les mains. Elle tremblait de tout son corps.

Cet homme aurait pu la tuer.

Heureusement, le chef de la police était arrivé à temps – et elle lui en était reconnaissante, bien sûr. Mais elle ne voulait pas qu'il la voie craquer.

Pourquoi réagissait-elle de manière aussi disproportionnée ? Elle valait mieux que ça. Elle avait été formée pour ce genre de rencontres, et était parfaitement capable de se défendre contre le plus costaud des agresseurs.

D'ailleurs, elle n'avait pas paniqué lorsqu'il l'avait attaquée. Elle avait fait son possible pour se protéger d'une issue qui s'annonçait fatale. Ce type l'avait saisie par le cou en serrant de toutes ses forces… Yvette avait bien cru étouffer.

Voilà un peu plus d'un an qu'elle avait renoncé au travail de terrain et cessé d'exercer ses techniques de défense. Comment avait-elle pu devenir à ce point inefficace en si peu de temps ?

— Reprends-toi, Amélie, murmura-t-elle. Qu'est-ce qui t'arrive ?

La réponse était simple : Yvette, de son vrai nom Amélie Desauliniers, avait été envoyée à l'étranger sous une fausse identité pour fuir un danger dont on ne lui avait même pas précisé la nature. La tentative de meurtre dont elle venait d'être victime n'était pas un hasard. Et pourtant, sa présence ici devait rester secrète. Qui avait réussi à la retrouver ?

On frappa doucement à la porte.

— Vous allez bien, Yvette ?

Elle ferma les yeux. Respira un bon coup.

— Oui, ça va, répondit-elle. J'ai juste besoin d'un peu de temps pour me remettre de mes émotions.

— Je comprends. Rejoignez-moi dans le salon quand vous irez mieux. Mon adjoint est en route.

Amélie attendit qu'il soit reparti pour se lever. Elle ouvrit le robinet du lavabo et s'aspergea le visage, frissonnant au contact de l'eau glacée. Ici, il fallait la laisser couler pendant une éternité avant qu'elle atteigne une température supportable. Mais le froid eut au moins pour effet de refouler ses larmes.

Elle s'essuya le visage et s'observa dans le miroir. Elle allait devoir retrouver ses réflexes d'agent secret. C'était une question de survie.

— Tu en es capable, assura-t-elle à son reflet.

De retour au salon, Amélie contourna le corps de son agresseur, recroquevillé par terre. Il était en train de revenir à lui en gémissant. À cet instant, un « toc-toc » énergique la fit sursauter. Deux mains chaudes et rassurantes se posèrent aussitôt sur ses épaules.

— C'est Alex, mon adjoint, lui expliqua Jason Cash de sa voix grave. Venez donc vous asseoir.

Alors qu'il lui touchait le haut du bras, Amélie grimaça.

— J'ai l'impression que vous vous êtes blessée. Votre pull est déchiré. Je regarderai ça dès que ce type aura été embarqué.

Il alla ouvrir la porte à son collègue, un grand jeune homme séduisant – non pas beau et sexy comme son chef, mais plutôt mignon comme un chanteur de boys band. Amélie le salua depuis le canapé. S'apercevant qu'elle tenait toujours le stylo tactique, elle le posa sur la table basse et examina son bras.

Dans le feu de l'action, elle ne s'était pas rendu compte qu'elle s'était fait mal mais, depuis que Jason Cash le lui avait fait remarquer, elle commençait à ressentir une vive douleur au niveau du biceps. La manche de son pull était déchirée et ensanglantée. Cependant, à en juger par le sang qui recouvrait la pointe du stylo, son agresseur avait lui aussi subi quelques dommages.

Les deux policiers saisirent ce dernier sous les bras et le sortirent du chalet à grand-peine. L'homme se débattait, lançant des coups de pied en tous sens et tirant sur ses menottes.

— Je reviendrai finir le boulot ! hurla-t-il à Amélie, avant d'être chargé dans la voiture de patrouille.

6

Depuis le porche, Jason regarda Alex faire demi-tour dans l'allée et lever le pouce en l'air en repartant vers la ville. Il mettrait le criminel sous les verrous et pourrait commencer à l'interroger avec l'aide de Ryan Bay.

— Je vais faire le tour du chalet et des environs pour voir si je trouve des indices, annonça Jason en se penchant dans l'embrasure de la porte. Ça ne vous dérange pas de rester seule un moment ?

— Bien sûr que non.

C'était la bonne réponse, mais prononcée d'une voix tremblante. *Pas étonnant*, songea Jason.

— Juste une petite demi-heure, précisa-t-il. Je vous promets de ne pas m'éloigner. Si vous avez besoin de moi, vous n'avez qu'à crier à la porte.

Le vent et les flocons de neige lui fouettèrent le visage tandis qu'il contournait la maison, suivant des traces de pas qui n'étaient ni les siennes ni celles d'une femme. D'ici une heure, toutes ces empreintes auraient été recouvertes.

Deux gros tas de bois formaient un écran de protection autour du générateur électrique. Jason souleva la bâche bleue qui recouvrait ce dernier ; un peu de neige s'était accumulée à la base, mais il semblait en parfait état de marche. Il ne prit pas le temps de le vérifier, préférant relever les traces laissées par Smith avant que la tempête ne les efface.

Il longea le garage double à l'arrière du chalet, s'enfonçant dans la neige cotonneuse. Les empreintes de bottes s'étaient déjà remplies à moitié, mais elles se dirigeaient clairement vers la maison. Repérant les ornières d'une motoneige au loin, Jason bifurqua vers la ligne de bouleaux qui marquait le début de la forêt à une cinquantaine de mètres. Bientôt, il aperçut le véhicule caché derrière les arbres.

Pressant le pas, il pénétra dans le bois, soulagé d'être enfin protégé des rafales. S'il était habitué au froid, il craignait le vent qui vous gelait le visage et vous glaçait les poumons en quelques minutes. La neige mal tassée et les branches tombées au sol rendaient la progression difficile, mais il atteignit bientôt le véhicule. Celui-ci avait été loué à la station-service, à en croire l'autocollant visible sur le capot. Les clés étaient restées sur le contact. Vraisemblablement, Smith avait eu l'intention de repartir rapidement après avoir commis son crime.

Jason s'assit sur le siège en vinyle saupoudré de neige et promena le faisceau de sa lampe-torche autour de lui. La station-service prenait grand soin de ses véhicules de location, qui n'étaient pourtant plus tout neufs. Celui-ci avait le réservoir plein. Le siège, confortable, ne présentait aucune déchirure, et le capot n'était abîmé qu'à un seul endroit, à la base du pare-brise.

Jason était certain à présent que les empreintes de pas correspondaient à des bottes de cow-boy. Elles partaient de la motoneige et allaient tout droit vers le chalet. L'homme n'avait pas hésité un seul instant, clairement décidé à éliminer cette seconde Yvette.

Était-ce lui qui avait tué la première ? Avait-on affaire à un tueur en série, obsédé par les jeunes femmes répondant à ce prénom ?

Jason ouvrit le petit coffre à l'arrière du véhicule : il était vide. Si l'agresseur avait eu l'intention de se servir d'une arme, il l'aurait emportée avec lui. Or Jason n'en avait trouvé aucune lorsqu'il l'avait fouillé après l'avoir menotté.

Convaincu qu'il n'y avait plus rien à chercher ici, il repartit bien vite vers la maison où une jeune femme blessée l'attendait.

De retour au chalet, Jason quitta ses bottes et s'assit à côté d'Yvette sur le canapé. En la voyant frissonner, il comprit qu'elle était encore sous le choc. Le stylo tactique était posé sur la table basse en pin ; il l'emporterait au poste pour le placer sous scellés.

— Vous avez été très courageuse, dit-il sur un ton qu'il voulait le plus rassurant possible. Je peux regarder votre bras ?

La jeune femme acquiesça sans prononcer un mot tandis qu'il écartait les fils déchirés de son pull en laine. Sa blessure avait beaucoup saigné, mais elle ne semblait pas profonde. Yvette avait dû se râper le bras contre une surface rêche en luttant contre son agresseur. Tous les meubles du logement étaient fabriqués en bois brut : elle s'était probablement cognée contre un pied de chaise ou un bord de table.

— J'ai retrouvé la motoneige de Smith garée dans les bois, annonça-t-il. Je la ferai remorquer après la tempête. Je pense que vous devriez venir au poste avec moi pour montrer votre bras à Marjorie, ma secrétaire. Juste par précaution. Et il faudra que je prenne votre déposition.

— Ma blessure est superficielle.

— Marjorie a été infirmière, insista-t-il.

— Ce n'est qu'une égratignure. Et je sais que vous avez des questions à me poser, c'est la procédure. Mais rien ne presse, il me semble.

— J'aimerais vraiment qu'on en parle maintenant, tant que l'incident est encore frais dans votre esprit. C'est tout de même bizarre : depuis le début, ce type vous suivait. Il était déjà dans Main Street pendant que vous faisiez vos courses, et il y était encore quand vous avez traversé pour aller manger à L'Orignal. Ensuite...

— Je vous assure que je n'avais jamais vu cet homme avant.

— Alors pourquoi l'avez-vous laissé entrer ?

— Je lui ai demandé qui il était, il m'a répondu qu'il avait une livraison et a voulu savoir si je m'appelais bien Yvette.

— Une livraison ?

— De la part d'un nouvel ami, a-t-il précisé. J'ai pensé que cela venait de vous. Après tout, nous avions parlé de tarte de pommes...

— Vous avez cru que je vous avais envoyé de la tarte ? s'enquit Jason, abasourdi.

— Sur le coup, ça ne m'a pas paru idiot. J'ai ouvert la porte et il m'a sauté dessus. Dieu merci, vous êtes arrivé une ou deux minutes après.

— Il vous a donc appelée par votre nom ?

Elle acquiesça.

— Votre nom complet ?

Yvette réfléchit un instant.

— Non, juste mon prénom. J'ai eu la présence d'esprit d'attraper le stylo avant d'ouvrir.

— Donc, vous étiez méfiante.

— Je l'étais jusqu'à ce qu'il prononce mon prénom. À partir de là, j'ai vraiment cru que c'était un livreur.

— D'accord. Vous a-t-il étranglée tout de suite, ou avez-vous parlé d'abord ?

— Il m'a attaquée tout de suite. Je me suis débattue et j'ai réussi à l'entraîner à travers la pièce vers la table, d'où le bazar par terre.

— Et ces papiers qui sont tombés, ils sont importants ? demanda Jason en jetant un coup d'œil par-dessus l'épaule de la jeune femme.

— Non, ce sont juste quelques notes personnelles. Pourquoi ? Vous pensez qu'il cherchait quelque chose de particulier ?

— Je n'en sais rien. C'est à vous de me le dire.

— À partir du moment où je l'ai fait entrer, il n'a plus ouvert la bouche. Il n'a rien demandé. Je ne crois pas qu'il était là pour voler quoi que ce soit. Il voulait me faire du mal, voire...

Elle ne termina pas sa phrase. Jason sortit son carnet pour griffonner quelques mots.

— Combien de personnes savent que vous êtes ici ? demanda-t-il.

— Une seule.

Yvette haussa les épaules comme pour s'excuser de sa réponse.

— Pas d'amis ? Pas de famille ?

Elle secoua la tête, les lèvres pincées.

— C'est étrange, observa-t-il. Une femme qui part à l'étranger toute seule sans que personne ne soit au courant... C'est votre petit ami qui est informé ?

Une fois de plus, elle fit « non » de la tête, choisissant le silence. Un silence qui contrariait Jason. Pourquoi ne lui donnait-elle pas de son plein gré le nom de cette personne ?

— Qui sait que vous êtes ici, mademoiselle LaSalle ? insista-t-il.

— Mon chef. Je suis venue faire un reportage photo. Ça s'est décidé à la dernière minute, je n'ai pas prévenu le monde entier. J'en ai parlé avec mon patron et... me voilà.

— Vous voilà. Vous êtes donc photographe ?

Elle acquiesça.

Jason n'y croyait pas une seconde. Où était son matériel ? Il ne voyait aucun appareil photo autour d'eux.

— Et votre chef, il est photographe, lui aussi ? s'enquit-il.

— Je fais ça sur mon temps libre. J'essaie d'étoffer mon portfolio.

Jason referma son carnet et le rangea dans la poche intérieure de son manteau.

— Avez-vous d'autres choses à me dire sur ce qui s'est passé ?

— Non.

— Si j'ai bien compris, Smith est arrivé ici quelques minutes seulement avant moi ?

— Oui, c'est ce qu'il m'a semblé. De toute façon, je ne tiendrais pas beaucoup plus longtemps contre un adversaire aussi fort.

— Très bien. Il faut que je rentre au poste pour m'occuper de lui.

Jason était également censé interroger les amies d'Yvette Pearson...

— Je vous appellerai dans une heure pour vérifier que tout va bien, ajouta-t-il. Vous ne craignez rien, maintenant.

— Merci.

— Est-ce que vous me promettez de n'ouvrir à personne en dehors du facteur ?

— C'est promis. Par contre, je veux bien que vous me notiez votre numéro de téléphone avant de partir. Prenez un des papiers qui traînent par terre.

Jason s'exécuta, ramassant une page de cahier sur laquelle deux colonnes avaient été tracées, intitulées POUR et CONTRE. Soucieux de respecter la vie privée de la jeune femme, il réprima sa curiosité et retourna la feuille pour griffonner ses coordonnées au dos.

Alors qu'il lui tendait le papier, il remarqua que ses mains tremblaient.

— Qu'y a-t-il, Yvette ? Quelque chose vous tracasse, je le sens.

Elle poussa un soupir.

— Avez-vous entendu ce qu'il m'a dit quand votre collègue l'a embarqué ?

Smith avait crié qu'il reviendrait finir le travail. Quel culot…

Jason plongea les yeux dans le regard bleu d'Yvette. Elle semblait chercher du réconfort, et il était prêt à lui en offrir. Il ne s'imaginait pas à sa place, seul dans une région comme celle-ci et venant tout juste de se faire agresser violemment.

— Voulez-vous que je reste un peu plus longtemps ? demanda-t-il.

— Non, ça va aller. Vous devez interroger ce type. Enfermez-le à double tour, d'accord ?

— C'est bien ce qui est prévu.

Jason se dirigea vers la porte en enfilant ses gants. Alors qu'il chaussait ses bottes de neige, il se retourna vers la jeune femme. Elle était toujours assise sur le canapé, dos à lui, les yeux rivés sur la baie vitrée donnant sur la forêt couverte de givre.

Faisait-il le bon choix en la laissant seule ? L'agresseur avait été arrêté, mais peut-être avait-il des complices… Jason reviendrait la voir au plus vite.

Pour une raison qu'il ignorait, cette jeune femme avait attiré le danger sur Frost Falls. Il la croyait lorsqu'elle disait qu'elle ne connaissait pas Smith. Mais elle lui cachait quelque chose. Qui partait ainsi plusieurs semaines à l'étranger en ne prévenant que son employeur ? C'était louche. Néanmoins, elle venait de vivre une expérience traumatisante. Il fallait lui laisser un peu de répit avant de l'interroger.

— J'en ai pour une heure, lança-t-il en ouvrant la porte. J'attends de vos nouvelles !

Alors qu'il se garait devant le poste de police, Jason monta le son de la radio juste au moment où le présentateur conseillait à tous les habitants de la région de faire des réserves de nourriture. Le blizzard approchait ; il atteindrait sa force maximale le lendemain après-midi, voire dès le matin. Jason coupa le moteur et sauta sur le trottoir, inhalant une grande bouffée d'air glacial. Il faisait trop froid pour que la neige tombe en abondance, mais la météo réservait toujours des surprises en hiver.

Il passa rapidement à l'accueil pour attraper un krumkake sur le bureau de Marjorie, puis ressortit du bâtiment, en fit le tour et ouvrit une lourde porte d'acier à l'arrière. Un escalier menait aux cellules en sous-sol. Jason détestait cette disposition, surtout lorsqu'il escortait un délinquant ivre ou violent. Plus d'une fois, il avait failli dégringoler les marches avec son prisonnier. Sur ce coup-là, l'architecte n'avait pas été très inspiré...

La chaudière maintenait une température frisquette de 17 °C dans chacune des trois cellules, que Marjorie avait équipées d'oreillers moelleux et de quilts fabriqués à la main. Quelques mois plus tôt, Jason avait passé une nuit dans une de ces petites pièces, après une longue soirée à éplucher des dossiers ennuyeux. Il y avait dormi comme un bébé.

— Alors, on a un nouveau client ? lança-t-il à Alex et à Ryan en les rejoignant devant la cellule du milieu.

— On vient juste de le boucler, répondit son adjoint. C'est un rebelle. Bay a été obligé de m'aider pour les empreintes.

— Je vois ça, commenta Jason.

Alex avait de l'encre jusque sur la joue.

— Vous avez réussi à en tirer quelque chose, Bay ?

Une fois de plus, l'agent du BAC était concentré sur l'écran de son ordinateur portable, qu'il avait posé sur une petite table sous le téléphone mural.

— Pas encore, répondit-il.

— Par contre, notre invité avait beaucoup de choses à dire sur ma mère, précisa Alex. Des choses pas très gentilles.

— Ah oui ?

Jason s'approcha des barreaux. Smith se tenait debout au

fond de la cellule, un pied contre le mur. Il portait des bottes de cow-boy, dans une région où tout était recouvert d'au moins dix centimètres de neige. Idiot.

— Vous êtes en état d'arrestation pour agression, lui annonça Jason. James Smith, c'est ça ? J'ai fait une petite recherche sur vous à partir de l'immatriculation de votre véhicule. Vous vivez à Duluth et vous travaillez au restaurant Perkins. Qu'est-ce qu'un chef de partie vient faire à Frost Falls, à étrangler des jeunes femmes ?

L'homme marmonna quelques mots incompréhensibles, avant d'achever son propos par une insulte qui, elle, était parfaitement claire.

— Il n'aime pas non plus votre mère, on dirait, commenta Alex.

— Ma mère lui ferait une clé de bras si elle l'entendait parler comme ça, répliqua Jason.

Chez les Cash, on était tous sportifs – les parents comme les trois garçons. Le père avait été soldat dans la marine avant d'acheter la propriété de Crooked Creek pour se lancer dans la production laitière et fonder une famille. Quant à la mère... Elle était passionnée d'arts martiaux. Un jour, elle avait mis au tapis son fils aîné, Justin, en lui montrant une de ses prises. Joe et Jason en avaient pleuré de rire. Ce dernier n'avait pas honte d'avouer que c'était elle qui lui avait appris certains des gestes de défense les plus efficaces qu'il connaissait, ainsi que le tai-chi, qu'elle pratiquait religieusement.

Le prisonnier releva le menton et leur fit un doigt d'honneur.

— Je sens qu'on va bien s'amuser, lâcha Jason, avant de se tourner vers ses deux collègues. Je vous laisse commencer à remplir les papiers et descendre le kit de prélèvement d'ADN. Vous avez fait les photos ?

Alex soupira.

— C'est Bay qui s'en est occupé, je ne suis pas sûr du résultat.

— Mon appareil avait du mal à faire la mise au point, se défendit l'agent du BAC. Je suis justement en train de regarder les différentes prises. Il y en a peut-être une de potable.

— D'accord. On précisera dans le dossier que le suspect

n'était pas coopérant. Il faudra entrer ses empreintes dans le fichier national informatisé, au cas où il serait déjà connu des services de police.

— Très bien, chef, répondit Alex, avant de s'engager dans l'escalier.

— Et la prochaine fois que tu descends, apporte-nous quelques krumkakes ! lui lança Jason.

— Si je ne les ai pas tous mangés ! rétorqua le jeune homme en refermant la porte d'acier.

Ryan Bay rejoignit Jason devant la cellule.

— Avez-vous eu le temps d'interroger les amies de la jeune femme assassinée ? lui demanda-t-il.

— Non, j'ai été pris par une autre urgence.

— La tempête approche. Je déteste le Minnesota... D'ailleurs, j'ai demandé un poste dans un comté de l'Arizona.

— J'espère que vous l'obtiendrez, répondit poliment Jason.

Bay lui semblait distrait. Visiblement, l'enquête ne l'intéressait guère. Peut-être souffrait-il de surmenage ? Ou alors, c'était la météo. Le froid était bien capable de vous anesthésier au point de vous faire oublier vos priorités.

Pour sa part, Jason en avait ajouté une à sa liste : protéger une jolie étrangère.

— Il faut que je file avant que le temps se dégrade, annonça-t-il. Demandez à notre homme s'il a eu des petites copines répondant au nom d'Yvette. Ou peut-être est-ce sa mère qu'il essaie d'étrangler ? Renseignez-vous sur sa famille.

— Je m'en occupe, promit Ryan Bay, et Jason le laissa seul avec le suspect.

7

Quand Amélie tenta de joindre son chef, l'appel bascula directement sur la boîte vocale. Il était près de minuit en France, mais il fallait qu'elle informe Jacques de l'agression dont elle avait été victime. Or, avant son départ, il lui avait expressément demandé de ne le contacter qu'en cas d'extrême nécessité, et de rester vague si elle était obligée de lui laisser un message.

Était-ce un cas d'extrême nécessité ? Après tout, elle était encore vivante. L'agresseur avait-il vraiment eu l'intention de la tuer ? Amélie porta une main à sa gorge, là où il l'avait serrée sans pitié. Aucun doute : si le chef de la police n'était pas arrivé à temps, le type n'aurait pas relâché son étreinte avant qu'elle ait cessé de respirer.

Oui, on pouvait dire que la situation était assez grave pour que son chef en soit averti. En revanche, elle préférait lui parler de vive voix et se résolut donc à raccrocher.

Elle allait reposer le téléphone quand elle se rappela qu'elle avait promis à Jason Cash de lui donner des nouvelles. Une fois encore, elle tomba sur le répondeur ; elle lui assura que tout allait bien et le remercia de sa sollicitude. Puis, sans réfléchir, elle ajouta : « Je vous dois bien un dîner à L'Orignal pour m'avoir sauvé la vie. À bientôt. »

Un dîner ? D'où lui était venue cette idée ?

En réalité, elle avait tout intérêt à se lier d'amitié avec le chef de la police. Elle ne connaissait personne ici, cela ne pouvait pas faire de mal d'avoir une autre paire d'yeux aux aguets, quand bien même ces yeux-là appartenaient au plus bel homme qu'elle ait croisé depuis des années.

— Je suis pragmatique, c'est tout, dit-elle tout haut.

En retournant la feuille de papier sur laquelle Jason Cash avait griffonné son numéro de téléphone, Amélie fut surprise de découvrir la liste de « pour » et de « contre » qu'elle avait commencée au sujet de son travail actuel. Dans la seconde colonne, sur la première ligne, on pouvait lire : *pas de vie amoureuse*. De fait, travailler pour une organisation de police internationale ne favorisait pas les relations. C'était évidemment plus facile depuis qu'elle officiait au service informatique, par rapport à l'époque où elle ne savait jamais où elle allait être envoyée en mission, mais il n'en restait pas moins qu'elle pouvait difficilement parler de son travail avec des civils. Et cela n'aidait pas à tisser des liens d'amitié ou d'amour.

Alors qu'elle posait le papier sur le bureau, les lumières vacillèrent. L'installation électrique ancienne du chalet résistait de son mieux aux conditions climatiques extrêmes. Les propriétaires avaient laissé des instructions sur le fonctionnement du groupe électrogène, qui se trouvait à l'extérieur de la maison, accolé à un mur. Ils avaient également disposé des bougies un peu partout dans les tiroirs, sur les rebords des fenêtres et sur le manteau de cheminée.

Par précaution, Amélie alluma les trois grosses bougies qui décoraient la table basse rustique. Malgré l'ambiance chaleureuse créée par les flammes dansantes, elle ne pouvait se départir d'une sensation de malaise.

Elle se frotta les bras, prise d'un frisson. Non, elle n'avait pas peur – elle n'était plus une petite fille. Mais était-elle en sécurité, ici ? Avait-on voulu la tuer à cause des informations qu'elle avait gardées en mémoire ? Et quelles étaient ces informations, au juste ? Elle avait lu un document qui était resté affiché dix minutes sur l'écran de son ordinateur avant de disparaître. Son cerveau avait enregistré les données, comme il le faisait avec tout ce qui lui passait sous les yeux. Et son chef avait craint que cela ne la mette en danger.

Une chose était certaine : l'agresseur ne l'avait pas choisie par hasard. Il connaissait son nom, et il était venu la trouver jusque dans ce chalet perdu loin de la ville. En outre, il avait promis de revenir « finir le boulot » – ce qu'il aurait du mal à faire depuis sa prison. Avait-il des complices ?

Et comment avait-il réussi à la localiser, alors que seul Jacques était au courant de sa présence ici ? Amélie avait toujours fait confiance à son chef, cela ne changerait pas maintenant.

— Je lui donne encore une semaine, murmura-t-elle. Ensuite, je passe à l'action.

— Avez-vous écouté vos messages ? demanda Marjorie en passant la tête dans le bureau de Jason.

Celui-ci avait décidé de laisser Ryan Bay interroger le suspect pendant qu'il irait discuter avec les femmes qui avaient passé la soirée à L'Orignal en compagnie d'Yvette Pearson. Il n'avait pas encore eu le temps de regarder son téléphone, tout occupé à rechercher des informations sur James Smith dans le fichier des criminels.

— Je vais le faire, répondit-il distraitement à sa secrétaire.

— Vous en savez un peu plus sur le prisonnier ?

— Je crois qu'il est originaire du Texas, mais pour l'instant il ne sait pas dire autre chose que des insanités.

— Et Ryan, il s'en sort bien avec lui ?

— Je le trouve trop apathique. On dirait qu'il n'en a rien à faire.

— Il a l'air assez détaché, comme type.

— C'est le moins qu'on puisse dire.

— Vous prenez la garde de nuit pour surveiller notre invité ?

— Non, c'est Alex qui s'y colle. Je viendrai tôt demain pour le relayer – sauf si la tempête éclate. Dans ce cas, j'irai peut-être faire un tour.

— Je sais que vous attendez la neige fraîche avec impatience, dit Marjorie en riant. Vous devriez faire des courses de motoneige, Jason.

— J'aimerais bien, mais je ne peux pas me permettre de prendre des congés en ce moment. C'est une grosse enquête.

— Et je suis sûre que vous la résoudrez vite.

— Vous ne m'avez jamais vu travailler sur une affaire d'homicide. Comment pouvez-vous en être sûre, Marjorie ?

— Parce que vous êtes intelligent et que vous ne vous laissez pas marcher sur les pieds.

— Merci pour le vote de confiance.

— De rien. Je vois bien que vous doutez de vous, parfois.

Jason haussa un sourcil.

— Vous voulez donner l'image d'un chef sûr de lui, qui a la tête sur les épaules, expliqua-t-elle. Et c'est vrai, en grande partie. Mais je sais que quelque chose vous a profondément blessé avant que vous n'arriviez ici.

Jason n'avait jamais évoqué avec Marjorie les raisons qui l'avaient poussé à accepter ce poste. Elle savait seulement qu'il avait travaillé pour la CIA juste avant.

— Vous faites du bon boulot, chef, ajouta-t-elle. Ne l'oubliez jamais.

Il acquiesça, ne sachant pas quoi répondre. D'une manière générale, il faisait de son mieux avec les moyens qu'on lui donnait. Cet homicide serait pour lui l'occasion de prouver qu'il était digne de confiance.

— À demain, Marjorie, finit-il par dire en lui faisant un clin d'œil. Passez le bonjour à Hank de ma part.

Elle lui fit un petit signe de la main et referma la porte.

Jason reporta son attention sur la base de données de la police. James Smith n'était probablement pas le vrai nom de l'homme enfermé au sous-sol : aucun des nombreux homonymes inscrits au fichier ne lui ressemblait. Et leurs adresses ne correspondaient pas non plus à celle qui était indiquée sur le permis de conduire, ce qui signifiait que le propriétaire de ce permis n'avait jamais été arrêté et n'avait donc jamais eu à donner ses empreintes.

L'homme détenu en cellule avait très probablement volé le véhicule du vrai James Smith. Pourtant, aucune plainte n'avait été déposée – Jason l'aurait su au moment où il avait fait une recherche sur le SUV. Mais si le propriétaire d'origine avait été gravement blessé, ou même abattu, il ne risquait pas d'avoir prévenu la police...

— Vous êtes toujours là ? cria Jason à l'intention de Marjorie.

— Oui, de quoi avez-vous besoin ?

Il réprima un sourire. Sa secrétaire mettait toujours un peu de temps pour rassembler ses affaires, éteindre son ordinateur et faire un brin de ménage avant de partir.

— Est-ce que vous voulez bien m'appeler le poste de police de Duluth ? lui demanda-t-il.

Lorsque Marjorie l'eut mis en ligne avec son correspondant, Jason dicta à ce dernier le numéro d'immatriculation du SUV et les informations du permis de conduire. Comme il s'y attendait, le véhicule n'avait toujours pas été déclaré volé.

— Vous devriez peut-être aller voir chez James Smith si tout va bien, suggéra-t-il à son collègue. J'ai arrêté un type qui était en possession de sa voiture et de son permis de conduire.

— D'accord. Rappelez-moi dans une heure.

— Merci.

Jason raccrocha. Il était grand temps à présent de rendre visite à Lisa Powell, une des amies de la jeune femme assassinée. Il aurait voulu le faire plus tôt, mais c'était l'inconvénient de n'être que deux à maintenir l'ordre à Frost Falls : il devait presque tout assumer seul, depuis les interrogatoires jusqu'aux relevés d'indices en passant par la rédaction des rapports. Et l'on ne pouvait pas dire que Ryan Bay lui était d'une grande aide... Heureusement, Lisa Powell vivait avec son mari et leurs deux enfants à une centaine de mètres du poste de police.

En sortant son téléphone de sa poche, Jason découvrit le message vocal que l'autre Yvette lui avait laissé. Tout allait bien, disait-elle, et elle ajoutait...

— Un dîner ? répéta-t-il tout haut. Pourquoi pas. Ce sera l'occasion d'en savoir plus sur vous, mademoiselle LaSalle.

8

Lisa Powell et Hannah Lindsay furent bouleversées en apprenant la mort d'Yvette Pearson. Elles l'avaient toutes deux connue au lycée de Blaine, d'où elles étaient sorties diplômées treize ans plus tôt. Lisa était tellement inconsolable que Jason ne put rien apprendre d'elle. Hannah, en revanche, parvint à lui expliquer entre deux sanglots qu'elles avaient fêté l'anniversaire de Lisa la veille, qu'elles avaient beaucoup bu et qu'Yvette avait quitté L'Orignal la première pour regagner le motel de Snow Lake où elle devait passer la nuit. Quand Jason lui demanda pourquoi elles avaient laissé leur amie prendre le volant alors qu'elle était ivre, Hannah se mit à pleurer de plus belle.

Ni l'une ni l'autre n'avaient remarqué la présence d'un étranger au cours de leur soirée dans l'arrière-salle du restaurant. Mais s'en seraient-elles souvenues, dans leur état ? Yvette Pearson s'était rendue à L'Orignal avec Lisa et était donc repartie à pied pour récupérer sa voiture chez cette dernière. Avant l'arrivée de Jason, personne chez les Powell ne s'était aperçu que la Chevrolet d'Yvette était toujours garée derrière leur maison. Smith – si c'était bien lui le meurtrier – avait dû proposer à la jeune femme de la raccompagner. Il l'avait tuée presque aussitôt, avant d'abandonner son corps au bord d'une route non loin du village.

Pourquoi ne l'avait-il pas emmenée à l'écart pour commettre son meurtre en toute tranquillité ? Sans doute parce qu'il était pressé. Il avait voulu l'éliminer au plus vite.

Connaissait-il Yvette Pearson ? Du lycée, peut-être, ou dans le cadre de son travail ? Avait-il eu un différend avec elle ? S'agissait-il d'un crime passionnel ? Jason en doutait. Dans ce genre de meurtres, l'acte était en général beaucoup moins soigné, plus impulsif. Et, surtout, le meurtrier ne s'en prenait pas tout de suite après à une autre femme portant le même prénom.

À moins bien sûr qu'une Yvette l'ait fait souffrir d'une façon ou d'une autre et qu'il ait décidé de passer sa colère sur toutes les Yvette qu'il croisait… Après tout, les deux jeunes femmes se ressemblaient, avec leurs longs cheveux bruns et leurs traits délicats.

Maintenant qu'il avait parlé aux amies de la victime, Jason allait pouvoir rentrer au poste et mettre au point une nouvelle stratégie d'interrogatoire avec Bay. Il leur faudrait également s'entretenir avec la famille et les collègues d'Yvette Pearson. Mais était-ce vraiment nécessaire ? Si l'on retrouvait l'ADN de Smith sous les ongles de la jeune femme, Jason n'aurait même pas besoin de recueillir les aveux de son prisonnier.

Il ferait remorquer la Chevrolet de Pearson pour qu'Alex puisse l'examiner sous toutes les coutures. Quant à Marjorie, elle s'occuperait de recopier à l'ordinateur les enregistrements des auditions des témoins. Pour l'heure, et avant qu'il ne fasse nuit, Jason tenait à vérifier qu'Yvette LaSalle était en sécurité.

— Qu'est-ce qui vous amène, chef ? demanda la jeune femme en ouvrant la porte à Jason.

— Je voulais juste m'assurer que tout allait bien. Et c'est vous qui avez parlé d'un dîner, non ?

Il lui tendit un sac de L'Orignal.

— Je ne sais pas si c'est encore assez chaud. C'est un pain de viande, mon plat préféré.

— Je ne suis pas sûre d'y avoir déjà goûté.

Après s'être débarrassé de ses vêtements de neige, Jason s'installa à table pendant qu'Yvette déballait le pain de viande encore tiède, la purée de pommes de terre et les petits pains moelleux que le chef de L'Orignal confectionnait lui-même.

— Je suis surpris qu'une femme aussi frileuse que vous semblez l'être ait choisi de prendre des vacances dans le Minnesota en plein hiver, observa-t-il.

Yvette s'assit en face de lui et déchira un petit pain en deux. À sa façon d'éviter son regard, Jason comprit qu'elle n'avait pas l'intention de lui dire toute la vérité.

— Ce voyage n'était pas vraiment prévu, expliqua-t-elle. Un ami d'un ami connaissait le propriétaire de ce chalet, c'est comme ça que j'en ai entendu parler. Je me suis dit que c'était l'occasion de prendre des photos.

Pendant quelques instants, Jason mangea en silence.

— Je croyais que vous me faisiez confiance, Yvette, lâcha-t-il enfin.

— C'est le cas.

— Alors pourquoi me mentez-vous ?

Elle reposa son morceau de pain et le dévisagea, à la fois étonnée et gênée. Jason s'empêcha de plonger le regard dans ses yeux bleus entourés de longs cils. Il avait peur de s'y noyer.

— Vous ne choisiriez jamais de venir ici en vacances, insista-t-il. Ou alors, vous êtes partie sur un coup de tête et à présent vous le regrettez. Vous savez pourquoi cet homme vous a attaquée, n'est-ce pas ?

— Honnêtement, non. Je vous le jure. Vous pouvez me passer au détecteur de mensonges, si vous voulez.

C'était une façon étrange de se défendre. Seuls ceux qui avaient peur d'être démasqués suggéraient le test du détecteur de mensonges. Et pourquoi avait-elle les mains qui tremblaient ? De toute évidence, elle n'était pas à l'aise avec lui. Mais peut-être était-ce dû tout simplement à la manière dont ils avaient flirté dès leurs premiers échanges...

— Pouvez-vous me donner le nom de cet ami d'ami qui vous a suggéré de venir ici ? s'enquit Jason.

Brusquement, elle le regarda droit dans les yeux, sans plus aucune trace de timidité.

— Est-ce un interrogatoire ?

— Non, j'essaie juste de rassembler le plus d'informations

possible. Vous venez d'arriver dans notre petite ville et vous avez été ciblée par un meurtrier. Je dois explorer toutes les pistes.

— Je ne connais pas le nom de cet ami, répondit-elle. J'ai saisi cette chance d'étoffer mon portfolio, c'est tout. Voilà des années que j'envisage de faire carrière dans la photo de nature. Et comme je n'avais jamais pris des paysages de neige, je me suis dit que c'était l'occasion.

— D'accord. Et si je fais une petite recherche sur vous, qu'est-ce que je vais trouver ?

— Que je vis à Lyon, que j'ai un travail, un appartement et une Mini Cooper. Que voulez-vous apprendre d'autre ? Je n'ai pas de casier judiciaire. Cette année, j'ai signé quelques contrats avec des magazines qui ont publié mes photos.

— C'est assez vague, tout ça.

— Monsieur Cash, je vous rappelle que je suis la victime, dans cette affaire. Et je suis un peu blessée que vous me traitiez comme une criminelle.

— Et moi je suis blessé que vous refusiez de m'aider dans mon enquête. Quelqu'un qui n'a rien à cacher n'hésiterait pas à coopérer. Ce type aurait pu vous tuer, Yvette.

— Je le sais bien.

Elle but une gorgée d'eau et détourna le regard.

Était-il allé trop loin ? Jason n'était pas toujours très doué pour faire preuve de tact. Il posa une main sur celle d'Yvette. La jeune femme sursauta, sans pour autant chercher à se dégager.

— Écoutez, je n'ai pas eu à résoudre d'enquête comme celle-ci depuis...

Il s'interrompit. Elle n'était pas obligée de savoir qu'il avait désespérément besoin de faire ses preuves.

— En fait, je n'ai jamais eu à traiter un homicide, se corrigea-t-il. C'est une petite ville, vous comprenez ? Je veux juste faire mon boulot correctement. Mais si je vous ai blessée, j'en suis désolé. C'est difficile pour moi de séparer le travail du reste, dans cette situation.

— Du reste ? répéta-t-elle en haussant un sourcil.

Bon sang, il aurait mieux fait de se taire... En même temps, s'il n'était pas honnête avec elle, elle n'avait aucune raison de l'être avec lui.

— Je vous aime bien, Yvette. J'ai envie de vous protéger, et pas seulement parce que c'est mon rôle en tant que policier.

— Je vous aime bien moi aussi, Jason Cash, répliqua-t-elle avec un bref sourire. J'aurais préféré qu'on se rencontre dans d'autres circonstances.

— Ça ne veut pas dire qu'on ne peut pas faire ce qu'on a envie de faire.

Yvette eut un autre sourire, plus assuré cette fois-ci.

— En effet.

— Mais je vous promets une chose, ajouta Jason très sérieusement : Si je veux vous faire goûter la tarte aux pommes de L'Orignal, je vous la livrerai en personne, et je la dégusterai avec vous.

— D'accord. C'était idiot d'ouvrir la porte à cet homme, je m'en rends compte maintenant. J'aurais dû me méfier davantage.

Jason inclina la tête.

— Vous avez des raisons de vous méfier ?

— Comme n'importe quelle femme qui loge seule dans un chalet perdu au milieu de nulle part, vous ne croyez pas ?

Il acquiesça, tout en sentant qu'elle ne lui disait pas tout. Mais avant qu'il ait pu lui poser d'autres questions, son téléphone émit un tintement. Il lâcha à contrecœur la main de la jeune femme pour lire le message de Ryan Bay : les empreintes du prisonnier avaient été reconnues par la base de données de la police. Ce n'étaient pas celles de James Smith, cuisinier au restaurant Perkins à Duluth.

— Il faut que je retourne au poste, annonça-t-il en se levant.

— Cela concerne votre enquête ?

— Oui, je suis désolé. Je n'aime pas m'échapper comme ça et laisser les choses en suspens...

— Vous savez où me trouver, le coupa-t-elle gentiment. Allez-y. Vous n'aurez qu'à m'envoyer un message quand vous aurez une minute.

— Je n'y manquerai pas.

Jason faillit se pencher pour l'embrasser, mais il se retint à temps. Ses questions l'avaient mise en colère – un peu trop pour quelqu'un qui n'avait rien à se reprocher. En outre, il n'était pas sûr de ce qu'il voulait. L'interroger, ou la séduire ? Mieux valait mettre un frein à cette envie qui le prenait de goûter à ses lèvres chaque fois qu'il les regardait. Le travail l'attendait. Il n'avait pas besoin de distractions.

Mais pourquoi fallait-il qu'elle possède des yeux bleus aussi envoûtants ? Sous leur influence, il sentait sa détermination faiblir. S'il ne partait pas maintenant, il resterait là la nuit entière.

Jason s'habilla et sortit en agitant bêtement la main.

— Elle te fait perdre la tête, mon vieux, marmonna-t-il pour lui-même.

Alors qu'il roulait en direction du poste de police, Jason croisa Ryan Bay au volant de son SUV blanc. Son collègue du BAC lui fit signe de s'arrêter, et ils baissèrent tous les deux leur vitre.

— Je vais dîner chez Marjorie, l'informa Ryan. Je ne savais pas quand vous rentreriez, alors j'ai laissé un extrait du casier judiciaire de notre homme sur votre bureau.

— Est-ce que vous l'avez en version électronique ? s'enquit Jason.

— Oui, je vous l'envoie tout de suite.

Ryan fit quelques manipulations sur son téléphone. Un instant plus tard, celui de Jason signalait la réception du message.

— Ce type a un sacré parcours, précisa l'agent du BAC. Il a des liens avec la mafia du Minnesota.

Jason siffla entre ses dents. L'expression « mafia du Minnesota » n'avait rien d'officiel, c'était celle que les policiers employaient pour désigner un gang de Duluth réunissant cinq ou six familles qui trempaient dans toutes sortes d'affaires allant du vol au blanchiment d'argent, en passant par le trafic d'armes et d'êtres humains.

Et Jason avait un de leurs membres enfermé dans sa prison ? Bigre.

— Je regarderai tout ça une fois que j'aurai mangé, ajouta Ryan.

D'après ce que j'ai entendu dire, le mari de Marjorie cuisine un rôti de bœuf à tomber par terre.

Il commençait déjà à relever sa vitre.

— Il fait trop froid, dehors. Portez-vous bien, Cash !

Sur ces mots, Ryan repartit vers le sud du village où habitaient Hank et Marjorie. Hank était un vrai cordon-bleu, en effet. Jason ne refusait jamais une invitation chez sa secrétaire, surtout si le rôti de bœuf était au menu.

Le dossier que Ryan lui avait transmis résumait le passé judiciaire de leur prisonnier, Herve Charley de son vrai nom. Texan de naissance, il n'avait pas d'adresse connue à ce jour. Les trois derniers rapports de police le décrivaient comme un tueur à gages au service de la mafia du Minnesota, spécialisé dans l'élimination rapprochée. En d'autres termes, il préférait tuer de ses propres mains que par le biais d'une arme.

Jason poussa un juron. Ainsi, Yvette avait réussi à échapper à un tueur professionnel ? Le même, sans doute, qui avait assassiné Yvette Pearson, laquelle ressemblait à s'y méprendre à la jeune Française... Que se passait-il donc à Frost Falls ?

La dernière fois qu'il avait eu affaire à une femme capable de se défendre contre un dangereux prédateur, c'était en Italie, deux ans auparavant...

Allongé à plat ventre sur le toit, Jason regardait à travers la lunette de son fusil de calibre .338 Lapua. Avec une telle arme, il pouvait atteindre une cible à plus d'un kilomètre de distance. Aujourd'hui, cependant, l'objectif se situait à cinq cents mètres à peine. Jason avait suivi les mouvements du suspect depuis l'hôtel Accademia, à l'autre bout de la rue.

Il ajusta une dernière fois sa ligne de mire. Dans quarante secondes, il serait en position pour tirer et tuer.

C'était un jour sans vent, quelques nuages moutonneux parsemaient le ciel bleu. Un oiseau pépiait sur une des cheminées en fer-blanc qui dépassait du toit. Les conditions étaient parfaites.

Derrière lui, il entendit Charleze terminer une conversation au téléphone puis s'adresser à lui. Il l'ignora. Le moment était critique, il fallait qu'il reste concentré. Elle devrait le savoir, pourtant. Trente-cinq secondes...

— Jason ? insista-t-elle. On annule.

Cette fois-ci, il l'entendit parfaitement, mais refusa de comprendre. Vingt-huit secondes.

— Jason Cash, tu es sourd ou quoi ? Interpol veut le suspect vivant.

Ce n'était pas ce que la CIA lui avait ordonné, et Jason ne recevait d'ordres de personne d'autre que de la CIA. Certes, Charleze avait été son contact ici à Vérone, en Italie, elle l'avait aidé à prendre ses marques sur cette terre étrangère, mais elle n'était pas sa chef. Ce n'était pas elle qui décidait – sauf au lit. Car, oui, il leur était arrivé quelques fois de s'y retrouver ensemble...

Seize secondes. Encore huit secondes avant de commencer à appuyer sur la détente. Jason expira lentement. Il tirait toujours les poumons vides : ainsi, il avait l'impression de gagner en acuité visuelle.

— Jason ! s'exclama Charleze en lui tapant sur la main.

Le fusil bougea, et il perdit le suspect dans son viseur. De rage, il saisit la jeune femme par le T-shirt.

— Tu te rends compte de ce que tu viens de faire ?

— On le veut vivant, répéta-t-elle simplement.

— Qui ça, « on » ? C'était ma cible. J'ai reçu l'ordre de l'éliminer, et tu as tout gâché.

Il roula sur le dos, écœuré. Bien sûr, il pouvait encore viser et tuer le suspect, mais pas sans créer la panique dans la rue. Il avait choisi l'endroit idéal, où l'homme se serait effondré à l'abri des regards, contre un bâtiment en briques.

Avait-elle su depuis le début ? S'était-elle servie de lui ?

Il la détestait. L'envie le démangeait de la secouer pour lui faire cracher la vérité, mais c'était vers leurs chefs respectifs qu'il devait chercher des explications.

— Tu es un mauvais perdant, lâcha-t-elle.

Elle se releva, jetant sur lui un regard méprisant. Toujours allongé sur le toit, Jason sentit sur son bras la caresse humiliante de son pantalon blanc et fluide.

— C'est quelqu'un de chez nous, Cash. Le FSB le veut vivant afin de le poursuivre en justice pour les crimes qu'il a commis dans notre pays.

— Quelqu'un de chez vous ? Mais le FSB, c'est le service fédéral de la sécurité russe. Tu travailles pour Interpol !

— La plupart du temps, oui.

Les lèvres vermeilles de Charleze esquissèrent un sourire satisfait.

— Si tu veux tout savoir, ces petites vacances en Italie m'ont fait un bien fou. Sans parler du plaisir de coucher avec un Américain.

Jason n'en croyait pas ses oreilles. Un agent double ? Il n'avait rien vu venir.

— À cause de toi, Charleze, je n'ai pas pu éliminer ce type, alors qu'il a tué des dizaines d'innocents aux États-Unis. Cette affaire est du ressort de la CIA.

— Si c'est comme ça que tu le prends... J'ai assez joué à la baby-sitter avec toi. Ciao !

Charleze pivota sur ses talons hauts sexy et regagna d'une démarche chaloupée la porte du toit, qu'elle referma derrière elle.

Jouer la baby-sitter avec lui ? Jason se redressa en jurant. Il s'était fait avoir dans les grandes largeurs. Elle s'était bel et bien servie de lui. Elle avait même probablement relayé sa position à ses collègues pendant qu'il mettait sa cible en joue. Quel idiot... Comment avait-il pu être aussi aveugle ?

Tout simplement parce qu'il avait couché avec elle et s'était laissé séduire par ses longs cheveux blonds et sa petite bouche en cœur, au point d'en perdre ses facultés de jugement.

Son chef ne lui pardonnerait jamais d'avoir échoué. Et il aurait raison. Le suspect figurait sur la liste des hommes les plus recherchés de la CIA. La liste des hommes à abattre à tout prix.

Jason frappa du poing sur le volant du pick-up. Ce jour-là, il n'avait rien fait pour rattraper Charleze. Il était resté là-haut, sur son toit, à tenter d'encaisser le choc. Il aurait dû la suivre.

Seulement, cela n'aurait rien changé, et il le savait déjà à l'époque. Il aurait été puni de toute façon. Par la suite, il s'était efforcé de considérer son affectation à Frost Falls non pas comme une punition, mais plutôt comme un nouveau départ. Bien sûr, il regrettait de ne pas avoir davantage d'enquêtes importantes à résoudre, comme cet homicide qui venait d'atterrir sur son bureau. Mais que pouvait-il attendre d'autre d'une si petite ville ? Peu à peu, il avait réussi à tirer de la fierté de son travail.

Et maintenant, on voulait aussi le priver de cela.

9

Le lendemain matin, Jason gara son pick-up derrière le poste de police et sauta lestement au sol. La voiture de patrouille d'Alex se trouvait déjà sur le parking.

En sentant le vent lui gifler le visage, il ne put s'empêcher de sourire. Malgré les fantômes de la CIA qui l'avaient hanté la veille au soir, il s'était réveillé de bonne humeur, chantant sous la douche et se félicitant d'avoir réussi à enfermer un tueur à gages de la mafia. Voilà qui prouverait à ceux qui le surveillaient qu'il méritait une seconde chance.

La neige était arrivée plus tôt que prévu. Jason avait hâte que la tempête soit passée, car elle devait laisser derrière elle au moins soixante centimètres de poudreuse dans laquelle il se ferait un plaisir de foncer. Sur une ligne droite bien dégagée, il était capable de pousser sa motoneige à plus de deux cents kilomètres à l'heure... Autant dire que dans ces moments il avait l'impression de voler.

Tandis qu'il traversait le parking, son téléphone émit le signal de rappel qui se déclenchait dix minutes après la réception d'un message. Il n'avait pas dû entendre le premier arriver. Il sortit l'appareil de la poche intérieure de son manteau et découvrit un SMS lapidaire :

Vite !

C'était Alex.

Jason se rua sur la porte du sous-sol et dévala l'escalier en criant le nom de son adjoint. Sur la marche la plus basse, une empreinte de pas ensanglantée. Et, devant une cellule grande ouverte, Alex étendu sur le sol, le visage en sang. Il serrait encore son téléphone dans sa main. Quant au prisonnier, il avait disparu.

Jason secoua son jeune collègue. Dieu merci, celui-ci reprit lentement conscience en grognant. C'est lorsqu'il porta une main à son nez - très certainement cassé - que Jason remarqua les traces autour de son cou.

— Désolé, chef, croassa Alex en toussant. J'ai été obligé d'ouvrir la cellule pour lui donner son petit déjeuner. À L'Orignal, ils avaient tout mis dans un carton, et je n'avais pas de plateau pour étaler les choses dessus et les lui passer à travers la fente...

— Ce n'est pas grave, Alex. Est-ce qu'il a essayé de t'étrangler ?

Le jeune policier acquiesça, avalant difficilement sa salive.

— Il était fort, le bougre. Je crois que j'ai vu ma vie défiler devant mes yeux. Je n'arrive pas à croire que je l'aie laissé prendre le dessus.

— Toujours le même scénario.

— Comment ?

Jason toucha la gorge d'Alex, là où sa peau avait tourné au pourpre.

— La fille dans le fossé a été étranglée. Yvette LaSalle a bien failli l'être à son tour. Et maintenant, toi. Ces trois agressions sont liées, c'est obligé.

— Hier soir... J'ai demandé au prisonnier depuis combien de temps il était à Frost Falls, expliqua Alex en grimaçant de douleur. J'essayais de lui soutirer des informations, vous voyez.

— Et alors ?

— Il m'a répondu : depuis samedi matin.

— Vraiment ?

— Oui. Ensuite, j'ai voulu savoir s'il était allé à L'Orignal ce soir-là, et il s'est contenté de sourire comme le Joker. Il avait un air tellement mauvais ! Ça m'a donné la chair de poule.

— J'imagine qu'il y était, répondit Jason. Il a dû épier Yvette Pearson et la suivre quand elle est partie.

Alex ferma les yeux et se toucha la tête.

— Combien de temps ai-je perdu connaissance ?

— J'ai reçu ton message il y a dix minutes, mais je viens seulement de le découvrir. Il faut que je file retrouver le suspect. Je vais appeler Marjorie pour qu'elle vienne te soigner.

Jason tenta d'abord de contacter Yvette tandis qu'il remontait les marches. Il laissa échapper un juron quand l'appel bascula sur le répondeur.

— Yvette, c'est Jason Cash. Fermez toutes les portes et n'ouvrez à personne d'autre que moi.

En rempochant son téléphone, il songea que son message était pour le moins laconique et que la jeune femme risquait de paniquer... Tant pis. Il appela ensuite Marjorie et lui résuma la situation. Elle se trouvait à L'Oasis d'Olson. Quelques minutes plus tard, elle poussait la porte du poste de police.

— J'aimerais que vous lanciez un avis de recherche sur Herve Charley, alias James Smith, lui demanda aussitôt Jason. Que toutes les patrouilles des Boundary Waters, du comté de Saint Louis et de l'État ouvrent l'œil. Bay n'est toujours pas arrivé, il faudrait le sonner. Et demandez aussi à Robert Lane de nous envoyer des renforts.

Le comté détachait régulièrement des policiers sur le territoire en cas de besoin. La plupart du temps, dans une petite ville comme Frost Falls, deux agents suffisaient amplement, mais Jason se retrouvait subitement avec un meurtrier potentiel en fuite et son unique adjoint blessé. Il ne prendrait pas le risque de tout faire capoter juste parce qu'il était trop fier pour demander de l'aide.

— Écoutez vos messages ! lui lança Marjorie alors qu'il marchait de long en large dans son bureau.

— Plus tard. J'ai un suspect à retrouver.

Jason stoppa net ses déambulations. Charley ne pouvait être allé qu'à un seul endroit.

— En fait, je vais filer directement au chalet des Bouleaux pour voir si Yvette va bien.

— La femme morte ?

— Non, Yvette LaSalle. La Française qui loue le chalet.

— Ah, oui. Celle que le prisonnier a agressée hier.

— Et qu'il va sans doute de nouveau essayer de tuer.

— Prenez le 4x4 avec les chaînes, lui conseilla Marjorie.

— Non, j'irai plus vite en Cat, et je ne risque pas d'être coincé si la neige continue de tomber.

— D'accord, soupira la secrétaire. Mais, s'il vous plaît, écoutez vos messages avant de partir. Il y en a un assez bizarre d'un type d'Interpol qui demande des nouvelles d'une Emily.

— Emily ?

— Quelque chose comme ça. Écoutez-le.

Jason regarda la lumière rouge qui clignotait sur le téléphone de son bureau. La veille, Marjorie lui avait déjà parlé de ses messages, mais il avait été pris dans le tourbillon de l'enquête. Il appuya sur le bouton : une voix d'homme possédant le même accent français qu'Yvette s'éleva dans la pièce.

« Bonjour, je suis Jacques Patron, directeur adjoint d'Interpol à Lyon. Ce message est urgent. Mon employée Amélie Desauliniers réside en ce moment dans votre ville et je n'arrive pas à la joindre. Elle est en danger. Vous devez... »

Un grand bruit se faisait soudain entendre. Jason s'agrippa à son bureau.

« Protégez-la ! » criait l'homme.

Le son qui retentissait ensuite, Jason le connaissait bien : il s'agissait d'un coup de feu. Puis la ligne coupait.

Jacques Patron venait-il de se faire tirer dessus ? Non, il ne *venait* pas : cela s'était produit la veille. Le message attendait sur le répondeur depuis plus de vingt-quatre heures.

— Marjorie ! cria Jason. Quand vous aurez fini de soigner Alex, j'aimerais que vous me retraciez l'origine de cet appel. J'ai bien peur qu'on y entende un meurtre en direct.

— Mon Dieu, vous êtes sûr ? Je me disais bien qu'il y avait quelque chose de bizarre. Et cette Emily, qui est-elle ?

— C'est Amélie. Et je n'en sais rien.

Jason se frotta la mâchoire. Ce dernier rebondissement ne faisait qu'ajouter au mystère. Il fallait qu'il vérifie auprès d'Interpol si l'homme du message était bien celui qu'il prétendait être, et s'il était vivant ou mort. Jason leur poserait également quelques questions sur cette Amélie qui était censée travailler sous ses ordres.

Ainsi donc, une espionne se cachait à Frost Falls ?

Et cette Française qui logeait au chalet des Bouleaux, qui était capable de neutraliser un tueur et qui ne voulait rien dire sur elle… Se pouvait-il qu'elle soit ici sous couverture ?

— Il faut que j'aille la voir, marmonna Jason.

Il vérifia que son Glock était bien rangé dans son holster de ceinture, puis referma son manteau.

— Je suis désolé de vous avoir fait venir ici en pleine tempête alors que vous devriez être au chaud avec Hank, dit-il à Marjorie. Prévenez-moi quand vous aurez retrouvé le numéro d'où a été passé l'appel. Et demandez à Bay de contacter Interpol pour voir s'ils ont bien un directeur adjoint nommé Jacques Patron.

— D'accord, chef, répondit la secrétaire en prenant quelques notes sur un morceau de papier. Et vous, appelez-moi quand vous serez arrivé au chalet. Je n'ai pas envie d'apprendre plus tard que vous avez fini dans le fossé.

— Je suis plus malin que ça, quand même ! répliqua Jason en ouvrant la porte.

Le vent le repoussa si violemment qu'il dut faire un pas en arrière pour garder l'équilibre.

Après avoir enfourché sa motoneige, il enfila son casque, soulagé de ne plus recevoir les flocons glacés en plein visage. La tempête avait gagné en puissance. Bientôt, le vent soufflerait à la verticale, soulevant des tourbillons de neige. Jason éteignit la musique qui hurlait dans ses écouteurs. Il ne voulait pas manquer le coup de téléphone de Marjorie.

Ni un éventuel appel à l'aide d'Yvette.

Il s'arrêta sur le parking de la station-service et courut s'abriter dans le bâtiment. Alex avait inspecté le SUV du suspect et n'y avait relevé aucun indice ; le véhicule avait ensuite été remorqué jusqu'à une fourrière de Duluth. Évidemment, il avait été volé. À un homme dont on ne savait pas encore s'il était toujours en vie.

— Bonjour, Rusty ! Avez-vous loué d'autres scooters, ce matin ? s'enquit Jason.

Emmitouflé dans son gros manteau, un trousseau de clés à la main, le vieil homme secoua la tête. Devant l'air préoccupé de Jason, il fronça les sourcils.

— Que se passe-t-il, chef ?

— Oh ! rien, j'explore une piste.

— Cet étranger, il est parti avec ma motoneige, je parie ?

— Si pour vous le Texas est à l'étranger, alors je crains que oui. J'ai retrouvé votre machine près du chalet des Bouleaux. Elle a été saisie comme pièce à conviction.

— Ah, zut.

— Ne vous inquiétez pas, on vous la rendra dans un mois. Vous n'auriez pas revu cet homme dans l'heure qui vient de s'écouler, par hasard ? À la station-service ou dans la rue ?

— Non, et rien ne m'échappe dans cette petite ville. Vous savez que je n'ai pas grand-chose d'autre à faire de mes journées que de regarder ce qui se passe dehors.

— Oui, je le sais bien. Vous étiez sur le point de rentrer chez vous ?

— Personne n'a besoin d'essence pendant une tempête.

— Et dans le cas contraire, les gens peuvent se servir, termina Jason.

Il connaissait la générosité du gérant, qui permettait aux clients de remplir leur réservoir en dehors des heures d'ouverture, du moment qu'ils revenaient payer le lendemain.

— Prévenez-moi si vous repérez cet homme, d'accord ?

— Ça marche. On dirait qu'il y a de l'animation, en ce moment, à Frost Falls...

— Disons que je ne m'ennuie pas. On se revoit plus tard, Rusty.

Jason regagna sa motoneige et alluma le moteur. S'il était un tant soit peu consciencieux, Smith, alias Herve Charley, ne pouvait pas avoir fui bien loin sans avoir d'abord éliminé sa cible. Il se cachait sûrement – c'était ce que Jason ferait à sa place.

Ce message de Jacques Patron le contrariait. Il paraissait presque... mis en scène. Pourtant, n'était-ce pas un coup de feu que Jason avait entendu à la fin ? Il n'en était plus si sûr à présent.

Il sortit son téléphone. Bay devait avoir des contacts au FBI. Les agents fédéraux avaient plus de chance d'obtenir des informations auprès d'Interpol qu'un chef de police d'une toute petite ville.

Quand Amélie ouvrit la porte, le vent et le froid s'engouffrèrent dans le chalet. Jason Cash tapa des pieds par terre et frappa ses deux gants l'un contre l'autre, avant de sauter à pieds joints sur le paillasson pour se débarrasser de la neige qui lui couvrait la tête et les épaules.

Lorsqu'il eut fini d'entrer, il offrit un sourire à Amélie, mais l'inquiétude se lisait dans ses yeux verts.

— Ça va ? demanda-t-il.

— Oui. Deux visites en deux jours... Je suis flattée !

Peut-être avait-elle eu tort de croire qu'il se méfiait d'elle ?

— Pourquoi avez-vous bravé la tempête pour venir jusqu'ici ? s'enquit-elle.

— Vous n'avez pas eu mon message ?

— Non, mon téléphone est à plat. J'allais le mettre à charger quand vous êtes arrivé. L'électricité n'arrête pas de flancher. J'ai l'impression que la journée va être sombre et froide...

Elle le vit serrer les mâchoires.

— Que se passe-t-il, Jason ? Vous me faites peur.

— Excusez-moi, ce n'était pas mon intention. Vous allez bien, c'est tout ce qui compte.

Il regarda par la fenêtre. Dehors, tout était blanc.

— La visibilité est déjà quasi nulle sur les routes, mais on arrive quand même à se repérer quand on connaît le coin. Pour ce qui est de l'électricité, vous avez raison de vous attendre à des coupures. Vous devriez faire un feu dans la cheminée.

— J'aimerais bien, mais le bois entreposé dehors est gelé. J'avoue que l'ampleur de la tâche m'a un peu découragée.

Jason sembla réfléchir.

— Je vais aller chercher du bois, finit-il par dire. Mais il faut prendre quelques précautions. Est-ce qu'il y a un accès à l'arrière du chalet ?

Elle lui montra la porte au fond du salon.

— Très bien, c'est là que j'apporterai le bois. Vous devriez rassembler quelques bougies et voir s'il n'y a pas une radio quelque part. On annonce au moins soixante centimètres de neige : vous allez sans doute être bloquée ici un moment.

Il sortit, laissant la porte se refermer derrière lui. Amélie frissonna en sentant le courant d'air glacial pénétrer dans la maison. Dehors, le vent hurlait. Elle distinguait à peine la silhouette de Jason à travers la fenêtre, tant les bourrasques étaient violentes.

Le chef de la police faisait preuve d'un dévouement admirable en acceptant d'aller affronter les éléments pour elle… Amélie lui en était reconnaissante. Elle se sentait vulnérable et appréciait d'avoir le soutien d'un homme comme lui.

De retour dans la cuisine, elle brancha son téléphone portable. Avec un peu de chance, elle découvrirait un message de Jacques Patron.

10

Au bout du compte, Jason fit quatre allers et retours entre la réserve de bois et le chalet, déposant chaque fois une brassée de bûches à côté de la cheminée. Le jour commençait déjà à décliner, et la neige qui continuait de tomber faisait le ciel tout gris.

Jason se débarrassa de ses vêtements d'extérieur. Amélie accrocha son bonnet, ses gants et son écharpe sur le portemanteau de l'entrée. Le froid palpable qu'il ramenait avec lui était teinté des effluves de son parfum – un mélange boisé et épicé. Peut-être s'agissait-il de son odeur naturelle ? Amélie aurait pu la respirer toute la journée sans s'en lasser.

— Je nous prépare un chocolat chaud, et ensuite je m'occupe du feu, dit-elle.

— On peut partager les tâches, répliqua-t-il. Faites le chocolat, moi je me charge de réchauffer l'atmosphère. Je vois qu'ils ont des allume-feu sur la cheminée, ça devrait aller vite.

Il traversa la pièce et disposa deux bûches dans l'âtre.

Tout en surveillant l'eau qu'elle avait mise à bouillir, Amélie jeta un coup d'œil sur son téléphone, en train de charger à côté du grille-pain.

— Vous dites que vous m'avez laissé un message ?

— Ce n'est pas la peine de l'écouter, répondit aussitôt Jason, occupé à enflammer l'allume-feu qu'il avait glissé entre les bûches.

Lorsque celles-ci se furent embrasées à leur tour, il se redressa et alla s'asseoir sur le vieux canapé à carreaux verts et jaunes. Amélie le rejoignit.

— Si je vous ai appelée, c'est parce que...

Il se passa une main sur le visage en grimaçant.

— Le prisonnier s'est échappé, avoua-t-il. Il a essayé d'étrangler mon adjoint au moment où celui-ci lui apportait son petit déjeuner, et il s'est enfui. C'est pour ça que je suis venu ici. Pour m'assurer que vous alliez bien. Avant ça, j'ai fait le tour de la ville, et je n'ai trouvé aucune trace du suspect. J'imagine qu'il se planque quelque part... Ce ne serait pas plus mal. Il attend sûrement que la tempête soit passée avant d'agir.

— Il a essayé d'étrangler un policier ? répéta Amélie en portant une main à sa gorge.

L'agression lui avait laissé quelques ecchymoses, qu'elle tentait de cacher avec un col roulé.

— Vous pensez que je suis à nouveau en danger ?

— Ce type se balade en liberté, Yvette. Hier, vous avez eu de la chance que j'arrive à temps.

Elle acquiesça, puis coula un regard vers le bureau où se trouvait sa liste de pour et de contre. Dans la deuxième colonne, elle pourrait ajouter : « Être la cible d'un tueur professionnel. »

Une bûche craqua dans la cheminée. La chaleur n'était pas encore perceptible, et le spectacle des flammes ne parvenait pas à apaiser sa nervosité. Elle attrapa une couverture pliée sur le dossier du canapé et l'enroula autour de ses épaules.

— S'il a l'intention de vous tuer, je ne pense pas qu'il partira avant d'avoir terminé le boulot, précisa Jason.

Il lui lança un coup d'œil en coin.

— Désolé, je n'aurais peut-être pas dû vous dire ça comme ça. Mais je ne veux pas vous mentir.

— Non, vous avez bien fait. J'ai besoin de connaître la vérité, dit-elle en resserrant la couverture autour d'elle.

— Et puis il y a ce coup de fil d'Interpol, lâcha Jason.

Amélie se redressa brusquement. Elle ne lui avait pas dit qu'elle travaillait pour Interpol. Avait-il parlé à Jacques ?

Jason l'observait avec une intensité troublante. Comme s'il essayait de lire en elle, de deviner la vérité qu'elle lui cachait et qu'elle avait appris à protéger à tout prix. Il savait forcément quelque chose.

— Jacques Patron m'a appelé, dit-il.

Il frotta ses mains l'une contre l'autre et souffla dessus pour les réchauffer, avant de planter de nouveau son regard dans le sien. Amélie détourna les yeux.

— Êtes-vous une espionne ?

— Non ! s'exclama-t-elle. Enfin, oui, peut-être. Je n'en suis pas sûre. Pourquoi cette question ?

— Vous n'en êtes pas sûre ? Sérieusement ?

Il poussa un soupir exaspéré.

— Comment pouvez-vous ne pas savoir si vous êtes une espionne ? Il est temps que vous répondiez à mes questions.

— Que vous a dit Jacques exactement ?

— Je vois. Vous restez prudente, hein ? Comme une bonne espionne.

— Je ne suis pas une espionne, Jason. Je...

— Écoutez-moi, Yvette. Ou peut-être devrais-je vous appeler Amélie ? Cette affaire est sérieuse, et j'ai besoin de votre aide. Quand je vous ai rencontrée à L'Orignal, je revenais tout juste d'une scène de crime. On a retrouvé le corps d'une femme dans un fossé. Assassinée. Des traces de strangulation autour du cou. Or cette jeune femme avait de longs cheveux bruns comme vous, et environ votre âge. Et elle s'appelait Yvette.

— C'est...

— Non, ce n'est pas une coïncidence. Il y a beaucoup de Canadiens dans notre région mais, si vous êtes du métier, vous devez vous douter que tous ces éléments sont liés. Ce n'est pas possible autrement.

— Mais cela voudrait dire que...

Amélie avala sa salive.

— Que l'homme qui m'a agressée a tué une femme innocente en pensant que c'était moi ? Seigneur...

— Je n'ai pas l'habitude de divulguer des informations sur une enquête en cours, mais il semble que vous soyez impliquée dans cette affaire, d'une façon ou d'une autre. Le message d'Interpol m'a plongé dans des abîmes de perplexité. Que se passe-t-il ? Votre nom, c'est Yvette ou Amélie ?

Jacques avait donc livré sa véritable identité, songea-t-elle. Le chef de la police n'aurait pas pu la découvrir autrement. À moins qu'il ait enquêté sur elle... Non. Seul Jacques savait qu'Yvette LaSalle, aspirante photographe, était une « légende » créée de toutes pièces.

— Il a vraiment parlé d'une Amélie ? s'enquit-elle.

— Oui. Amélie Desau-quelque chose. Écoutez, je sais que vous ne me dites pas tout. Dès le départ, j'ai senti qu'il y avait un truc, comme un mystère qui vous entourait. Si vous êtes en mission ou je ne sais quoi...

— Je ne suis pas en mission, je vous le promets.

— Alors pourquoi ai-je un cadavre à la morgue de Duluth ? Et un étrangleur en fuite qui a peut-être l'intention de s'en prendre à toutes les Yvette du monde ?

Oui, pourquoi ? songea Amélie. Si un tueur à gages avait découvert qu'elle se cachait ici dans le Minnesota, comment se faisait-il qu'il s'en soit pris à la mauvaise personne ? Cela ne faisait pas très sérieux.

Pourtant, quelqu'un voulait l'éliminer. Une pauvre femme avait été assassinée, et le meurtrier était de nouveau libre. Elle pouvait peut-être dire une partie de la vérité à Jason. En réalité, elle n'avait pas vraiment le choix.

— Je ne suis plus sur le terrain, déclara-t-elle.

Il haussa un sourcil.

— Je l'ai été pendant six mois, pour Interpol.

Jason se pencha en avant, les coudes sur les genoux. Il réfléchissait. Peut-être se demandait-il s'il pouvait lui faire confiance ? Il le pouvait. Mais la réciproque était-elle vraie ?

— Pourquoi Jacques ne m'a-t-il pas appelée ? s'enquit-elle. J'attends de ses nouvelles depuis plusieurs jours.

— Sur le message, il dit qu'il n'a pas réussi à vous joindre. Enfin, à joindre Amélie. Est-ce votre vrai nom ?

— Oui. C'est bizarre, le téléphone prépayé qu'il m'a donné...

Elle s'interrompit, mais elle en avait déjà trop dit.

— Je ne vois qu'une seule raison qui puisse pousser quelqu'un à prendre un téléphone prépayé, Yvette. Enfin, Amélie.

— Au contraire, on peut avoir tout un tas de raisons de ne vouloir être connecté à aucun réseau, répliqua-t-elle.

Comme il la regardait d'un air agacé, elle ajouta :

— Vous êtes policier, Jason, vous savez que je ne peux pas tout vous dire.

— Si vous étiez en mission, j'accepterais cette excuse. Êtes-vous en mission ?

Elle secoua la tête.

— Alors pourquoi refusez-vous de m'en dire plus ? Est-ce que vous savez pourquoi cet homme vous a attaquée ? Pourquoi il a voulu vous tuer ? Et comment expliquez-vous que votre chef m'appelle pour me supplier de vous protéger, et que le message se termine par un coup de feu ?

— Comment ça, un coup de feu ? Que s'est-il passé ? Est-ce que Jacques va bien ?

— À vous de me le dire. Tout ce que je sais, c'est qu'il me demande de protéger Amélie, une de ses employées, et qu'ensuite on entend du bruit et une détonation avant que la communication ne soit coupée. Marjorie est en train d'essayer de retrouver le numéro de téléphone d'où a été passé l'appel, mais je suppose que vous pouvez nous éviter de chercher.

— Jacques est le directeur adjoint d'Interpol à Lyon, expliqua Amélie. Je vous donnerai son numéro, bien sûr. Mais j'ai déjà essayé de le joindre plusieurs fois, et je suis toujours tombée sur le répondeur.

Elle appuya la paume de sa main contre son front et laissa échapper un soupir. Il fallait qu'elle raconte son histoire à Jason. Après tout, il était de la police et pouvait peut-être l'aider.

— Je suis censée disparaître des écrans radar, admit-elle. Rompre tout contact avec Interpol, attendre que Jacques m'appelle. La dernière fois que je lui ai parlé, c'était le soir où j'ai pris l'avion pour les États-Unis. Je ne comprends pas pourquoi il vous a laissé ce message.

Elle déglutit péniblement.

— Je suis en danger, Jason. Parce que je sais quelque chose.

— Mais encore ?

Le regard du chef de la police n'avait rien de doux ni de rassurant. Il se méfiait, et elle le comprenait.

— Qu'est-ce que vous savez, Yvette ? insista-t-il.

— C'est bien le problème. J'ai l'information dans ma tête, mais j'ignore ce qu'elle veut dire.

Ses épaules s'affaissèrent. Ces deux dernières semaines, depuis qu'elle était arrivée ici, elle avait tenté de lister les personnes en qui elle avait confiance et qui étaient susceptibles de l'aider en cas de besoin. Elle n'en avait trouvé qu'une seule : Jacques Patron. Amélie n'avait plus de famille proche, et ses rares amis n'avaient aucune idée de ce qu'elle faisait réellement comme travail.

Si elle tenait à la vie, elle était obligée de fournir un maximum d'informations à Jason. Et d'espérer que, ce faisant, elle ne commettait pas d'erreur.

— Je travaille au service informatique, commença-t-elle. On reçoit des dossiers codés tout le temps, et les données sont triées et classées. Mais le dernier mail que j'ai reçu n'avait rien à voir avec ce que j'avais pu traiter jusque-là. Il n'avait pas d'objet et contenait une liste bizarre. Je me suis dit qu'il fallait prévenir Jacques. Je n'ai pas eu le temps d'imprimer le document, mais je l'avais parcouru du regard, et je suis allée dans le bureau de mon chef pour lui en toucher deux mots.

— Et ?

— Il m'a demandé de recopier la liste en question, ce que j'ai fait. Et après en avoir pris connaissance, il a eu l'air inquiet. D'après lui, ces informations risquaient de m'attirer des ennuis. Il m'a aussitôt renvoyée chez moi. Ensuite, en plein milieu de la nuit, il m'a appelée pour me dire que je prenais un avion deux heures plus tard. J'ai fait ma valise, récupéré un faux passeport au nom d'Yvette LaSalle, sauté dans un taxi pour l'aéroport Lyon-Saint-Exupéry et… me voilà. J'attends toujours.

Jason se frotta le menton.

— Vous savez quelque chose, mais vous ne savez pas quoi.

— C'est ça.

— Je ne comprends pas. Vous dites que vous avez réussi à rédiger cette liste, alors que vous l'aviez seulement lue...

— J'ai une mémoire photographique, expliqua-t-elle. Dans certaines conditions bien précises. Par exemple, je n'oublie pas une seule phrase des livres que je lis. Pareil pour tous les documents qui me passent sous les yeux, même s'ils sont codés. Je peux ne rien y comprendre, mais j'enregistre toutes les données dans mon cerveau, comme un ordinateur.

Amélie appuya la tête contre le dossier du canapé et ferma les yeux.

— Voilà pourquoi on cherche à me tuer, Jason.

11

Amélie se précipita à la cuisine pour retirer la bouilloire du feu. Elle s'appliqua ensuite à verser l'eau dans des tasses, repoussant le moment où il lui faudrait affronter les questions du chef de la police. Car il en aurait forcément à lui poser, à en juger par la stupéfaction qui se lisait sur son visage depuis qu'elle lui avait tout avoué.

Lentement, elle plaça les mugs sur un plateau. Alors qu'elle se retournait, elle sursauta en trouvant Jason juste devant elle. Elle ne l'avait pas entendu approcher. Il eut le réflexe de poser les mains sur les siennes, sans quoi elle lâchait le plateau. Toute son attention se concentra brusquement sur la chaleur de ses paumes contre sa peau.

— Excusez-moi, murmura-t-il. Je n'avais pas l'intention de vous faire peur.

Étaient-ce des éclats dorés qu'elle voyait briller dans ses yeux verts ? Pitié... Pourquoi fallait-il qu'il soit aussi séduisant ?

— Comment dois-je vous appeler, alors ? lui demanda-t-il. Amélie ou Yvette ?

— Je m'appelle Amélie. Mais ce serait peut-être plus prudent de vous en tenir à mon nom d'emprunt. Ainsi, vous aurez moins de risques de vous tromper quand il y aura d'autres personnes autour.

— En tout cas, vous êtes pleine de surprises, *Yvette*... Laissez-moi prendre ce plateau. Ça sent très bon.

Amélie pressa une main contre son cœur tandis qu'il emportait les tasses jusqu'à la table basse. Du chocolat chaud, un feu de cheminée et un bel homme qui s'amusait à lui faire du charme... La journée s'annonçait difficile.

Sur le canapé, Jason lui fit signe de s'asseoir à côté de lui. Puis il croisa les bras au-dessus de sa tête et posa ses pieds habillés de chaussettes à rayures sur la table basse.

— Je ne vais pas y arriver si vous vous la jouez décontracté comme ça, lâcha Amélie.

Il se redressa aussitôt.

— Pardon. Je pensais que ça détendrait l'atmosphère et que vous parleriez plus facilement de vos secrets.

— Ça, c'est une tactique d'espion.

— Et vous le savez par expérience ? rétorqua-t-il calmement.

— Je ne suis plus une espionne, monsieur Cash.

Elle s'assit à l'autre bout du canapé et but une gorgée de chocolat. Il était chaud, cela faisait du bien. Le feu de cheminée n'avait pas encore réchauffé la pièce.

— Je vous en prie, appelez-moi Jason. Et pour l'instant, je m'en tiendrai à Yvette. C'est plus sage en effet.

— Très bien.

— Entre parenthèses : avec toute cette neige, je vais être bloqué ici un moment, alors j'espère que vous ne m'en voudrez pas trop de me mettre à l'aise. Et de vous poser toutes les questions qui me passent par la tête.

Amélie acquiesça.

— Coincée avec le chef de la police locale... Au moins, je sais que je ne crains rien ! Quant aux questions, allez-y. J'essaierai d'y répondre.

— Que faites-vous à Interpol ?

Amélie but une autre gorgée pour se donner du courage.

— Comme je vous l'ai dit, je suis technicienne informatique. Je reste dans un bureau toute la journée, à taper des rapports et à faire des recherches. Je savais déjà bien me débrouiller avec les ordinateurs à la fac, mais j'ai préféré l'excitation du travail de terrain – jusqu'à ce que je comprenne que ce n'était pas fait pour moi. Bref, j'apprends à programmer et à hacker à distance toutes sortes d'outils électroniques et numériques.

— Vous êtes casseuse de codes ?

— Je ne suis pas encore très douée, mais j'y travaille.

Jason resta pensif un moment.

— Ce qui arrive aujourd'hui, est-ce que ça a quelque chose à voir avec une enquête d'Interpol ? lui demanda-t-il. Vous m'avez dit que vous possédiez des informations sans savoir exactement de quoi il s'agissait.

— Je ne sais pas si cela concerne une enquête en cours, ni si c'est confidentiel. Je ne sais pas non plus ce qui se passe pendant mon absence. On m'a juste dit de faire profil bas et d'attendre qu'on m'appelle. J'ai l'impression que le document que j'ai vu était une sorte de liste de transactions, cela ressemblait à une facture. Mon chef ne m'a rien expliqué.

— Si je comprends bien, moins de douze heures après que vous avez porté ce document à son attention, il vous a demandé de prendre une nouvelle identité et de quitter votre pays, et vous lui avez obéi ?

— Je lui fais confiance.

— Pourquoi ?

Amélie le dévisagea, surprise. Était-il en train de sous-entendre qu'elle et Jacques entretenaient une relation intime ? Il n'y avait jamais rien eu entre eux. Elle avait bien nourri quelques fantasmes de temps en temps – après tout, son chef n'était pas marié –, mais elle savait qu'il avait une petite amie mannequin qui exigeait d'être traitée comme une reine.

— Jacques Patron et mon père ont fait partie de la même promotion il y a trente-cinq ans, expliqua-t-elle. Ils se sont entraînés ensemble. Papa ne m'a toujours dit que des choses positives à son sujet. Qu'il était gentil, et qu'on pouvait compter sur lui. Ça m'est arrivé plusieurs fois étant jeune d'échanger quelques mots avec Jacques quand il téléphonait à la maison, et j'ai aussi eu l'occasion de le rencontrer à l'occasion d'une fête. Lorsque j'ai été embauchée à Interpol, je lui ai donc fait confiance tout de suite, sachant combien mon père l'avait admiré.

« C'est vers Jacques que je me suis tournée quand j'ai compris que je n'étais pas faite pour être agent secret. Il ne m'a pas jugée – au contraire, il s'est débrouillé pour que je sois réaffectée dans un autre service. Et quand il a appris que j'avais des capacités de mémorisation exceptionnelles, il a commencé à me confier des missions particulières.

— Quel genre de missions ?

— Je ne peux pas vous en parler.

— Bien sûr. Secret-défense, etc.

— C'est ça, répondit Amélie. Par contre, je peux vous expliquer comment fonctionne mon cerveau. Je suis assise devant mon ordinateur et je tape des listes, des codes, tout ce qui arrive sur mon bureau. Sur le moment, je ne fais pas vraiment attention à ce que je lis à l'écran mais, croyez-moi, tout est enregistré là-dedans, dit-elle en se tapotant le crâne. Beaucoup de gens trouvent ça bizarre ; moi, je n'ai toujours connu que ça.

— C'est un peu comme les enfants daltoniens, j'imagine, avança Jason. Ils ne se rendent pas compte qu'ils voient le monde différemment avant que quelqu'un le leur fasse remarquer.

— Exact. Pour ma part, je retiens tout ce que je lis. Enfin, presque tout. On parle de mémoire eidétique, ou de mémoire photographique. La première concerne davantage les images, et la seconde les listes, les textes et les informations détaillées. Ce qui est étrange, c'est qu'il m'arrive parfois de me retrouver au supermarché et d'avoir oublié ce que je voulais acheter. Je ne me souviens pas de mes dates de rendez-vous ni des conversations que j'ai eues avec telle ou telle personne. Seules les longues listes et les données codées s'impriment dans mon cerveau. Les livres, également. Si je pouvais me souvenir du jour et de l'heure de mon cours de yoga, ça m'éviterait d'avoir à subir les regards en coin de ma prof chaque fois que je me présente au mauvais moment.

— Missions secrètes et yoga... Vous êtes vraiment une femme intéressante, commenta Jason en riant.

Amélie acceptait volontiers le compliment. Elle avait besoin d'obtenir l'approbation de cet homme, qui avait le pouvoir de lui empoisonner l'existence. Rien ne l'empêchait en effet de se retourner contre elle, d'ouvrir une enquête à son sujet et de la forcer à tout avouer.

— Depuis combien de temps êtes-vous dans le Minnesota ? lui demanda-t-il après avoir bu une gorgée de chocolat.

— Deux semaines.

— Programme de protection des témoins ?

— Non, je suis « en sommeil », en quelque sorte.

— Donc, vous travaillez toujours pour Interpol mais, dans la pratique, vous êtes en vacances prolongées.

— C'est ça. À l'origine, j'ai une formation d'agent clandestin.

— D'espionne, quoi.

— Si vous voulez.

Amélie ne détestait pas ce terme. Au contraire, elle lui trouvait quelque chose d'étrange et de romantique.

— Mes parents travaillaient tous les deux pour leur gouvernement respectif. Mon père était à Interpol, et ma mère…

Cette histoire n'apporterait rien à l'affaire en cours. Si Amélie voulait éviter de fondre en larmes, mieux valait ne pas trop évoquer sa mère. Tout cela appartenait au passé et devait y rester.

— Bref, le désir de servir ma patrie, je l'ai dans le sang, reprit-elle. Sauf qu'après quelques mois sur le terrain il m'est apparu évident que je n'aurais jamais la force d'ôter la vie à quelqu'un, même en cas d'absolue nécessité. Je ne pouvais pas faire ce pour quoi j'avais été formée. Bien sûr, je sais me défendre et repousser un agresseur en me servant de mes connaissances en arts martiaux – même si mes gestes étaient un peu rouillés, hier. Je suis capable de pister un suspect, de le surveiller, d'évaluer la dangerosité d'une situation, mais…

Amélie baissa la tête.

— Mais je n'ai pas réussi à appuyer sur la détente au moment d'arrêter un suspect. Je me suis sentie étouffer. Viser un être humain, ça n'a tellement rien à voir avec le fait de tirer sur des cibles et des mannequins !

— C'est certain, répondit Jason. Et pendant votre formation, vous ne vous êtes jamais dit qu'au cours de votre carrière vous seriez forcément confrontée à la mort ?

— Bien sûr que si. Mais l'entraînement et la vraie vie sont deux choses totalement différentes. C'est difficile à expliquer. Pendant ma formation, j'avais été entourée d'autres recrues qui désiraient ardemment faire leurs preuves. Du coup, j'ai joué les dures à cuire, moi aussi. Je croyais l'être, comme mes parents. Je voulais prouver que j'avais autant de cran qu'eux...

Elle poussa un profond soupir.

— Je me trompais, évidemment.

— Vous avez réagi comme une pro face à Smith, rétorqua Jason. Enfin, Herve Charley.

— C'est son vrai nom ? D'où vient-il ? Que savez-vous de lui ?

— Je vous rappelle que c'est moi qui pose les questions. En l'occurrence, je vous ai dit tout ce que je savais. Et vous, vous étiez en train de me raconter comment une espionne s'était retrouvée assise derrière un bureau à recopier des listes codées.

— Pardon, mais ça me paraît naturel de vouloir en apprendre le plus possible sur le type qui a essayé de me tuer.

— Je vous l'accorde. Continuez votre histoire.

— Quand je me suis rendu compte que je n'arrivais pas à tirer sur un être humain, je suis donc allée voir Jacques Patron. Interpol avait dépensé beaucoup d'argent pour ma formation. J'étais déçue de moi-même. Pour conserver un peu de dignité, je lui ai révélé que j'avais une mémoire photographique.

— Vous ne le lui aviez jamais dit avant ?

— Vous savez, ça fait tellement partie de moi que je ne pense pas à le dire. Ce don m'a peut-être aidée à retenir des cartes, des topographies et des instructions complexes pendant les entraînements, mais ça ne fait pas vraiment de différence quand il s'agit de passer à l'action et de prendre des décisions au pied levé. Toujours est-il que Jacques a été intrigué par mon « super-pouvoir », comme il dit, et qu'il m'a transférée au service informatique plutôt que de me renvoyer. Il m'a testée en me confiant quelques missions : je recevais un document classé secret, que je devais mémoriser et restituer plus tard. Un vulgaire tour de passe-passe pour moi, mais Jacques a été impressionné.

— Un peu suspect, comme attitude.

Amélie comprenait ce qu'il voulait dire. Par moments, elle s'était demandé si Jacques ne se servait pas d'elle pour des raisons qu'il était seul à connaître… Mais elle ne lui avait jamais posé de questions. Elle avait été trop heureuse de se sentir enfin utile.

— Un jour, un mail non vérifié est arrivé dans ma boîte. Il faut savoir que tous les documents passent par un serveur sécurisé. Personne ne peut pirater le système. J'ai d'abord pensé qu'il s'agissait d'une erreur d'aiguillage. J'en vois souvent – des notes de frais, des bons de commande… Généralement, je les renvoie à la compta sans me poser de questions. Mais c'est en commençant à lire les données que j'ai trouvé ça étrange. Il y avait des dates, des montants en dollars et en euros, des lieux, et cette mystérieuse quatrième colonne… Je n'avais jamais reçu pareil document. En outre, impossible de remonter jusqu'à l'expéditeur ! C'était louche. Pour une raison ou pour une autre, j'ai tout lu. Cela m'a pris une dizaine de minutes.

— Vous avez ignoré le protocole ?

— Oui et non. Jacques sait que je retiens tout ce que je lis. Comme ce message sortait de l'ordinaire, j'ai pensé qu'il fallait le prévenir. Je l'ai donc appelé mais, alors que je m'apprêtais à lui transférer le mail, celui-ci a disparu.

— Comment ça, « disparu » ?

— Il avait été programmé pour s'autodétruire au bout d'un certain nombre de minutes après avoir été ouvert. Évidemment, je l'avais mémorisé, je l'ai donc recopié intégralement pour le montrer à Jacques. Ce qui m'a étonnée, c'est qu'il a eu l'air de comprendre au premier coup d'œil de quoi il était question. Il m'a dit de me remettre au travail et de ne pas m'inquiéter pour ça. Vingt minutes plus tard, il m'a appelée pour me dire de rentrer chez moi.

— Ça ne vous a pas paru bizarre ?

— Un peu, mais Jacques ne semblait pas plus inquiet que ça. Et je lui fais confiance.

— Il a dû se rendre compte qu'il s'agissait d'informations sensibles.

— Oui, mais il ne m'a pas dit lesquelles. Il a brûlé la liste que je lui avais écrite.

— Brûlé ? répéta Jason, surpris.

— Il savait que je ne l'oublierais pas, et qu'il pourrait y accéder quand il le voudrait.

— Ça doit se bousculer, dans votre tête.

Amélie sourit.

— C'est ce que je me dis parfois, mais c'est aussi pour ça que j'oublie de prendre du lait au supermarché. Parce que mon cerveau croule déjà sous les informations, qui pour la plupart ne veulent rien dire pour moi.

— Vous êtes sûre que ce n'est pas un secret d'État que vous avez là-haut ? plaisanta Jason en se tapotant le crâne.

— Eh bien…

Amélie posa son mug sur la table basse et coinça ses mains entre ses cuisses.

— C'est une possibilité, répondit-elle très sérieusement.

Il haussa un sourcil intrigué.

— Cette nuit-là, Jacques m'a rappelée chez moi. Il était plus de minuit. Il m'avait trouvé un vol qui partait deux heures plus tard. Il est venu me remettre un faux passeport et une nouvelle identité, en m'expliquant que les données que j'avais dans la tête étaient si sensibles qu'il craignait pour ma sécurité. Il fallait que je me cache pendant quelques semaines.

— Il faut aimer jouer aux espions… De toute façon, j'imagine qu'on vous a appris à décamper en un rien de temps ?

— Bien sûr. Ma valise était déjà presque prête. J'avais peur, mais j'avais été entraînée à faire face à ce genre de situations. J'ai pris un taxi jusqu'à l'aéroport. Neuf heures plus tard, j'ai atterri à Minneapolis. Puis une voiture m'a conduite à quatre heures de là, dans ce coin perdu qui me fait penser à la fois à la toundra et à un film bizarre dans lequel le méchant finit déchiqueté dans un broyeur à bois.

— J'adore ce film ! s'exclama Jason, avant de s'éclaircir la gorge, gêné. Vous dites que vous êtes arrivée il y a deux semaines ?

— Oui. J'attends que mon chef me donne le feu vert pour rentrer.

— Ce même chef qui m'a appelé et qui…

Il ne termina pas sa phrase. Amélie avait oublié que Jacques lui avait laissé un message étrange qui se concluait par une détonation. *Pourvu qu'il ne lui soit rien arrivé de grave*, songea-t-elle.

— Il y a une chose qui me dépasse, confia Jason. Si un professionnel a été recruté pour vous tuer, comment a-t-il pu commettre l'erreur stupide d'assassiner la mauvaise personne ?

— Il a sans doute demandé son nom à cette pauvre femme, répondit Amélie. Peut-être s'était-il renseigné sur elle avant de la suivre.

— Dans ce cas, il aurait découvert son nom de famille et se serait rendu compte qu'il se trompait de cible. Elle était originaire de la banlieue nord de Minneapolis et rendait visite à des amies à Frost Falls. Elle faisait la fête à L'Orignal samedi soir.

— Il l'a suivie depuis Minneapolis ?

— Je ne pense pas. Il était sans doute au courant qu'il devait chercher sa proie à Frost Falls. C'est juste qu'il est tombé sur une autre Yvette… Cette jeune femme s'est trouvée au mauvais endroit au mauvais moment.

Amélie réfléchit. Avant qu'elle se confie à Jason, une seule personne avait su qu'elle séjournait dans le Minnesota en tant qu'Yvette LaSalle : son chef. Si on l'avait ciblée à cause de son nom d'emprunt, quelle conclusion fallait-il en tirer ?

— Votre patron est-il le seul à connaître votre position ? s'enquit justement Jason.

— Oui, mais Jacques ne ferait jamais…

Non, c'était impossible. Elle ne pouvait pas croire cela de lui. Elle n'oubliait pas qu'il lui avait accordé une seconde chance alors que rien ne l'y obligeait.

— En fait, il a bien fallu que quelqu'un achète mon billet d'avion et s'occupe de me trouver une voiture avec chauffeur pour me conduire jusqu'ici depuis l'aéroport, souligna-t-elle. Jacques ne peut pas être le seul à savoir où je me trouve et sous quel nom. Et après tout, dans le milieu des renseignements, quand on veut localiser quelqu'un, on y arrive toujours.

— C'est vrai. Mais il y a une chose qui m'échappe. J'aimerais que vous m'aidiez à comprendre quelles sont ces informations que vous détenez et qui méritent qu'on vous élimine.

— Le problème, c'est que je suis obligée de les écrire pour en prendre connaissance. C'est comme ça que ma mémoire fonctionne. Je ne peux pas accéder directement à telle ou telle partie d'une liste de données, par exemple : je dois la rédiger du début à la fin.

— Et vous n'avez pas pensé à le faire en arrivant ici ?

Amélie haussa les épaules.

— Il m'a fallu un peu de temps pour m'installer et m'habituer au froid. Et puis, à quoi cela m'aurait-il servi ? J'ai déjà lu cette liste et je n'ai aucune idée de ce à quoi elle correspond. Ce n'est pas en l'écrivant une deuxième fois que j'en apprendrai plus.

— J'aimerais y jeter un œil, insista Jason. Si vous voulez, je m'occupe d'entretenir le feu pendant que vous vous mettez au travail. Êtes-vous d'accord pour essayer ?

Elle acquiesça.

— Parfait. Je prendrai deux minutes pour appeler Marjorie, au cas où elle aurait du nouveau. Et il faudrait aussi que j'abrite ma motoneige dans le garage. Avec ce vent, elle risque d'être entièrement recouverte si je la laisse dehors.

— Merci, Jason. Je sais que vous avez mieux à faire un jour de tempête.

— Détrompez-vous, pour rien au monde je ne voudrais faire autre chose, répliqua-t-il. Vous êtes en danger, je veux vous protéger. C'est mon boulot. Et puis...

Il lui lança un clin d'œil.

— Je ne supporterais pas que la plus jolie femme de Frost Falls se fasse embêter par un tueur à gages.

— Embêter ?

Amélie ne put s'empêcher de rire devant cet euphémisme. Le type qui s'en était pris à elle ne l'avait pas « embêtée ». Il avait voulu la tuer, purement et simplement. Elle avait de la chance d'être encore en vie.

— Je sais, le mot n'est pas vraiment adapté, se défendit Jason tout en se levant. J'essaie juste de ne pas être trop direct.

— Je vous en prie, soyez direct, répliqua-t-elle. Je suis une grande fille, je peux supporter la vérité. Et je suis heureuse que vous ayez décidé de me protéger. Pour vous le prouver, je vais même vous préparer une soupe pour le dîner.

— La soirée s'annonce de mieux en mieux.

— Ne vous emballez pas trop vite, c'est une soupe en boîte. Je n'ai qu'à la réchauffer.

— L'important, c'est qu'elle soit chaude, répondit-il avec un sourire, avant d'aller attiser le feu.

Amélie expira lentement, tentant de calmer les battements de son cœur. Elle s'était confiée à Jason et il ne l'avait pas jugée. Elle pouvait enfin baisser la garde.

12

Jason aimait les blizzards. La neige qui vous fouette les joues, le froid qui vous glace les veines, la visibilité réduite à zéro... C'était l'aventure. Du moins, quand il fonçait au guidon de sa motoneige. Car, lorsqu'il fallait résoudre un homicide, il préférait tout de même une météo plus clémente.

Il rangea sa machine à l'abri, dans le garage, à côté du vieux modèle de scooter des neiges que les propriétaires mettaient à disposition de leurs locataires. Resserrant son écharpe, il fit un pas dehors et faillit être renversé par le vent. Ou peut-être était-ce à cause du verglas dans l'allée... Il se rattrapa de justesse et sauta sur le talus de neige qui s'était formé derrière la maison. Il y avait déjà trente bons centimètres de poudreuse par terre. Si la tempête se prolongeait toute la nuit, le vent était capable de façonner des dunes de plus d'un mètre de haut.

Jason fit le tour du chalet. La neige étincelait comme des milliers de diamants, et il ne repéra aucune empreinte d'animaux sur sa surface lisse. Les petites bêtes n'étaient pas assez folles pour sortir par ce temps.

Et avec un peu de chance, les meurtriers non plus.

Cependant, si Charley avait l'intention de « finir le boulot », autant qu'il vienne à un moment où Jason était là. Yvette avait besoin d'être protégée et il acceptait volontiers cette mission, quand bien même une petite voix ne cessait de le mettre en garde. Croire aux paroles d'une autre jolie espionne, vraiment ? La précédente avait bouleversé son existence. Elle l'avait humilié, et par sa faute il en était réduit à devoir à nouveau faire ses preuves comme un débutant.

Inutile de se voiler la face : Yvette l'attirait physiquement et il admirait son courage. Seulement, pouvait-il lui faire confiance ? Il le voulait, mais ce n'était pas facile. Son vrai nom n'était même pas Yvette. En savait-elle plus que ce qu'elle prétendait ? Comment pouvait-elle ignorer ce qu'elle avait mémorisé ? Cette femme avait été formée à gagner du temps, à tromper ses interlocuteurs ; il ne devait surtout pas l'oublier.

Comme son téléphone sonnait, Jason s'abrita du vent près du générateur électrique pour décrocher.

— C'est Robert Lane, annonça son correspondant. Votre secrétaire m'a demandé de vous appeler.

— Salut, Robert, bien content de vous avoir chez nous.

L'automne précédent, Lane était venu aider Jason quand Alex était tombé malade. Le policier préférait faire des remplacements sur tout le territoire du comté de Saint Louis plutôt que d'être assigné à un poste fixe. C'était un type bien.

— Je suis au chalet des Bouleaux, à l'est de la ville, précisa Jason. La locataire du moment est la jeune femme qui a été attaquée par notre criminel en fuite. Je préfère rester près d'elle. Marjorie a-t-elle réussi à retracer l'appel de Jacques Patron ?

— Pas encore, répondit Robert. Mais j'ai survolé le casier judiciaire de votre homme, vous êtes tombé sur un gros poisson, Cash. Apparemment, c'est un tueur professionnel. Si j'ai bien compris, vous avez réussi à l'arrêter alors qu'il agressait cette femme ?

— Oui. Plus exactement, elle a tenu bon jusqu'à mon arrivée. Un tueur à gages à Frost Falls ? Ça me paraît dingue. Avez-vous parlé à Ryan Bay ?

— Oui, il a contacté Interpol.

— Qu'ont-ils dit au sujet de Jacques Patron ?

— Ils sont restés très mystérieux. Ils ont promis à Bay que le directeur adjoint le recontacterait bientôt.

— Ah bon ? Donc, il est vivant ?

— Interpol n'a rien voulu dire de plus. Bay était furax.

— Je le comprends.

— En tout cas, ne vous inquiétez pas, j'assure la permanence en ville pendant votre absence, déclara Robert. De toute façon, la plupart des routes sont fermées, je ne pense pas que beaucoup de gens s'aventureront dehors cette nuit – même en motoneige. J'irai peut-être faire un somme au sous-sol. Il y a toujours ces couvertures douillettes, en bas ?

— Bien sûr. Merci, Robert. N'hésitez pas à m'appeler, quelle que soit l'heure.

— C'est noté.

Jason raccrocha.

— Un tueur à gages, marmonna-t-il.

Le chef d'Yvette l'avait envoyée à l'étranger le temps que le danger s'éloigne. Puis il avait demandé à la police locale de la protéger et, ce faisant, avait été réduit au silence.

Était-ce vraiment ce qui s'était passé ? Selon Robert Lane, Jacques Patron devait rappeler Ryan Bay, ce qui signifiait qu'il était toujours de ce monde. Les gens d'Interpol savaient-ils seulement où se trouvait leur directeur adjoint ? Peut-être l'appel de ce dernier au poste de police de Frost Falls avait-il été mis en scène. Dans ce cas, une seule explication : Patron était mouillé dans l'affaire et souhaitait brouiller les pistes.

Il fallait que Jason découvre ce qu'Yvette savait. L'ennui, c'est qu'elle ne le savait pas elle-même.

— Cette histoire est complètement folle, lâcha-t-il tout haut.

En entendant le vent qui sifflait dehors et faisait trembler les vitres, Amélie n'était pas mécontente de déguster une bonne soupe à l'abri du froid et en compagnie du charmant chef de police. Elle n'avait jamais invité personne au chalet depuis son arrivée. Malgré les circonstances, elle appréciait de pouvoir bavarder de tout et de rien.

— Le logement est bien pourvu en équipement de neige, assura-t-elle à Jason, qui s'inquiétait de savoir si elle disposait du matériel nécessaire pour profiter des nombreuses activités hivernales de la région. Il y a tout ce qu'il faut : des raquettes, des après-ski et des casques, des cannes à pêche et même une sorte de longue vis dont je n'ai toujours pas compris l'utilité.

— Une perceuse à glace, sans doute, devina Jason. Il y a un lac à une dizaine de kilomètres d'ici, on y pratique la pêche sur glace. Je crois que les propriétaires du chalet mettent même à disposition des locataires une petite cabane de pêcheur.

— Maintenant que vous le dites, j'ai dû lire ça dans le livret de bienvenue, mais je me suis empressée de l'oublier. Je ne tiens pas plus que ça à pêcher mon dîner... Par contre, j'aime bien le poisson, du moment qu'il n'est pas mariné dans de la soude.

— Vous parlez du lutefisk ? J'adore ça ! s'exclama Jason.

Il éclata de rire en voyant la mine écœurée d'Amélie.

— C'est un goût qui s'acquiert, précisa-t-il, tout en trempant un morceau de pain dans sa soupe.

Un début de barbe assombrissait ses joues et faisait ressortir ses fossettes. Amélie était surtout fascinée par la couleur de ses yeux, d'un vert profond rehaussé d'éclats dorés. Quelques taches de rousseur adorables parsemaient son nez et ses pommettes. Quant à sa bouche, à la fois volontaire et sensuelle, elle attirait Amélie de façon viscérale. La jeune femme ne pouvait s'empêcher de penser à tout ce que cette bouche était susceptible de faire. À commencer par l'embrasser...

— Je vous mets au défi de venir avec moi un jour sur le lac, dit Jason, tirant Amélie de sa rêverie. Je parie que je peux vous faire aimer la pêche sur glace.

— J'aime les défis.

— On a tout pour s'entendre, alors, répliqua-t-il.

Est-ce qu'un simple clin d'œil avait le pouvoir de vous faire perdre la tête ? se demanda-t-elle. Oui, sans aucun doute.

Le téléphone de Jason émit un bip.

— Marjorie m'a envoyé un dossier sur le suspect tout à l'heure, expliqua-t-il. Il faut que je finisse de le lire. Au fait, on a contacté Interpol.

— Ah oui ?

Amélie se pencha en avant. Si l'organisation était sur le coup, elle n'aurait plus à s'inquiéter de préserver sa couverture et pourrait sans doute bientôt rentrer chez elle.

— Ryan Bay les a appelés, poursuivit Jason. Visiblement, ils ne sont au courant de rien concernant Jacques Patron. Ils ont promis à Bay que le directeur adjoint nous rappellerait dans quelques jours.

Amélie laissa échapper un soupir de soulagement.

— Donc, il est vivant.

— C'est une hypothèse envisageable.

Jason repoussa son assiette et joignit ses deux mains devant lui.

— Vous n'avez pas réussi à l'avoir au téléphone, c'est bien ça ?

— Oui.

— Mais vous lui avez laissé des messages ?

Amélie acquiesça.

— On dirait qu'il vous évite - si toutefois il n'a pas été tué. Quel est le sens de cet étrange appel au poste de police, qui donne l'impression qu'on lui a tiré dessus ? Les gens d'Interpol semblent penser qu'il est vivant. Il y a quelque chose qui cloche dans cette histoire, Yvette. Amélie.

— Tenez-vous-en à Yvette, lui conseilla-t-elle.

Il eut l'air déçu. Elle préférait néanmoins qu'il l'appelle par son nom d'emprunt : cela permettait de maintenir une certaine distance entre eux, quand bien même elle avait désespérément besoin d'un confident.

— Il est peut-être temps que je prenne contact avec Interpol, concéda-t-elle. Cela clarifierait les choses. Je sais que Jacques a voulu rester discret sur cette affaire. S'il n'en a parlé à personne...

— Et pourquoi aurait-il fait cela ? la coupa Jason. La seule bonne raison, c'est s'il a un secret qu'il tient à cacher à Interpol.

Amélie baissa les yeux. L'idée lui avait traversé l'esprit, mais elle l'avait bien vite repoussée, se refusant à croire que Jacques puisse avoir les mains sales. Il avait été si proche de son père ! Elle n'imaginait pas un seul instant qu'il veuille lui faire du mal.

— Je vais vous laisser y réfléchir, déclara Jason en se levant. Merci pour la soupe.

Et il alla s'installer devant la cheminée pour lire ses messages.

Amélie appuya son menton dans sa main. Il avait raison : quelque chose clochait.

En portant les assiettes dans l'évier, elle jeta un coup d'œil sur son téléphone, qui avait fini de charger. Fallait-il essayer une nouvelle fois de joindre Jacques ? Elle savait d'instinct qu'il ne répondrait pas. Ce qui signifiait qu'elle commençait à douter de lui.

— Allez-vous écrire cette liste ? lui demanda Jason depuis le canapé.

C'était en effet leur seul espoir de comprendre l'attitude de Jacques. Et si cette liste ne leur livrait aucun indice, tant pis : Amélie ferait fi de la voie hiérarchique et appellerait le directeur d'Interpol.

Armée d'un bloc-notes et d'un crayon, elle s'installa dans le fauteuil au coin de la cheminée, tentant d'ignorer l'homme assis non loin d'elle. C'était difficile. Il sentait bon le vent et la nature sauvage, et il dégageait des ondes qu'elle était certaine de percevoir physiquement. Comment voulait-il qu'elle se concentre, dans ces conditions ?

— Vous connaissez Herve Charley ? lui demanda-t-il soudain en levant les yeux de son téléphone.

— Non. C'est l'homme qui a essayé de me tuer, c'est ça ?

— Exact. Quand je l'ai arrêté sur la route, il m'a montré un permis au nom de James Smith. Le vrai James Smith – voyons voir… Marjorie nous a trouvé des infos sur lui – est à l'hôpital à Duluth. Il a été agressé, presque étranglé. Il est dans le coma depuis plusieurs jours.

Jason fronça les sourcils.

— Il faudra que j'appelle le policier chargé de l'enquête, qu'il sache ce qui se passe ici. Bref, notre suspect est un tueur à gages réputé.

Il fit défiler le texte affiché sur l'écran de son téléphone.

— Pas d'adresse connue depuis cinq ans, mais il semble avoir sévi dans le nord de l'État ces derniers temps. Il travaillerait pour la mafia du Minnesota. Vous en avez déjà entendu parler ?

— Non. Pourquoi, je devrais ?

— Je vous posais juste la question. Interpol sait beaucoup de choses.

— Interpol ne sait pas tout, rétorqua-t-elle avec une pointe d'agacement.

Jason lui paraissait distant depuis la fin du repas. Bien sûr, il était préoccupé par son enquête, et celle-ci passait avant tout le reste...

— Cette mafia réunit plusieurs familles du Minnesota, précisa-t-il. On en a une près d'ici qui vit à la frontière des Boundary Waters et qui trempe dans toutes sortes d'activités criminelles, le braconnage en particulier.

— Est-ce seulement un crime, aux États-Unis ? demanda Amélie.

— C'est un délit. Mais la mafia ne s'arrête pas à ça. Coups et blessures, transport de marchandises volées... Charley a un casier long comme le bras, et pourtant les policiers n'ont jamais réussi à l'inculper pour des crimes graves. C'est comme ça que ça marche : leurs avocats sont tellement bien payés qu'ils arrivent toujours à les sortir du pétrin.

— Charley est donc un tueur professionnel ? répéta Amélie. C'est tellement...

— Énorme ? proposa Jason. Oui, ça l'est. La mafia du Minnesota a des liens avec certaines grandes organisations criminelles d'Europe. Elle fait du commerce d'armes, de munitions, parfois de tableaux volés.

Amélie regarda pensivement le feu qui brûlait dans la cheminée. Une question la taraudait : pourquoi recruter un tueur à gages pour l'éliminer, elle ? Ce qu'elle avait reçu dans sa boîte mail devait être bien plus qu'une simple facture.

— Elle possède des antennes à Berlin, Amsterdam et Marseille, poursuivit Jason. Voilà la connexion avec la France. Êtes-vous sûre de tout savoir sur vos vacances forcées, Yvette ?

— Apparemment, je ne sais pas grand-chose, répondit-elle. C'est Jacques qui a toutes les réponses.

— Exact. Jacques Patron, directeur adjoint d'Interpol à Lyon. Marjorie m'a aussi envoyé un rapport sur lui.

Il étouffa un juron.

— Le Wi-Fi vient de nous lâcher. C'est surprenant qu'il ait tenu aussi longtemps… Pouvez-vous appeler Interpol pour moi ?

— J'en ai bien l'intention, mais si nous n'avons plus de Wi-Fi…

— Il y a peut-être encore du réseau.

Il se pencha pour poser une main sur son genou. L'intensité de son regard l'hypnotisait, à tel point qu'elle se sentit comme happée par ses yeux verts.

— J'ai besoin de votre aide, Yvette. Vous êtes forte et courageuse. Je l'ai vu quand je suis entré ici et que je vous ai trouvée en train de repousser le meurtrier. Maintenant, il faut que vous restiez forte et que vous gardiez la tête froide. Vous pouvez faire ça pour moi ?

Elle acquiesça, tout en glissant une main sous la sienne.

— Le silence d'Interpol peut vouloir dire plusieurs choses, fit-elle remarquer. Soit ils savent exactement ce qui est arrivé à Jacques et ne veulent pas le divulguer, soit ils n'étaient pas au courant du problème avant que vous les appeliez et sont en train d'enquêter.

— Je penche plutôt pour la première solution, répondit Jason. Si leur directeur adjoint a disparu depuis plusieurs jours, ils ne peuvent pas ne pas le savoir.

Amélie acquiesça, consciente qu'il s'agissait de l'explication la plus logique. Néanmoins, une question subsistait : Jacques était-il mort ou vivant ? S'il était mort, pourquoi personne à Interpol ne la rappelait-il ?

— Je ne comprends rien à cette histoire, Jason, avoua-t-elle. Je vais contacter Interpol. On a besoin de réponses claires.

— Merci.

Jason agita son téléphone.

— Mais j'ai bien peur que ça ne soit pas possible pour l'instant : je viens de perdre ma dernière barre de réseau. En attendant, concentrons-nous sur cette fameuse liste. Quand vous l'aurez écrite, il faudra que vous me parliez de votre travail et de tout ce qui peut expliquer selon vous qu'on vous ait envoyée dans un chalet au fin fond du Minnesota. D'accord ?

Amélie inspira profondément.

— D'accord.

13

Jason se rendit à la salle de bains et se passa le visage sous l'eau. Il avait besoin d'une douche, mais il survivrait jusqu'au lendemain. En venant ici en plein blizzard, il savait que les solutions seraient limitées en termes de couchage ; il s'était fait à l'idée de ne pas beaucoup dormir. Si quelqu'un voulait s'en prendre à Yvette, il le mettait au défi de braver la tempête. À dire vrai, il n'était pas contre se frotter à celui qui aurait ce cran.

Il jeta dans le panier de linge sale la serviette avec laquelle il s'était essuyé et se regarda dans la glace en secouant la tête. Était-il à ce point en manque d'action qu'il venait d'inviter mentalement un assassin professionnel à l'attaquer ?

S'il était plus malin, il prierait pour que la nuit soit paisible et le ciel dégagé au matin. Ne pouvant rien attendre de Ryan Bay, il serait bien obligé de partir à la recherche du prisonnier évadé. Jason n'aimait pas l'inconnu et préférait savoir précisément où se trouvait chaque pion sur le plateau. Il se sentait un peu comme le cavalier qui protégeait la reine. Le fou pouvait être caché n'importe où, prêt à frapper. Il récidiverait forcément, puisque sa mission – éliminer Yvette – avait échoué. Quel genre de tueur à gages s'en allait après avoir raté sa cible ?

Jason, lui, ne l'avait fait qu'une fois. Il n'avait pas eu le choix, et cela avait signé son départ de la CIA. Aujourd'hui encore, il s'en voulait de s'être fait avoir par la belle espionne russe. De fréquenter Yvette lui rappelait à quel point le travail de terrain lui manquait. Il avait adoré les missions clandestines, les recherches, les filatures et les surveillances, les arrestations musclées et néanmoins discrètes. Plus d'une fois, son objectif avait été de supprimer un individu. Et s'il n'avait pas eu l'occasion dernièrement d'exercer son habileté au tir, il ne doutait pas qu'il serait encore capable de viser juste au besoin.

Malgré l'erreur de jugement qu'il avait commise lors de sa dernière mission, Jason avait été utile à la CIA, comme il l'était à présent à la ville de Frost Falls. Mais l'évasion de Herve Charley pouvait fort bien lui être reprochée. Il aurait dû s'occuper personnellement du suspect plutôt que de le confier à la garde de son jeune adjoint.

Peut-être n'était-il pas fait pour être policier ?

Jason se secoua mentalement. Cela ne servait à rien de se torturer l'esprit. Pouvait-on vraiment le condamner pour avoir préféré protéger une jeune femme plutôt que de surveiller son agresseur ? À présent, la jeune femme en question – une autre jolie espionne – pouvait tout à la fois l'aider à résoudre l'enquête ou ruiner sa carrière.

— Ça y est, j'ai fini, annonça Amélie en rejoignant Jason près du réfrigérateur.

Elle montra d'un signe de tête le bloc-notes et le crayon qu'elle avait posés sur le tapis, à côté du fauteuil.

— Je vais regarder ça, répondit-il. Mais d'abord, qu'avez-vous à boire ?

— De la bière et du jus d'orange.

— Je vais prendre une bière, si ça ne vous dérange pas.

Il ouvrit le frigo et se servit.

— Maintenant que vous avez écrit cette liste, avez-vous une idée de ce à quoi elle correspond ?

— Comme je vous l'ai dit, ça ressemble à une facture. Qui serait prêt à tuer quelqu'un pour une simple facture ?

— C'est une bonne question.

Jason s'adossa contre le plan de travail et ouvrit sa cannette.

— Vous ne voyez vraiment pas ce que ça pourrait être ? insista-t-il.

— Non. D'habitude, les factures sont envoyées directement à la compta. Il s'agit peut-être d'une erreur d'aiguillage. Par contre, si ce message m'a été adressé volontairement...

— Ce n'est pas une erreur, trancha Jason. Votre chef a tellement paniqué en voyant ce document qu'il vous a expédiée à l'autre bout du monde. Quelqu'un vous l'a transmis délibérément, peut-être parce qu'il savait que vous le montreriez à Jacques Patron.

— Mais pourquoi passer par moi si le vrai destinataire était mon chef ?

— Parce que le fait d'impliquer une autre personne permettait de resserrer l'étau autour de Patron ?

La suspicion perceptible dans la réponse de Jason perturbait Amélie. Elle n'avait jamais douté de Jacques, et pourtant tous les éléments semblaient l'accuser.

— Comment en êtes-vous venue à travailler pour Interpol ? s'enquit Jason. Vous m'avez dit que vos parents faisaient partie de l'organisation, c'est bien ça ?

— Mon père, oui. C'est comme ça qu'il a rencontré ma mère.

— Et elle, pour qui travaillait-elle ?

— C'était une espionne du FSB. Je sais, c'est digne d'un roman... Elle ne l'a pas fait par choix, mais pour protéger sa famille. Son père avait une dette envers le gouvernement russe, lequel en profitait pour faire pression sur lui et l'obliger à accepter toutes les missions qu'il lui proposait. Quand il est tombé malade, ma mère l'a remplacé.

— C'est dur. Mais ça s'est sans doute bien fini, si elle a rencontré votre père... Elle a dû réussir à se libérer du joug du gouvernement russe, non ?

— Mon père a tout fait pour, répondit Amélie. J'aimerais pouvoir vous dire qu'après ça ils ont vécu heureux toute leur vie, mais...

Elle ferma les yeux. Les souvenirs de ce matin-là resurgirent aussitôt. Son père était parti en mission. Amélie avait neuf ans.

— Que leur est-il arrivé ? demanda doucement Jason. Vous n'êtes pas obligée de m'en parler, s'empressa-t-il d'ajouter.

Elle n'en avait pas envie.

Ou plutôt, si. Elle voulait se délester de ce fardeau. Elle pensait avoir fait son deuil, mais il lui était encore douloureux de penser à sa mère. Parfois, elle racontait tout à un chat errant ou à un chauffeur de taxi qui ne comprenait pas sa langue, et cela la soulageait un peu.

— Ma mère a été exécutée, lâcha-t-elle.

Jason lui prit les mains et les pressa dans les siennes.

— Je suis désolé.

— J'avais neuf ans, continua Amélie. On a frappé à la porte, et elle m'a chuchoté d'aller me cacher. Je lui ai demandé pourquoi. Qu'est-ce qui se passait ? Elle m'a dit qu'elle avait fait quelque chose de mal pour aider des gens bien. Je n'ai jamais oublié cette phrase.

Elle leva les yeux vers Jason.

— Elle avait fait « quelque chose de mal pour aider des gens bien ».

Jason acquiesça. De toute évidence, il comprenait : c'était le sort de tous les espions. Mais la sécurité d'un agent secret n'était jamais garantie, même par ceux pour qui il travaillait.

— J'ai entendu un homme entrer dans la maison, reprit-elle. Ils ont échangé quelques mots.

Amélie avait été tellement terrifiée qu'elle n'avait réussi à percevoir que des syllabes et des sons, alors qu'ils s'étaient parlé en français.

— Ma mère a poussé un cri. La porte d'entrée a claqué. Je savais que la personne qui était entrée venait de partir, mais j'ai attendu que maman m'appelle. J'ai attendu si longtemps ! Et puis j'ai fini par sortir de ma cachette, tout doucement, et j'ai trouvé ma mère étendue dans une mare de sang. Après, mes souvenirs sont confus. Je n'ai revu mon père que deux jours plus tard. Il était sur une opération clandestine. Je me rends compte aujourd'hui qu'Interpol aurait pu le joindre tout de suite, mais ils ont décidé de le laisser terminer sa mission avant de lui apprendre la terrible nouvelle.

Amélie retira ses mains de celles de Jason et serra ses bras autour d'elle. Elle ne pleurait pas. On ne pouvait pas changer le passé. Évidemment, il y avait eu une enquête pour la forme, mais le meurtrier n'avait jamais été appréhendé.

— Mon père est mort quand j'avais vingt ans, poursuivit-elle. Empoisonnement à l'alcool. Il ne pouvait plus supporter l'absence de ma mère. J'aurais presque préféré que ce soit lui qui se fasse tuer ce jour-là, et pas elle, parce qu'il n'a plus jamais été le même par la suite. Mais ça n'a plus d'importance, maintenant. Ils sont partis tous les deux. Et je l'ai accepté.

Amélie fut surprise quand Jason l'attira dans ses bras. Elle se laissa aller contre lui, savourant la chaleur de son étreinte. Personne ne lui avait jamais offert un tel réconfort après la mort de ses parents. Ce n'était pas trop tôt…

Jason finit par s'écarter pour la regarder dans les yeux.

— Et vous avez quand même voulu travailler pour Interpol après tout ça ? lui demanda-t-il.

— Je sais comment ça marche dans les agences de sécurité. Tout est confidentiel, il faut tout taire, tout cacher. Après la mort de mon père, je ne voyais pas quoi faire d'autre. J'avais été élevée dans ce milieu. Voilà comment j'en suis arrivée là.

— À vous cacher dans le Minnesota.

— Exactement.

— Je vous protégerai, lui assura-t-il. Vous me faites confiance ?

— Oui. Merci d'avoir écouté ma pauvre petite histoire.

— Ce n'est pas une pauvre petite histoire. C'est une histoire tragique. Je regrette que vous ayez dû vivre des choses aussi difficiles, Yvette. Amélie.

Il déposa un baiser sur le haut de sa tête. Il sentait tellement bon… Et surtout, il était là.

— Vous savez, j'ai eu une enfance heureuse, assura-t-elle. Mes parents étaient géniaux. Ils ont toujours été honnêtes avec moi. Ils m'ont expliqué qu'ils travaillaient pour une organisation qui sauvait des gens, et que pour ça ils étaient parfois obligés d'enfreindre des lois. Je crois qu'au fond de moi je savais qu'il pouvait leur arriver malheur. La mort de ma mère n'a pas été plus facile à accepter pour autant, mais disons qu'elle ne m'a pas vraiment surprise.

Jason soupira.

— Mes parents sont encore là tous les deux, confia-t-il. Ce sont de simples exploitants agricoles. Enfin, mon père a été marine avant ça, jusqu'à ce qu'il soit obligé de démissionner à cause de ses problèmes de dos. Ils sont à la retraite, aujourd'hui. Et heureux. C'est une grande chance, j'en suis conscient.

— J'imagine qu'ils sont à la fois fiers et inquiets d'avoir un fils dans la police.

— Oui... Je sais en tout cas que ma mère a été soulagée quand, hum... quand j'ai quitté la CIA.

— Vous avez travaillé pour la CIA ?

— Et je n'y suis plus, répondit Jason. Ce qui fait très plaisir à ma maman, parce que je ne pouvais jamais lui dire où j'étais ni ce que je faisais, et c'est ce qui est le plus dur, de ne pas savoir. Maintenant que je veille sur Frost Falls, elle se dit qu'elle a au moins un de ses fils à peu près en sécurité. Quant aux deux autres...

— Que font-ils ?

— Joe est agent au DRN, le Département des ressources naturelles. Il patrouille sur les lacs et dans les forêts protégées. Il adore la nature.

— Il a bien choisi son métier, alors... Et votre autre frère ?

— Justin travaillait pour la police routière jusqu'à l'année dernière. Une folle lui a tiré dessus lors d'un contrôle de routine, et il a gardé quelques séquelles neurologiques. Il s'en sort bien, dans l'ensemble, mais ça a été une sacrée épreuve pour ma mère. C'est pour ça qu'on essaie de lui épargner un maximum de stress. Et vous, comment tenez-vous le coup ?

— Honnêtement ? Depuis que je suis arrivée dans ce chalet, j'ai eu le temps de penser à ma vie et aux choix que j'ai faits. J'ai même dressé une liste de pour et de contre pour savoir si j'allais retourner au travail.

— Et qui a gagné, les pour ou les contre ?

— Je n'ai pas fini. En tout cas, quelle que soit ma décision, je n'ai pas envie de mourir dans ce coin perdu et glacial.

Jason sourit.

— C'est vrai qu'il fait très froid en hiver, mais ça ne m'empêche pas d'aimer ce « coin perdu », comme vous dites. Parce que c'est chez moi. En tout cas, mes deux priorités pour l'instant sont de vous protéger et de résoudre cette enquête. Je vous promets qu'on retrouvera le meurtrier.

Amélie le croyait, tout en sachant très bien que, si une personne haut placée voulait vraiment la tuer, rien ne l'en empêcherait. Et Jason le savait aussi.

— Donc, vous avez travaillé pour la CIA, dit-elle. Pourquoi me l'avez-vous caché ?

— On ne se connaît pas depuis très longtemps, se défendit-il. Et je ne suis pas du genre à me confier facilement.

— J'avais remarqué. Si je vous fais un joli sourire, vous accepterez de m'en parler ?

— Vous n'avez pas besoin de sourire pour être jolie, Amélie, répliqua-t-il en se tournant vers elle. En fait, je crois que je préfère votre vrai prénom... Il vous va très bien.

Le chagrin qu'elle avait éprouvé en évoquant l'histoire de ses parents s'envola subitement. Difficile de rester triste face à un homme aussi séduisant... Leur proximité physique la troublait, et l'envie de goûter à sa bouche s'empara d'elle à nouveau. Mais elle voulait en savoir plus sur son expérience au sein de la CIA.

— Dites-moi tout ce que vous pouvez me dire, insista-t-elle.

— Malheureusement, pas grand-chose - vous connaissez la chanson. J'ai travaillé à la CIA pendant quatre ans et j'ai été obligé d'en partir. Voilà.

— D'accord, céda-t-elle. Je ne vous ai pas révélé tous mes secrets tout de suite, vous avez le droit de garder les vôtres.

— Merci. Vous savez, ajouta-t-il d'un ton soudain plus léger, on peut vraiment s'amuser dans la neige. C'est juste que vous n'avez pas encore essayé les bonnes activités.

— Vous croyez ? J'ai pourtant suivi les instructions des propriétaires : j'ai dégagé l'allée à la pelle, gratté le givre sur les vitres du pick-up et cassé les stalactites qui pendaient du toit pour éviter que l'eau ne coule à l'intérieur. Super, comme activités ! Bon, j'ai aussi découvert que j'aimais bien les balades en raquettes.

— Vous voyez ! Sinon, vous m'avez dit que vous preniez des photos. C'est juste une couverture, ou c'est vrai ?

— Ça me sert en effet de couverture, mais c'est aussi une passion dont j'aimerais pouvoir vivre un jour. Je vais vous montrer la photo de l'orignal dont je vous ai parlé.

Elle attrapa son téléphone, ouvrit l'application et sélectionna l'image en question.

— Elle est magnifique, la complimenta Jason. Les flocons de neige autour de l'animal brillent comme des diamants.

— C'était magique. Mais ça ne compense pas les innombrables coupures de courant que j'ai dû subir ici. Et maintenant, j'ai carrément droit à un blizzard ! Je ne vois pas vraiment ce qu'il y a de génial à devoir enfiler plusieurs couches de vêtements avant de sortir, et à se rendre compte que la sueur gèle au-dessus de la lèvre si on ne met pas de cache-nez.

— Et la morve aussi ! fit remarquer Jason en riant. Mais ça, on l'apprend quand on est enfant.

— Super. Je crois que j'aurais pu me passer de ce détail.

— Parlez-moi un peu de votre mémoire. Vous vous souvenez donc de tout ?

— Pas des conversations comme celle qu'on a en ce moment. Mon cerveau se concentre parfois sur une chose particulière, et je ne peux pas le débrancher. Mais si j'écris une liste de course en chantonnant ou en discutant avec quelqu'un, alors ça ne marche pas.

— Et les livres ou les films ? Vous les mémorisez mot pour mot ?

— Encore une fois, ça dépend de ma concentration. Il ne faut pas que je sois au cinéma avec une amie. Par contre, je me souviens de tous les dialogues de *Braquage à l'italienne*.

— Le film avec Mark Wahlberg ? Il est génial ! s'exclama Jason, avant de prendre une voix haut perchée. « J'm'appelle Becky, mais c'est écrit sur ma chemise. »

— « Je vais avoir besoin de votre véhicule et aussi de votre chemise », compléta aussitôt Amélie.

Le rire de Jason était le son le plus sexy qu'elle ait entendu depuis bien longtemps. Sans réfléchir, elle posa une main sur son torse.

— Merci, murmura-t-elle.

— Je vous en prie, répliqua-t-il en couvrant sa main de la sienne. Je ne fais que mon travail.

— Vous faites bien plus que ça. Grâce à vous, j'ai retrouvé la confiance que j'avais perdue en quittant mon pays. Vous ne m'avez ni surprotégée ni fait la leçon quand je me suis fait agresser. J'avais besoin de ce respect.

— Et vous le méritiez.

Amélie répondit en l'embrassant. C'était plus fort qu'elle. La bouche de Jason était chaude, à la fois douce et ferme contre la sienne. Il la prit par les hanches et l'attira plus près de lui, et ce n'est que lorsqu'elle pressa sa poitrine contre son torse qu'elle se rendit compte de ce qu'elle faisait.

Elle s'écarta brusquement en portant une main à ses lèvres.

— Excusez-moi, je...

— S'il vous plaît, ne vous excusez pas pour un baiser. Ça va me donner des complexes.

— Oh ! vous n'avez pas de complexes à avoir, lui assura-t-elle. C'était très agréable, mais je... Enfin, ce n'était peut-être pas une très bonne idée de...

Il la fit taire en l'embrassant à son tour, avec une ardeur qui arracha un gémissement à Amélie. Quand leurs bouches se séparèrent à nouveau, ils restèrent silencieux, le souffle court, sans pouvoir détacher leurs regards l'un de l'autre. Celui de Jason était plus brûlant encore que le feu qui craquait dans la cheminée. Amélie avait l'impression que tous ses sens étaient exacerbés ; l'odeur de Jason l'enveloppait comme dans un cocon et la chaleur de ses mains sur ses hanches irradiait jusqu'à l'intérieur de son corps.

Soudain, un craquement plus fort en provenance du salon attira l'attention de Jason. Il la repoussa vivement.

— Merde ! lâcha-t-il en se précipitant vers la cheminée.

Le tapis venait de prendre feu. Une braise avait dû tomber sur le bloc-notes d'Amélie, qui s'était entièrement enflammé.

Elle attrapa un verre dans l'évier et le remplit d'eau. Le temps qu'elle rejoigne Jason, celui-ci avait déjà étouffé les flammes avec un torchon. Si l'on ne voyait qu'un rond noirci parmi les boucles serrées du tapis, le carnet, en revanche, avait été réduit en cendres.

— La liste..., se lamenta Amélie. Il n'en reste plus rien.

14

Jason n'avait pas réagi à temps pour sauver le bloc-notes. Yvette le jeta, puis s'appliqua à frotter le tapis avec un linge mouillé pour éliminer les traces de suie. Ces vieilles nattes résistaient bien aux projections de braises. On en trouvait dans tous les chalets du Minnesota.

— Ne vous inquiétez pas, j'ai toujours la liste en tête, le rassura la jeune femme en se laissant tomber sur le canapé. Je vais juste être obligée de tout réécrire.

C'était déjà une chance que les informations ne soient pas effacées de son cerveau au fur et à mesure qu'elle les « téléchargeait » sur le papier...

— J'ai bien peur que vous n'ayez pas le choix, en effet, lui dit-il. C'est notre seule chance d'y voir plus clair dans cette affaire.

— Si vous voulez, je m'y mets tout de suite, proposa-t-elle sans enthousiasme.

Jason regarda sa montre et poussa un soupir.

— Non, ce n'est pas la peine. La journée a été longue, et il est tard. Ça ne changera pas grand-chose d'attendre demain matin.

Il s'assit à côté d'elle sur le canapé. Yvette – mieux valait continuer à l'appeler ainsi pour préserver sa fausse identité – avait sorti un autre quilt ; il s'en couvrit et s'installa confortablement, les pieds sur la table basse.

— Je vais dormir ici, déclara-t-il en fermant les yeux. Je sais qu'il n'y a qu'une chambre avec deux lits dans ce chalet.

— Vous pouvez en prendre un.

— Merci, mais j'aime bien m'endormir devant un feu de cheminée.

— C'est vrai que c'est agréable, reconnut Yvette. Ça vous dérange si je reste un peu avec vous ?

— Pas du tout.

Jason sourit intérieurement. Il appréciait la compagnie de la jeune femme, même si sa proximité mettait tous ses sens en alerte. Son parfum à la fois frais et fleuri, la douceur de sa peau, si proche et pourtant hors de portée, le contact accidentel de son genou contre le sien, ses cheveux qu'elle rejetait derrière son épaule…

Dehors, le vent s'était un peu calmé, mais Jason s'attendait à trouver de grosses congères le lendemain. Il voulait bien que la neige tombe en abondance si cela lui permettait de passer du bon temps avec une jolie demoiselle. Une demoiselle qui avait pris l'initiative de l'embrasser… Il sentait encore le feu de leur baiser sur ses lèvres.

Il la connaissait un peu mieux, à présent. Yvette était seule et désorientée, comme il l'avait été lui-même quand il était arrivé à Frost Falls pour prendre ses fonctions. Mais il s'était attaché à son poste et à cette petite ville ; il avait appris à les aimer, et maintenant il redoutait de les perdre.

Néanmoins, il n'était pas entièrement satisfait de son existence. Pas facile de trouver une compagnie féminine dans une région aussi reculée. Les femmes qu'il fréquentait – le temps d'une nuit, le plus souvent – habitaient généralement dans d'autres villes. Comment combiner travail et vie sociale lorsqu'on était chef de police à Frost Falls ? Jason avait envie de se marier et de fonder une famille, mais pour cela il lui fallait réussir à nouer une relation sérieuse.

— À propos de ce baiser…, murmura-t-il sans ouvrir les yeux.

— Je ne suis pas une allumeuse, affirma aussitôt Yvette. Quand je fais quelque chose, c'est pour de vrai.

— Sauf quand vous jouez les espionnes pour Interpol.

Il regretta aussitôt sa remarque en voyant l'expression blessée de la jeune femme.

— Je ne vous mens pas, Jason, répondit-elle avec un soupir de lassitude. Je vous fais confiance. À vous, l'homme qui m'a dit avoir été espion lui-même.

— Excusez-moi, vous avez raison… J'apprécie votre franchise. Donc, vous êtes une femme sérieuse. C'est noté.

— J'aime bien m'amuser un peu, quand même, répliqua-t-elle.

— Ça me rassure.

Comme il tournait la tête pour lui sourire, elle le surprit en l'embrassant – et il se laissa faire bien volontiers. Dans la lueur ambrée des flammes, l'atmosphère se fit plus chaude, plus sensuelle tandis que leurs bouches se cherchaient avidement. Jason posa une main sur la cuisse de la jeune femme et remonta lentement jusqu'à sa hanche. C'était trop bon pour être vrai.

Elle lui avait fait comprendre qu'elle n'était pas une « fille facile », adepte des histoires d'un soir. Mais Jason n'avait rien contre l'idée de prolonger l'expérience. Il avait envie de la connaître mieux, de découvrir ses rêves, ses espoirs, ses désirs – et, pourquoi pas, de partager les siens avec elle.

Cependant, ce n'était pas à l'avenir qu'il songeait à cet instant. Yvette l'avait agrippé par la chemise comme pour l'empêcher de mettre fin à leur baiser, alors qu'il n'en avait aucunement l'intention. De ses deux mains, il encadra son visage, avant d'enfoncer les doigts dans sa chevelure soyeuse.

Brusquement, Yvette s'écarta.

— Bonne nuit, Jason, murmura-t-elle, et elle posa la tête sur son épaule.

Seigneur ! Il n'arriverait jamais à s'endormir après cela.

Et pourtant, il y parvint.

Quand il s'éveilla quelques heures plus tard, la pièce était plongée dans le noir. Le feu s'était presque éteint, seules quelques braises rougeoyaient encore dans l'âtre. Jason avait froid au visage. Et aussi aux jambes. En se redressant, il vit Yvette couchée en chien de fusil à côté de lui, la tête posée sur l'accoudoir du canapé et les pieds calés contre sa cuisse. C'était le seul endroit où il avait chaud : elle lui avait piqué la couverture, et l'air s'était diablement refroidi à l'intérieur du chalet.

Il croyait en connaître la raison.

Prenant soin de ne pas réveiller la jeune femme, Jason se leva et marcha jusqu'à la cuisine. En ouvrant le réfrigérateur, il constata que la lumière ne s'allumait pas. Il n'y avait plus de courant. La tempête avait dû faire sauter les plombs – ce qui n'était pas surprenant – mais pourquoi le générateur ne s'était-il pas déclenché ?

Il jeta un coup d'œil à sa montre. 5 h 00 du matin. Ce n'était pas une heure pour se lever, et encore moins pour aller vérifier le fonctionnement d'un générateur sous la neige. Il se sentait irrésistiblement attiré vers le canapé, où un corps tout chaud l'attendait sous la couverture. À seulement quelques pas de là...

Jason secoua la tête. Il n'était pas de ceux qui cèdent à la facilité. S'il ne réglait pas cette histoire d'électricité maintenant, il ferait de plus en plus froid dans le chalet et les canalisations d'eau risquaient de geler.

Sans bruit, il enfila son manteau, ses bottes, ses gants et son écharpe. Yvette ne bougea pas d'un pouce. Yvette et sa bouche pulpeuse... Le baiser passionné qu'ils avaient échangé, bien trop court à son goût, avait allumé un feu en lui qui n'était pas près de s'éteindre. Jason brûlait de faire plus que l'embrasser. La déshabiller, par exemple, et la caresser jusqu'à l'entendre crier de plaisir. Malheureusement, il ne pouvait rien espérer de plus qu'une brève aventure avec elle : Yvette vivait en France et n'avait aucune intention de rester dans le Minnesota. Et, accessoirement, Jason n'avait pas envie d'avoir le cœur brisé. C'était déjà assez dur d'être célibataire dans une toute petite ville.

Lorsqu'il ouvrit la porte, il étouffa un juron en sentant l'air glacial lui gifler le visage. Il referma rapidement derrière lui, puis prit le temps d'évaluer la situation. Devant le chalet, la couche de neige n'était pas aussi épaisse qu'il l'avait craint. Grâce au vent, l'allée était encore relativement bien dégagée jusqu'à la route de gravier, même si quelques congères s'étaient formées sur cette dernière. Le chasse-neige ne passait que les lundis – il était donc venu la veille. Rusty Nelson, le gérant de la station-service, déneigeait régulièrement les rues du centre-ville contre un repas gratuit à L'Orignal. Mais les usagers des routes secondaires étaient obligés de patienter, à moins d'être équipés de motoneiges. Jason se faisait une joie d'enfourcher la sienne et de glisser à toute allure dans la poudreuse fraîche.

Il contourna la maison, parvenant sans difficulté à se repérer dans l'obscurité. Il aimait cette luminosité particulière, presque magique, que les paysages enneigés donnaient aux nuits d'hiver. La nature était endormie, comme enveloppée de coton. Ses pas résonnaient dans ce silence paisible.

Jason attrapa une poignée de neige et tenta de façonner une boule, sans y parvenir. Elle n'était pas assez humide – et c'était une bonne chose s'il devait se rendre en ville au guidon de sa Cat.

Il inspecta le sol, à la recherche de traces suspectes. Quelqu'un s'était-il approché du chalet dans la nuit pour couper l'électricité ? Il ne remarqua rien d'anormal. Personne ne s'était aventuré dehors pendant la tempête, pas même un animal.

Une importante quantité de neige s'était accumulée à l'arrière du chalet, atteignant presque la fenêtre. Les deux parois censées protéger le générateur électrique n'avaient servi à rien, et celui-ci était entièrement recouvert. Jason lâcha un juron. Quelque part sous ce tas gelé se trouvait la clé pour rétablir l'électricité...

Deux solutions s'offraient à lui. La première : aller chercher une pelle dans le garage pour dégager la machine et tenter d'identifier le problème. Sans chauffage, le chalet n'était pas habitable. Mais Jason n'avait pas le temps de jouer les bricoleurs. L'électricien d'Ely, à une trentaine de kilomètres de Frost Falls, pouvait faire le déplacement. La question était de savoir quand.

La seconde possibilité était de ramener Yvette en ville avec lui. Ainsi, il pourrait continuer d'enquêter tout en la protégeant, jusqu'à ce qu'ils retrouvent le criminel en fuite. Oui, c'était le mieux à faire.

Sa décision étant prise, Jason s'assura que la porte du garage était dégagée, puis il regagna l'entrée du chalet.

Amélie ne s'attendait pas à ce que Jason lui propose de s'installer chez lui, mais elle accepta l'invitation sans hésiter. Elle s'était réveillée transie de froid, et c'est avec la couverture serrée autour d'elle qu'elle se dirigea vers la chambre. L'idée de se déshabiller pour prendre une douche lui donnait des frissons. Elle préféra enfiler un deuxième pull et une deuxième paire de chaussettes, qu'elle remonta bien haut sur ses leggings.

— Je déteste le Minnesota, marmonna-t-elle.

Plus exactement, elle détestait le froid. Les conditions climatiques étaient rarement aussi extrêmes en France. En outre, elle s'était habituée à travailler dans un bureau bien chauffé en hiver et climatisé l'été. Peut-être faisait-il chaud, ici, à la belle saison ? La nature devait être magnifique lorsque tout renaissait. Nul doute que, pour qui aimait la vie au grand air, cette région ressemblait au paradis.

Amélie avait d'ailleurs très envie de retourner se promener avec son appareil photo, quitte à braver les éléments. Car il était grand temps de regarder la réalité en face : cette liste de pour et de contre, elle l'avait bel et bien terminée. Et les « contre » gagnaient haut la main. En toute honnêteté, elle n'envisageait pas vraiment de reprendre son travail à Interpol.

Pouvait-elle gagner sa vie en tant que photographe ? Au départ, cela lui avait servi de couverture lors de ses missions. Un bon agent essayait toujours de choisir une activité de façade qui lui soit familière pour pouvoir l'endosser facilement. Or Amélie se passionnait depuis son plus jeune âge pour la photographie. Grâce à l'assurance-vie que son père lui avait léguée, elle avait suffisamment d'argent de côté pour quitter son emploi à Interpol et chercher une occupation plus épanouissante. Il devenait urgent de se reconvertir.

Elle retourna au salon. Si le climat du moment lui déplaisait, il en allait tout autrement du spécimen d'homme qu'elle avait sous les yeux. Jason était penché au-dessus de la cheminée, occupé à éteindre les dernières braises, et son jean moulait parfaitement son joli...

— Vous avez fait votre valise ? lui demanda-t-il par-dessus son épaule.

— Ma valise ? Euh, oui. J'ai pris quelques affaires.

Elle posa par terre le sac à dos qui lui servait habituellement pour les courses et qu'elle avait rempli de vêtements.

— Combien de temps faudra-t-il à votre avis pour rétablir l'électricité ?

— J'appellerai Karl quand on sera en ville, répondit Jason. Il est tombé au moins cinquante centimètres de neige, on va être obligés de prendre le scooter.

— Ça me va. Autant je déteste le froid, autant j'aime bien filer à toute vitesse sur un traîneau à moteur.

Sa réponse le fit rire.

— Je suis sûr que vous finirez par aimer notre météo. C'est bon pour la santé.

— Vraiment ?

— Bien sûr. Ça fait circuler le sang, expliqua-t-il en se frappant le torse.

Amélie s'imagina aussitôt en train de le toucher au même endroit, mais avec plus de douceur… Et *sous* la chemise.

Comme son téléphone sonnait, Jason s'avança vers l'entrée pour prendre l'appel tout en s'habillant. Amélie avait pu relever ses messages après son réveil, la connexion Wi-Fi fonctionnait donc à nouveau.

— Oui ? fit Jason. C'est une blague ? Où ça ? J'arrive dans…

Il lança un coup d'œil vers Amélie et se força à sourire.

— … Disons une demi-heure, termina-t-il, avant de raccrocher.

Il attendit qu'elle ait fini d'enfiler son pantalon de ski et lui donna son bonnet et ses gants, accrochés sur le portemanteau près de lui.

— Alex a trouvé un corps dans une voiture, en périphérie de la ville, annonça-t-il. Le moteur tournait encore.

— Un corps ?

— Oui.

Il grimaça, semblant chercher ses mots.

— C'est notre homme.

— Pardon ?

— Alex l'a identifié, il s'agit du tueur à gages de la mafia, Herve Charley.

— Comment est-il mort ?

— Peut-être d'une intoxication au monoxyde de carbone, mais ce n'est pas sûr. La légiste est déjà en route. Je vais vous déposer chez moi et repartir directement. Quoique... Je devrais plutôt vous emmener au poste. Vous serez plus en sécurité là-bas.

Amélie fit la moue.

— J'avais bien envie de prendre une douche chaude. Vous croyez vraiment que je risque de me faire agresser chez vous ? En plus, vous venez de me dire que le suspect était mort.

— Je vous rappelle qu'on ne sait rien, dans cette affaire. Charley avait peut-être des complices.

Amélie baissa les yeux. Il avait raison, bien sûr. Depuis quand était-elle aussi peu prudente ?

— Oh ! ne faites pas cette tête-là ! s'exclama Jason. D'accord, vous aurez votre douche. Et ensuite, vous irez au poste où quelqu'un pourra vous protéger.

Amélie ne put retenir un sourire de satisfaction. C'était une petite victoire, mais cela lui remontait le moral. Et elle en avait bien besoin.

15

Le SUV vert avait été précipité dans le fossé intentionnellement ; il n'avait pas dérapé sur la route verglacée, aussi dangereuse fût-elle en cette belle matinée. La glace étincelait comme une croûte incrustée de joyaux sous le soleil aveuglant. Pendant le blizzard, tout le monde était resté à l'abri chez soi – tout le monde, sauf ce type. Il ne devait pas être là depuis très longtemps, puisque les traces de roues menant au fossé n'étaient recouvertes que d'une fine couche de neige soufflée par le vent.

En suivant la route du regard en amont de l'accident, Jason repéra une autre paire d'ornières, récentes elles aussi.

— Tu as vu ça ? demanda-t-il à Alex, qui l'attendait à côté de la voiture de patrouille.

— Oui. Soit le conducteur du second véhicule a poussé le premier dans le fossé, soit il s'est arrêté pour porter assistance à Charley mais a finalement décidé de partir.

— Je penche pour la première solution.

N'importe quel habitant de Frost Falls aurait appelé la police en découvrant l'accident.

— Tu sais à qui appartient ce SUV ? s'enquit Jason.

— Oui, j'ai vérifié à partir du numéro d'immatriculation. C'est la voiture de Carol Bradley. Elle a signalé sa disparition il y a trois quarts d'heure. Cette grosse maligne avait laissé la porte du garage ouverte et les clés accrochées à l'intérieur.

— Carol..., grommela Jason. Ça lui pendait au nez. Le gars n'a eu qu'à se servir.

Veillant à ne pas glisser sur le goudron verglacé, il s'approcha du véhicule pour en inspecter l'extérieur. Le sel utilisé pour déneiger les routes avait laissé une poussière blanchâtre sur la peinture verte. Le SUV était couché dans le fossé, le côté passager enfoncé dans la neige jusqu'aux vitres. Quand Alex était arrivé sur les lieux, le moteur tournait encore ; c'est lui qui l'avait coupé. Vu l'angle dans lequel le véhicule reposait, la roue arrière droite et le pot d'échappement étaient entièrement recouverts de neige. Les gaz s'étaient donc répandus à l'intérieur de l'habitacle.

— Pas bon, ça, marmonna Jason.

— Vous pensez à une intoxication au monoxyde de carbone ? demanda Alex.

— Ça y ressemble.

— Je dirais qu'après l'accident - volontaire ou non - le responsable a fait demi-tour et s'est enfui. Charley ne s'est jamais réveillé.

— C'est bien possible.

Jason sauta sur le marchepied du côté conducteur. En regardant à travers la vitre, il ne fut pas surpris de découvrir Herve Charley immobile à l'intérieur du SUV, la ceinture attachée et la mâchoire pendante. Alex avait été obligé de le secouer pour vérifier qu'il n'avait pas simplement perdu connaissance, mais il s'était éloigné dès qu'il avait constaté son décès afin de ne pas contaminer davantage la scène.

Jason ouvrit la portière à son tour, non sans difficulté, puis se pencha pour examiner le visage du mort. Pas de contusions sur le front ou les tempes indiquant un choc contre le pare-brise consécutif à un violent coup de frein. Seul le médecin légiste serait en mesure de préciser si le volant avait causé ou non des dégâts sur la cage thoracique.

Charley avait les yeux fermés. Sa peau était encore rose, mais ses lèvres bleuissaient. Bizarre... Généralement, les intoxications au monoxyde de carbone ne provoquaient pas ce type de symptôme - si Jason avait bonne mémoire, le gaz avait même plutôt tendance à rendre la bouche très rouge. Mais le froid pouvait sans doute expliquer cette étrange couleur.

N'ayant pas de gants en latex sur lui, Jason ne pouvait pas

toucher au corps – la légiste ne le lui pardonnerait pas. Néanmoins, Charley ne semblait pas armé. Pourquoi l'avait-on poussé dans le fossé ? Qui était au courant de sa présence à Frost Falls ? Avait-il eu un différend avec un habitant ?

Cela n'avait pas de sens. Herve Charley venait de s'enfuir de prison. Il avait tout intérêt à faire profil bas, voire à partir loin de la ville.

Jason fouilla du regard l'intérieur du véhicule. Un sac en plastique contenant une boisson énergisante et un paquet de chips était posé sur le siège passager. Il tourna la clé pour mettre le contact sans démarrer le moteur ; la radio était réglée sur une station de Duluth qui diffusait des tubes des années 1960 et 1970. Quant à la jauge d'essence, elle indiquait un réservoir à moitié plein.

Charley était-il en train de surveiller Yvette lorsqu'il avait eu son accident ? Il se trouvait à un peu plus d'un kilomètre du chalet des Bouleaux, sur une petite route qui ne menait nulle part ailleurs. Qu'est-ce qui l'avait empêché de continuer jusqu'à la location ? La route était glissante mais praticable si l'on roulait lentement. Avait-il vu Jason passer sur sa motoneige plus tôt dans la journée ? Avait-il préféré attendre qu'il reparte ? C'était possible.

Jason ne savait que penser des traces laissées par le second véhicule. Elles s'arrêtaient juste derrière le SUV, et l'absence d'empreintes de pas prouvait que le conducteur n'était pas descendu. Comme l'avait suggéré Alex, il s'était probablement contenté d'envoyer Charley dans le fossé avant de repartir.

Alors que Jason coupait le contact et redescendait du SUV, Elaine apparut au volant de la camionnette de l'institut médico-légal.

— Notre homme n'est pas sorti de son véhicule, annonça Alex. Il porte toujours ses bottes de cow-boy, et je n'ai repéré aucune trace dans la neige correspondant à ce type de chaussures. À moins que ses empreintes aient été effacées par le vent, bien sûr.

— Merci, Alex.

Jason tira sur son bonnet pour mieux se protéger les oreilles, puis il alla regarder l'arrière du SUV. Comme il s'y attendait, le pare-chocs était nettement cabossé du côté gauche.

— Aucun doute, quelqu'un l'a précipité dans le décor, commenta-t-il. Mais j'ai l'impression qu'il était garé ici quand c'est arrivé. Il ne roulait pas.

— Vous pensez qu'un justicier solitaire a voulu punir le méchant ? s'enquit Alex.

— Ça m'étonnerait. Personne ne savait qu'on avait un méchant en ville.

Excepté Yvette, avec qui il avait passé la nuit... En revanche, il y avait fort à parier que les trois femmes qu'il avait interrogées au sujet de la mort d'Yvette Pearson avaient déjà raconté tout ce qu'elles savaient - et même plus - autour d'elles.

Il fit signe à la pathologiste, qui s'avançait prudemment sur la route en enfilant ses gants en latex.

— Bonjour, Elaine ! Alors comme ça, vous avez réussi à venir ?

— Vous savez bien que je suis une dure à cuire, Cash. Ce n'est pas un peu de gel qui va me faire peur.

Elle salua Alex et s'enfonça dans le fossé rempli de neige pour jeter un coup d'œil dans le SUV.

— Il est resté là toute la nuit ? s'enquit-elle.

— Alex l'a découvert en faisant sa tournée du matin. Il a l'habitude de passer voir les Enerson, un peu plus loin sur la route.

— Ces deux-là doivent être centenaires, maintenant.

— Einer a eu cent un ans la semaine dernière, répondit Alex, tout en se dirigeant vers la voiture de patrouille.

Jason était certain que son adjoint allait chercher sa thermos de café. Pour sa part, il n'en avait pas bu ce matin, et il se sentait tellement en manque de caféine qu'il aurait été prêt à avaler le breuvage serré et amer qu'Alex ingurgitait à longueur de journée. Avant d'arriver sur les lieux de l'accident, il avait conduit Yvette chez lui en motoneige et lui avait dit de se mettre à l'aise. La dernière fois qu'il avait laissé les clés de sa maison à une femme, celle-ci avait décoré son canapé de coussins roses et lui avait suggéré d'acheter un blender... Ce souvenir le fit frissonner.

Comme Elaine prenait appui sur le marchepied, il la soutint par le coude tout en maintenant la portière ouverte.

— Merci, dit-elle. Vous pensez qu'il est mort par inhalation de monoxyde de carbone ?

— Oui. Mais le pare-chocs arrière défoncé et les traces sur la route semblent indiquer qu'il a été projeté dans le fossé.

— Intéressant.

Pendant qu'elle examinait le corps, Jason regarda avec envie Alex qui portait la thermos à sa bouche. S'il y avait une chose dont il ne se passait jamais le matin, c'était bien de son premier café. Mais ce matin-là avait été particulier. Il s'était réveillé auprès d'une femme magnifique – tout habillé.

Quelque chose clochait dans ce tableau.

Oui, il aurait préféré qu'ils se retrouvent nus sous la couverture, mais cela ne l'avait pas empêché d'apprécier la chaleur de son corps contre le sien. Que leur réservait l'avenir ? Et pourquoi diable songeait-il à un avenir avec elle ? Était-ce parce qu'elle était jolie et à peu près de son âge ?

Non, il ne s'agissait pas que d'une attirance physique. Yvette était intelligente et courageuse. Ce courage lui plaisait. Combien de femmes étaient capables de se défendre comme elle contre un meurtrier ?

Elaine sauta au sol et retira ses gants en latex, qu'elle fourra dans la poche gauche de son manteau. De la poche droite, elle sortit une paire de gants en polaire.

— Pas de signes de cyanose, annonça-t-elle, ce qui veut dire qu'il n'est pas mort d'une intoxication au monoxyde de carbone. Ça l'a peut-être un peu endormi, par contre.

— C'est quoi, une cyanose ? demanda Jason.

— Grosso modo, c'est quand la peau devient bleue.

— Oui, j'avais noté ce détail. Si ce n'est pas le monoxyde, qu'est-ce qui l'a tué, alors ?

— Avez-vous remarqué les minuscules cristaux sur le col de son pull ? Et son haleine ?

— J'avoue que je ne me suis pas amusé à lui sentir la bouche.

— Eh bien, moi, je suis payée pour ça, répliqua Elaine. Et

d'après l'odeur, je penche pour un empoisonnement au cyanure. Je vous le confirmerai quand j'aurai eu les résultats du labo. Par contre, je ne pense pas qu'il se soit suicidé. Quelqu'un voulait qu'il meure, c'est sûr.

— D'accord. Je vais appeler Ryan Bay pour qu'il vienne nous aider à relever les indices. Cela nous permettra de rentrer plus vite au chaud.

Elaine parut surprise.

— Bay n'est pas resté à Frost Falls ? Vous ne lui avez pas proposé de camper dans une des cellules ?

— Si, mais je ne sais pas où il a dormi la nuit dernière. Il est allé manger du rôti de bœuf chez Marjorie et son mari, peut-être l'ont-ils recueilli dans leur chambre d'amis.

— Ah, ce fameux rôti de bœuf..., commenta Elaine d'un air appréciateur.

Jason laissa la portière du SUV se refermer et suivit la légiste jusqu'à son véhicule. Le vent recouvrait de neige les empreintes de leurs pas. Ne parvenant pas à joindre l'agent du BAC, il lui indiqua sur son répondeur où le retrouver. Puis il se tourna vers Elaine.

— Donc, on a de nouveau un meurtrier en liberté, sauf que ce n'est pas le même.

— Cette affaire est de plus en plus palpitante, répondit-elle. Du mystère, des frissons, des meurtres... Je dois dire que ça met un peu de piment dans mon quotidien rythmé par les morts naturelles. Dans nos contrées, les petits vieux tombent comme des mouches. Je ne vois que des décès dus à la vieillesse ou au cancer.

— Je ne suis pas sûr qu'on puisse qualifier un meurtre d'événement « palpitant », fit remarquer Jason.

— Oh ! allez. Ça vous plaît, à vous aussi. Je vois bien la petite flamme qui brille dans vos yeux.

Il la regarda en fronçant les sourcils.

— Je n'ai pas de flamme dans les yeux.

— Ah oui ? Allez dire ça à votre Française.

— Ma... Quoi ?

Elaine eut un rire amusé.

— Marjorie m'a tout raconté.

— Je vois que les rumeurs vont vite, dans cette ville.

— Dans tout le comté, Cash ! Dans tout le comté ! Quand Bay doit-il arriver ?

— Je ne sais pas, je lui ai laissé un message.

— Ça risque d'être long. Je vais chercher le brancard, vous n'avez qu'à m'aider à lever le corps.

— Ça marche.

Si Herve Charley avait été recruté pour éliminer Yvette, pourquoi quelqu'un l'avait-il tué à son tour ? Parce qu'il avait échoué, sans doute. Tout était possible avec la mafia. Et avec Interpol aussi.

16

Amélie s'attarda encore un moment sous la douche, savourant la puissance du jet. Au chalet, se laver les cheveux relevait chaque fois du défi tant la pression était faible. Là, le massage de l'eau presque brûlante sur sa peau était tout bonnement divin.

Et en plus, le chauffage et l'électricité fonctionnaient ! C'était le paradis.

Ne voulant pas consommer toute l'eau chaude de son hôte, Amélie se décida à sortir de la douche, posant les pieds sur l'épais tapis de bain. Elle enveloppa ses cheveux mouillés dans une serviette moelleuse et en enroula une autre autour d'elle. Après avoir enfilé les chaussons qu'elle avait glissés à la hâte dans son sac, elle traversa le couloir pour rejoindre la chambre où Jason lui avait dit de s'installer.

Cette pièce avait sans nul doute été habitée par une vieille dame. Amélie avait ri lorsqu'elle y était entrée la première fois. Taies d'oreillers et dessus-de-lit tricotés au crochet, rideaux en dentelle d'un blanc passé assortis au cache-sommier… Les meubles en contreplaqué semblaient tout droit sortis des années 1950, en particulier la commode avec tourne-disque intégré. Jason avait dû hériter cette maison de ses grands-parents. Ou alors, il avait vraiment de drôles de goûts.

Mais peu importait. Amélie préférait cent fois être ici que dans son chalet glacial, loin du sympathique chef de police qui avait promis de la protéger. C'était difficile à admettre, pour elle qui avait suivi un entraînement physique quasi militaire, mais la présence à ses côtés d'un homme fort et sûr de lui la rassurait. Elle avait déjà bien assez à faire avec ses émotions.

Elle se débarrassa des deux serviettes et entreprit de se coiffer devant le miroir fixé à l'arrière de la porte. Il faisait suffisamment chaud dans la maison pour qu'elle n'ait pas besoin de s'habiller tout de suite. À cet instant, son téléphone sonna – elle reconnut le numéro de Jason.

— Bien installée ? s'enquit-il.

— Vous ne pouvez pas savoir à quel point cette douche m'a fait du bien.

— Vous m'avez laissé un peu d'eau chaude ?

— Pourquoi, vous voulez venir vous laver tout de suite ?

Amélie se mordit la lèvre. Elle savait que sa question pouvait être interprétée de différentes manières. La réponse de Jason lui donnerait une idée de ce qu'il attendait de leur relation.

— Est-ce une invitation ?

Bingo ! songea-t-elle, tout en étudiant son profil dans le miroir. S'il rentrait maintenant, il la trouverait dans son plus simple appareil.

— Excusez-moi, je ne devrais pas être aussi direct, se reprit-il. J'ai beaucoup à faire ici avec ce nouveau rebondissement. Et puis maintenant, vous êtes…

— En sécurité ?

Il ne répondit pas.

— Pourriez-vous venir au poste de police ? Il faut qu'on discute. J'ai besoin de toutes les informations que vous possédez.

— Et si on se retrouvait plutôt à L'Orignal ? suggéra Amélie. Je meurs de faim.

— Je ne sais pas si c'est une bonne idée.

— Désolée. Je ne voulais pas que ça sonne comme une proposition indécente.

— Ce n'est pas le problème, Yvette. C'est juste que je n'aime pas trop vous savoir dans les rues, à la merci d'un tueur.

— Je croyais qu'il était mort. Il y a quelque chose que vous ne me dites pas ?

Il soupira.

— Non, non, il est bien mort.

— Et si je vous rejoignais au poste tout de suite, en passant prendre quelque chose à manger en chemin ? Tout est dans la même rue, vous pouvez même me surveiller depuis votre bureau.

— J'ai une meilleure idée. On se retrouve à L'Orignal, et on revient ensemble au poste.

— Super. Je suis prête à dévorer la plus grosse portion de viande et de pommes de terre qu'ils proposent.

— C'est bien, vous commencez à vous adapter au régime scandinave !

— Je ne suis pas sûre que ce soit si bien pour mon tour de taille, répliqua-t-elle. Laissez-moi dix minutes, le temps que je m'habille, et j'arrive.

— Parce que vous... Vous n'êtes pas habillée ?

— Je viens de sortir de la douche.

Amélie sourit en l'entendant retenir son souffle.

— À tout de suite, lâcha-t-il, avant de raccrocher.

Jason repoussa le sac contenant les objets qu'il avait prélevés dans le SUV accidenté – le téléphone portable de Herve Charley, les clés du véhicule, un billet de vingt dollars et... un hand spinner. Il n'avait trouvé aucune arme. Pas de pistolet, pas de cordelette, pas de couteau. Visiblement, le tueur aimait éliminer ses victimes à mains nues.

Ryan Bay s'était enfin manifesté. Il avait appris en contactant le FBI que Charley était dans le viseur du bureau fédéral. Un de leurs hommes était en route pour Duluth afin d'assister à l'autopsie. Sans doute dépêcheraient-ils également un agent à Frost Falls.

Les indices seraient envoyés aux services de la police technique et scientifique de Duluth, et les résultats des analyses transmis au FBI. Jason espérait que celles-ci prouveraient la culpabilité de Charley dans le meurtre d'Yvette Pearson. Il était temps que l'enquête avance.

Il voulait également vérifier s'il existait un lien entre Herve Charley et Jacques Patron. Il n'en avait aucune preuve, bien sûr

– c'était juste une intuition. Mais si Patron était réellement le seul à savoir qu'Yvette séjournait dans le Minnesota, alors on ne pouvait en tirer qu'une conclusion : c'était lui qui avait mis un contrat sur la tête de la jeune femme.

Jason n'oubliait pas la façon dont Yvette avait fait ses preuves auprès de son chef : en lisant des documents qu'elle réécrivait de mémoire. Un talent bien utile, dans le milieu de l'espionnage... Jacques Patron avait sans doute eu de bonnes raisons – et peut-être de moins bonnes – de le mettre à profit.

L'expéditeur du message confidentiel était-il au courant des facultés de mémorisation exceptionnelles d'Yvette ? Était-ce un employé d'Interpol, ou bien quelqu'un d'extérieur ? Et dans le premier cas, irait-il jusqu'à faire exécuter une collègue ?

Ayant une petite expérience des agents doubles, Jason savait combien ceux-ci pouvaient se révéler dangereux. Son travail et sa réputation personnelle en avaient tous les deux pâti. Deux ans plus tôt, lorsque la CIA lui avait donné le nom de l'agent italien qui devait lui servir d'intermédiaire pendant sa mission, Jason avait pris soin de se renseigner sur cette personne. Il avait beau faire confiance à son employeur, jamais il ne partait sur le terrain sans avoir toutes les cartes en main. Ainsi, il avait appris que Charleze Portello travaillait pour Interpol depuis six ans, qu'elle parlait cinq langues, pratiquait plusieurs arts martiaux et avait participé au démantèlement d'un important trafic de contrefaçons au Maroc. D'excellentes références, en somme.

Il était loin d'imaginer qu'elle avait été envoyée par les Russes pour obtenir des informations sur la cible et soustraire celle-ci à la CIA.

L'agence n'avait pas apprécié, évidemment. C'était pour cette raison que Jason se retrouvait dans ce bureau glacial, devant un ordinateur qui aurait dû partir à la casse une décennie plus tôt.

Il se laissa aller en arrière dans son fauteuil en soupirant. Quand on s'appelait Cash, on ne se lamentait pas sur son sort : voilà ce que son ancien marine de père lui avait appris. Il fallait regarder devant soi, prendre les problèmes à bras-le-corps. Et surtout ne pas s'attarder sur ce qu'on avait perdu.

17

Tandis qu'Amélie et Jason attendaient leur commande, les clients de L'Orignal n'avaient d'yeux que pour eux. Sourires en coin, petits hochements de tête, haussements de sourcils… Ils n'étaient pas très discrets. Et bien sûr, chaque fois qu'Amélie tournait la tête vers eux, ils semblaient subitement très concentrés sur leur repas.

— J'ai l'impression qu'on fait l'événement, murmura-t-elle à Jason.

— Apparemment, oui.

À la lumière du soleil qui inondait la salle du restaurant, ses taches de rousseur ressortaient, rappelant les éclats dorés de ses yeux.

— Qu'est-ce que vous regardez comme ça ? s'enquit-il.

— Vos taches de rousseur, lui répondit-elle à l'oreille.

— Je les déteste.

— Pourquoi dites-vous cela ?

— Parce que c'est vrai, je ne les ai jamais aimées. Un jour, quand j'étais gamin, mon frère Justin a essayé de les enlever à l'éponge à récurer.

— Mais c'est horrible ! s'exclama Amélie.

— C'est ça, de grandir avec deux frères. Ne vous en faites pas, je n'ai pas été tendre avec eux non plus. Salut, Hank ! lança-t-il à un homme qui quittait le restaurant.

Celui-ci lui fit un clin d'œil complice.

— C'est le mari de Marjorie, expliqua Jason. Ma secrétaire.

Amélie adorait son sourire : il faisait apparaître une fossette sur sa joue. Elle avait très envie de l'embrasser à cet endroit, mais les clients avaient eu assez de divertissements pour la journée. D'ailleurs, la salle s'était étrangement remplie depuis leur arrivée, comme si les personnes déjà présentes avaient rameuté tout le village pour voir le chef de la police flirter avec une jeune femme – ou bien dans l'espoir d'en apprendre un peu plus sur l'enquête en cours.

La serveuse posa un gros sac en papier sur le comptoir.

— Voilà, chef, dit-elle. Ce sera tout ?

— Oui. Merci beaucoup, Charlotte, répondit Jason en lui tendant sa carte bleue.

Alors qu'Amélie et lui sortaient de L'Orignal, Jason se retourna vers le public qui les suivait des yeux.

— Il n'y a rien à voir, les amis ! On va juste manger un morceau.

Amélie ne put s'empêcher de rire tandis qu'ils marchaient côte à côte, la tête baissée contre le vent glacial.

— J'espère que je ne ruine pas votre réputation, dit-elle.

— S'il restait encore quelque chose à ruiner, je m'inquiéterais peut-être. Il faut bien alimenter la machine à potins, vous ne croyez pas ?

— Si vous le dites. En parlant de réputation, j'aimerais beaucoup que vous m'expliquiez pourquoi vous avez quitté la CIA.

— Je suis vraiment obligé ?

— Je vous ai bien raconté mon histoire, moi.

Jason eut un rire gêné.

— C'est vrai. Eh bien, je n'ai pas « quitté » la CIA, j'ai été viré. Mais mon chef voulait vraiment me punir, alors il m'a placé à un poste qui était vacant.

— Vous parlez de votre travail actuel ? s'enquit Amélie. Cette ville est tellement petite… Je suis même étonnée qu'il y ait un poste de police.

À cet instant, une camionnette passa dans la rue en klaxonnant. Jason salua le conducteur d'un signe de la main.

— Il y a de ça trois ans, Frost Falls comptait quatre fois plus d'habitants, expliqua-t-il. La ville était en plein essor grâce à l'industrie sidérurgique. Mais la mine de fer de Red Band a fermé, et tout le monde est parti – les travailleurs immigrés comme les locaux. Le chef de la police est resté jusqu'à sa mort il y a deux ans. Alors que la mairie s'apprêtait à fermer le poste et à confier le maintien de l'ordre au comté, un gros malin de la CIA a décidé d'envoyer un de ses ex-agents à Frost Falls pour surveiller tout ce petit monde.

— Vous étiez obligé d'accepter ?

— Non, mais c'était mieux que rien, et Frost Falls n'est qu'à une heure de route de chez mes parents, alors...

Jason s'arrêta à l'angle du bâtiment en briques rouges qui abritait le poste de police et regarda Amélie dans les yeux.

— À l'époque, je n'avais pas la force de me battre contre le système, confia-t-il. Je n'étais pas très fier de moi, et je pensais mériter ma punition.

— Pourquoi deviez-vous être puni ?

— J'ai saboté une mission.

— C'est tout ? Mais... ça arrive tout le temps ! Enfin, peut-être pas tout le temps, mais ça arrive. C'est pour ça qu'on met en place des plans B.

— J'ai laissé un terroriste m'échapper, lâcha Jason.

Il ferma les yeux et déglutit.

— Elle m'a empêché de l'abattre.

— Elle ? répéta Amélie. Un agent d'Interpol ?

— Comment avez-vous deviné ?

— Vous avez fait une drôle de tête en apprenant que je travaillais pour Interpol. Maintenant, je comprends mieux votre réaction.

— Cette femme s'est servie de moi du début à la fin. Elle devait juste être mon contact en Italie, mais il s'est avéré qu'Interpol – et le gouvernement russe, pour lequel elle travaillait par ailleurs – avaient leurs raisons de mettre la main sur le criminel. Et ce n'était pas pour l'éliminer. Pour autant que je sache, ce type se balade librement aujourd'hui. Ce n'est pas normal.

— Les agences de sécurité nationales et internationales font beaucoup de choses qui ne paraissent pas normales, rétorqua

Amélie. Souvent, il y a de bonnes explications. Rien n'est jamais tout noir ou tout blanc.

— Je le sais bien. Mais notre cible avait tué des femmes et des enfants, Yvette. Plusieurs dizaines. Il avait placé des bombes artisanales dans des *coffee shops* à Washington. Je m'en veux de l'avoir laissé filer.

Amélie comprenait son sentiment. Elle-même avait eu son lot de défis à relever lors de sa courte expérience en tant qu'agent secret, et au bout du compte elle n'avait pas réussi le test ultime – tirer sur une cible vivante. Heureusement, Interpol avait encore voulu d'elle après cela.

Jason avait été puni pour un échec dont il n'était pas responsable. Il avait succombé aux charmes d'une jolie employée d'Interpol envoyée auprès de lui pour gagner sa confiance et recueillir des informations. C'était arrivé à d'autres avant lui.

— Je ne vous trahirai pas, lui assura-t-elle. Je vous en fais la promesse.

Il acquiesça sans rien dire. Après une si mauvaise expérience, il était logique qu'il se méfie des agents d'Interpol. Amélie lui laisserait tout le temps dont il aurait besoin.

— Merci, Jason, ajouta-t-elle. Vous n'étiez pas obligé de me raconter votre histoire, et je vous en suis reconnaissante.

Elle ouvrit la porte du poste de police et le laissa entrer le premier. La secrétaire se leva aussitôt de son fauteuil.

— Jason ! Et ce doit être votre petite Fran... Enfin, Yvette ?

Amélie retira un de ses gants et lui tendit la main.

— Enchantée. Et vous êtes Marjorie, si je ne me trompe pas.

— Exactement. Vous avez prévu de manger dans le bureau ?

— Vous le savez très bien, intervint Jason en lançant un regard appuyé à sa secrétaire. J'attends un appel du FBI. Vous pourrez me le transférer ?

— Bien sûr, chef.

Lorsque Jason et elle se furent isolés, Amélie disposa les plats de L'Orignal sur le bureau.

— Aurai-je droit à une visite officielle ? s'enquit-elle.

— Si vous y tenez... Mais le poste de police est sûrement le lieu le moins intéressant de Frost Falls.

— Je n'en suis pas si sûre. L'accueil est très gai, avec toutes ces décorations de Noël.

— Marjorie les laisse jusqu'à la Saint-Valentin. Après, on a droit aux cœurs jusqu'à la Saint-Patrick, et ainsi de suite. L'accueil est *toujours* bien décoré. Bref. Là, c'est mon bureau. Là, mon ordinateur. Là, c'est moi et, là, ma collection de bois de cerfs.

Il montrait les deux paires de bois à seize cors exposées sur un des murs.

— Et à côté, vous avez le calendrier qu'une imprimerie du coin fabrique tous les ans avec des photos des héros locaux. Le produit des ventes est reversé à une organisation caritative.

— Je rêve ou ce type se tient à côté d'un vrai loup ? demanda Amélie en s'approchant du calendrier.

La photo du mois était celle d'un homme brun extraordinairement sexy ; son torse nu laissait voir des tablettes de chocolat presque aussi séduisantes que ses fossettes.

— Oui, c'est mon frère Joseph, répondit Jason. On l'appelle « l'homme qui murmurait à l'oreille des loups ». Je crois vous avoir dit qu'il travaillait au DRN et qu'il était très proche de la nature.

— J'adore les loups. Ils ont une histoire tellement fascinante... Vous avez entendu parler de la Bête du Gévaudan, en France ?

— Non.

— C'est un animal légendaire du XVIIIe siècle. Un loup-garou, selon certains.

Jason se mit à rire.

— Désolé de vous décevoir, mais on n'a pas de loups-garous dans le Minnesota. Vous aimez ce genre de trucs, vous ?

— Quel genre de trucs ?

— Les loups-garous, les vampires, toutes ces absurdités ?

Elle le regarda en battant des paupières.

— Disons que, si un vampire sexy s'invite dans mon lit, je ne l'en chasserai pas.

— Beurk. Les femmes et leurs fantasmes bizarres... Je ne vois vraiment pas ce qu'il y a de romantique à se faire croquer le cou par un monstre à grandes dents.

— Pour être honnête, moi non plus, reconnut Amélie. Et vous, vous y êtes ? demanda-t-elle en tournant les pages du calendrier.

— J'étais dans celui de l'an dernier.

— Ça ne m'étonne pas.

Comme elle détaillait sa silhouette d'un regard appréciateur, elle ne put s'empêcher de sourire en le voyant rougir.

— Il faudra que je m'en procure une copie, dit-elle. C'est toujours agréable de pouvoir admirer des hommes bien faits.

— Je crois que ma mère en garde au moins dix, répondit Jason. En tout cas, voilà, vous avez vu mon bureau. Passionnant, n'est-ce pas ?

— Je l'aime bien. C'est assez pittoresque, et je suis sûre que, derrière tout ça, il y a une équipe de policiers prêts à tout pour protéger les citoyens.

Jason redressa fièrement les épaules.

— Toujours, confirma-t-il. Bon, et si nous mangions ?

— C'est si mauvais que ça ?

La voix de Jason tira Amélie de ses pensées. Elle se força à sourire.

— Au contraire, c'est trop bon. Je pourrais vite m'habituer à cette cuisine, et c'est bien le problème.

Jason la regarda d'un air amusé.

— Est-ce qu'un sandwich à la dinde suffirait à vous convaincre de rester plus longtemps à Frost Falls ?

— Oui, sans hésiter.

Amélie ferma les yeux un instant. Qu'est-ce qui lui avait pris de répondre cela ? Certes, elle avait envie de prolonger son séjour aux États-Unis, mais pas uniquement pour la nourriture. Pour les taches de rousseur et le sourire d'un chef de police, en revanche...

— Cela dit, je ne sais pas si je survivrais très longtemps ici, s'empressa-t-elle d'ajouter.

— Ça fait des semaines que vous êtes enfermée dans ce chalet.

Il y a de quoi perdre la tête ! Restez encore un peu, et laissez-moi vous montrer comment on profite de l'hiver dans le Minnesota.

Amélie sentit les battements de son cœur s'accélérer. Voilà une proposition qu'aucune femme sensée ne refuserait.

— Vous n'avez pas de petite amie, Jason ?

— À votre avis ? rétorqua-t-il avec un clin d'œil.

— On dirait que non. Mais, du coup, je me demande pourquoi. Qu'est-ce qui ne va pas, chez vous ?

— Vous avez dû remarquer que les jeunes femmes célibataires ne couraient pas les rues à Frost Falls, non ?

— Et la strip-teaseuse du samedi soir ?

Pour toute réponse, Jason fit une grimace.

— Et vous, Yvette ? demanda-t-il à son tour. Est-ce qu'il y a un petit ami qui vous attend en France ?

— Non.

— Ah bon ? Qu'est-ce qui ne va pas, chez vous ?

— Je travaille trop et je n'ai pas de vie sociale. Mais je n'ai pas encore de chat.

— Tant mieux.

À cet instant, l'interphone grésilla.

— Ryan Bay est en route, annonça la secrétaire.

— Merci, Marjorie, répondit Jason, avant de se tourner vers Amélie. Bay travaille au Bureau des appréhensions criminelles. Il voudra vous interroger, je pense.

— Bien sûr. C'est la procédure.

— Vous n'avez pas de raison de vous inquiéter, Yvette.

— Je ne m'inquiète pas : je n'ai rien fait de mal.

— Vous avez juste attiré un tueur à gages à Frost Falls.

Amélie eut un mouvement de recul.

— Est-ce un reproche ? Je ne suis pas sûre d'apprécier votre remarque.

— Excusez-moi. Vous n'y êtes pour rien.

Jason posa son sandwich en soupirant.

— Il y a une chose que je ne comprends pas : pourquoi supprimer un tueur à gages ?

— Il faisait partie de la mafia, non ? souligna Amélie.

— Oui, c'était un porte-flingue associé aux réseaux criminels de la région.

— Vous m'avez dit que son véhicule était bloqué dans la neige. Est-ce qu'on l'a poussé dans le fossé ?

— L'état du pare-chocs arrière et les traces de pneus sur la route ne laissent aucun doute là-dessus. Mais Herve Charley n'est pas mort à cause de l'accident. Au début, j'ai pensé qu'il avait succombé à une intoxication au monoxyde de carbone. Ça arrive, dans nos contrées, l'hiver. La voiture glisse sur la chaussée et se retrouve à moitié ensevelie dans la neige ; le conducteur ne veut pas sortir en plein blizzard, mais il ne pense pas à vérifier si le pot d'échappement est dégagé ; il reste au chaud, à l'intérieur, moteur allumé, et s'endort pour toujours.

Jason retira le couvercle en plastique de son gobelet de café et en but une gorgée.

— Seulement, la pathologiste a relevé des traces de poison, ajouta-t-il.

— De poison ? Mais pourquoi quelqu'un aurait-il empoisonné l'homme qui était censé me tuer ?

— Je ne sais pas. C'est la question que je vous pose.

Amélie se redressa. Elle n'aimait pas du tout le ton accusateur de Jason, ni sa façon de la sonder du regard comme s'il la soupçonnait de lui cacher quelque chose.

— Vous ne me faites pas confiance ? lui demanda-t-elle.

— J'ai envie de vous faire confiance, Yvette, mais j'en sais tellement peu, dans cette affaire.

— J'en sais encore moins que vous. Je suis perdue, moi aussi.

— Chaque fois que j'y réfléchis, j'en reviens à Jacques Patron.

— Mais il est...

Amélie ne termina pas sa phrase. Elle n'avait eu aucune confirmation de la mort de son chef. Comment être sûre que Jacques ne s'était pas simplement volatilisé ? Se pouvait-il qu'il soit un agent double ?

— Avez-vous eu le temps de réécrire cette fameuse liste quand vous étiez chez moi, ce matin ? s'enquit Jason.

— Non, désolée. L'appel de la douche chaude a été trop fort.

Elle nota avec plaisir la petite flamme qui s'allumait dans son regard.

— Mais je vais m'y mettre dès que nous aurons fini, reprit-elle. Je vous le promets. J'ai envie de vous aider.

Elle posa le dernier coin de son sandwich dans l'emballage et glissa ses mains tremblantes entre ses cuisses.

— J'ai un peu peur, je l'avoue.

— Je vous protégerai, Amélie.

— Je le sais.

Elle se leva, rangea les restes de son repas dans le sac de L'Orignal et alla regarder par la fenêtre qui donnait sur Main Street.

— J'imagine qu'une ville de cette taille ne voit pas souvent passer des tueurs professionnels.

— C'est peu de le dire, répondit Jason en la rejoignant.

Sa présence apaisait les angoisses d'Amélie. D'être si près de lui, elle se sentait soudain plus légère, plus en sécurité.

— Merci pour tout ce que vous avez fait pour moi, Jason, murmura-t-elle en levant les yeux vers lui.

Son cœur s'emballa au souvenir des baisers qu'ils avaient échangés la veille. Elle se rapprocha de lui jusqu'à ce qu'ils se touchent presque.

— Vous m'avez embrassée, hier, chuchota-t-elle. Est-ce que je peux espérer...

— Un autre baiser ? Pas de problème. Mais si je me souviens bien, c'est vous qui avez commencé, au chalet...

Amélie ne lui laissa pas le temps de finir sa phrase. Elle plaqua sa bouche sur la sienne, savourant la sensation du torse de Jason qui s'écrasait contre ses seins tandis qu'il l'attirait à lui. L'ardeur de son baiser chassa bien vite le froid qui s'était installé en elle depuis son arrivée à Frost Falls. Un gémissement de plaisir lui échappa.

— Chut, murmura Jason en posant l'index sur ses lèvres. Les cloisons sont aussi épaisses que du papier à cigarette. Marjorie va nous entendre.

— Ça ne fait rien ! cria la secrétaire depuis l'accueil. Je suis heureuse que vous ayez enfin quelqu'un à embrasser, Cash !

Amélie pouffa dans sa main tandis que Jason haussait un sourcil, l'air de dire : « Vous voyez ? »

Une sonnerie de portable retentit soudain. C'était celui d'Amélie. Quand elle découvrit le nom qui s'affichait à l'écran, son cœur bondit dans sa poitrine. Elle ouvrit la bouche pour parler, mais aucun son n'en sortit.

— Qu'est-ce que c'est ? demanda Jason.

— Un message.

— Mais encore ?

Elle lui montra le téléphone.

— De Jacques Patron.

18

— Je croyais qu'il était mort, grommela Jason en prenant le téléphone d'Yvette.

Le texto tenait en trois mots :

Tu es là ?

— Je devrais lui répondre.

Yvette tendit la main pour reprendre l'appareil, mais il l'en empêcha.

— Jason ?

— Je ne suis pas sûr qu'il faille réagir, expliqua-t-il. Je sais ce que j'ai entendu à la fin du message que Patron m'a laissé sur le répondeur. C'était un coup de feu.

— Ça ne veut pas dire que quelqu'un a été tué, ni même blessé.

— C'est vrai. Mais votre chef ne vous a jamais contactée depuis que vous êtes arrivée ici il y a deux semaines. Et c'est maintenant qu'il se décide, alors qu'un tueur à gages vient de vous rater… Ça ne me dit rien qui vaille.

— Vous pensez que ce SMS a été rédigé par une autre personne qui s'est servie du portable de Jacques ? demanda Yvette.

— Je n'en sais rien. J'aimerais confier votre téléphone aux services techniques pour qu'ils tentent d'identifier l'origine du message. Je peux le garder ?

La jeune femme était magnifique quand elle réfléchissait. Ses yeux d'un bleu vif brillaient encore plus intensément.

— D'accord, finit-elle par répondre. Je vais vous noter mon mot de passe.

Elle attrapa une serviette en papier et un crayon sur le bureau de Jason. Lorsqu'elle eut terminé, il enveloppa le téléphone dans la serviette et le glissa dans sa poche.

— C'est juste par précaution, lui assura-t-il. Si Patron est vivant, c'est une bonne chose, non ?

— Peut-être, mais ne devrais-je pas le rappeler rapidement, dans ce cas ?

— Je vais vous répondre par une autre question : si vous ne le rappelez pas, est-ce qu'il croira que vous êtes morte ? Et est-ce que cette idée lui fera plaisir ?

Elle se mordit la lèvre.

— Vous avez peut-être raison, dit-elle au bout d'un moment. J'attendrai que vous en sachiez plus sur l'origine de ce texto.

— Interpol n'a pas voulu confirmer la mort de votre chef, lui rappela Jason. Peut-être ignorent-ils où il se trouve et ont-ils ouvert une enquête de leur côté. Il est bien possible qu'ils ne sachent pas où vous êtes, que Patron n'en ait parlé à personne. Et ce n'est pas vraiment la procédure habituelle quand un agent est mis en sommeil, n'est-ce pas ? Le directeur devrait être au courant, au moins.

— C'est vrai, concéda Yvette. Je ne connais pas Jacques aussi bien que je le pensais. Il faut que je rédige cette liste. Une nouvelle fois.

Amélie s'installa au bureau de Jason devant une feuille blanche. S'étant absenté pour passer un coup de téléphone, il réapparut dans la pièce.

— Je peux vous laisser seule pendant une petite demi-heure ? lui demanda-t-il en refermant son manteau. Alex et moi devons rejoindre Ryan Bay pour étudier le rapport d'autopsie de Herve Charley.

Comme il venait se placer derrière elle, Amélie ferma les yeux et inspira profondément. Il sentait bon l'air frais, et elle sourit malgré elle.

— Je monterai la garde avec Marjorie, plaisanta-t-elle. Écrire cette liste ne devrait pas me prendre très longtemps. Comment m'occuperai-je une fois que j'aurai fini ?

— Si je ne suis pas revenu, vous n'avez qu'à...

Il regarda autour de lui, puis ouvrit le dernier tiroir du bureau.

— Il y a des provisions, ici, indiqua-t-il. De quoi grignoter, et un livre de sudoku. Marjorie est capable de vous raconter toute sa vie si vous la laissez faire, et elle a beaucoup de travail cet après-midi. Je crois qu'elle a prévu de nettoyer les cellules, entre autres.

— Je ne la dérangerai pas. Vous êtes donc un adepte des sudoku ? demanda Amélie d'un ton taquin.

— C'est pour les surveillances.

— Parce que vous en faites beaucoup, à Frost Falls ?

— Jamais. Mais ça pourrait arriver. L'espoir fait vivre.

Alors que Jason se penchait pour l'embrasser sur le front, Amélie leva le visage afin de capturer sa bouche. Elle le sentit sourire tout contre ses lèvres tandis qu'il plongeait les doigts dans ses cheveux. Puis il approfondit son baiser, et elle ne put s'empêcher de gémir.

Elle se hissa à genoux dans le fauteuil, prenant appui contre le torse de Jason. Comme elle brûlait de sentir sous ses paumes autre chose que l'épais tissu de son blouson ! Sa peau, par exemple, sa peau chaude et nue...

Une envie irrépressible de le toucher s'empara d'elle. Mues d'une volonté propre, ses mains descendirent le long du manteau de Jason, rencontrant au passage le contour solide de son arme. Dessous, il portait une veste en Kevlar. Sous celle-ci, une chemise de flanelle, rentrée dans son jean. Et encore en dessous... hum. Voilà.

Jason lança un coup d'œil amusé vers la porte.

— C'est une fouille au corps ? chuchota-t-il.

— Oui. Et j'ai trouvé ce que je cherchais.

De la peau chaude et nue. Et des abdos bien fermes. Seigneur...

— Si seulement tu pouvais rester, murmura-t-elle.

— Oui, si seulement.

Il appuya son front contre le sien.

— Je t'emmènerais bien, Amélie, mais…

— Je comprends. C'est une enquête de police et je ne suis pas policière.

Elle savoura une dernière fois son parfum, le contact de sa peau, la caresse de son souffle sur sa joue. Le moment était si intime… Et pourtant autour d'eux le danger menaçait. Jason déposa un rapide baiser sur ses lèvres.

— Je reviens bientôt, lui dit-il.

— Je t'attendrai.

— Est-ce une promesse ?

— Je ne suis pas une allumeuse, lui rappela-t-elle.

— J'avais bien retenu.

Il l'embrassa à nouveau, mais en prenant le temps cette fois-ci d'explorer langoureusement sa bouche. Au bout d'un moment, il s'écarta en lâchant un grognement de frustration.

— Si je ne pars pas maintenant…

— Je sais. Va-t'en, et à ton retour on reprendra là où on s'est arrêtés.

Jason s'avança vers la porte, enfonça son bonnet sur sa tête et sortit, non sans avoir lancé à Amélie un dernier regard enflammé. Lorsqu'il passa devant la fenêtre, elle lui fit un petit signe de la main. Elle avait tellement hâte qu'il revienne… Mais, pour l'heure, une tâche plus urgente l'attendait.

Patiemment, elle recopia les chiffres et les lettres qu'elle avait vus quelques semaines plus tôt dans l'étrange message reçu sur sa boîte mail. Elle était certaine à présent qu'il ne s'agissait pas d'une erreur. Quelqu'un avait voulu qu'elle transmette ces informations à son chef. Et Jacques avait été immédiatement conscient des dégâts que celles-ci étaient susceptibles de provoquer. Mais pour qui ? Pour lui ? Amélie était de plus en plus convaincue qu'il lui avait caché quelque chose.

Il lui fallut davantage de temps cette fois-ci pour coucher sur le papier toutes les données qu'elle avait enregistrées malgré elle. Elle avait du mal à se concentrer et ne cessait de s'interroger sur les véritables intentions de son chef. Qu'y avait-il de si compromettant dans cette liste pour que quelqu'un soit prêt à tuer afin de la faire disparaître ?

Une demi-heure plus tard, Amélie avait fini d'écrire la dernière ligne. Des sommes, des dates, des lieux... Et cette quatrième colonne, dans laquelle figuraient des suites de chiffres et de lettres. S'agissait-il de codes ? De mots de passe ?

Elle s'étira, puis se leva pour aller regarder par la fenêtre. Jason n'était toujours pas rentré, et Marjorie n'avait pas reparu depuis qu'elle l'avait prévenue qu'elle descendait au sous-sol. Amélie savait qu'elle ne pouvait pas partir se promener seule. Néanmoins, elle commençait à trouver le temps long, et la température avait sensiblement baissé dans le bureau. Tout en enfilant son manteau, elle songea un instant à faire un saut à L'Oasis d'Olson pour acheter quelque chose à grignoter. Mais ce n'était pas une bonne idée. Jason avait tout ce qu'il fallait dans les tiroirs de son bureau, et il ne lui pardonnerait pas d'avoir pris le risque de sortir.

Son appareil photo à la main, elle déambula dans le hall, passant l'index sur le bureau impeccable de Marjorie. Quelques portraits de la secrétaire et de son mari trônaient de part et d'autre de l'ordinateur ; une petite statuette de chat noir aux yeux incrustés de strass vert occupait un coin de la table, et un livre de recettes hérissé de Post-it colorés était ouvert à côté du téléphone, couverture vers le haut.

Amélie recula d'un pas pour prendre quelques clichés de l'accueil, avec le bureau de Jason en arrière-plan. Elle n'avait jamais été très douée pour les photos d'intérieur. La nature offrait tellement plus de possibilités ! D'ailleurs, il y avait un chêne magnifique dans le parking, derrière le poste de police. Elle ne risquait pas grand-chose à sortir deux minutes pour l'immortaliser.

Le pick-up de Jason était garé là, à côté d'une Honda verte qui appartenait sans doute à Marjorie. Les branches nues du chêne s'étalaient au-dessus tel un parapluie ouvert.

Amélie pencha la tête en arrière et prit quelques photos de l'arbre. Un sourire se dessina sur ses lèvres tandis qu'elle inhalait l'air piquant de l'hiver. Oui, elle pourrait bien avoir trouvé une nouvelle vocation.

19

— C'est le cyanure qui l'a tué, expliqua Elaine au téléphone tandis que Jason fouillait le portable de Herve Charley, à la recherche d'indices.

Alex et lui se tenaient sur le parking de la station-service où le SUV vert accidenté avait été remorqué en attendant d'être transporté à Duluth. Ryan Bay était en ligne un peu plus loin avec Interpol.

— J'ai retrouvé des traces du poison dans les chips, précisa Elaine. C'était futé.

Jason regarda passer un couple emmitouflé dans des vêtements de ski qui se dirigeait vers L'Orignal, sans doute pour y déguster une part de tarte aux pommes. *Veinards*, songea-t-il.

— La personne qui a suivi Charley est sans doute la même qui l'a empoisonné, poursuivit la pathologiste. Elle l'a poussé dans le fossé, a attendu un moment pour voir s'il réagissait. Comme il ne bougeait pas, elle en a conclu qu'il était mort et a continué son chemin.

— C'est le scénario le plus probable, en effet, répondit Jason. On n'a retrouvé aucune trace d'ADN étranger sur le cadavre de Charley.

Ils avaient donc affaire à des professionnels. L'un d'eux était mort, mais où se cachait l'autre ?

— Merci, Elaine. Cette enquête a pris des proportions internationales. Bay est de nouveau au téléphone avec Interpol, il essaie d'obtenir des réponses claires au sujet de notre seul suspect.

— Qui est le meurtrier, cette fois-ci, à votre avis ? s'enquit Elaine. Un justicier solitaire qui a voulu venger une victime innocente ?

— Je ne pense pas. Notre premier tueur a raté sa cible, il a donc été remplacé. Ce qui veut dire que nous avons un deuxième assassin à Frost Falls. Le FBI a confirmé des liens avec la mafia du Minnesota.

— Si je comprends bien, quelqu'un en veut à votre copine.

— Ce n'est pas ma...

— Où est-elle en ce moment ?

— Au poste de police.

Jason jeta un coup d'œil à sa montre. Voilà plus d'une demi-heure qu'il avait quitté Yvette. Il était temps de retourner auprès d'elle.

— Je dois y aller, Elaine. Merci pour les infos.

Après avoir raccroché, il composa le numéro de la jeune femme et sursauta en entendant sonner un téléphone dans sa poche. Alex lui lança un regard interrogateur.

— Mince, j'avais oublié que je lui avais pris son portable pour le faire analyser... Je rentre au poste vérifier que tout va bien. Dis à Bay de m'appeler dès qu'il en aura fini avec Interpol.

Jason se mit en marche. Sans trop savoir pourquoi, il accéléra le pas.

Le soleil brillait dans un ciel tout blanc. Amélie ne détestait pas le froid, finalement. Au moins, c'était vivifiant. Elle songeait de plus en plus à prolonger son séjour à Frost Falls pour photographier les paysages et, pourquoi pas, s'aventurer dans les Boundary Waters. Cela lui permettrait d'étoffer un peu son portfolio.

Soudain, alors que tout était calme autour d'elle, un mauvais pressentiment l'assaillit. Elle baissa son appareil photo et scruta les environs. Aucun bruit, en dehors du système de chauffage qui ronronnait à l'intérieur du bâtiment. Le parking était désert.

Jason courait à présent en direction du poste de police. Les semelles de ses bottes accrochaient parfaitement sur la neige tassée du trottoir. L'avantage, avec ce froid, c'était qu'on ne transpirait pas trop, même après un sprint de deux cents mètres... Lorsqu'il atteignit le parking, il poussa un juron en découvrant Yvette debout près de son pick-up.

Que diable fichait-elle dehors ?

— Yvette ! cria-t-il.

Elle fit volte-face et agita la main en souriant.

Au même instant, il vit un point rouge se fixer sur elle.

— Couche-toi !

Jason se rua vers la jeune femme, la saisit par les épaules et l'entraîna par terre en roulant au-dessus d'elle tandis que l'appareil photo rebondissait un peu plus loin dans la neige. Prenant soin de la protéger de son corps, il se redressa pour jeter un coup d'œil sur le côté du pick-up.

— Quelqu'un vient de te tirer dessus, lâcha-t-il en dégainant son pistolet. J'avais raison : on a un deuxième tueur à Frost Falls.

20

— Reste allongée, ordonna Jason à la jeune femme qu'il avait plaquée au sol.

Elle acquiesça. Dans ses yeux écarquillés, il décelait davantage de sang-froid que de peur. Après tout, elle avait été formée aux situations extrêmes.

Le pistolet brandi, il s'avança courbé en deux le long de son pick-up. Il se risqua à regarder par-dessus le feu arrière : personne sur le parking. Aucun signe du tireur.

Soudain, le grondement d'une motoneige lui fit relever la tête. Il aperçut un éclair argenté à deux pâtés de maisons de là, dans la ruelle qui longeait le magasin d'antiquités.

— J'essaie de le rattraper, signala-t-il à Yvette. Mets-toi à l'abri à l'intérieur.

Malgré l'urgence, il voulut s'assurer qu'elle n'était pas en état de choc. Il la rejoignit vers l'avant du pick-up, où elle s'était accroupie.

— Ça va aller ?

— Oui, oui. File.

— Demande à Marjorie d'appeler Alex.

La motoneige de Jason était garée à quelques mètres. Il l'enfourcha et fonça à travers le parking en direction de la ruelle. Là, il attendit que l'autre machine apparaisse dans Main Street. Le pilote, entièrement vêtu de noir, n'avait ni bonnet ni gants.

— Toi, tu n'es pas du coin, marmonna Jason.

Au moment où le suspect passait devant lui dans la rue

principale, il mit les gaz et se lança à sa poursuite. Il n'avait pas l'intention de lui tirer dessus avant de s'être assuré qu'il s'agissait bien du coupable. L'homme se retourna pour voir qui le suivait. Jason lui fit signe de s'arrêter sur le bas-côté, tout en actionnant son gyrophare. Aussitôt, l'autre accéléra.

Jason s'attendait à cette réaction. Il se trouvait à une centaine de mètres du fuyard, une distance qu'il comptait bien réduire avant qu'ils ne s'éloignent trop de la ville. Cependant, rien ne pressait : Jason était un pilote expérimenté, et à supposer que le suspect sache se débrouiller sur une motoneige, il n'était pas équipé pour faire la course pendant des heures par -10 °C.

La route qui partait vers le nord avait été dégagée par Rusty Nelson le matin même. Le scooter de Jason glissait à merveille sur la neige compactée. Les conditions étaient idéales.

Il pensa brièvement à la tentative de meurtre à laquelle Yvette venait encore d'échapper. Pourquoi était-elle sortie du bureau ? Sûrement pour prendre des photos, puisqu'elle avait son appareil dans les mains au moment où il était arrivé. Il aurait dû insister davantage pour qu'elle reste à l'intérieur.

Agrippé au guidon, Jason poussa le moteur pour rattraper le tireur. Brusquement, celui-ci quitta la route et traversa le fossé, envoyant une grande gerbe de neige dans les airs.

Il prenait la direction du nord-est. Un mauvais calcul, de l'avis de Jason...

Les chutes qui avaient donné leur nom à la ville de Frost Falls se trouvaient à moins d'un kilomètre d'ici. À cette période de l'année, elles étaient gelées. C'était toujours amusant de filer à motoneige sur les berges glissantes de la rivière, mais l'endroit pouvait s'avérer dangereux pour qui ne connaissait pas les lieux. Tous les ans, Alex et Jason plantaient des drapeaux orange fluo et installaient une grande barrière devant la cascade, mais il arrivait encore de temps en temps qu'un malheureux ne les voie pas assez tôt et s'envole avec son bolide, pour atterrir six mètres plus bas sur les rochers.

Après le départ de Jason, Amélie resta un moment adossée contre l'aile avant du pick-up, la tête dans les mains. Une fois de plus, elle n'était pas passée loin de la mort.

Jamais elle n'aurait dû offrir au tireur une telle opportunité. Tout cela pour prendre des photos ! Vraiment, elle n'était pas fière.

Un éclat argenté attira son regard. En s'avançant à quatre pattes, elle remarqua un objet planté dans le tas de neige qui avait été repoussé au bord du parking.

Elle s'apprêtait à le toucher, mais se ravisa. Tirant sur la manche de son pull, elle s'en couvrit les doigts pour attraper ce qui ressemblait à une fléchette. Du genre de celles dont on se sert pour anesthésier les animaux sauvages.

Amélie frissonna. Elle aurait presque préféré retrouver une balle de pistolet.

Courbée en deux, elle fit le tour du bâtiment jusqu'à la porte principale, ramassant son appareil photo au passage. Une fois à l'intérieur, elle s'enferma bien vite dans le bureau de Jason. Marjorie devait encore être au sous-sol en train de faire le ménage dans les cellules.

En fouillant dans les tiroirs, Amélie trouva un sac pour pièces à conviction, dans lequel elle glissa la fléchette. Ainsi donc, un deuxième tueur se baladait à Frost Falls...

Cela ne l'étonnait guère. Les gens qui la voulaient morte ne s'arrêteraient pas avant d'avoir obtenu satisfaction. Qui qu'ils soient, et quelles que soient leurs raisons.

Tout en s'asseyant dans le fauteuil de Jason, Amélie serra ses bras autour d'elle. Il était temps qu'elle réponde franchement à cette question : Jacques Patron était-il un ami ou un ennemi ?

Son père avait été très proche de lui, cela ne faisait aucun doute. Mais sa mère ? À bien y réfléchir, elle avait rarement parlé de Jacques. Peut-être même l'avait-elle évité. Amélie se souvenait de quelques occasions où sa mère n'avait pas voulu se joindre aux deux hommes pour boire un verre au bistro du coin.

Patron avait-il trempé dans des combines douteuses ? Essayait-il de se protéger ?

Et surtout, était-il vivant ou mort ?

21

La cascade se rapprochait dangereusement.

En été, il était possible d'emprunter un sentier escarpé qui partait du ruisseau tout en haut et plongeait jusqu'au fond de la gorge, là où l'eau se jetait sur les rochers mousseux. Il n'y avait cependant aucun arbre pour vous protéger du vent ou vous retenir en cas de glissade. Même sans neige et sans verglas, l'exercice était périlleux.

Et en hiver ? Seul un imbécile tenterait le coup. L'ennui, c'était qu'ils étaient nombreux à le faire pour pouvoir poster sur leur compte Instagram des photos spectaculaires des chutes figées par le gel. Les plus malins entreprenaient la descente équipés de crampons et de matériel d'escalade. Quant aux plus bêtes... Jason en avait secouru quelques-uns ces deux dernières années. Deux ou trois bras cassés, et une blessure à la tête infligée par la chute d'une stalactite. L'amende était de deux mille dollars pour ceux que Jason surprenait en flagrant délit.

À cet instant, il s'inquiétait pour un imbécile en particulier qui n'avait aucune idée de ce qui l'attendait. Aussi loin que portait le regard, la neige recouvrait le paysage ; tout ce blanc vous jouait des tours, dissimulant les crêtes, les vallons et autres accidents de terrain. Si Jason n'intervenait pas, le pauvre bougre filerait tout droit vers la cascade et tomberait dans le vide avec sa motoneige.

Lançant son engin à pleine vitesse, il rattrapa le tireur et le contourna par la droite, soulevant un panache de neige glacée qui lui cingla les joues comme des milliers d'épingles. Il regrettait de ne porter qu'un bonnet de ski et non son casque intégral... Alors qu'il se plaçait en parallèle du suspect, celui-ci brandit une arme et tira.

La balle passa très loin de Jason. À cette vitesse, le type ne risquait pas de l'atteindre. Il donna un coup de guidon à gauche, forçant le suspect à l'imiter pour éviter la collision. Les chutes n'étaient plus qu'à deux ou trois mètres... Il n'y avait plus de temps à perdre. Debout sur sa motoneige, Jason percuta légèrement l'avant de celle du fuyard. Éjecté, ce dernier roula mollement dans la poudreuse.

Jason remit les gaz et parvint à stopper la course de la machine qui, sans pilote, aurait fini sur les rochers six mètres plus bas. Puis il freina de toutes ses forces et s'arrêta à deux pas de la cascade.

Un peu plus et c'était lui qui basculait dans le vide.

Il coupa le moteur en lâchant une bordée de jurons. Dégainant son pistolet, il s'avança vers le suspect qui se débattait dans cinquante centimètres de neige. Sans raquettes, pas facile de prendre appui sur ce tapis moelleux...

— Les mains en l'air ! cria Jason.

L'homme leva son arme, mais le chef de la police se contenta de le tenir en joue patiemment. Car l'autre n'avait pas de gants et sa main tremblait. Quelques secondes plus tard, ses doigts gelés laissèrent tomber le pistolet, puis ses genoux cédèrent et il s'écroula dans la neige, incapable de lutter plus longtemps contre le froid.

À l'instant où Amélie décrochait le téléphone qui sonnait sur le bureau de Jason, Marjorie passa la tête par l'entrebâillement de la porte.

— Allô ! dit la jeune femme, tout en faisant signe à la secrétaire de rester.

— J'ai arrêté le suspect, annonça Jason à l'autre bout du fil. Je voulais juste m'assurer que tout allait bien.

— Ça va, répondit Amélie. Marjorie vient de remonter. Je vais lui dire de contacter Alex.

La secrétaire acquiesça et fila à son bureau. Amélie l'entendit prononcer le nom du jeune adjoint au téléphone.

— Je serai là dans une demi-heure environ, précisa Jason.

— D'accord. Juste pour que tu saches, il ne m'a pas tiré dessus avec une balle.

— Quoi ?

— C'était une fléchette tranquillisante.

Amélie regarda le sachet dans lequel elle avait enfermé la pièce à conviction.

— Il ne cherchait pas à me tuer, conclut-elle.

— Tiens donc... Il voulait juste t'endormir. Il t'a sans doute suivie, puis il a attendu que...

— Que je commette l'erreur stupide de sortir du bâtiment, le coupa-t-elle. Je suis désolée, Jason.

— On en parlera à mon retour.

— Au fait, j'ai fini de recopier la liste.

— Très bien. À tout à l'heure.

Le suspect ne parlait pas anglais. Jason avait beau être nul en langues, il savait reconnaître du français. Voilà qui était intéressant...

L'affaire se compliquait d'heure en heure. Et pourtant, malgré sa frustration, Jason se sentait revigoré. Une enquête digne de ce nom – n'était-ce pas justement ce qu'il attendait depuis qu'il avait pris ses fonctions à Frost Falls ? Il fallait saisir cette occasion inespérée de prouver ce dont il était capable. S'il réussissait, les grands pontes n'oseraient jamais fermer le poste de police. Il leur montrerait à tous qu'il était indispensable à la petite ville, voire au comté.

— Vous enregistrez ? demanda-t-il à Ryan Bay.

L'agent acquiesça et dirigea son téléphone portable vers le prisonnier.

— Allez-y.

Jason se tourna vers l'homme qui était assis sur le lit de la cellule, tête baissée.

— Vous avez utilisé une fléchette tranquillisante, lui dit-il.

Le détenu releva les yeux. Il comprenait l'anglais, ce qui n'était pas surprenant, puisqu'il avait réussi à trouver son chemin jusque dans cette ville isolée de tout.

— Vous ne vouliez donc pas tuer cette femme ? s'enquit Jason.

L'homme baissa de nouveau la tête.

— Pour qui travaillez-vous ? La mafia du Minnesota ?

Aucune réponse, si ce n'est un sourire narquois. Jason tenta sa chance :

— Pour Interpol, alors ?

En voyant un muscle tressauter sur la joue du prisonnier, il comprit qu'il avait fait mouche. Il échangea un regard avec l'agent du BAC.

Ce type appartenait-il vraiment au même camp qu'Yvette ? Quel lien avait-il avec le premier tueur à gages ?

— Est-ce que Marjorie a du nouveau concernant les empreintes de notre invité ? demanda Jason à Alex, qui venait d'apparaître en haut de l'escalier.

— Elle est en train de les scanner, répondit l'adjoint. Désolé, chef. Ça ne devrait plus être très long.

Ils utilisaient encore l'ancienne méthode de prise d'empreintes avec tampon encreur et feuilles de papier, ce qui les obligeait à numériser les photos avant de les soumettre à la base de données. Jason rêvait de disposer des nouveaux lecteurs d'empreintes numériques dont tous les postes bien budgétés étaient équipés aujourd'hui.

— Je peux rappeler Interpol, suggéra Ryan Bay. Ce sera peut-être plus rapide que d'attendre que monsieur retrouve l'usage de la parole.

— Bonne idée.

— J'ai droit à un appel, intervint soudain l'intéressé.

Jason fut surpris par sa maîtrise de l'anglais.

Il décrocha le combiné du mur et le tendit au détenu à travers les barreaux.

— Tenez. Vous n'aurez qu'à dicter le numéro à Alex. Par

contre, je vous souhaite bonne chance pour réussir à joindre votre correspondant.

Ce téléphone n'avait jamais eu de tonalité depuis que Jason travaillait ici. Dommage que la ville n'ait pas l'argent pour faire réparer la ligne...

Il hésita à suivre Bay dans l'escalier. La dernière fois qu'il avait laissé Alex seul avec un prisonnier, celui-ci s'était échappé – et avait été retrouvé mort quelques heures plus tard. Mais l'adjoint avait sans doute retenu la leçon : ne jamais ouvrir la porte de la cellule pour donner son repas au détenu.

Jason monta finalement les marches quatre à quatre et rejoignit l'agent du BAC dehors. Il rentra la tête dans les épaules en sentant le froid glacial traverser sa chemise de flanelle. Son manteau était resté à l'accueil.

— Je reviens tout de suite, lâcha Bay. J'ai des coups de fil à passer.

— Vous pouvez utiliser le téléphone de mon bureau ! lui cria-t-il, mais son collègue se hâtait déjà vers sa voiture.

Jason fit le tour du bâtiment au pas de course, poussa la porte et tapa ses chaussures sur le tapis pour en faire tomber la neige.

— Alors, ces empreintes ? lança-t-il à Marjorie.

— Ça charge. Le Wi-Fi n'arrête pas de couper depuis la tempête, si bien que la connexion est aussi lente qu'à l'époque du bas débit. Mais je croise les doigts pour que ça marche.

Jason passa derrière sa secrétaire. Sur l'écran de l'ordinateur, la petite roue multicolore tournait et tournait encore, indiquant que le travail était en cours. Quelle lenteur !

— Mlle LaSalle est dans votre bureau, signala Marjorie. Je lui ai apporté du café et le calendrier de l'an dernier. J'en garde toujours quelques copies dans un tiroir, pour les urgences...

Jason secoua la tête. Comment savait-elle qu'Yvette s'intéressait à ce calendrier ?

En ouvrant la porte de son bureau, il tapota la cloison qui le séparait de l'accueil. Il était grand temps d'envisager quelques travaux d'isolation.

22

Pour être honnête, Jason était assez fier de la double page de juillet qui le montrait torse nu, en train de laver le véhicule du poste de police. On pouvait dire qu'il était à son avantage, sur cette photo. Et Yvette semblait penser la même chose.

Assise dans le fauteuil, elle sirotait son café en contemplant le calendrier, le visage illuminé d'un grand sourire. Bon sang, le désir se lisait jusque dans ses yeux…

— Il faut bien rendre à la communauté ce qu'elle nous a donné, non ? lança-t-il en posant une fesse sur le coin du bureau.

— Marjorie m'a précisé que c'était l'exemplaire de l'accueil, mais elle m'a envoyé le lien vers la version en ligne. Je suis impressionnée ! Tu fais don de ta personne, c'est le moins qu'on puisse dire.

— Oui, je me dévoue corps et âme pour la bonne cause.

— Et quel corps, répliqua-t-elle d'un air gourmand.

Elle referma le calendrier.

— Alors, vous avez interrogé l'homme qui m'a tiré dessus ?

— Il n'est pas très causant. Il faut prier pour que la connexion Internet tienne assez longtemps, et on pourra peut-être mettre un nom sur ses empreintes.

Yvette montra le sac à indices posé sur le bureau.

— C'est la fléchette que j'ai retrouvée dans la neige, expliqua-t-elle. Je ne l'ai pas touchée.

— J'ai déjà vu ce produit sous forme de seringue, commenta Jason en étudiant l'objet. C'est ce que les professionnels de la sécurité utilisent pour sédater un suspect trop énervé. Tirer sur un être humain avec un fusil hypodermique, c'est tellement...

— Choquant ? suggéra Yvette. Je suis d'accord. Normalement, c'est sur des animaux que l'on fait ça.

Il observa de plus près la pointe de la fléchette. Pour réussir son coup, le tireur devait se trouver à moins de dix mètres de sa cible, or Jason n'avait vu personne alentour. Pourtant, il avait bien repéré le point rouge du viseur sur la jeune femme. Où le suspect s'était-il posté ? Et surtout, quelles avaient été ses intentions ? Endormir Yvette, la jeter sur son épaule et l'emmener ailleurs pour terminer le boulot ?

— Je vais faire analyser tout ça à Duluth, déclara-t-il. Il faut qu'on sache ce que cette fléchette contient exactement.

— Excuse-moi d'avoir encore pris des risques, murmura Yvette, les yeux embués de larmes. Je m'ennuyais, j'avais fini d'écrire la liste. Je me suis dit que je pouvais bien prendre quelques photos, tant que je ne m'éloignais pas trop. Je fais vraiment n'importe quoi depuis que je suis ici. Tu comprends mieux pourquoi je n'aurais jamais pu être un bon agent clandestin.

— Ne sois pas si dure avec toi-même, répliqua-t-il. Personne n'est blessé, c'est le principal.

Il la vit frissonner.

— Ce type ne cherchait pas à me tuer, souligna-t-elle d'une voix tremblante. Pas tout de suite, en tout cas. Il voulait d'abord récupérer ce qu'il y a dans ma tête.

Jason coinça ses pouces dans les passants de sa ceinture et se tourna vers la fenêtre pour regarder dehors. Il faisait de son mieux pour lui cacher son inquiétude, mais ils savaient tous les deux que la situation leur échappait de plus en plus.

— Le suspect est derrière les barreaux, rappela-t-il comme pour se rassurer lui-même.

— C'est déjà ce que tu m'as dit la dernière fois.

La remarque faisait mal. Pourtant, elle n'était que trop vraie : Herve Charley avait pris la poudre d'escampette et, en tant que chef de la police, Jason était responsable de ce fiasco. Même s'il n'avait pas été là au moment de l'évasion.

Marjorie l'appela par l'interphone.

— On a un résultat pour les empreintes. Et Ryan Bay a quelqu'un de la CIA en ligne qui veut vous parler.

La CIA ? songea Jason. Pourquoi l'agence venait-elle fourrer son nez dans les affaires de Frost Falls ? Elle l'avait laissé tranquille jusque-là, que lui voulait-elle à présent ? Bay avait contacté le FBI. C'était bien suffisant.

— Merci, Marjorie. J'arrive tout de suite.

Il préférait avoir cette conversation en privé, sans qu'il y ait un agent d'Interpol dans la pièce. Comme Yvette se levait, il lui fit signe de se rasseoir.

— Non, reste ici.

— D'accord. Mais tu sais que les cloisons sont fines...

Jason grimaça. Tant pis pour la discrétion. Il sortit malgré tout et referma la porte derrière lui.

— La CIA ? lança-t-il à Ryan Bay, qui attendait près du bureau de Marjorie, un café à la main. Je croyais que vous deviez rappeler Interpol.

— Je m'apprêtais à le faire quand j'ai reçu un message de ce monsieur qui sollicitait une conférence téléphonique. Il est en ligne.

Bay adressa un signe de tête à Marjorie, qui pressa un bouton sur le téléphone du standard.

— Jason Cash ? fit une voix à l'autre bout du fil. Marcus Fronde, directeur du contre-espionnage à la CIA.

Jason connaissait cet homme. Pas personnellement, mais il avait maintes fois croisé son nom dans des dossiers. Le contre-espionnage entrait en scène quand une entité étrangère était impliquée. La CIA avait dû être informée de l'appel de Bay à Interpol. Restait à savoir par qui... Le FBI, peut-être ?

— Vous ne vous ennuyez pas, dans votre petite ville, observa Fronde.

— En effet, monsieur. On ne m'a pas envoyé ici pour me tourner les pouces, mais pour maintenir la paix et faire respecter la loi.

Jason jeta un coup d'œil vers Bay, qui avait croisé les bras sur son torse. Si l'agent du BAC était au courant de ses antécédents, il ne fit aucun commentaire.

— Vous n'y arrivez pas vraiment, on dirait, répliqua Fronde. Vous vous retrouvez avec un homicide sur les bras et le cadavre d'un tueur à gages associé à la mafia locale.

Jason tourna le dos à Marjorie, qui faisait mine de se concentrer sur l'écran de son ordinateur.

— Si je comprends bien, vous me surveillez ?

— Toujours. L'agent Bay est-il avec vous ?

— Je suis là, monsieur, répondit Bay. Nous sommes en relation avec Interpol. Du moins, nous essayons de l'être. Notre prisonnier travaille pour eux.

— Vous savez que, lorsqu'une enquête devient internationale, la CIA veut y participer, n'est-ce pas ?

Oui, Jason le savait bien... Et il n'avait aucune envie qu'un de leurs agents vienne prendre l'affaire en main. Partager avec le BAC, pourquoi pas : Bay était prêt à donner un coup de main sans trop s'imposer. Mais laisser un gars de la CIA faire le boulot de Jason à sa place ? Certainement pas.

— Je maîtrise la situation, assura-t-il. Et j'ai assez d'expérience pour savoir quoi faire. Par contre, si vous pouviez me mettre en lien avec Interpol, ce ne serait pas de refus.

— Oubliez cette idée. Je vous envoie un agent – il devrait arriver ce soir, demain matin au plus tard. Il prendra le relais de l'enquête.

Jason s'apprêtait à protester, mais Fronde avait déjà raccroché. De rage, il frappa l'air du poing, et il eut toutes les peines du monde à se retenir de jurer.

— Je comprends votre colère, lui dit Bay. Je sais ce qui vous est arrivé.

De mieux en mieux, songea Jason.

— Je suis capable de me débrouiller tout seul, fulmina-t-il. Je n'ai pas besoin de la CIA.

— Ça peut être utile d'avoir l'aide d'un autre enquêteur, remarqua Bay calmement. Comme vous l'avez dit, il aura plus d'influence sur Interpol. Je ne sais pas pourquoi ils nous ignorent alors qu'un de leurs agents est concerné.

— Peut-être même deux, répliqua Jason.

— Comment ça ?

— Le chef d'Yvette, Jacques Patron. Quelque chose me dit que c'est lui qui tire les ficelles, dans l'histoire. Qui essaie de se couvrir.

— Jacques Patron est donc votre suspect numéro un ? On ne sait même pas s'il est vivant ou mort.

— Exactement. On ne le sait pas. Avouez que c'est louche.

— C'est vrai. Dans ce cas, pourquoi ne pas accepter l'aide de la CIA ? Allons, Jason, de l'eau a coulé sous les ponts. Peu importe qui travaille sur l'enquête, tant qu'on arrive à la résoudre.

Jason acquiesça.

— C'est juste que ça me met en rogne de voir Frost Falls perdre son poste de police. Vous savez qu'ils vont nous fermer en mars et faire suivre tous les appels au comté ?

— Pardon ?

Jason serra les mâchoires en entendant l'exclamation de sa secrétaire.

— Excusez-moi, Marjorie. Je suis au courant depuis quelques semaines seulement. J'avais l'intention de vous le dire, mais j'espérais que cette affaire nous ferait gagner un peu de temps, qu'on arriverait peut-être même à impressionner les bonnes personnes.

— La vache, murmura la secrétaire en se laissant aller en arrière dans son fauteuil.

— Ce n'est pas tant le poste de police que vous voulez sauver, mais votre réputation, observa Ryan Bay. Vous étiez un sacré bon agent à la CIA, Cash. Un des meilleurs snipers, j'ai entendu dire.

— Est-ce qu'on pourrait parler de ça plus tard ? le coupa Jason en désignant Marjorie d'un signe de tête. Pour l'heure, il faut se concentrer sur l'enquête.

— Bien sûr. Mais ne vous faites pas trop d'illusions concernant le poste de police.

Bay jeta son gobelet vide dans la poubelle de l'accueil.

— Je descends voir le prisonnier. Peut-être qu'il voudra parler, maintenant.

— Je reste dans le coin, répondit Jason en allant s'enfermer dans son bureau.

Il voulait échapper au regard triste de Marjorie, mais c'est celui d'Yvette qui l'accueillit.

— Alors, qu'est-ce que la CIA avait à dire ? s'enquit-elle d'une voix douce.

— Oh ! ils me tiennent à l'œil, c'est tout.

— Ils veulent récupérer l'affaire, c'est ça ?

Elle avait tout entendu.

Jason ne put qu'acquiescer. Il ne devrait pas prendre les choses si mal mais, bon sang, sa seule chance de prouver ce qu'il valait venait de lui filer sous le nez.

— Dans ce cas, on ferait mieux de se dépêcher de résoudre l'enquête avant qu'ils arrivent, déclara Yvette.

Elle lui tendit une feuille de papier.

— Voilà la liste.

23

Jason déplia la page qu'Yvette avait arrachée d'un carnet à spirale. L'écriture était assez petite, très soignée. Selon la jeune femme, le document qu'elle avait recopié de mémoire ressemblait à une facture, mais Jason n'était pas convaincu. Les dates et les lieux indiqués pouvaient aussi correspondre à des rendez-vous, des livraisons ou des échanges de marchandises. Chaque fois, une somme d'argent y était associée, allant de deux mille à dix-huit mille euros. Certaines étaient exprimées en dollars.

— Ça sent le trafic d'armes à plein nez, marmonna-t-il.

Le port de Duluth, sur le lac Supérieur, était une plaque tournante du commerce illégal d'armes à feu.

Yvette poussa un soupir.

— Tu crois ? Je déteste les trafiquants d'armes. Ce sont les pires criminels.

— C'est vrai. Mais ce n'est qu'une hypothèse. Tout ce que cette liste nous montre, c'est que quelqu'un a reçu de l'argent en échange de quelque chose à tel endroit et à telle date.

— Pourquoi m'avoir envoyé ce mail à moi ? Et qui me l'a adressé ?

Jason haussa les épaules.

— Peut-être quelqu'un qui voulait vendre la mèche. Qui cherchait à attirer l'attention sur ces opérations sans se mouiller directement. Je te parle de trafic d'armes, mais ça peut être tout autre chose : des transactions illégales de toutes sortes, ou encore une liste de cibles à éliminer et les paiements correspondants.

— Tu penses vraiment que le message venait d'Interpol ?

— Je n'en suis pas sûr à cent pour cent, mais le contraire m'étonnerait. Ton chef… Rappelle-moi comment il a réagi quand tu lui as parlé de ce document ?

Yvette posa les coudes sur le bureau.

— Jacques a toujours été quelqu'un de calme, de posé. Un homme difficile à déchiffrer. Il a les yeux gris.

— Parce qu'il y a un rapport entre la couleur des yeux et la personnalité ?

— Je ne sais pas, mais dans son cas ce gris rend son regard inexpressif. En dehors de ça, Jacques a un physique assez quelconque, passe-partout. Je suis sûre que ça l'a aidé dans sa carrière d'agent secret, mais je n'ai jamais pu deviner ce qu'il pensait.

— Et pourtant, j'ai l'impression que tu avais de bons rapports avec lui, non ? s'enquit Jason. Tu l'appelles par son prénom. Ça montre que votre relation dépasse le cadre professionnel.

— Oui, je l'aimais bien. Je *l'aime* bien. Je le connais depuis que je suis adolescente, et je lui ai toujours fait confiance. C'est davantage un ami qu'un chef.

Elle fit la moue.

— Sauf que, depuis qu'il a laissé ce message, je ne sais plus quoi penser. Est-il encore vivant ? Que se passe-t-il, au juste ?

Jason réfléchit un moment. Le directeur adjoint d'Interpol avait parcouru des yeux la liste que son employée lui avait soumise puis l'avait brûlée aussitôt. Était-ce l'attitude d'un homme qui n'avait rien à se reprocher ?

Peut-être Jacques Patron avait-il envoyé Yvette loin de Lyon pour pouvoir déguiser sa mort en accident. Mais pourquoi Frost Falls ? Y avait-il un rapport avec la mafia du Minnesota ? Herve Charley avait-il été choisi au hasard pour éliminer la jeune femme ? C'était peu probable : ses liens avec la France étaient connus de la police.

— Il n'y a vraiment personne qui sait où tu es ? demanda Jason à la jeune femme. Même pas quelqu'un de ta famille ? Ou une amie ?

Elle secoua la tête.

— Dis-m'en plus sur Jacques Patron.

Avant qu'elle ait pu répondre, on frappa à la porte.

— Cash ? C'est Ryan Bay.

— Entrez.

Jason s'assit sur un coin du bureau, les bras croisés sur le torse.

— Je viens de parler avec Interpol, et je leur ai envoyé les empreintes de notre prisonnier, annonça l'agent du BAC. Ils sont prêts à coopérer sur ce point, mais ils refusent toujours de nous donner des infos sur Patron. Ils disent qu'ils enquêtent en interne.

Bay tendit une feuille à Jason.

— Vous ne croirez jamais qui nous avons en bas.

Jason chercha le nom du prisonnier sur le document : Rutger Lund, trente-sept ans, agent d'Interpol.

Ainsi donc, ils avaient envoyé à Yvette un de ses propres collègues pour la tuer ? Bigre. Comment lui annoncer cela ?

— Que se passe-t-il ? voulut-elle savoir.

— L'homme que Jason a arrêté s'appelle Rutger Lund, répondit Ryan Bay. Vous le connaissez ?

— Non.

— C'est un agent d'Interpol, précisa Jason.

Yvette en resta bouche bée. Ryan, lui, s'installa dans le fauteuil en face d'elle.

— Vous voulez le faire, ou je m'y colle ? demanda-t-il à Jason.

— Je m'en charge.

— Vous me soupçonnez, maintenant, je suppose ? s'enquit Yvette.

Comme ni l'un ni l'autre ne lui répondait, elle leva ses grands yeux bleus vers Jason.

— Toi, en tout cas, tu me soupçonnes.

— Je n'ai pas dit ça, se défendit-il.

— Eh bien, moi, je le dis, lâcha Ryan Bay. Cette femme nous a menti, Cash. C'est un agent d'Interpol, elle aussi, et elle se cache à Frost Falls sous une fausse identité.

Il remit à Jason une autre page.

— Son vrai nom est Amélie Desauliniers. Elle travaille pour

l'organisation depuis deux ans. Six mois sur le terrain et dix-huit mois...

— Au service informatique, le coupa Jason. Je sais tout ça, elle me l'a dit.

Bay se leva brusquement de sa chaise et appuya ses mains sur le bureau. C'était la première fois que Jason le voyait en colère. Instinctivement, il se rapprocha d'Yvette.

— Elle a été envoyée ici parce qu'elle avait mémorisé des informations sensibles qui, selon son chef, risquaient de lui attirer des ennuis, expliqua-t-il.

— Quel genre d'informations ?

Yvette fit glisser vers l'agent la liste que Jason avait posée sur le bureau. Bay la parcourut des yeux.

— Qu'est-ce que c'est ? demanda-t-il impatiemment.

— Je ne sais pas exactement, répondit Jason.

— Alors demandez-lui !

— J'ignore ce dont il s'agit, répliqua Yvette. C'est un message bizarre que j'ai reçu dans ma boîte mail. Le nom de l'expéditeur n'apparaissait pas, et il s'est autodétruit au bout de quelques minutes. Mais ça a suffi à inquiéter mon chef, qui a préféré m'envoyer à l'étranger quelque temps.

Bay fronça les sourcils.

— J'ai du mal à suivre.

— Yvette possède une mémoire photographique, intervint Jason. Elle se souvient de presque tout ce qui lui passe sous les yeux, les livres et les listes notamment, sans forcément comprendre ce qu'elle a lu.

— Et vous la croyez ?

— Je vous rappelle qu'on cherche à me tuer, asséna la jeune femme. Je ne suis ni en mission ni en train de monter je ne sais quel coup. Ça fait longtemps que je ne travaille plus sur le terrain. J'essaie juste de rester en vie et de comprendre ce qui se passe.

L'agent Bay se concentra de nouveau sur la liste.

— Trois colonnes de données, commenta-t-il en tapotant la feuille. Une pour les dates, une pour les lieux et une...

— Pour les sommes d'argent, compléta Jason.

— Et la quatrième colonne ? demanda Bay. C'est un mélange de chiffres et de lettres. Des mots de passe, peut-être ? Mais pour accéder à quoi ?

Il lança un regard glacial à Yvette, qui baissa les yeux. Jason et elle n'étaient sûrs que d'une chose : Jacques Patron avait absolument tenu à faire disparaître ces informations.

— Comment les opérations clandestines sont-elles codées ? demanda Jason à la jeune femme.

— Je ne suis pas censée répondre à cette question.

— Je ne te demande pas de me révéler des secrets d'État, répliqua-t-il, agacé. J'essaie de te protéger.

— D'accord. Eh bien, en général, on utilise une suite de trois ou quatre lettres. Les premières du nom de l'opération. Si celle-ci s'appelle « Blacktail », par exemple, ce sera B, L, A, C. Pourquoi, tu penses que c'est ça, la quatrième colonne ?

— Je ne sais pas. Faites-moi voir cette liste, Bay.

Jason étudia le document quelques instants.

— Chaque code compte huit à seize caractères. Je ne vois pas ce que ça pourrait être d'autre que des mots de passe. Qu'est-ce qui te dit que ton chef, qui t'a expédiée à l'étranger et ne t'a plus donné de nouvelles, ne travaille pas pour quelqu'un d'autre ?

— S'il cherchait à se couvrir, pourquoi ne m'a-t-il pas tuée tout de suite ? souligna Yvette. Il aurait pu m'éliminer le soir même, quand il m'a renvoyée chez moi. Au lieu de ça, il m'a mise dans un avion pour le Minnesota. Pourquoi ?

— Pour vous éloigner le temps de décider quoi faire de vous, suggéra Bay. En outre, ça laissait moins de traces de vous supprimer sur un sol étranger.

— Oui, mais n'aurait-il pas eu un meilleur contrôle de la situation en me faisant tuer en France ?

— C'était trop risqué.

— Et n'oublions pas les liens qui existent entre la France et la mafia du Minnesota, renchérit Jason. Peut-être Patron est-il un agent double. Ou peut-être protège-t-il un agent double qu'il a payé en sous-main.

— Ce ne serait pas la première fois que ça arrive, observa Yvette.

— Je suis bien placé pour le savoir, grommela Jason.

Il sentit le regard de Bay peser sur lui.

— Mais on n'est pas là pour parler de mes mauvaises expériences. Peut-être Patron voulait-il simplement que ces informations restent cachées pour toujours.

— Tu sous-entends qu'il n'avait pas l'intention de me faire revenir en France ?

— Je n'en sais rien. Lui seul est au courant de ce qu'il y a dans cette liste. Et est-ce qu'il est encore vivant ?

— J'ai posé la question à Interpol, répondit Bay. Ils m'ont dit que c'était confidentiel.

— Vous ne trouvez pas ça bizarre ?

Bay haussa les épaules.

— Si, mais toutes les agences ont leurs secrets. Interpol travaille souvent avec la CIA. Vous pensez que notre prisonnier sait à quoi correspond ce document ? Il doit le savoir, forcément.

— Et pourquoi ? répliqua Jason. Il a été envoyé ici pour liquider une cible, c'est tout.

— Il ne voulait pas me tuer, lui rappela Yvette. Juste m'endormir.

— J'avais oublié ce détail... T'endormir, d'accord, mais pour faire quoi ? Pour te soutirer des informations ? Il est peut-être au courant de l'existence de cette liste. Et s'il travaille réellement pour Interpol... Quelque chose ne colle pas. Il faut qu'on ait une petite conversation avec lui, Bay.

— Je suis d'accord.

— Alors allons-y.

Tandis qu'il ouvrait la porte du bureau, Jason se retourna :

— Yvette - enfin, Amélie : regarde bien cette quatrième colonne. Peut-être qu'elle aura plus de sens pour toi, maintenant.

24

Jason faisait les cent pas devant les cellules, au sous-sol du poste de police. Malgré le froid, le prisonnier ne se servait pas de sa couverture. C'était un type robuste aux cheveux noirs et aux yeux sombres, à peu près de la taille et de la corpulence de Jason. Il était assis sur le lit, adossé au mur, les jambes repliées. D'après Marjorie, il avait dévoré tout ce qu'elle lui avait apporté à manger. (Jason en aurait fait autant à sa place : les repas venaient de L'Orignal.) Par ailleurs, il prenait grand soin de son apparence et avait également demandé qu'on lui fournisse de la lecture – n'importe quoi pourvu que ça se lise. Un des romans sentimentaux de Marjorie était ouvert à côté de lui sur le lit. Jason se garderait bien de se moquer : il avait déjà jeté un coup d'œil dans ce genre de livre alors que sa secrétaire avait le dos tourné, et il avait été agréablement surpris.

— Alors comme ça, vous travaillez pour Interpol ? lança-t-il au prisonnier.

Celui-ci le fixa sans ciller.

— Je n'ai pas réussi à passer mon coup de fil.

— Je sais. On a appelé un dépanneur pour réparer la ligne.

Il y a un an et demi, omit-il de préciser.

— La loi m'oblige à prévenir Interpol de votre présence ici.

— C'est faux.

— Comment le savez-vous ? Vous connaissez les procédures de l'organisation ?

L'homme détourna les yeux.

— Jacques Patron vous a-t-il envoyé ici pour récupérer Amélie Desauliniers ?

Le prisonnier croisa les bras sur son torse et appuya la tête contre le mur derrière lui.

— Vous n'êtes pas venu pour la tuer, poursuivit Jason. Par conséquent, soit vous avez reçu l'ordre de la ramener à Lyon – et dans ce cas, je ne comprends pas pourquoi vous avez choisi une méthode aussi alambiquée –, soit vous aviez l'intention de lui soutirer des informations.

— J'ai droit à un appel.

— Je vous ai déjà dit qu'un technicien devait passer. Mais on annonce encore une tempête de neige, alors il va falloir patienter un peu.

— Vous avez un portable et des téléphones fixes dans vos bureaux, insista le détenu.

— C'est vrai, mais vous ne pouvez pas y accéder. C'est dommage, hein ?

L'homme ne répondit rien.

— Bon, voilà ce que nos petites recherches nous ont appris, continua Jason. Vous vous appelez Rutger Lund. Vous êtes un agent d'Interpol basé à Marseille. Vous travaillez sur le terrain depuis sept ans. Votre spécialité : les opérations clandestines. Visiblement, le tir embusqué et le pilotage de motoneiges ne faisaient pas partie de votre entraînement.

— Vous n'imaginez pas dans quoi vous fourrez le nez.

— Pourquoi ne pas éclairer ma lanterne, alors ?

Jason sourit en voyant Lund lui faire un doigt d'honneur. S'il n'avait pas réussi à lui tirer les vers du nez, il avait au moins eu confirmation qu'il travaillait pour Interpol.

— Je vais vous laisser encore un peu au frais, déclara-t-il en jetant un coup d'œil sur le thermomètre accroché à côté du téléphone. Ces murs en ciment sont épais, mais ils n'isolent pas bien du froid. Je reviendrai vous voir demain matin.

Alors qu'il remontait l'escalier avec Bay, il entendit Lund jurer en français.

Dans le bureau de Jason, Amélie étudiait la liste. L'agent de la CIA arriverait bientôt, ils avaient du pain sur la planche d'ici là. Elle savait que les services de renseignement voulaient prendre l'affaire en main et que Jason vivait cela comme une insulte. Il tenait à résoudre cette enquête lui-même. Lui, le flic d'une petite ville perdue au milieu de nulle part, l'ex-agent qui avait jadis mené des missions secrètes partout dans le monde, en avait besoin comme on a besoin d'oxygène pour vivre.

Et Amélie ferait son possible pour l'aider.

Elle se concentra de nouveau sur le document. Vraisemblablement, celui-ci répertoriait des paiements en liquide. Mais à qui, et pour quoi ? Et que désignaient ces suites de chiffres et de lettres dans la quatrième colonne ? Des codes de casiers, peut-être, où l'argent était entreposé en attendant d'être récupéré... Mais toutes les dates indiquées étaient passées. Pourquoi inclure les codes si les paiements avaient déjà été effectués ?

Amélie ferma les yeux et tenta de se souvenir du jour où elle avait reçu le mail suspect. Elle se rappelait vaguement la disposition du document sur l'écran de son ordinateur. Deux pages, quatre colonnes sur chacune. Et la dernière...

Elle rouvrit les paupières. Dans la quatrième colonne, les caractères avaient été écrits en bleu et soulignés, comme des liens Internet.

Le message s'était effacé tout seul et Amélie ne l'avait pas retrouvé dans la poubelle de sa boîte mail. Mais en informatique, rien n'était jamais totalement perdu. Les agences de sécurité employaient de vrais génies capables de repêcher les données les plus enfouies dans un disque dur. Amélie était persuadée que certains de ses collègues possédaient ce talent.

Herve Charley avait dû être recruté par quelqu'un qui ne souhaitait pas que ces informations tombent dans d'autres mains. Quant au suspect détenu en ce moment même au sous-sol du poste de police... C'était certainement lui qui avait éliminé Charley. Et s'il cherchait à accéder à la liste, cela signifiait qu'il n'était pas de mèche avec Jacques.

Amélie se laissa aller en arrière dans le fauteuil inconfortable.

Elle se sentait bien seule. Elle n'avait pas d'alliés – même Jason ne pouvait être considéré comme tel. Il ne faisait que son travail.

— Alors, ça avance ?

Amélie se redressa brusquement, le papier à la main.

— Tu m'as fait peur... Je ne t'ai pas entendu entrer.

Jason la sonda du regard. Malgré les circonstances, elle ne put s'empêcher de fondre à la vue de ses yeux verts pailletés d'or.

— Tu as trouvé à quoi correspond la quatrième colonne ? s'enquit-il.

— Je crois que ce sont effectivement des mots de passe. Et je me suis souvenue que sur le document d'origine ils étaient soulignés.

Jason haussa un sourcil interrogateur.

— Comme des liens Internet, précisa-t-elle.

— Bien joué. Comment accède-t-on à ce document ?

— C'est impossible, à moins de déléguer l'enquête à Interpol.

— Ce n'est pas une bonne idée. Patron n'est peut-être pas le seul à être mouillé dans l'affaire.

Amélie baissa la tête. Elle sentait les larmes lui piquer les yeux, mais elle se refusait à pleurer devant lui. Ce n'était pas professionnel. Pour son propre bien, elle devait rester forte et garder l'esprit clair.

— Qu'y a-t-il ? demanda doucement Jason en lui caressant les cheveux.

Sa gentillesse menaçait de la faire craquer. Elle inspira pour se donner du courage.

— Excuse-moi, murmura-t-elle. C'est juste que c'est un peu dur. Je me sens abandonnée... Pas à ma place. Mais il faut que j'arrête de m'apitoyer sur mon sort.

— Tu as de bonnes raisons de ne pas être à l'aise, répliqua Jason. Tu es seule dans un pays étranger – et dans une région particulièrement froide et inhospitalière, en plus.

— C'est vrai, ça, pourquoi ne m'a-t-il pas envoyée en Floride ? demanda-t-elle avec une pointe d'humour.

— Est-ce que ton chef a déjà évoqué des amis qu'il aurait dans le Minnesota ? Des associés, voire des employés ?

— Tu penses qu'il n'a pas choisi cet endroit par hasard ?

— Je pense à la mafia.

Amélie leva les yeux vers lui. Dieu, qu'il était beau... Pourquoi ne l'avait-elle pas rencontré dans un autre contexte ? Alors, elle aurait pu laisser libre cours à son envie d'embrasser les taches de rousseur sur son nez...

Penché au-dessus d'elle, il lui pressa gentiment les épaules.

— Qu'est-ce qui te fait sourire, Amélie ?

— Tes taches de rousseur.

— Je trouve que tu passes beaucoup de temps à les regarder, dit-il en grimaçant.

— C'est parce qu'elles sont sexy.

Ce fut plus fort qu'elle : elle leva la tête et pressa ses lèvres contre les siennes. Visiblement, Jason n'en attendait pas moins. Il s'agenouilla entre ses jambes et l'embrassa avec passion.

Elle agrippa sa chemise et l'attira contre elle pour pouvoir enrouler ses jambes autour de lui. Jason délaissa sa bouche, traçant un chemin de baisers le long de sa gorge. Amélie se retint de gémir, consciente que Marjorie se trouvait dans la pièce voisine.

Quand la main de Jason effleura sa poitrine, en revanche, elle ne put s'empêcher de laisser échapper un soupir. Il y répondit par un grognement étouffé dans lequel s'exprimaient tout son désir et sa frustration.

Ce fut lui qui s'écarta le premier. Il pressa son front contre le sien, les yeux fermés, le souffle court. Après quelques instants, il se releva et l'attira dans ses bras.

— J'ai envie de toi, murmura-t-il d'une voix grave et rauque qu'elle sentit vibrer au fond d'elle.

— Moi aussi, Jason.

C'était tellement excitant de devoir chuchoter alors qu'ils brûlaient de s'arracher mutuellement leurs vêtements...

Il lui donna un rapide baiser sur la bouche.

— Mais ce n'est ni le lieu ni le moment, ajouta-t-il. Bouclons d'abord cette enquête, et ensuite...

— Oui ?

— Ensuite, on aura tout le temps d'être ensemble.

25

La neige tombait par rafales sur la ville, recouvrant la route principale d'un épais manteau blanc. Jason essuya ses chaussures avant d'entrer dans le bâtiment du poste de police. Il avait accompagné Yvette de l'autre côté de la rue, à L'Oasis d'Olson : Colette l'avait prévenue que le casque de motoneige qu'elle lui avait commandé était arrivé. Comme les deux femmes s'étaient mises à bavarder, Jason avait préféré s'éclipser, accordant à Yvette une permission de dix minutes. Il surveillerait le magasin depuis la fenêtre de son bureau.

À l'accueil planait une odeur de dinde rôtie et de purée au beurre. Pourtant, Marjorie n'était pas en train de déjeuner. Elle lui tendit une tasse de café.

— Vous avez mangé ? s'enquit-il. Vous devriez rentrer chez vous, il neige beaucoup, déjà.

— J'en ai bien l'intention, répondit la secrétaire. Je prenais juste quelques affaires au cas où j'aurais des coups de fil à passer pendant que le poste est fermé. J'ai eu la police centrale du comté, ils ont plusieurs agents sur le pont. Et j'ai nourri le prisonnier.

— Je l'avais deviné. Vous lui avez servi un repas de Thanksgiving, ou quoi ?

— Il fait un froid de canard, en bas, et on n'est pas à Guantánamo, répliqua-t-elle. Je lui ai aussi rendu l'oreiller que vous lui aviez confisqué.

— Marjorie...

Comme elle soutenait son regard, un sourcil levé, il renonça.

— D'accord. C'est vrai qu'il va rester enfermé au sous-sol pendant la tempête... Je monterai le chauffage de quelques degrés.

— C'est déjà fait, répondit Marjorie en enfilant sa parka rouge vif. Et je lui ai laissé de quoi grignoter. Il devrait survivre. On n'est pas censés avoir une visite de la CIA ?

— Je viens d'avoir leur agent au téléphone : il partait juste de l'aéroport.

— Il compte venir jusqu'ici en voiture, avec toute cette neige ?

Jason haussa les épaules.

— Je sais que vous n'avez pas envie de vous faire retirer l'enquête, ajouta Marjorie. Peut-être qu'il vous autorisera à faire équipe avec lui ?

— J'en doute. Les relations sont un peu compliquées, entre la CIA et moi... Mais je n'ai pas l'intention de me battre : s'ils veulent récupérer l'enquête, grand bien leur fasse. En revanche, tant que leur agent n'est pas arrivé, je compte bien continuer à travailler.

— À ce propos..., dit Marjorie en enroulant une écharpe autour de son cou. Qu'est-ce que c'est que cette histoire de fermeture ?

— Je crois que la mairie est obligée de faire des coupes dans son budget ; le poste devrait fermer en mars. Je pensais pouvoir les faire changer d'avis, mais...

Il soupira.

— Je suis désolé, Marjorie.

— Vous n'y êtes pour rien. Ça nous pend au nez depuis que la mine a bouclé. Il est peut-être temps que je prenne ma retraite, de toute façon.

— Vous la méritez.

— Merci. Bay est en bas avec le prisonnier. Où est votre copine ?

— Ce n'est pas ma copine.

— Oh ! arrêtez. Vous avez envie qu'elle le devienne, avouez-le.

— Elle est... Je l'aime bien, c'est tout.

— Il n'y a pas de mal à embrasser une femme qui a besoin de protection. Et maintenant que le suspect est derrière les barreaux, que va-t-elle bien pouvoir faire ? Oh ! mais attendez, il y a un charmant policier qui est prêt à lui tenir chaud pendant la tempête !

— Marjorie !

Elle gloussa, avant de se diriger vers la porte.

— Je n'ai pas souvent l'occasion de vous taquiner, chef. Laissez-moi en profiter.

Jason sourit malgré lui. Il ne pouvait pas lui en vouloir : elle avait raison.

— Cinq minutes, annonça la serveuse à Amélie, perchée sur un tabouret du comptoir. Je dois laisser la tarte dégeler un peu avant de la couper.

Amélie avait commandé deux parts de tarte aux pommes pour Jason et elle. Une surprise. L'Orignal n'était qu'à deux pas du poste de police, et elle avait bien regardé autour d'elle avant d'y entrer. Personne ne l'avait suivie.

— Vous pouvez me passer le sucre, s'il vous plaît ?

Amélie sursauta en entendant l'inconnue s'adresser à elle. Elle l'avait repérée en pénétrant dans le restaurant. Une femme magnifique, carré brun sous les oreilles, sourcils parfaitement dessinés, maquillage savamment appliqué pour mettre en valeur ses yeux gris...

Et cette femme la regardait, l'air d'attendre quelque chose.

— Euh, oui, pardon, répondit-elle en lui tendant le sucrier. J'avais la tête ailleurs.

— Sale temps, n'est-ce pas ?

Amélie crut reconnaître un accent français. Ce n'était pas rare, dans le coin : de nombreux visiteurs venaient du Canada, lui avait-on dit. Le taux de change était intéressant, et la réserve des Boundary Waters offrait des paysages magnifiques.

— Je commence à m'y habiter, répondit-elle à propos de la météo locale. Et vous ? Vous êtes nouvelle à Frost Falls ?

— Juste de passage. Je vais voir de la famille au Canada.

— C'est donc ça, l'accent.

— Vous aussi vous en avez un, mais plutôt français, je dirais, fit remarquer l'inconnue. De quelle région êtes-vous ?

Amélie eut soudain un mauvais pressentiment. Du genre de

ceux qu'on lui avait appris à ne jamais ignorer. Bien sûr, cette femme ne faisait que bavarder, et c'était un réel plaisir de rencontrer quelqu'un de son âge dans cette contrée reculée. Mais n'était-ce pas étrange, justement, de croiser une touriste « de passage » en pleine tempête ?

— Je reviens, marmonna-t-elle en montrant le couloir menant aux toilettes.

La belle brune but une gorgée de café et sourit. Un sourire qu'Amélie sentit peser sur son dos pendant tout le temps où elle s'éloigna du comptoir.

Pourquoi éprouvait-elle cette sensation de malaise ? Parce que cette femme ne venait pas d'ici ? Amélie aussi était étrangère. Non, il devait y avoir autre chose...

Tandis qu'elle faisait les cent pas devant les cabines des toilettes, l'odeur de désodorisant à la lavande lui donna la migraine. Elle avait besoin de prendre l'air.

Amélie allait pousser la porte quand elle la reçut brutalement contre la paume de sa main. Elle s'écarta pour laisser entrer l'autre personne en s'apprêtant à s'excuser. Mais la voix lui manqua lorsqu'elle vit de qui il s'agissait.

— Comme on se retrouve...

La belle étrangère aux yeux gris s'approcha en souriant. Et cette fois-ci, ce n'était plus seulement une impression : Amélie savait que ce sourire n'avait rien de bienveillant.

Jason ramassa la liste sur son bureau et se posta à la fenêtre pour surveiller la rue. Amélie n'était toujours pas sortie de l'épicerie.

Il lui semblait de plus en plus évident que Jacques Patron protégeait quelqu'un qui avait trempé dans un trafic illégal. C'était l'explication la plus logique.

Évidemment, la liste n'avait pas été rédigée par Patron lui-même. Si elle s'était retrouvée entre les mains d'une employée d'Interpol, c'était soit pour le faire chanter, soit pour lui faire peur. Mais pourquoi impliquer Yvette en particulier ?

Jason la croyait lorsqu'elle disait qu'elle n'avait aucune idée de ce qui se passait. Il la plaignait. Toute sa vie, elle avait considéré cet homme comme un ami de la famille, et il l'avait trahie.

Il examina la dernière colonne. Des liens Internet, donc. Mais qui menaient à quoi ? À des vidéos, peut-être… Sur lesquelles on voyait le coupable accepter des sommes d'argent.

— C'est sûrement ça, murmura-t-il.

Il avait cru entendre un coup de feu à la fin du message que Patron lui avait laissé sur le répondeur. Pourtant, ce bruit n'était suivi d'aucun cri de douleur. Étrange… Il était quasiment certain que le directeur adjoint était encore vivant.

Jason jeta un coup d'œil à sa montre. Cela faisait vingt minutes qu'il avait quitté Yvette à L'Oasis d'Olson. Où était-elle ?

Il attrapa son manteau et sortit, manquant renverser un homme en costume noir qui avançait courbé en deux contre le vent.

La CIA était arrivée.

26

Brusquement, Amélie reprit conscience. Elle cligna des yeux pour tenter d'y voir clair. Son esprit était tout embrumé. Où était-elle ? Elle se souvenait d'être allée aux toilettes à L'Orignal et... Oui, voilà : la femme aux yeux gris était entrée et l'avait gratifiée d'un sourire glacial.

Un frisson la parcourut. Elle n'avait pas de manteau, juste un pull, un jean et des bottes. Pas un bruit autour d'elle hormis celui du vent qui soufflait violemment contre les fenêtres, à travers lesquelles filtrait une lumière blafarde. La tempête semblait se déchaîner dehors.

Amélie était assise sur une chaise en bois pourvue d'accoudoirs plats. Son poignet gauche était attaché à l'un d'eux, l'autre était libre mais lui semblait peser une tonne. Aucun lien n'avait l'air de lui enserrer les chevilles, la taille ou la poitrine. Pour en être sûre, elle se laissa glisser sur la chaise.

— Pas si vite, ma belle. Détendez-vous.

L'instinct d'Amélie ne l'avait pas trompée : la femme du restaurant l'avait kidnappée et emmenée quelque part. Comment avait-elle fait pour la transporter hors du restaurant ? Et combien de temps s'était-il écoulé depuis ?

En regardant autour d'elle, Amélie découvrit qu'elle se trouvait dans un vaste entrepôt. Un ancien garage, sans doute, avec deux grandes portes permettant aux voitures d'entrer et de sortir, et, à l'avant, un petit bureau cloisonné. Le sol de béton était jonché de débris et de poussière. Il ne restait rien, ni outil ni meuble, en dehors de la chaise sur laquelle Amélie était assise et d'une table dressée devant elle. Cette dernière se composait en réalité d'une planche de contreplaqué posée sur deux tréteaux.

— Où sommes-nous ?

— Aucune idée, répondit son interlocutrice, qui se tenait derrière elle. Ça ressemble à un garage abandonné. Cette ville est envahie de maisons et de bâtiments vides.

Son accent n'avait plus du tout l'inflexion canadienne.

— Pour qui travaillez-vous ? lui demanda Amélie.

— Ça ne vous regarde pas, ma belle.

— Arrêtez de m'appeler « ma belle ». C'est Jacques Patron qui vous envoie ?

La femme se contenta de rire. Elle contourna la table, déposa un pistolet sur le plateau. Puis elle leva une seringue à hauteur de son visage. Une mèche de cheveux noirs retomba sur son œil tandis qu'elle examinait le tube en plastique transparent.

— Vous n'avez toujours pas compris ? s'enquit-elle froidement.

— Si j'avais compris, je ne serais pas là, fit remarquer Amélie.

— Pourtant, vous savez plein de choses, d'après ce qu'on m'a dit.

Amélie ne lui fournirait aucune information tant qu'elle ignorerait à qui elle avait affaire.

— Qui êtes-vous ?

— Encore une fois, ça ne vous regarde pas. Bon, assez bavardé. Il fait froid, ici, et je suis sûre que vous avez hâte d'enfiler des vêtements plus chauds. Mais pas avant qu'on ait terminé.

— Donc, vous n'allez pas me tuer ?

— Si je vous tue, je n'aurai pas accès à ce qu'il y a dans votre tête.

— Vous n'y avez pas non plus accès maintenant.

— Avec ça, ça devrait changer, répliqua la brune en approchant la seringue d'Amélie. Du thiopental sodique. Un puissant sérum de vérité.

Amélie connaissait ce produit : on l'utilisait pour soutirer des informations aux sujets réticents.

— Ça va peut-être me détendre et me faire avouer le nom de mon amoureux secret, mais je ne vois pas comment vous réussirez à me faire parler d'un document dont vous ignorez complètement le contenu.

— Le plus simple, ce serait que vous me disiez tout directement.

— Sur mon amoureux ?

— J'ai bien envie de vous gifler, mais je ne suis pas aussi cruelle que vous le pensez. C'était un mal nécessaire de vous traîner jusqu'ici. Quant à votre amoureux secret, toute la ville est au courant que vous couchez avec le chef de la police. Un sacré beau mec, soit dit en passant... Mais revenons-en à nos moutons : vous allez me raconter ce qu'il y avait sur cette fameuse liste. Ligne par ligne.

Elle souligna son propos d'une pichenette contre la seringue. Amélie se demandait quel effet le produit aurait sur elle. Il était censé désinhiber le sujet, le rendre influençable. Mais suffirait-il à débloquer les données enregistrées dans son cerveau, alors qu'elle devait habituellement les écrire pour les « libérer » ?

— Je ne crois pas que ça va marcher, dit-elle d'un ton qu'elle espérait le plus ferme possible.

Où était Jason ? Pouvait-elle compter sur lui pour la retrouver ? Frost Falls avait beau être une petite ville, les bâtiments abandonnés ne manquaient pas, comme l'avait souligné sa kidnappeuse. Jason ne pourrait pas les vérifier un à un, et ce, encore moins en pleine tempête. Mais depuis le temps, il avait dû se rendre compte de son absence...

— Je suis obligée d'écrire les informations que j'ai mémorisées pour les sortir de ma tête, expliqua-t-elle. Ce qui veut dire que je vais avoir besoin d'une feuille de papier, d'un stylo et d'un grand pot de café noir.

— Non, ma belle, ça ne va pas se passer comme ça, rétorqua l'autre en lui saisissant le bras.

Amélie se débattit, tentant de la repousser.

— Tenez-vous tranquille ou vous allez prendre l'aiguille dans l'œil !

— Leslie Cassel ! lança soudain une voix masculine.

Les deux femmes se figèrent. Amélie plissa les paupières pour distinguer l'homme qui se tenait dans l'encadrement de la porte, à contre-jour. Des rafales de neige tourbillonnaient autour de lui. Ce n'était pas Jason, mais elle le reconnut aussitôt.

— Elle va te faire tomber, Patron, prévint la femme aux yeux gris. On t'a démasqué.

Et elle enfonça l'aiguille dans le bras d'Amélie.

— Désolé, ma grande, mais je ne peux pas te laisser faire, répliqua Jacques.

Un coup de feu retentit. Leslie Cassel poussa un cri et lâcha la seringue.

27

Amélie entendit sa kidnappeuse s'effondrer derrière elle. Était-elle morte, ou seulement blessée ? Aucun son ne s'échappait de sa bouche, mais Amélie n'osait pas se retourner : Jacques la tenait en joue.

En lançant un coup d'œil vers la seringue qu'elle avait jetée par terre, elle constata avec soulagement que le piston n'avait pas été enfoncé. Elle vérifia par la même occasion que le pistolet de Leslie reposait toujours sur la table à côté d'elle.

— Mais enfin, qu'est-ce qui se passe ? lâcha-t-elle, plus en colère qu'effrayée.

— Calme-toi, Amélie.

Il parlait avec un détachement qu'elle avait jadis trouvé rassurant. Aujourd'hui, cette froideur lui donnait la chair de poule.

— J'ai recruté un imbécile pour faire un boulot dont j'aurais dû m'occuper à Lyon. Mais il a payé son incompétence.

Jason avait donc raison : depuis le début, Jacques avait voulu se couvrir. Amélie sentit son ventre se nouer. Pourquoi hésitait-il à la supprimer, à présent ? Durant sa carrière à Interpol, il avait pourtant dû apprendre à presser la détente sans se poser de questions.

— Tu ne veux pas me tuer, affirma-t-elle posément. Sinon, tu l'aurais fait tout de suite. Est-ce parce que tu n'as pas la liste ?

— Oh ! je sais très bien ce qu'il y a sur cette liste. J'ai pensé que ça suffirait de t'envoyer loin de Lyon. Tu es la fille de Vincent, après tout, et on était amis. Mais j'ai réfléchi, et j'ai compris que ce n'était pas prudent de te laisser en vie.

— Je ne sais toujours pas ce que tu as fait, Jacques. En fait, tu es le seul à le savoir. Tu peux encore me laisser partir.

— Toi, tu ne le sais peut-être pas, dit-il en visant de nouveau Leslie. Mais elle, si.

Il tira, arrachant un autre cri de douleur à la jeune femme étendue sur le sol.

Amélie en profita pour se saisir du pistolet. Son bras gauche était toujours attaché à la chaise, mais cela ne l'empêchait pas de se mettre debout et de viser.

Jacques éclata d'un rire sardonique. Il leva les mains en l'air, son arme pointée vers le plafond.

— Vas-y, Desauliniers ! lança-t-il. Fais-toi plaisir !

Son ton moqueur la blessa au plus profond d'elle-même. Il savait à quel point il lui était difficile de tirer sur un être humain.

— Dis-moi pourquoi tu as fait ça, insista-t-elle, le pistolet braqué sur lui.

— Il a reçu de l'argent de la mafia, expliqua Leslie d'une voix entrecoupée. Ils font passer des armes en contrebande dans la région des lacs… Patron est leur contact en France. Et vous, Amélie… vous êtes notre seul témoin.

Leslie toussa et reprit son souffle.

— Cette fameuse liste que vous avez dans la tête… Les liens mènent à des enregistrements de caméras de surveillance… On y voit Jacques Patron en train de récupérer des liasses de billets.

Comment Leslie pouvait-elle savoir tout cela ? se demanda Amélie. Elle l'avait appelée par son vrai prénom, ce qui signifiait qu'elle avait enquêté sur Jacques et avait réussi à remonter la piste jusqu'au Minnesota.

Selon Jason, l'homme qu'il avait arrêté au guidon d'une motoneige était un agent d'Interpol. Sans doute un collègue de Leslie Cassel, son coéquipier sur cette mission. Amélie commençait à y voir plus clair.

— Tu connais Leslie, dit-elle à Jacques. Elle travaille donc pour Interpol. Si elle ne m'a pas tuée, c'est parce qu'elle voulait récupérer le document que j'ai mémorisé et qui prouve ta culpabilité.

Jacques visa Leslie une troisième fois.

— Ne fais pas ça ! cria Amélie.

Le coup de feu partit. Et elle s'aperçut que, même pour sauver sa collègue, elle n'avait pas pu abattre Jacques.

Cette fois-ci, derrière elle, la jeune policière n'émit aucun son. L'avait-il tuée ?

Amélie tendit le bras, s'adjurant intérieurement d'appuyer sur la détente. Cet homme était un criminel, il venait de faire feu à trois reprises sur une de ses subordonnées. Mais Amélie sentit ses yeux s'embuer de larmes. Il lui avait menti. Il s'était servi d'elle. Il avait recruté un tueur pour l'éliminer, tueur qui s'était trompé de cible et avait assassiné une innocente. Et maintenant, il venait finir le boulot lui-même...

Ses doigts se resserrèrent autour de la crosse du pistolet. Pourquoi n'arrivait-elle pas à tirer ?

Des images de sa mère lui revinrent soudain à l'esprit. Amélie n'avait pas tout dit à Jason. Le fameux jour où quelqu'un avait frappé à la porte, lorsqu'elle avait neuf ans, elle s'était faufilée discrètement dans le salon et s'était cachée derrière le canapé. L'homme qui était entré ne l'avait pas remarquée. Amélie n'avait pas vu son visage, mais elle avait assisté à toute la scène. Sa mère à genoux par terre, implorant le meurtrier de l'épargner. Et lui, pressant la détente. La vie d'Amélie n'avait jamais plus été la même après cela.

À ses yeux, aucun enfant ne devrait subir la mort d'un parent, quels que soient les crimes que celui-ci avait commis. Pour autant, elle voulait que Jacques soit puni. Yvette Pearson – sa famille, surtout – méritait que justice soit faite. Et Leslie aussi.

— J'attends toujours, chantonna-t-il d'une voix où perçait la folie. Mais tu n'en es pas capable, c'est évident. Ton père serait tellement déçu, Amélie. Déjà, sur le terrain, tu n'étais pas fichue de tirer. Qu'est-ce qui te fait croire que tu vas y arriver maintenant ?

Oh ! comme elle aurait voulu lui donner tort ! Pendant les entraînements au tir, elle avait brillé par sa précision. Rien ne l'obligeait à le tuer : elle pouvait simplement le blesser pour le désarmer. Oui, c'était à sa portée.

Jacques secoua la tête.

— Tss, fit-il, comme s'il s'adressait à une enfant. Tu es bien comme ta mère. À genoux et incapable de se défendre au moment le plus critique.

— Ma mère a été assassinée, riposta-t-elle. Attends une seconde… Comment sais-tu qu'elle était à genoux ?

Le rictus de Jacques lui glaça le sang.

— Non…, souffla-t-elle. C'était toi ?

Il haussa les épaules avec désinvolture.

— Elle gênait ton père dans son travail.

— Espèce de monstre ! hurla Amélie.

Ses mains tremblaient tellement que le pistolet lui échappa. Jacques eut un petit rire.

— C'est ce que je disais, tu es incapable de tirer !

— Elle n'a pas besoin de le faire, répondit une voix masculine. Moi, je peux m'en charger.

28

Jason pointa son Glock sur l'homme armé. En l'entendant parler français avec Yvette, il avait compris qu'il s'agissait de Jacques Patron. En revanche, il ignorait si la femme allongée par terre était morte, mais il pourrait bientôt lui porter secours – dès qu'il se serait occupé de cet horrible personnage qui menaçait de tuer une de ses propres employées.

Il avait paniqué en ne voyant pas revenir Yvette. À L'Oasis d'Olson, Colette lui avait dit que la jeune Française avait voulu faire un saut à L'Orignal. Là, la serveuse lui avait décrit la belle étrangère aux cheveux bruns et aux yeux gris qui avait suivi Yvette aux toilettes. Jason n'avait eu aucun mal à repérer dans la neige épaisse les empreintes de bottes féminines alourdies par le poids d'un autre corps, puis les traces de roues menant au sud de Frost Falls où se concentraient un grand nombre de magasins et d'entrepôts fermés.

Lorsque Patron leva son arme, Jason tira le premier. Sans hésiter, et sans laisser au criminel le temps de s'épandre sur le pourquoi de ses actes. Il fallait le neutraliser au plus vite – et, cette fois-ci, Jason n'avait pas d'agent double derrière lui pour détourner son attention. En revanche, Patron devait vivre pour répondre de ses crimes.

Ce dernier poussa un cri de douleur en s'agrippant la cuisse. Jason avait pris soin d'éviter l'artère fémorale, ne voulant pas risquer une hémorragie fatale. La balle avait dû se loger dans l'os.

Une deuxième atteignit Patron à l'épaule ; il tomba à genoux, sans pour autant lâcher son arme. Un coup de feu partit et alla se perdre contre une poutre en acier du plafond.

Jason inspira, ajusta son tir, puis pressa la détente en expirant. La balle percuta le pistolet, qui vola dans les airs et atterrit deux mètres plus loin en tournoyant sur lui-même. L'ennemi étant à présent désarmé, Jason se précipita vers le pistolet pour le pousser d'un coup de pied vers le mur.

Du coin de l'œil, il vit Yvette tenter de détacher la lanière de cuir qui retenait son poignet à l'accoudoir. Il l'aida à se libérer.

— Ça va ? s'enquit-il.

— Oui. Va plutôt voir Leslie, la femme qui est par terre. Jacques n'est pas mort. Pourquoi ne l'as-tu pas tué ?

— Ce n'était pas nécessaire.

Jason sortit son téléphone pour appeler Alex.

— Tu as localisé Bay ? demanda-t-il à son adjoint.

— Oui, chef. On attend les ordres. Le type de la CIA se demande où vous êtes parti comme ça...

Jason avait prétendu qu'il allait chercher quelque chose dans son pick-up, et avait dit à l'agent de s'installer confortablement dans son bureau en l'attendant. Il aurait pu lui expliquer la situation et lui proposer de venir en renfort, mais il n'avait pas voulu perdre de temps.

— J'ai retrouvé le coupable, Alex. Rejoins-moi à l'ancien garage Reynolds.

— J'arrive tout de suite.

Lorsque Jason se tourna vers Yvette, celle-ci l'agrippa par les bras comme pour se retenir de tomber.

— Assieds-toi et prends le pistolet, lui dit-il en ramassant l'arme qu'elle avait fait tomber un peu plus tôt. Garde un œil sur Patron, d'accord ?

Elle acquiesça. Malgré le traumatisme qu'elle venait de subir, Jason la sentait capable de tenir son chef en joue. Patron était suffisamment blessé pour qu'elle n'ait pas besoin de lui tirer dessus.

Jason examina la femme qui gisait au sol. Elle saignait abondamment au niveau du cou, où une balle l'avait éraflée.

— Elle est vivante, déclara-t-il en voyant ses paupières frémir.

Il rappela aussitôt son adjoint.

— Alex, envoie-nous une ambulance. Demande Bob Hagar, il est capable de conduire par tous les temps.

— Je m'en occupe.

La jolie brune avait également été touchée au tibia et à la cuisse. Formé au secourisme de combat, Jason connaissait les premiers gestes à prodiguer. Il quitta son manteau, retira sa chemise de flanelle et se servit de cette dernière pour comprimer la blessure du cou.

La jeune femme ouvrit brièvement les yeux et sourit en le voyant torse nu.

— Charmant, murmura-t-elle.

Entre-temps, Patron avait perdu connaissance. Yvette en profita pour rejoindre Jason.

— Tu crois qu'elle va s'en sortir ?

— Ça devrait aller. Elle t'a kidnappée ?

— Oui, mais elle est de mon côté. Interpol mène l'enquête sur Jacques depuis des semaines. Les agents le soupçonnent d'avoir participé à un trafic d'armes qui passe par le lac Supérieur, et ils ont besoin de la liste pour prouver sa complicité.

— J'en étais sûr… C'est pour ça qu'il t'a envoyée ici. Il connaissait des membres de la mafia.

— Oui, tout s'explique. Et si Interpol ne m'a pas contactée plus tôt, c'est parce que personne n'avait la moindre idée de l'endroit où je me trouvais jusque très récemment.

Yvette se laissa aller contre lui en soupirant. Il passa un bras autour de sa taille pour la soutenir.

— Je n'ai pas réussi à tirer, Jason.

— Parce que tu es quelqu'un de bien, répondit-il. Ne culpabilise pas à cause de ça.

— Mais c'est mon job !

— Ça l'était. Maintenant, ton job c'est de t'assurer que ton chef paiera pour ce qu'il a fait.

— Ne t'inquiète pas, j'ai bien l'intention qu'il paie. En attendant, dis-moi comment je peux aider. À moins que cela implique de se mettre à moitié nue…

Sa remarque le fit rire. Il attrapa son manteau, l'enfila et le ferma jusqu'en haut.

— C'était une belle chemise, remarqua-t-il avec une pointe de regret. Tiens, prends ma place, je vais menotter Patron. Je suis bien content de l'avoir attrapé sans l'aide de la CIA.

L'agence prendrait le contrôle de l'enquête et s'attribuerait sans doute tout le mérite de l'arrestation, mais Jason s'en fichait. Il avait retrouvé Yvette avant que Jacques Patron ne lui fasse du mal. Il regrettait juste de ne pas être arrivé plus tôt pour Leslie Cassel…

— Tu m'as sauvé la vie, déclara Yvette. Je savais que tu viendrais.

Aux yeux de Jason, le sourire de la jeune femme était aussi doux qu'une journée de printemps.

Épilogue

Quelques jours plus tard...

Jason et Amélie venaient d'entrer dans la chambre d'hôpital où Leslie Cassel se remettait de ses blessures. Une des balles était passée à deux centimètres de sa carotide – elle pouvait remercier sa bonne étoile. Leslie avait hâte de rentrer en France et de se remettre au travail.

— Je vous demande pardon d'avoir voulu aller trop vite, dit-elle à Amélie.

Celle-ci s'approcha du lit. Jason lui tenait la main, comme il le faisait très souvent ces derniers jours. Elle ne s'en plaignait pas.

— Comment ça, trop vite ?

— Je ne m'excuserai pas de vous avoir kidnappée – cela faisait partie du plan. Mais j'aurais dû attendre. Lund était en prison...

Leslie lança un regard sévère à Jason, qui leva une main en geste de défense.

— J'ai su qu'il travaillait pour Interpol seulement quelques heures avant que vous n'embarquiez Yvette – enfin, Amélie, se reprit-il en lançant un clin d'œil à cette dernière. Je pensais que c'était encore un tueur à gages incompétent. D'ailleurs, en tant qu'agent secret, il devrait savoir piloter une motoneige mieux que ça. Je lui ai évité de justesse un plongeon dans un ravin.

— Oui, il me l'a raconté, répondit Leslie en souriant.

Rutger Lund avait été libéré dès que Jason avait eu la confirmation d'Interpol que les deux agents avaient bien été envoyés en mission à Frost Falls pour réunir des preuves contre Jacques Patron. Lund avait rendu visite à Leslie avant de prendre l'avion pour Paris.

— J'ai paniqué, poursuivit la jeune femme. Au départ, l'opération devait être menée à deux : on enlève Mlle Desauliniers, on récupère les informations qu'elle détient, et on la met en lieu sûr. On ne pouvait pas vous dire qu'on travaillait pour Interpol, Amélie, car on ne savait pas si vous étiez de mèche avec Patron.

— Qu'est-ce qui vous a convaincue que je ne l'étais pas ?

— L'arrivée de Patron dans le garage.

— C'était moins une, commenta Jason. Vous devez être au courant qu'il a été placé en détention provisoire ?

— Oui, c'est une bonne nouvelle. En revanche, on n'a toujours pas récupéré cette fameuse liste. Je suis désolée, Amélie, les choses auraient pu vraiment mal tourner dans cet entrepôt. Je pensais être capable de maîtriser la situation toute seule, mais j'avais besoin de renforts. Heureusement que vous êtes arrivé, Cash.

— Vous êtes toute pardonnée, répondit Amélie. Je sais à quel point le travail de terrain est difficile, et ça m'est arrivé aussi de douter de mon propre jugement.

Elle sortit une feuille de sa poche et la tendit à Leslie.

— Tenez, c'est la liste en question. J'en ai déjà envoyé une copie au directeur d'Interpol. Cela suffira à faire tomber Jacques Patron. Les informaticiens ont réussi à repêcher les liens vidéo du message d'origine.

Leslie plia la feuille et ferma les yeux. Le pâle soleil hivernal éclairait son visage.

— Merci. Et vous, Amélie, ça va aller ?

— Oui, ne vous faites pas de souci pour moi. J'ai déjà été débriefée par le directeur d'Interpol. Il m'a dit que j'aurais toujours ma place au service informatique, mais je ne suis pas sûre de vouloir y retourner.

— Ne vous laissez pas effrayer par cette histoire, lui conseilla Leslie. Vous aviez de bonnes raisons d'intégrer l'organisation, non ?

— J'avais des raisons, mais je ne suis pas convaincue qu'elles étaient bonnes. J'ai voulu suivre l'exemple de mon père et surmonter un traumatisme vécu dans mon enfance. Je vais me laisser un peu de temps pour réfléchir à tout ça.

Elle coula un regard à Jason, qui lui serra tendrement la main. Leslie sourit.

— Je vois, dit-elle. La météo est horrible, mais le paysage… Il paraît qu'il y a un calendrier qui vaut le coup d'œil ?

— Je crois savoir où vous en trouver une copie, répondit Amélie. En attendant, on vous laisse vous reposer.

Ils sortirent de la chambre alors qu'une employée de service apportait à Leslie un plateau-repas à l'odeur alléchante. Sur le parking où soufflait un vent polaire, Amélie songea à son travail. On lui avait accordé une semaine de congé pour prendre sa décision, et elle avait bien l'intention d'en profiter.

Jason l'aida à monter dans le pick-up. Tandis qu'elle s'apprêtait à refermer la portière, il grimpa sur le marchepied, captura son visage entre ses mains et l'embrassa.

Malgré la température glaciale, Amélie sentit la chaleur de ce baiser lui réchauffer tout le corps. Quitter cet homme allait être difficile. Mais qui l'obligeait à s'en séparer tout de suite ? Ou même… jamais ?

Jason appuya son front contre le sien, et ils restèrent un long moment silencieux.

— Amélie, finit-il par murmurer. J'aime ce prénom. Je ne suis pas près de l'oublier.

Elle sentit son cœur faire un petit saut dans sa poitrine.

— Je sais que tu n'es pas d'ici, poursuivit-il. Mais peut-être pourrais-tu rester encore un peu ?

— On m'a donné une semaine de vacances. Je peux les passer ici.

— Tu ferais ça ?

— Ce que j'ai vécu ces dernières semaines m'a changée, Jason. J'ai besoin de réfléchir à ce que je veux vraiment. Est-ce que je travaille à Interpol pour faire comme mes parents ? Parce que j'ai vu ma mère se faire assassiner ?

Il l'embrassa sur le front.

— Tu es la seule à pouvoir répondre à ces questions.

— Et toi ? Tu sais si le poste de police va fermer, finalement ?

— C'est probable. Mais la CIA m'a fait un cadeau en m'attribuant tout le mérite de l'arrestation de Patron, alors que j'étais persuadé qu'elle s'empresserait de récupérer l'affaire. J'ai eu un coup de fil du bureau du shérif ce matin, on me propose un poste à Ely. Ça ne me déplairait pas.

— Est-ce que c'est une ville aussi petite que Frost Falls ?

— Un peu plus grande.

La voyant grimacer, il ajouta :

— Il y a plein d'attractions touristiques, là-bas. Et aussi la réserve de loups.

— On ne s'y ennuie pas, alors. Mais il fait aussi froid qu'ici, j'imagine ?

— J'en ai bien peur.

Jason se pencha pour effleurer de ses lèvres la peau sensible de son cou, juste sous son oreille.

— Si tu restes, je te tiendrai chaud, promit-il.

— C'est le genre de proposition que je ne peux pas refuser.